Rebeldes, revoluções
e outras coisas que as princesas gostam

Rebeldes, revoluções
e outras coisas que as princesas gostam

Bruna Salles

Rocco

Copyright © 2022 by Bruna Salles

Direitos desta edição reservados à
EDITORA ROCCO LTDA.
Rua Evaristo da Veiga, 65 — 11º andar
Passeio Corporate — Torre 1
20031-040 — Rio de Janeiro — RJ
Tel.: (21) 3525-2000 — Fax: (21) 3525-2001
rocco@rocco.com.br
www.rocco.com.br

Printed in Brazil / Impresso no Brasil

Preparação de originais
FERNANDA COSTA
RODRIGO AUSTREGÉSILO

CIP-Brasil. Catalogação na publicação.
Sindicato Nacional dos Editores de Livros, RJ.

S162r

Salles, Bruna
    Rebeldes, revoluções e outras coisas que as princesas gostam / Bruna Salles. — 1ª ed. — Rio de Janeiro : Rocco, 2022.

    ISBN 978-65-5532-300-9
    ISBN 978-65-5595-154-7 (e-book)

    1. Ficção brasileira. I. Título.

22-79481
                        CDD: 869.3
                        CDU: 82-3(81)

Gabriela Faray Ferreira Lopes — Bibliotecária — CRB-7/6643

O texto deste livro obedece às normas do
Acordo Ortográfico da Língua Portuguesa.

Para todos que precisam lutar para encontrar um lugar ao qual pertencem, espero que encontrem conforto nestas páginas.

Capítulo 1
O que acontece se eles passarem pelos muros?

Eu nunca achei que nada daquilo fosse realmente acontecer comigo. Acredite, NADA MESMO. Mas um fatídico verão mudou toda a minha vida.

Naquele dia, o clima estava especialmente quente. Por isso, não me importei em vestir roupas mais leves por cima das de banho quando pedi para reservarem a piscina interna para mim. Queria apenas a presença da única pessoa em quem confiava.

Meus pais e meu irmão tinham seus afazeres, e desde que eu ficasse dentro do palácio e não aprontasse nada, tudo estaria bem, como diziam. Eu achava engraçado ouvir essas palavras, já que nunca, em nenhum momento da minha vida, aprontei qualquer coisa realmente séria. Cresci com aulas de etiqueta e uma mãe que espreitava pelos corredores para se certificar de que eu seguia todas as regras.

Meu irmão gêmeo, Igor, não recebeu o mesmo tratamento. Ele também teve suas aulas e seus limites que lhe foram impostos, mas o simples fato de ser o herdeiro do trono já mostrava que as coisas tendiam a favorecê-lo.

Homens idiotas.

Sinceramente? Depois de muito tempo guardando rancor, eu já agradecia por Igor ter vindo ao mundo junto comigo. Ser a sucessora do trono não era para mim, e aprendi isso com o passar dos anos, observando como a vida de meu irmão ia embora com todos os compromissos. O peso da coroa não combinava comigo. Acho que era fria demais para mim.

— Pediu para me chamar, Vossa Alteza? — Virei para trás ao ouvir Momo entrando no quarto.

— Me acompanha até a piscina? — Ela assentiu, fazendo os fios pretos da franja balançarem, e me ofereceu seu braço, que eu aceitei.

— E já pedi para não me chamar de Alteza. Trezentas vezes. Com essa, trezentas e uma!

Ela riu. Seu sorriso era como uma chama quentinha, confortável. Momo tinha seus cabelos longos e brilhosos presos em um coque bagunçado.

— Se minha mãe me escutar chamando a filha do rei de qualquer outra forma, é capaz de me cortar a língua.

— Não se eu disser que pedi. Você é minha única amiga, não estrague isso depois de tanto tempo!

— Tudo bem, tudo bem, *Mina* — respondeu, ainda sorrindo, mas eu sabia que a discussão acabaria vindo à tona novamente.

Seguimos pelo longo e espaçoso corredor até o elevador. Encostei o dedo no leitor digital e as portas se abriram. Uma das regras do palácio era: apenas a família real e pessoas autorizadas podiam usar o elevador, já que, por algum motivo, aquela caixa de metal era importante demais para ser de uso comum.

Eu me aproximei do espelho assim que entramos, soltando do braço de Momo, e ajeitei minha franja, feliz por ver que ela não tinha acordado ondulada naquele dia. Meu cabelo não era obediente, não se importava se eu era da família real! Era castanho, marcado por fracas ondulações e caía quase na altura cintura. Sempre tive muito orgulho dele. Embora eu não admitisse em voz alta a vontade que me passava pela cabeça de cortá-lo pela metade, porque seria rebeldia demais para mim. Sinceramente.

— Para a piscina, por favor.

— *Sim, Vossa Alteza* — respondeu o elevador com uma voz calma, parecida com a da minha mãe.

Virei para a frente ao ver, pelo espelho, Momo encarando a porta com as mãos em punhos apertados.

— Está tudo bem? — perguntei baixo.

— Sim. — Ela se virou rapidamente e me deu um sorriso sem graça.

Peguei sua mão e virei a palma para cima enquanto ela deixava escapar um suspiro. Havia marcas de unhas cravadas, e, como eu a conhecia havia muito tempo, sabia que Momo só fazia isso quando algo a atormentava e ela não podia botar para fora.

— O que houve? — sussurrei, mesmo que estivéssemos a sós.

Ela mordeu o lábio inferior e olhou para baixo antes de tornar a me olhar nos olhos, e reparei no receio que preenchia suas pupilas.

— Igor... veio falar comigo hoje de novo.

Foi a minha vez de suspirar, soltando sua mão, pois sabia que isso aconteceria. Meu irmão era um cafajeste, mas era também o futuro rei e, ao contrário de mim, tinha direito a qualquer coisa que quisesse, inclusive quando se tratava de sua vida amorosa. Sendo assim, ele podia insistir na paixonite, que ele alimentava havia muito tempo, pela minha amiga. No início, Momo o rejeitava, mas ela se tornou a única "coisa" que ele não podia ter, e isso não era bom para um homem com ego inflado, mimado e futuro rei de uma nação.

Com o tempo, Igor aprendeu que, se ele quisesse, Momo seria dele, que ela tinha pontos fracos e que poderia chantageá-la. Ele aprendeu que Momo teria de obedecê-lo se não quisesse ser considerada uma traidora do reino. Por ele mesmo. Dentro do próprio reino!

É como diz aquele ditado: *homens idiotas*.

— O que ele falou?

— As mesmas coisas de sempre... Queria garantir que eu não tenho interesse em qualquer outra pessoa, que vai providenciar nosso casamento assim que o seu passar. — Momo riu, mas a tristeza estava evidente em seu rosto e voz. — Minha mãe deve achar isso bom, ela almejava ser rainha antes de seu pai se apaixonar pela sua mãe. Agora as duas são amigas e moramos todos aqui. E a filha dela é a futura rainha. Iei.

Era irônico Igor ter tirado o trono de mim para dá-lo à minha melhor amiga, ainda mais quando nenhuma de nós queria nada disso. Puxei Momo e a abracei. Gostaria de poder ajudar, mas não podia ajudar nem a mim mesma sendo princesa. Era preciso um milagre.

— Eu sinto muito.

Ela colocou a cabeça no meu pescoço e riu.

— Qual é a graça? — perguntei.

Momo se afastou de mim e olhou no meu rosto com um sorriso tristonho.

— Nós estamos ferradas.

Ela estava certa. E não podíamos fazer absolutamente nada para sair dessa situação.

■ ■ ■

— Você já foi à praia? — perguntou Momo enquanto eu estava sentada na borda da piscina apenas com os pés na água; mesmo que quisesse, não poderia ir além.

Meu *noivo* estava a caminho para o nosso casamento, que aconteceria em uma semana. Originalmente, casamentos entre dois reinos aconteciam no palácio do príncipe, porém, minha família estava em vantagem ali. *Sorte a minha.* A cerimônia seria transmitida ao povo, com a intenção de fortalecer a aliança entre Maglia e Amper, terra de Yan. A rainha havia ordenado cuidados máximos nos preparativos, e isso incluía eu não poder entrar na piscina.

— Praia? Não.

— Sabe, quando tiver que se mudar para o reino de Zhao, mal terá acesso à praia. As terras dele são enormes e o palácio fica bem no centro. Nosso país não é tão grande, você deveria aproveitar.

Senti um arrepio na espinha pela menção de minha mudança. Essa era uma das coisas que mais me atormentava. Bom, me casar com um homem que não amo e que sabia que nunca me amaria também era assustador. Não à toa, relutei quando me deram a notícia, mas fui forçada a aceitar. Eu não tinha voz e nunca teria. Não pude aproveitar a minha própria vida, mal tinha ideia de como era fora dos limites do palácio real. Não queria ir para um lugar desconhecido com uma nova família arrogante e um povo que não conhecia. Eu já vivenciava isso dentro de casa!

E não queria deixar Momo para trás.

— Ir à praia é minha última preocupação agora.

Momo respirou fundo e mergulhou. Quando voltou à superfície, foi até as minhas pernas e segurou meus pés por baixo da água, se apoiando neles para boiar.

— Qual é a sua preocupação, então?

Foi minha vez de sorrir e de não querer falar, como ela mais cedo.

— Eu sei que tem algo te incomodando, Mina. Você não quer mesmo se casar com Zhao Yan, não é? — disse, baixinho, se certificando que ninguém, nem as câmeras de vigilância, escutariam.

— A ideia de estar com ele para sempre me atormenta demais, nada me atingiu assim antes.

Momo não respondeu. Eu sabia que ela não tinha o que falar, da mesma forma que eu não tinha como ajudá-la. Dois desastres iminentes... Era óbvio que nós duas estávamos ferradas *mesmo*.

Alguns minutos pesados de silêncio se passaram. Eu tinha a consciência de que ambas estávamos caindo em pensamentos que estávamos tentando evitar.

— Sabe, futura rainha, talvez você seja a pessoa que pode me tirar dessa. — Momo riu ao falar e eu apenas sorri.

Naquela piscina havia duas futuras rainhas nada animadas para preencher o cargo. As garotas do reino afora que desejavam ter nossas vidas não sabiam de nada.

— Eu esperava que *você* fosse a minha salvadora.

■ ■ ■

De volta ao quarto, chamei Lena, a minha criada, enquanto me olhava no espelho. Meus cabelos estavam presos em um coque e eu usava um vestido branco perolado sem alças, com um decote em formato de coração e justo até a cintura, crescendo ao redor dos quadris em uma saia redonda, típica de vestido de princesa. O tecido era belo, mas muito desconfortável.

— Sim, Vossa Alteza? — A criada se aproximou de mim.

— Precisa ser esse o vestido? — Olhei para ela pelo espelho.

— A rainha escolheu especialmente para a senhorita. As costureiras do castelo trabalharam nele por um bom tempo para a ocasião.

Soltei um longo suspiro ao ouvir a resposta. Aquele era o vestido que eu usaria para recepcionar Yan quando ele chegasse e para tirar fotos com ele; não deveria parecer um vestido de casamento. Me olhando no espelho, eu me via como uma noiva que se casaria com um homem que não amava. Nós teríamos que sorrir e dizer "eu aceito".

A realeza havia me proporcionado todo o tipo de privilégio, uma ótima vida em que eu tinha qualquer coisa que se fizesse necessária.

Não precisava me preocupar com doenças, pois nossos conselheiros sempre buscavam uma cura. Não precisava me preocupar com amizades, pois sempre havia alguém querendo a companhia da princesa. Não precisava sentir medo, pois sempre havia seguranças por perto. Mas não podia amar. E, se amasse, deveria calar meus sentimentos em prol do povo.

— Quando a família Zhao chega?

— Eles embarcaram no jatinho há cerca de meia hora, Vossa Alteza.

Assim que Lena terminou de falar, alguém bateu à porta. Esquisito, ainda não estava na hora. Fiz um gesto com as mãos, mandando que ela abrisse, e logo vi um dos seguranças com as mãos atrás do corpo, tenso. Alguma coisa estava errada.

— Vossa Alteza, o rei está esperando.

O homem começou a andar e fui atrás dele, preocupada, até pararmos na frente do elevador, que ele esperou que eu desbloqueasse com a minha digital. Logo que entramos, ele posicionou seu cartão de segurança sobre um leitor e seguimos até a sala de reunião real.

Todos olharam para mim enquanto eu entrava, e Igor abriu um sorriso debochado, se aproximando com seu terno e os cabelos pretos já bem longos arrumados em um topete cheio de gel.

— Você está linda, maninha.

— Não posso dizer o mesmo sobre você. E não me chame assim.

Ele fingiu uma cara de assustado que me deu vontade de revirar os olhos.

— Machuquei seu pobre coraçãozinho? Perdão, não queria te lembrar que, apesar de termos a mesma idade, eu sou o futuro rei.

Ele sorriu orgulhoso, mas eu apenas o ignorei e fui para perto de meu pai, que conversava com o pai de Momo, seu braço direito.

— Pai! — chamei.

Ele se voltou completamente para mim, me encorajando a falar.

— O que houve dessa vez? Os manifestantes estão jogando pedras nos muros de novo?

— Não, o assunto de hoje é outro. — Ele suspirou. — Não devemos nos preocupar com os manifestantes agora.

— Mas o que vai acontecer se eles passarem pelos muros?

Meu pai deu um sorriso de lado e piscou para mim, se retirando. A resposta era óbvia e me incomodava: os manifestantes seriam mortos.

Fui até Momo e ficamos em silêncio por um longo tempo, até que fomos informadas que Zhao Yan chegaria ao palácio a qualquer momento. Eu só queria me esconder em um canto e sumir de vista antes mesmo da sobremesa ser servida. Igor chamou Momo e, assim que fiz sinal de segui-los, fui vetada pela mão dele estendida em minha direção.

— O vestido ficou esplêndido em você, querida. — Ouvi a voz de minha mãe enquanto ela parava ao meu lado e colocava a mão no meu ombro.

— É lindo, mas não entendi o motivo. Hoje é apenas um jantar, não? — respondi, tocando o leitor de digitais para chamar o elevador e sair dali. Eu precisava respirar.

— Você precisa surpreender seu noivo, Mina.
— Não, eu não *preciso*.
— *Mina*.

— Este casamento é apenas por dinheiro e para acalmar os ânimos, mesmo que seja por uma semana, não é? Yan e eu não temos escapatória, este circo só deixará de ocorrer se, por um passe de mágica qualquer, um de nós sumir — falei rápido demais, embolando um pouco as palavras. Minha mãe não teve tempo de responder; dei as costas e me afastei dela.

Suspirei alto e entrei no elevador, indo para o andar do meu quarto. Eu tinha sido chamada para isso? Os assuntos sérios estavam sendo discutidos, manifestantes do outro lado do muro, e o que eu ouvia era "o vestido ficou esplêndido"? Continuei andando pelos corredores e, quando estava perto da porta do quarto, vi Yan caminhando na minha direção com seus seguranças, parecendo pomposo e estranhamente alto. As roupas douradas, típicas do reino Zhao, brilhavam conforme ele passava em frente às janelas. Comecei a caminhar para o lado oposto, torcendo para que ele não tivesse me visto, atento como estava ao grande dispositivo em sua mão que projetava seus compromissos reais.

Virei por um corredor e caí na mesma hora, sendo amortecida pela saia exagerada do meu vestido. Ergui os olhos e vi o segurança que havia esbarrado em mim. Desesperado, ele esticou a mão para me ajudar enquanto balbuciava "perdão, Alteza" sem parar. Já de pé, tentei tranquilizá-lo, querendo que ele parasse de fazer barulho, pois não queria chamar atenção, mas logo senti alguém segurando minha cintura por trás. Minha mandíbula trancou.

— Quem é você? Quem diabos é você para jogar a sua princesa no chão? — A voz de Yan ressoou forte e dura.

— Yan...

— Quieta, Mina. Quero seu posto e nome, faço questão de que o rei o demita pessoalmente.

Sempre que a família Zhao nos visitava, alguns guardas eram demitidos. O príncipe parecia se divertir caçando problemas neles, como se quisesse reforçar para si que era alguém importante mandando em alguma coisa. *Homens idiotas.*

— Sinto muito, Alteza. Prometo que não tornará a se repetir.

— Qual é o seu nome? — Yan repetiu, grosseiro, e olhei para o chão. Era horrível me sentir impotente daquela forma.

Yan estalou os dedos para um de seus próprios guardas, sem esperar resposta, que levou o guarda à força.

Antes de se virar, o guarda me encarou por alguns segundos e eu percebi a fúria em seu olhar. Ele me odiava da mesma forma que odiava Yan. A minha impotência me tornava uma pessoa tão horrível quanto o homem com quem iria me casar. Engoli em seco enquanto o guarda nos dava as costas e saía andando.

— Isso foi desnecessário. — Eu me virei para Yan, cautelosa.

Ele riu debochado, com seus cabelos tingidos de vermelho levemente bagunçados. Yan era bem mais alto que eu, então tive olhar para cima ao falar com ele, mesmo usando saltos. Ele vestia um terno brilhante com o brasão de seu reino costurado no peito.

— Sou eu quem decide o que é necessário ou não, Mina. Por sinal, as rebeliões das últimas semanas não estão sendo muito... bem-vistas, por isso vim o mais rápido que pude, já que o nosso casamento foi adiantado.

Meu coração bateu mais forte e, quando ele se virou para sair, segurei seu braço.

— O quê? Adiantado para quando?

— Amanhã. — Ele sorriu. — Se prepare. E informe sua criada que gostei do vestido. Não quero outro, vai ser esse.

As palavras entalaram na minha garganta, todos os meus protestos presos nos lábios contra minha vontade, enquanto Yan ia embora.

Aquelas palavras me sufocaram, espalhando um formigamento pelas pontas de meus dedos e um enjoo pelo meu estômago. Levei uma das mãos à parede e tentei respirar fundo, aquele maldito vestido apertando minhas entranhas.

Minha vida mal aproveitada acabaria no dia seguinte.

■ ■ ■

Lágrimas desciam pelo meu rosto enquanto Momo tentava me acalmar. O choque de realidade havia me atingido com força.

— Mina, respire.

Eu continuava chorando compulsivamente. Meu vestido estava jogado no chão do quarto de Momo, depois de eu tê-lo arrancado com puro ódio e vestido as roupas de dormir mais simples que encontrei em seu armário.

— Não dá. Não dá. Eu não quero me casar com ele!

Momo, deitada na cama e encharcada pelas minhas lágrimas, passava as mãos pelos meus cabelos enquanto eu agarrava sua cintura, com a cabeça enterrada em seu peito. Ela era a única pessoa em quem eu confiava para desabar daquela forma.

— A não ser que você fuja, não há nada que possa fazer, Mina.

— Momo deu um riso fraco de tom tristonho. Apesar disso, suas palavras ecoaram em minha mente como se a ideia ridícula pudesse me distrair.

Fugir? Sair do palácio? No meio de um reino que eu mal conhecia? O que aconteceria comigo? Eu não duraria muito se me encontrassem, duraria? Meu pai provavelmente ofereceria uma recompensa alta para quem me localizasse, e a família Zhao colocaria suas tropas para me procurar. Eu não tinha chances. Tinha?

Minha mente viajava. Eu sabia que, em algum lugar, no fundo dos muros da floresta do palácio, havia uma saída. Igor sempre se enfiava na mata quando queria sair escondido, eu o via pela minha janela. Mas, mesmo que eu conseguisse achar essa saída, como diabos me viraria?

Eu poderia fugir ou meu destino já estava horrivelmente traçado? Minha cabeça não parou por um segundo, embora eu já soubesse a resposta.

Eu estava ferrada. A quem queria enganar?

■ ■ ■

Tudo estava sendo transmitido ao vivo para todo o meu reino e o de Zhao. Ele estava sozinho no altar, enquanto havia toda uma cerimônia antes da minha entrada. Coroas, guardas e um monte de instrumentos musicais. A estrutura elegante e exagerada fora montada nos jardins do palácio da noite para o dia. Era o meu maior pesadelo.

Em um lapso de coragem, vendo o que estava tão perto de acontecer e cercada de gente, me virei para o meu pai, que estava próximo de mim, no salão principal.

— Posso ficar um pouco sozinha? Por favor.

— Vocês ouviram. Saiam todos! — Ele piscou para mim antes de se retirar, como se entendesse que eu precisasse de um pouco de espaço. Respirei fundo, tentando não chorar.

Eu não tinha conseguido dormir à noite, ainda mais depois das palavras de Momo. Será que não estava fazendo *tudo* o que era possível? Estava cedendo ao meu futuro sem... *lutar*? Não haveria outra chance.

Então, num impulso, decidi seguir meu coração.

Quando me dei conta, minhas pernas se moviam fora do meu controle. Comecei a me afastar daquele lugar, logo encontrando o ar livre pela saída lateral oposta aos jardins. Puxei um pouco a saia do meu vestido para andar melhor, inicialmente calma, sabendo que nenhum dos guardas imaginava o que se passava na minha cabeça. Eles não podiam simplesmente parar a princesa.

Comecei a correr, mas meus saltos estavam me atrapalhando, então os deixei para trás, correndo descalça pela grama até que me vi em meio a árvores altas.

Que diabos eu estava fazendo?

— Alteza, pare!

Quando ouvi a voz se aproximar, me aprofundei ainda mais pela floresta, completamente perdida. Eu nunca ia até ali e, quanto mais adentrava, menos via a luz do sol, o meu redor se tornando mais escuro e até mesmo assustador. Úmido. Senti uma dor horrenda subir pela minha perna ao pisar em algo, mas não me permiti parar de correr ou começaria a chorar.

Que diabos eu estava fazendo?

Continuei avançando e só conseguia pensar que aquela floresta era realmente enorme. Eu não sabia qual direção me levaria para os muros e qual me levaria de volta ao altar. Minha garganta secou assim que pensei nas consequências caso um guarda me alcançasse. Eu não tinha chance alguma de sair dali, estava sendo idiota ao sequer cogitar a possibilidade de uma fuga. Eu não era o meu irmão. Nunca seria.

Uma voz que eu nunca ouvira antes soou próxima ao meu ouvido e levei um susto tão grande que meu coração pareceu subir para a boca. Parei de repente, assustada. Não tinha ninguém perto de mim.

— Ei, princesinha!

Girei ao ouvir uma voz feminina e sarcástica. Eu estava ficando louca ou tinha alguém me chamando? Eu só conseguia ver árvores à minha volta.

— Aqui! — ela gritou, aparentemente notando minha confusão.

Procurei enquanto ouvia os passos dos guardas ao longe e, dessa vez, vi algo estranho no meio das árvores. Como se estivessem se mexendo de cima para baixo, como a correnteza de um rio. Eu estava doida? Já tinha desmaiado e tudo ali era um sonho? Sacudi a cabeça, mas o movimento continuava. Era como um campo de força.

Droga, isso parecia errado.

— Pode chegar perto, vai fundo! — A voz soou de novo.

Completamente confusa e contrariando tudo que aprendi sobre não procurar problemas, dei mais alguns passos à frente. Conforme me aproximava, o campo de força foi se revelando. Brilhante e esquisito, como um erro tecnológico no meio do mato, algo que não era para ter sido visto por ninguém. Um segredo. Do outro lado, havia uma parede um pouco mais brilhante. Eu já estava bastante apavorada antes de notar que tinha alguém ali, cercado dessa luz. Era uma jaula? Uma pessoa numa jaula?

Mais um passo e ainda era possível ver o campo de força, mas agora eu também conseguia ver com clareza uma garota de pé ali dentro, com os braços cruzados, me fitando com uma expressão debochada, visivelmente se divertindo com a situação. Ela usava um macacão branco e os cabelos longos e escuros em um rabo de cavalo.

— Está fugindo do papai?

Eu não sabia quem ela era, mas me olhava como se eu fosse sua presa. Apesar do rosto delicado, os olhos que me observavam eram bravos.

O barulho dos galhos indicava que os guardas estavam se aproximando.

— Sabe quem eu sou, Mina? — Ela fez questão de ignorar meu título. — Seu papai me prendeu aqui sem que ninguém soubesse. Sabe aquela história de manter seus amigos perto, mas os inimigos mais perto ainda? Ele levou a sério demais.

— Quem é você? — sussurrei, sem querer chamar a atenção dos guardas.

— Eu? — Ela riu alto, me fazendo ter certeza de que seria encontrada por sua culpa. — Sou uma inimiga que pode te tirar do castelo, mas só se *você* me tirar *daqui*.

Ela apontou para o leitor de digitais no campo de força. Eu me aproximei, mas depois sacudi a cabeça. Já tinha cogitado a idiota ideia de fugir, e agora ia libertar uma prisioneira? Uma provavelmente perigosa; toda aquela segurança do lugar não devia estar ali à toa.

— Não — falei, parecendo mais decidida do que realmente estava.

— Bom, se é assim, se vira aí, princesinha. Vou apreciar enquanto você é capturada e se debate no colo de algum guarda. Você não deveria estar em... *um casamento*?

Ela fez menção de se afastar de mim e ir para o outro lado da jaula. Então, ouvindo os passos dos guardas cada vez mais perto, mordi a bochecha com força e agi, novamente, por impulso. Quem era essa nova Mina e onde ela esteve escondida todo esse tempo?

Meu coração batia com muita força e eu sentia meu corpo trêmulo.

— Espera!

A prisioneira sorriu como se me controlasse perfeitamente em seu jogo.... Não era mentira, mas não me incomodei. Eu tinha outras preocupações.

— Precisa de alguma coisa, Mina?

— Se eu te tirar daí, você *promete* me ajudar?

Ela pareceu ponderar. Parecia não ter pressa alguma enquanto eu olhava em volta, com medo da aproximação dos guardas.

— Nunca prometi merda nenhuma para a família real — ela respondeu. — Mas acho que você é diferente. — Aparentemente, estar perdida na floresta contava pontos a meu favor. — Eu prometo. E saiba que sou uma pessoa de palavra, princesinha.

Os guardas estavam cada vez mais perto e, em um ato de desespero, estiquei o dedo e encostei no leitor sem pensar em mais nada.

— *Digital real detectada. Confirmada a libertação de Chae Kang?* — A voz veio da cúpula, me fazendo tremer ao ouvir o nome dela.

— Sim — respondi com a garganta seca.

— *A prisioneira de primeira classe, Chae Kang, está agora livre.*

O que eu tinha acabado de fazer?

Capítulo 2
Você segue o seu caminho, eu sigo o meu...

O campo de força se desfez diante de meus olhos, as ondulações ameaçadoras se dissolvendo. Chae deu um passo à frente e esticou a mão, sorrindo de leve ao se certificar de que não havia mais nada lhe aprisionando. Dei um passo para trás conforme ela caminhava na minha direção.

—— Alteza! —— Uma voz masculina, muito próxima, vinha da minha esquerda. Não demorou para alguém me segurar e me puxar. Quando estava prestes a gritar, senti minha boca sendo tapada.

—— Não sei por que está fugindo do seu paraíso, princesinha. —— O tom irônico era evidente em sua voz. —— Mas é melhor ficar quieta ou nós duas vamos nos ferrar. —— Senti um arrepio subir pela nuca com a proximidade de seus lábios no meu ouvido. A adrenalina me invadia cada vez mais e me deixava alheia a sentimentos que facilmente se tornariam desconfortáveis.

Os galhos estalavam, o barulho cada vez mais perto, então Chae me puxou pelo braço, desatando a correr. Ao contrário de mim, ela parecia saber exatamente para onde ia.

—— Avisem ao rei! —— A voz masculina ordenava, alto o suficiente para ser escutada ao longe.

A adrenalina de ser guiada por uma criminosa era tanta que a dor no meu pé ao pisar descalça no chão se reduziu a um pequeno incômodo.

—— Ali está —— disse ela, apontando para uma abertura no muro.

—— Para onde estamos indo? —— perguntei, incerta, ao ser empurrada pela prisioneira, que veio logo em seguida. Não estávamos mais entre as árvores.

Eu não sabia qual rumo seguir.
Tinha saído do palácio, escapado do casamento, mas e agora? Para onde diabos eu iria? Onde me esconderia? O que faria?
— Você realmente não sabe com quem está falando, sabe, princesinha? — Chae soltou meu braço e senti um pequeno alívio. Seu olhar desceu para meu vestido e o meu seguiu, tornando a encará-la depois.
— O que foi?
— Esse vestido... É muito visível na floresta.
— Você não está sugerindo que eu o tire, certo? — retruquei, engolindo em seco.
— De jeito nenhum. — Chae riu daquele mesmo jeito amargo e irônico de antes. — Porque você não segue por lá e eu, por aqui? Adeus, princesinha.
Ela fez menção de se virar, mas dessa vez fui eu quem a segurei. Chae se virou rapidamente e, com o movimento, minha mão parou em um relevo em seu braço, uma cicatriz que me chamou atenção. Balancei a cabeça e encarei o olhar feroz dela.
— Você prometeu me ajudar. Deu a sua palavra.
Reparei que seus olhos eram pequenos, arredondados, com os cílios grossos. Balancei a cabeça novamente.
— Eu ajudei! Você está fora do palácio, não está?
— Se você me deixar sozinha, posso contar por onde você foi.
A rebelde mordeu o lábio inferior, me encarando com uma expressão debochada. Sua personalidade sarcástica já estava me cansando.
— Que coragem, princesinha. Gostei.
— Pare de me chamar assim.
Nossos rostos estavam tão próximos que eu sentia a respiração dela tocar meus lábios.
— Certo. Eu te tiro dessa floresta, mas com uma condição. — Chae segurou meu queixo e me olhou com certo desgosto. — Logo que estivermos fora do radar, você segue o seu caminho e eu sigo o meu.
— Tudo bem, trato feito.
Ela limpou a garganta e me soltou. Quem eu era agora? Ainda era a princesa Mina ou apenas Mina, fugitiva e inimiga da realeza?
Chae tornou a puxar meu braço. Deixei que ela me guiasse mais uma vez; seria capturada em segundos se ficasse sozinha ali.

■ ■ ■

Caminhamos por tempo o suficiente para me fazer questionar se a floresta realmente tinha um fim. Eu não fazia ideia da extensão dela, dentro e fora do muro. O que mais escondiam de mim? A gente tinha caminhado tanto que eu já estava começando a reduzir o passo e ficar ofegante. Chae parou e se virou para mim.

— Eu vou ter que te carregar? Qual o motivo desse corpo mole?

— Eu preciso de água.

— Boa sorte, não temos nenhuma. — Chae tentou pegar meu braço, mas eu não deixei, apoiando as mãos na árvore ao meu lado.

— Eu estou cansada, espere.

Ela cruzou os braços e revirou os olhos, me observando longamente antes de suspirar.

— Quer saber? Fique para trás, princesinha.

Chae se virou e começou a andar, e senti o desespero me invadir.

— Não, espere!

Tentei correr, mas senti uma pontada de dor no pé e caí de joelhos, um grito incontrolável subindo pela minha garganta. A criminosa veio rapidamente na minha direção.

— Deu para nos entregar agora? Levanta dessa merda de chão.

Apesar de sua voz seca e dura, me sentei sobre as pernas e parei para analisar meu pé. O corte profundo na sola estava ensanguentado. Encostei de leve e a dor me fez soltar mais um grunhido. Chae se aproximou e se abaixou na minha frente, segurando meu pé.

— Ótimo, princesinha, com o tanto de tecnologia que eles têm, vão achar seu rastro de sangue rapidinho. A gente tá ferrada agora.

Eu não sabia se aquilo era verdade, e mordi o lábio inferior mais uma vez.

— Está doendo.

Chae revirou os olhos e se levantou, passando a mão pelos cabelos bagunçados e olhando em volta. Ela me fitou com seus olhos castanhos, suspirou e me ajudou a levantar. Sem me avisar, segurou a saia do meu vestido, me fazendo dar dois passos doloridos para trás.

— O que você está fazendo?

— Deixa de ser idiota.

Ela puxou com força até o tecido ceder. Uma vez rasgado, ela continuou puxando até arrancar um pedaço grande da saia, me deixando apenas com um pedacinho de pano que cobria menos da metade das minhas coxas. Chae largou o tecido da saia entre uns arbustos e se aproximou de mim. Eu me sentia praticamente nua.

— Se algum dia você falar para alguém o que aconteceu nessa floresta, vou fazer questão de te matar, princesinha.

Senti um arrepio subir pela espinha, mas, no instante seguinte, Chae já tinha uma das mãos por baixo das minhas coxas e outra nas minhas costas, me levantando com uma força que eu não esperava que ela tivesse. Eu estava em seu colo e mal tive tempo de pensar sobre aquilo. Reclamei, mas, ao ver a garota rolar os olhos, desisti de protestar e me agarrei em seu pescoço, insegura nos braços de uma criminosa, de uma inimiga do reino, uma fugitiva. Mas, àquela altura, eu também já era tudo isso, certo? Será que ainda estavam procurando por mim? O que meus pais estariam pensando?

Naquele momento, não havia mais nada que eu pudesse fazer. Relaxei os ombros e deixei que ela me levasse.

■ ■ ■

A noite já caía quando comecei a ver as luzes da cidade. Durante o trajeto, paramos inúmeras vezes: para descansar, para tentar entender onde estavam as tropas do reino e para nos escondermos quando escutávamos barulhos de drones. Chae parecia ziguezaguear de propósito, o que me fez pensar que não era a primeira vez que ela fugia.

Eu já estava exausta, e ela mal parecia cansada. Eu realmente queria beber água — nunca havia ficado tanto tempo sem me hidratar —, mas Chae seguia firme. Ela sequer era humana?

— Ok, princesinha. — Ela me colocou no chão, ainda usando o apelido com sarcasmo. Nunca, em toda minha vida, me senti tão menosprezada ao ser chamada pela minha posição. Chae parecia abominar a realeza. — Você espera aqui enquanto eu checo a área antes de sairmos da floresta.

— Chae — chamei. O nome dela me trazia arrepios.

Ela se virou para mim e esperou que eu falasse.

— Como sei que vai voltar?

Ela abriu seu sorriso que esbanjava maldade. Seu rosto era tão delicado, tão bonito, mas seu sorriso parecia passar o oposto de tudo isso.

— Você não sabe.

Então se virou e seguiu para fora da floresta. Não fiz nada para impedi-la, apenas fiquei parada, sentada no chão, esperando.

Os minutos se passavam em tédio e expectativa, me dando a certeza de que a criminosa não voltaria. Ela não tinha motivos para isso, já estava fora da minha vista havia muito, e eu não saberia apontar a direção em que ela seguira, caso me encontrassem. Tive certeza de que tinha sido enganada, mas me faltava a coragem de levantar, então continuei observando tudo ao meu redor. Querendo ou não, aquela era a primeira vez que estava livre de verdade. Tudo aquilo era novo para mim.

Minha frustração e completa atenção aos insetos que passavam por mim era tanta que demorei a notar Chae encostada em uma árvore ao longe, me encarando de braços cruzados. Minhas bochechas ficaram vermelhas e quentes. *Ela voltou.*

— Há quanto tempo você está aí? — Minha voz saiu em um sussurro, mas não tive resposta.

Chae se aproximou e estendeu a mão para mim. Uma vez que fiquei de pé com dificuldade, ela me ofereceu suas costas. Devagar, eu subi. Chae segurou a parte de baixo das minhas coxas, eu apoiei o braço no pescoço dela, e, então, começamos a sair da floresta, deixando as árvores para trás.

Eu tinha certeza de que meus olhos brilhavam naquele momento; era a primeira vez que via aquela parte do reino. Chae me guiou pelas sombras, por trás de casas simples. Não saberia dizer quanto tempo levou.

O cheiro da rua era estranho. Cheiro de verão com fritura. As pessoas realmente comiam em barracas de rua? Isso era estranho, nojento... Afundei meu nariz no pescoço de Chae para não sentir o cheiro, até que ela parou nos fundos de uma casa de madeira com dois andares, antiga e decadente. Ela me ajudou a sentar no banco da varanda, embaixo de uma janela, e me pediu para esperar. Se aproximou da porta e bateu algumas vezes. Não demorou muito para que a porta fosse aberta.

— Que diabos...? — uma voz feminina rouca sussurrou. — Que merda é essa?

Alguém agarrou o braço de Chae e a puxou para dentro, batendo a porta logo depois. Suspirei e olhei para a rua deserta, depois para o meu vestido rasgado. Coloquei o pé machucado no colo e percebi que ele parecia inchado.
    Apenas continuei esperando. Não tinha muita opção.
    Chae saiu da casa e veio na minha direção. Ela me ajudou a levantar, apoiando meu braço por cima do ombro, e me guiou até a porta. Assim que entrei, vi duas mulheres. Uma atrás de um balcão e a outra na frente.
    E, em um piscar de olhos, ouvi o clique das duas armas que foram erguidas na minha direção.

Capítulo 3

A quem vocês querem enganar?

Completamente arrepiada, dei dois passos para trás e logo senti a dor subir pela minha perna, me fazendo soltar um gemido sofrido.

— Abaixem as armas — disse Chae, se colocando na minha frente.

A que estava sentada sequer se mexeu. A de pé me olhou, séria, desviou para encarar Chae, e falou:

— Você ferrou a nossa vida, Chae. Nós estávamos seguindo em frente, e você reaparece como se nada tivesse acontecido, trazendo o inimigo para dentro da nossa casa? Tá de palhaçada?

O dedo dela continuava no gatilho, e tive a certeza de que, com uma pequena pressão, eu não veria mais o sol nascer.

— Ela me libertou, Jade. Abaixe a arma.

Ela se manteve séria, assim como a mulher sentada. Não se moveram, as expressões inabaláveis.

— Me dê um bom motivo para eu fazer isso.

— O que você faria com o corpo da princesa, hein? Jogaria em uma vala? — Chae riu.

— Você sabe que isso nunca foi problema para a gente — disse a mulher sentada, fazendo meu estômago se revirar. Com exceção do cabelo, que na mulher de pé era raspado e na outra tinha dreadlocks, as duas eram muito parecidas, o que me confundiu por um segundo. Observando melhor enquanto se encaravam, reparei que elas tinham cicatrizes bem similares à do braço de Chae, bem aparentes na pele mais escura.

— A quem vocês querem enganar?

— Você tem a porra da noção de que o casamento real estava sendo transmitido? A transmissão foi interrompida, e agora as tropas de dois reinos estão atrás dela — comentou a que estava em pé, apontando para mim.

— Mata ela, então — Chae falou, erguendo a voz e dando dois passos para perto das duas. Arregalei os olhos. — O rastreador dela vai parar aqui dentro. Neste momento, sua casa é o alvo das tropas. Quando eles perceberem que os batimentos cardíacos dela pararam aqui, vocês não sabem o quanto vão sofrer.

Rastreador?

— O quê?! — A voz da mulher em pé ecoou pela casa, e ela abaixou a arma. — Você a trouxe para cá e nem sequer tirou a merda do rastreador dela?

— Esperava que vocês pudessem me ajudar.

A mulher atrás do balcão riu, saindo dali devagar. Uma vez que não estava mais escondida, sua cadeira de rodas ficou visível.

— Naya? — Chae sussurrou. Apenas engoli em seco, sem ter noção alguma do que poderia acontecer a seguir.

Chae se aproximou e se abaixou para fitar o rosto da mulher de perto. Sua expressão era de súplica e dor.

— Naya, por favor, eu tô livre. Tudo vai mudar agora.

— Como pode afirmar isso?

— Porque agora temos ela. — Seus olhos castanhos se voltaram na minha direção.

Eu não sabia se aquilo era bom ou ruim. Elas me têm como salvação? Como uma refém? Será que eu havia me livrado de uma prisão para cair em outra? Chae disse que seguiríamos nossos caminhos ao sairmos da floresta. Por que ela me levara até aquele lugar?

Um suspiro audível escapou das duas mulheres ao mesmo tempo. Elas se entreolharam, e Chae se levantou. A mulher que estava em pé guardou a arma no cinto, enquanto a outra encaixava a sua dentro da bota.

— Naya, você pode hackear o sistema e alterar a localização dela para longe daqui enquanto tiramos essa merda? — Sua voz aumentando em volume conforme ela sumia por uma porta. A mulher na cadeira de rodas voltou para trás do balcão e abriu dois notebooks.

— Quem são elas? — perguntei baixo quando Chae se aproximou. Ela pareceu hesitar em me falar.

— Jade e Naya — respondeu por fim. — Elas são gêmeas, e sobre o que vai acontecer agora: é melhor não resistir, princesinha. É para o seu bem.

Ainda me atormentava o jeito que ela dizia "princesinha" com tanta ironia.

— Mas o que vai acontecer? — questionei, e Chae apenas sorriu.

— Entrei no sistema. Eles provavelmente já estão seguindo o rastreador, mas vou alterar o histórico — comentou a garota de trás do balcão.

Pouco tempo depois, a que tinha sumido pela porta voltou com uma maleta e um cachorro bravo de coleira. Ele latiu na minha direção, me fazendo pular de susto. Ela amarrou a guia no pilar de madeira do centro do que eu chamaria de sala, apesar de o local ser muito pequeno. Eu nunca tinha visto um cômodo tão pequeno quanto aquele.

— Vem cá. — Ela fez um sinal para o sofá, indicando que eu deveria sentar. — Também precisarei de você, Chae. Temos de ser rápidas, não temos tempo para anestesia.

— Nós nunca usamos anestesia — disse Chae, empurrando meu ombro para que eu me aproximasse da mulher, que havia se sentado na mesa de centro e estava abrindo a maleta. — Mas ela é uma princesa, acha mesmo que vai aguentar a dor?

— Eu estou bem aqui — grunhi, irritada.

A mulher abriu um sorrisinho irônico para mim. Eu não aguentava mais tanta ironia.

— Senta aí. Mina, meu nome é Jade, e agora você tem que cooperar comigo.

Eu não respondi. Chae me forçou a sentar no sofá na frente da tal Jade. Observei-a pegar duas luvas dentro da maleta, calçá-las e colocar um pano no chão entre nós duas. Ela me pediu para esticar o braço direito, e eu, hesitante e sem saída, obedeci.

Jade pressionou vários pontos do meu antebraço com o dedão, como se procurasse por algo que não demorou a encontrar.

— Segura ela — disse, e senti Chae apoiando o joelho no sofá ao meu lado. Uma de suas mãos cobriu minha boca sem pensar se estava me machucando, enquanto a outra segurava minha nuca para me manter firme.

Tentei gritar e puxar meu braço quando vi Jade tirar um bisturi da maleta, mas as duas eram muito mais fortes do que eu. Chae soltou minha nuca para puxar meu outro braço para trás.

— Quanto mais você se mexer, mais vai doer — disse Jade, mergulhando o bisturi em uma vasilha com álcool. Minha visão embaçou assim que ela cortou a pele do meu braço.

A mão de Chae fez com que o grito entalasse na minha garganta. O corte não era grande e, zonza e com a visão turva, notei um pequeno objeto de metal escapar por ele. Jade o pegou com a ponta dos dedos e largou o bisturi no chão, colocando um pano sobre o corte e pedindo para Chae pressionar. Só então meu grito escapou.

— O que foi isso?! — Minha voz saiu arrastada e sofrida. A dor latejava e chegava até meu pulso.

— Os batimentos pararam, mais cinco segundos e não vai mais ser registrado como falha do sistema — disse a garota atrás do balcão. Jade enfiou a coisinha de metal que saiu do meu braço em um pedaço de pão e ofereceu ao cachorro, que abocanhou de uma vez. — Os batimentos voltaram.

— Continue segurando — disse Jade para Chae. Minha cabeça ainda latejava de dor, e o sangue que escorria caía na toalha sob meus pés.

— O que foi isso? — perguntei de novo, segurando o choro, enquanto Jade saía com o cachorro porta afora.

— Você não sabe? É um rastreador. Todos nesse reino recebem um ao nascerem, princesinha. Jade deu o seu para cachorro, então os guardas vão seguir o sinal até o animal, você sabe... colocar aquilo pra fora. Isso vai desviar a atenção deles.

— R-rastreador? — Eu não sabia como estava aguentando a dor no braço e no pé, minha fala se arrastava e minha visão entrava e saía de foco.

A porta da casa bateu e eu vi Jade se aproximando, tirando as luvas que usava e colocando novas. Ela pediu para Chae voltar a ajudá-la, e, dessa vez, a criminosa se sentou atrás de mim, com as pernas ao meu redor. Ela puxou minha cabeça, fazendo com que eu encaixasse a nuca em seu pescoço, e cobriu minha boca com a mão. Seu outro braço me envolvia pela frente, mantendo meu braço esquerdo dobrado e o outro esticado nas mãos de Jade.

Daquela forma, eu enxergava apenas o teto e engolia os gritos de dor enquanto meu braço era costurado de forma brutal e, provavelmente, antiquada. Tentei focalizar qualquer coisa que não fosse a dor, e a primeira que captou minha atenção foi o perfume de Chae. Era doce, mesmo depois da caminhada na floresta e de ficar sabe-se lá quanto tempo detida naquela cela. Era um cheiro que eu nunca tinha sentido antes, e claramente não combinava com sua personalidade. Não sabia quanto tempo ela passara presa nem o porquê, porém, ela devia ser alguém importante, para ter sido mantida nas dependências do palácio. Eu nunca tinha sequer ouvido falar de prisioneiros tão próximos da gente daquela forma. Mas, pelo visto, eu não tinha ouvido falar de quase nada. Chae com certeza era alimentada e bem cuidada, mas em troca de quê? Me senti inebriada pelo cheiro doce e o aperto forte que me permitia sentir seu coração nas minhas costas. Quando Jade soltou meu braço, achei que ia desmaiar, sair de mim.

— Vou passar uma pomada anestésica para diminuir a dor — informou ela, e senti Chae soltando minha cabeça, me permitindo ver a costura que certamente deixaria uma cicatriz horrenda e grosseira. Era por isso que todas tinham a mesma marca?

— Por que não fez isso antes? — perguntei com raiva, e minha voz falhou devido à fraqueza. Ouvi a risada de Jade e o riso fraco de Chae perto do meu ouvido.

— Tive meus motivos.

Devagar, Chae se levantou e se afastou de mim, me fazendo sentir falta de seu calor contra meu corpo. Talvez fosse minha pressão baixando e a febre surgindo, já que, mesmo no verão, eu sentia frio.

— Ela está com um machucado no pé direito. Acha que pode resolver? — perguntou Chae. Jade puxou minha perna e apoiou meu pé no colo.

— Você andou descalça na floresta? — Ela pressionou levemente a região e eu confirmei com a cabeça. — Não deveria fazer isso. Nessa região crescem acácias espinhosas que, apesar do veneno inofensivo, têm espinhos que não são brincadeira. Você deu sorte, podia ter sido muito pior.

Jade era inteligente. Será que era formada em medicina ou algo do tipo? E, se era, por que tinha escolhido o caminho... *errado*?

Senti um ardor subir pelo meu corpo e um gemido escapar quando ela colocou no meu pé um algodão embebido em álcool para limpar o ferimento. Em outra tentativa de distração, meu olhar parou na suposta hacker que agora estava ao lado de Chae, as duas de braços cruzados, os olhares fixos em mim e em Jade. Me perguntei como elas três se conheciam e por que pareciam tão próximas. Às vezes, minha curiosidade podia ser perigosa.

— O que você tanto olha? — perguntou Naya, que reparou meu olhar fixo nela e me fez voltar à realidade. — O que houve com seu vestido? — perguntou, e tentei puxá-lo mais para baixo, lembrando que estava curto demais e me fazendo sentir exposta.

— Precisei rasgar, era muito grande e espalhafatoso — respondeu Chae, fazendo um movimento exagerado com as mãos.

Jade terminou o curativo, recolheu o pano ensanguentado do chão, fechou a maleta e largou tudo na mesa de centro.

— Quais são os planos? — questionou, cruzando os braços. — Vocês podem ficar uma ou duas noites. Quero que estejam bem longe quando a mudança de rota for descoberta. — Ela parecia ter pensado em todos os passos.

— Não vamos ficar por muito tempo, assim que a poeira baixar sei exatamente para onde a levar — respondeu Chae.

— Me levar?

— Sim.

— O que você pretende fazer comigo? Pensei que tínhamos um combinado.

— Você é meio burra, né, princesinha? — Chae riu, seca. — A sorte grande caiu nas minhas mãos, e não vou me livrar dela tão fácil.

— O que foi todo aquele papo na floresta, então? Sobre eu ir para um lado e você para o outro? Seguirmos nossos próprios caminhos?

Chae riu de novo e se aproximou, com a intenção de parecer ameaçadora, mas sua aparência dificultava isso. Era estranhamente bonita e delicada. Ela se inclinou na minha direção, ainda de braços cruzados, e aproximou o rosto do meu.

— Você tem um plano?

Eu não tinha. Não respondi.

Desde que tinha entrado nesse furacão, tudo o que Chae fez foi me ajudar. Ela me tirou do palácio, da floresta e até me carregou quando eu já não aguentava andar. Também me levou para um lugar relativamente seguro — sem contar a parte das armas — e me livrou do rastreador. Eu não tinha do que reclamar. Se não fosse por ela, naquele momento, eu poderia estar presa, morta, ou pior, *casada*.

Senti um arrepio.

— Muito bem, princesinha.

Naya e Jade riram e trinquei os dentes.

— Quando eu pensava na princesa, nunca foi como rendida a você. — As palavras saíram com um riso dos lábios de Naya e fizeram com que eu me levantasse subitamente. A dor irradiou pelo meu pé e minha cabeça girou. Chae colocou a mão na minha cintura.

— Calma, princesinha. Não chegamos até aqui para você desmaiar — disse ela, e segurei seu ombro para me firmar. — Ela precisa descansar.

— Diria para ela ficar no sofá, mas se um dos nossos clientes aparecer, não quero que veja a princesa aqui. — Jade suspirou. — Posso ficar com Naya no quarto dela hoje, ela fica no meu. Seja bem-vinda, *Vossa Alteza*.

Chae segurou meu braço e começou a me guiar na direção das escadas, que, logo que ela pisou no primeiro degrau, rangeram como se fossem quebrar. No segundo andar, o chão parecia mais firme e não fez tanto barulho a cada passo nosso.

O corredor era pequeno e tinha apenas três portas, uma no final e uma em cada lateral. Chae seguiu para a da esquerda e abriu. O quarto tinha apenas uma cama de solteiro no meio, que, na minha visão, parecia mínima, quase microscópica. Estava acostumada com um colchão no qual caberiam facilmente três pessoas além de mim. No canto, um armário e uma mesinha de cabeceira. Chae fechou a porta quando entrei e apontou, autoritária, para a cama.

— Descanse.

Eu estava cansada, mas não seria fácil relaxar com toda a ansiedade.

— Para onde você vai enquanto eu durmo?

— E isso te interessa?

Suspirei com a resposta dela.

— Eu não consigo dormir com essa roupa. Incomoda demais — falei, puxando novamente o vestido, ou o que tinha sobrado dele, mais para baixo.

Chae riu, como sempre. Era um som forçado e debochado.

— Durma nas suas roupas íntimas, então.

Eu a fuzilei com o olhar, irritada com sua grosseria. Eu era a princesa, como ela ousava me tratar assim? Suspirei de novo e caminhei até a cama, não querendo me expor ainda mais, e vi um sorriso vitorioso em seu rosto.

— Bons sonhos, princesinha.

Chae fez questão de se aproximar e puxar as cobertas até meu pescoço, fazendo com que os cobertores pressionassem a minha garganta. Com o rosto inclinado bem perto do meu, ela deu uma piscadela, depois se afastou.

Minha mente era um turbilhão, que só fez piorar quando Chae saiu batendo a porta. Com o cair da noite, a adrenalina se esvaiu de minhas veias e tudo que restou foram os questionamentos. Onde eu estava? De onde tinha surgido a coragem para fugir? Como estaria o palácio depois da minha fuga? Como estaria Momo?

Então a clareza me atingiu como uma facada. Eu tinha abandonado Momo. Tinha abandonado minha amiga diante de um dos maiores problemas de sua vida, enquanto escapava dos meus. Ela me entenderia algum dia? Ou será que já me odiava?

O que diabos eu tinha feito?

Capítulo 4
Tenha maturidade, princesinha

Quando acordei, não enxerguei nada. A lua já devia estar bem alta no céu. Senti uma presença, e um calafrio me subiu pela espinha. Fiquei paralisada, sem conseguir mover um centímetro sequer. A pessoa que estava ali mexia em meu braço calmamente. Quando meus olhos finalmente se acostumaram com a escuridão, reconheci o perfil de Chae.

— O que você está fazendo? — Minha voz saiu arranhada e seu olhar subiu para o meu rosto.

— Quieta, princesinha.

— Já não te pedi para parar de me chamar assim? — Limpei a garganta, que implorava por água.

— Por que isso te incomoda? Você não é uma? Quase *rainha de Zhao*, mas ainda uma princesa. — A voz de Chae era calma. Seu olhar já não estava mais no meu rosto, e sim no cotonete que ela passava no entorno dos pontos do meu ferimento.

— O que você está fazendo?

— Limpando o seu machucado para você não perder o braço. De nada. — murmurou ela, contrariada. Pegou outro cotonete, mergulhou em álcool e prosseguiu. Naquele momento, apenas observei Chae limpando cuidadosamente minha cicatriz como se ela se importasse.

— É por isso que todas vocês têm a mesma cicatriz? — Minha voz se arrastou de novo. A respiração calma de Chae batia na umidade do álcool na minha pele, me fazendo sentir frio.

— O que você acha?

— Quando vi pela primeira vez, achei que era algum tipo de cicatriz de guerra.
— Guerra? — Ela riu fracamente. — Você não sabe nada sobre mim, sabe?
— Bom, você estava na prisão de maior segurança que já vi. Caso queira me contar a sua versão, estou disposta a ouvir.

Ela não respondeu, só continuou a higienizar meu ferimento, apesar de eu ter certeza de que já não era mais necessário. O silêncio prosseguiu, mas senti a necessidade de quebrá-lo.
— Eu preciso de água.

Chae finalmente parou o que fazia, juntou os cotonetes usados em um saco plástico que estava pendurado na cama e fechou o pote de álcool. Ela amarrou o saco e deixou tudo na mesa de cabeceira.
— Você não precisa, você quer. Você não sabe o que é precisar — disse ela, estendendo a mão para me ajudar a levantar.

Chae abriu a porta devagar, numa falha tentativa de não fazer barulho — toda madeira daquela casa rangia. Descemos os degraus e logo vi a cadeira de Naya no pé da escada.
— Jade carrega ela para cima toda noite? — perguntei baixinho; minha garganta estava tão seca que nem se eu quisesse poderia falar alto.
— É óbvio, elas não são mimadas como a princesinha. Sua realidade é completamente diferente da do seu povo. — Chae me guiou para uma porta que eu não sabia para onde poderia dar. — As pessoas batalham para viver, os pais lutam para alimentar os filhos, todos vivem com pouco. A casa de Naya e Jade é uma das mais pobres daqui, apesar de já terem vivido em condições muito melhores. E *acho* que você sabe de quem é a culpa.

Preferi não falar nada, apenas examinei a pequena cozinha onde estava. Uma mesa de madeira com duas cadeiras, armários velhos de portas bambas, um fogão enferrujado e pés de geladeira idem.
— Os copos estão ali. — Apontou para o canto da pia. — A água está na geladeira. Se sirva.

Os copos não eram de cristal nem de vidro, eram de alumínio todo arranhado. Abri a geladeira, que não tinha muita coisa, e peguei a garrafa de água. Assim que levei o copo à boca, cuspi ao sentir o gosto diferente. Chae cruzou os braços e me encarou. O gosto não era de água, era amargo, eu não sabia nem identificar de quê.

— O que foi?

— Isso não é água.

— Sim, é água. E não desperdice, porque elas dão duro para conseguir. Se você tá acostumada com a água filtrada e tratada da família real, eu lhe apresento a água de geladeira.

Fitei o conteúdo do copo, tampei o nariz e engoli tudo, satisfeita por estar molhando a garganta.

— Inacreditável. — Chae deu mais uma de suas risadas debochadas e se virou para sair. — Lave o copo depois de usar.

■ ■ ■

Quando saí da cozinha, Chae estava no sofá com a cabeça apoiada no encosto, de olhos fechados. Sentei ao seu lado, e ela me encarou.

— Por que não vai dormir?

— Não estou com sono.

Chae fez uma pausa, então falou:

— Parece que seu pé melhorou bastante, não te ouvi reclamar mais.

Realmente, não senti dor ou qualquer incômodo desde que me levantei.

— Jade é formada em medicina? — perguntei.

— Não pelo seu reino. — Chae se manteve séria.

— Como assim?

— Jade sempre quis curar os outros, mas no lugar e na situação em que ela nasceu, seria difícil cursar medicina. E, mesmo que conseguisse, seria obrigada a só atender a alta classe na maior parte do tempo. — Chae suspirou e tornou a fechar os olhos. — Como Naya desenvolveu habilidades em invadir sistemas complicados e trabalhou praticamente de graça com os melhores hackers, ela ajudava Jade a ter acesso a todo conteúdo das melhores faculdades de medicina. Elas moram nesta casa há anos e atendem qualquer pessoa que precise, mas o palácio passou a persegui-las quando descobriram a ligação das duas comigo. Elas tentaram esconder suas habilidades, mas foram torturadas para abrir a boca sobre meus colegas depois que fui... pega.

Fiquei em silêncio enquanto processava todas as informações. Como eu vivia sem conhecer meu próprio reino?

— Elas nunca me entregaram, desviaram de cada questionamento, mesmo com todas as tecnologias da realeza. —Chae soltou um suspiro antes de retomar sua brutalidade habitual. — É por isso que amanhã vamos embora; não quero trazer mais perigo para elas. Seu reino não tem provas contra as duas, mas, se nos encontrarem aqui, será o suficiente para prendê-las.

— Para onde vamos?

— Para um lugar de que você vai gostar. — Chae sorriu, mas eu não soube decifrar se ela falava sério.

■ ■ ■

— Meu Deus, por que ela tá aqui? — Ouvi uma voz baixa e tentei abrir os olhos, mas estava claro demais.

— Não sei. — O piso rangia sob as rodas da cadeira de Naya. A última coisa que me lembrava era de ter ficado em silêncio no sofá com Chae na noite passada.

Quando finalmente abri os olhos, Jade estava ao lado de Naya e as duas me olhavam, curiosas.

— Acordou, Vossa Alteza? — Naya abriu um sorriso enquanto prendia os dreads num coque alto e, do mesmo jeito que Chae debochava ao me chamar de princesinha, percebi a ironia em sua voz.

Não respondi, apenas levei a mão ao pescoço, que doía. Ajeitei minha postura e reparei que dormi no ombro de Chae e que ela estava ao meu lado, acordada. Seus olhos profundos me fitaram e senti um arrepio inconveniente. Me levantei depressa, ouvindo a risada das gêmeas.

Se dormi em seu ombro, por que ela não me acordou? Minhas bochechas pegavam fogo.

— São nove da manhã. Vou fazer o café, mas nossos suprimentos do mês estão no final, então receio que tenhamos que conter um pouco a fome — Jade disse enquanto andava para a cozinha.

— Não — Chae disse. — Não se preocupem, façam comida apenas para vocês. O senhor Mário ainda vende taiyaki por aqui? Posso conseguir um para mim e para a princesinha.

— Você sabe que ainda vai morrer comendo aquela coisa, né? Não é taiyaki de verdade! — Naya riu. — Mas, sim, ele ainda vende.

Ouvi Chae rir e, pela primeira vez, pareceu natural.

— Cala a boca, Naya. Eu sei que você também quer, posso tentar trazer um para você.

— Eu nunca disse isso!

— Vou só vestir alguma coisa que me ajude a passar despercebida — completou Chae, pronta para subir a escada, mas eu a segurei no lugar.

— Aonde vai?

— Conseguir comida para nós, princesinha — respondeu, tentando se esquivar de mim, mas eu não a soltei.

— Me leva com você. — As palavras saíram sussurradas.

— O quê?

— Me arrume um disfarce também.

— Isso vai ser interessante. — Naya riu.

■ ■ ■

Eu me olhei no espelho manchado que Naya segurava. Usava roupas largas, meu cabelo preso em um coque dentro de uma touca e óculos quadrados sem lentes. Com a pouca maquiagem que tinham, elas desenharam um bigode em mim, o mais realista possível, e contornaram meu rosto. Eu já não parecia mais Mina, a princesa fugitiva. Chae não estava muito diferente. Dei uma risada quando olhei para ela.

— Tenha maturidade, princesinha. — Ela apenas revirou os olhos.

— Deixe de ser idiota, Chae. — O riso de Naya estourou. — Se permita rir de uma das poucas situações cômicas da vida.

— Faço qualquer coisa pelo taiyaki do senhor Mário — Chae resmungou, abrindo a porta.

Eu a segui e logo senti o sol forte batendo no rosto. As pessoas passavam normalmente, como se fosse mais um dia normal. Como se o suposto casamento real não tivesse se tornado um fiasco ao vivo!

— É assim que a rua é à luz do dia, então — falei.
Ninguém se importa, pensei logo em seguida.
Chae pegou minha mão e me puxou escada abaixo, então a soltou quando chegamos à calçada. Assim que começamos a andar, reparei em uma grande parede grafitada. Era claramente uma caricatura bem-feita do meu pai, sentado na rua, sujo de sangue e quase sem roupas, esticando as mãos e pedindo dinheiro. Em cima, havia a frase: "Se seu reino é perfeito, troque de lugar com o povo." Perto da base, algo que parecia com um W.

— Deve ter guardas na rua, com certeza. Tente parecer relaxada ou... alguma coisa parecida com isso. Não esse sorriso forçado, só... Esquece. — Chae balançou a cabeça quando percebeu que eu não estava entendendo o que ela queria dizer. Continuei ao seu lado até ela virar à esquerda, que foi quando pude ver uma quantidade maior de pessoas. De todos os jeitos, com roupas diversas, algo que eu nunca tinha visto antes. Pisquei algumas vezes ao mesmo tempo que senti o cheiro de comida vindo de várias barracas e carrinhos de rua. Senti os dedos de Chae em meu ombro, me guiando até um lugar específico. Eu tinha esquecido o quanto estava morrendo de fome.

— Posso ajudar? — perguntou o senhor do outro lado do carrinho, com um sorriso simpático e rugas bem-marcadas no rosto.

— Querem provar meu magnífico taiyaki? Prometo que não vão se arrepender.

— Senhor Mário, sou eu! Chae. — Ela tirou os óculos, como se seu disfarce fosse só aquele acessório.

O homem arregalou os olhos e depois os estreitou, tentando enxergar melhor.

— Chae? Minha querida Chae Kang?

— Sim, senhor!

Ele esticou a mão até o rosto de Chae, tocando a lateral do queixo e apertando ainda mais os olhos.

— Aí está a minha pintinha favorita! Oh, minha querida, quanto tempo! Por que está tão diferente?

— Quanto menos o senhor souber, melhor.

— Como sempre. Desde que te conheço, peço para não me chamar de senhor! Assim me sinto velho.

— O senhor é velho, senhor Mário. Quem você quer enganar, hein? — Quando o homem riu, percebi a intimidade entre os dois. Me peguei sorrindo também.

— Tudo bem, tudo bem, tá certo. — Ele olhou para mim. — Quem é o seu... amigo?

— Melhor não saber isso também, senhor.

Ele ergueu as mãos como se estivesse se rendendo.

— Tudo bem. Então me diga, por que me procurou?

Chae levou as mãos ao estômago e se contorceu em uma interpretação de fome. Eu estranhei que essa fosse a mesma pessoa com quem eu tinha lidado até então.

— Tenho fome, mas não tenho dinheiro. E o senhor tem os melhores taiyakis.

Ele riu.

— Tudo bem, posso dar para vocês. Um tradicional para você, certo? — ele disse e me fitou em seguida. A gente ia pegar a comida de graça? — Você tem cara de que gostaria do de queijo, pode ser?

Chae confirmou. Olhei para o vidro embaixo do balcão que ele abria para pegar com um papel dois dos... peixes?

— O que é isso? — perguntei para Chae.

— Taiyaki. Bolos recheados em forma de peixe. Você vai gostar.

Comida de rua? Eu vou gostar? Não tinha certeza, me parecia um pouco... nojento. Me senti horrível por pensar assim.

Ele entregou o dela e depois o meu, então se virou para uma caixa de isopor, abrindo a tampa.

— Posso mandar uma bebida também. Eu daria duas, mas estão no final.

Ele estendeu uma garrafa de vidro com um líquido colorido. Havia um rótulo em que estava escrito "refrigerante de limão".

Eu nunca tinha tomado refrigerante. Normalmente, os empregados bebiam. Lena, minha criada, sempre tinha um por perto, de cores e sabores diferentes. Quando era criança, uma vez, quis provar pois tinha achado as bolinhas de gás engraçadas, mas meus pais me disseram que aquilo não era bebida de realeza.

— Muito obrigada, senhor Mário. — Chae sorriu para ele. — Tenha certeza de que toda sua bondade retornará ao senhor, me certificarei disso.

O homem sorriu para ela, então Chae se afastou comigo, levando o bolo à boca e mordendo. A textura era mais dura do que um bolo de verdade, parecia mais um tipo de pão, percebi antes de sequer morder. Ela se sentou no meio-fio e me estendeu o seu. Segurei o peixinho, ainda em pé à sua frente, e ela abriu o refrigerante com um barulho de gás.

— Senta aí — chamou. Eu hesitei, mas acabei cedendo. Chae pegou de volta seu taiyaki e mordeu mais uma vez, soltando um gemido. Quando me olhou, escondeu a boca com a mão antes de falar.

— Come, a gente não desperdiça comida.

Soou como uma ordem, e eu sabia que, de certa forma, era. Encarei o bolo-pão antes de morder a ponta. Bom, ele disse que tinha queijo, mas não percebi o sabor de primeira. Apenas a massa macia que, surpreendentemente, me agradou. Dei uma mordida maior e senti o gosto do queijo, arregalando os olhos.

Comida de rua era boa, então?

Chae levou a garrafa de refrigerante aos lábios e tomou várias goladas. Olhei para sua expressão de satisfação e ela me encarou de volta.

— Eu tava com saudades disso, não me julgue — disse, e estendeu a garrafa gelada para mim.

Peguei o refrigerante com uma das mãos e inclinei um pouco a cabeça. Ela tinha acabado de beber daquela garrafa. Eu deveria colocar meus lábios onde ela havia posto os dela?

— Espero que não tenha nojo de mim, princesinha, ou vai ficar com sede.

Sem pensar muito, levei a garrafa à boca e bebi. A bebida gaseificada era estranha e me fez tossir, mas o gosto era ótimo. Chae riu e colocou o refrigerante entre nós, então continuamos a comer em silêncio, tranquilamente.

Quando a rua em que estávamos começou a ter uma maior movimentação e vimos guardas armados, Chae se levantou em questão de segundos.

— Temos que sair daqui agora — ela disse alto o suficiente para que eu ouvisse.

Eu não podia ser pega. Fiquei paralisada. Senti minha respiração sair do controle e meu coração acelerar. Chae se abaixou e fitou meu rosto de perto.

— Mina — ela me chamou pelo nome pela primeira vez. — Nós vamos conseguir sair daqui. Eu prometo. Venha comigo.

Segurei a mão que ela me estendeu e senti nossos dedos se entrelaçarem quando me puxou. Chae começou a me levar pela rua enquanto os guardas cercavam todos que estavam por ali. Eles só permitiam que os cidadãos seguissem após verem a imagem que projetavam de seus pulsos. Tentei entender o que era aquilo e me assustei ao identificar o rosto de Chae no holograma; ela estava sendo procurada. Por que meu rosto não estava ali também?

Quando estávamos perto de alcançar a esquina, onde havia um espaço entre os guardas, um deles encontrou meu olhar. Desviei rapidamente, mas ele percebeu algo de estranho e apressou o passo até a gente.

— Chae — alertei, e ela se virou, vendo o guarda atrás de nós.

Ela apressou o passo e avançou por entre as mesas de plástico na frente de um estabelecimento. Com o quadril e a mão livre, Chae derrubou todas que apareciam em nosso caminho, para dificultar a passagem do guarda. Ela apertou minha mão com mais força antes de começar a correr até a esquina. Mesmo com todo o treinamento, o guarda ainda era humano e vestia uma armadura que dificultava sua mobilidade.

Chae me puxou para um beco estreito, arrancou nossas toucas e óculos e jogou no meio da rua quase deserta. Seu corpo se colou ao meu enquanto me pressionava contra a parede. Estávamos tão próximas que sua respiração tocava meu pescoço, uma de suas pernas estava entre as minhas, e eu segurava sua cintura. O vão entre os prédios em que nos enfiamos era estreito, não conseguíamos ficar lado a lado, mesmo sendo pequenas. Despistamos o guarda, que passou correndo por nós. Vi quando ele recolheu as coisas caídas no meio da rua, olhou para a frente e seguiu. Mais alguns apareceram logo em seguida, atrás do primeiro. Então, silêncio.

— Ele se foi — sussurrei e Chae então afastou o rosto de meu pescoço, fitando meus olhos.

Eu podia sentir a respiração dela em meus lábios. Um arrepio subiu pela minha espinha quando ela olhou da minha boca para os meus olhos. Nossos cabelos estavam presos em coques, e um fio dos dela se soltara, caindo sobre o olho. Engolindo em seco, ajeitei o fio delicadamente para trás da orelha dela, o que fez Chae parecer sair de algum tipo de transe. Ela suspirou.

— Prometi que a gente conseguiria. Eu sou uma pessoa de palavra, princesinha. Custe o que custar.

Capítulo 5
Não gosto que me chame de princesinha

Apesar de a perseguição ter acabado, Chae não se afastou de mim imediatamente. Minha respiração parecia lenta, como se eu precisasse me lembrar de como puxar o ar. Naquele momento, comecei a prestar atenção na minha respiração para evitar pensar em outras coisas. O que diabos estava acontecendo?

Busquei a saída mais rápida.

— Já te falei, não gosto que me chame de princesinha.

O típico sorriso sarcástico voltou ao seu rosto. Era engraçado como ela tentava parecer má com um sorriso. Seus olhos, esses sim assustavam, e contavam outra história. Uma história de dor e sofrimento. Seu olhar maltratado sabia demais e já tinha visto muitas coisas. Parecia tão profundo e superficial ao mesmo tempo, como um mundo interminável, mas cercado por uma barreira que me impedia de ultrapassar a superfície. Sentia que ela era perigosa apenas pelo olhar, mas não sabia por quê. E eu era curiosa demais para o meu próprio bem.

— Já falei tantas vezes que não vou parar, princesinha — respondeu, descolando o corpo do meu. — Vamos dar um tempo aqui até a confusão acabar e os guardas irem embora — ela disse, encostada na parede oposta à que eu estava, de frente para mim.

— Por que eles estão procurando por você e não por mim? — perguntei.

— Pense bem, princesinha. A transmissão do casamento foi cortada, você acha mesmo que eles vão contar ao povo que perderam o controle e que a princesa perfeita do reino perfeito fugiu? E, ainda mais, que eu e você sumimos no mesmo dia? — Ela tirou o sobretudo que usava e se aproximou, colocando-o em mim pela frente, jogando as mangas por cima dos meus ombros, cobrindo meu corpo, apesar de eu já estar usando um casaco. — Eles vão tentar manter isso em segredo pelo máximo de tempo possível, não querem que a notícia saia dos limites do palácio. E provavelmente acreditam que, se me encontrarem, encontrarão você também.

Ela estava certa. Meu pai nunca deixaria o povo ver uma falha dessas no reinado.

— Por que me deu seu sobretudo? — Mudei de assunto.

— Não quero que fique resfriada, você estava tremendo.

— Por que você se importa?

— Você faz muitas perguntas. Tem quatro anos, por acaso?

Eu me calei, não queria irritá-la. Ainda não sabia nada sobre seu passado e o que a levara a ser presa, então me sentia insegura. De certa forma. Ela ainda era uma inimiga do reino, no fim das contas.

O silêncio se prolongou, e, quando a rua finalmente parecia calma, Chae me pediu para esperar ali enquanto ia checar se podíamos sair.

— Ande olhando para o chão. — ordenou ao voltar. — As câmeras de vigilância do reino devem estar programadas para identificar nossos rostos. Antes tínhamos um disfarce, agora não mais.

Chae pegou no meu braço, apertando os pontos, e grunhi alto, não consegui me controlar. Ela virou para mim com os olhos arregalados e me soltou.

— Eu te machuquei? Desculpa.

Quando ela se aproximou, tive a impressão de ver um fantasma de compaixão passar em seus olhos. Ela tinha mesmo pedido desculpas?

— Está tudo bem — respondi. — Só doeu um pouco quando você tocou.

Sua postura voltou a endurecer, o olhar inabalável retornou, e ela parecia arrependida das palavras ditas segundos atrás.

— Vamos andando. — Ela voltou a agir como se nada tivesse acontecido e me puxou pelo meu outro braço.

Mantive o olhar no chão enquanto caminhávamos. A multidão dissipara após a passagem dos guardas, mas ainda tinha muita gente na rua. Quando ousei levantar o olhar, vi o senhor que havia nos alimentado levando o carrinho para longe. Nossos olhares se cruzaram e aquilo mexeu comigo.

Os olhos do homem mal expressaram surpresa quando ele me reconheceu, e senti medo, achando que tudo iria por água abaixo. Então ele se curvou, tão sutilmente que quem visse de longe não entenderia, mas não havia admiração no gesto, não havia respeito. A aura era apenas de medo e repúdio, mas, principalmente, obrigação. Ali eu soube: não era só Chae; o povo não gostava de mim.

■ ■ ■

Minutos depois, entramos na casa de Jade e Naya. As duas estavam na sala, Jade sentada no sofá acariciando um cachorro como no dia anterior, e Naya atrás do balcão, teclando freneticamente no notebook.

— Estamos partindo — Chae anunciou logo que fechou a porta.
— Já? — Naya ergueu o olhar para ela.

Jade se levantou, segurando o cachorro pela coleira curta.

— Deixe elas irem — disse, e a irmã a fitou. Apesar de ter nos ajudado, era perceptível que ela não nos queria ali.

— Vão para onde? — perguntou Naya, saindo de trás do balcão.

— É melhor que vocês não saibam — respondeu Chae enquanto me ajudava a tirar os sobretudos. — Eles estão procurando por mim e é de se esperar que venham aqui. Use seus conhecimentos para disfarçar nosso rastro e certifiquem-se de tomar a pílula que impede o efeito do soro da verdade.

Chae se dirigiu até a escada e parou no primeiro degrau, se voltando para Naya. Sua voz soou mais afetada quando disse:

— Se precisarem me entregar para salvar a vida de vocês, me entreguem. Não pensem duas vezes.

Então ela subiu. Jade soltou um suspiro alto.

— Vou pegar roupas melhores para elas — informou, prendendo a coleira do cachorro na pilastra central da sala antes de subir.

Ficamos apenas eu e Naya na sala. Seu olhar em mim era intimidador, parecia superior, sem nenhum medo por eu ser a princesa.

— Obedeça a Chae — ela disse, e eu a encarei de volta, assustada.
— O quê?
— Ela já tem um plano. Enquanto você obedecer, estará segura. Ela vai te proteger. — Naya se aproximou mais e sua voz assumiu um

tom mais baixo. — Chae é pequena, tem covinhas e rosto inocente, mas é o oposto disso. A vida a fez ser quem realmente é.
Foi a sua vez de suspirar e diminuir ainda mais a voz.
— Foi seu pai que me colocou nessa cadeira, por compartilhar dos mesmos princípios de Chae e trabalhar com ela. Mas, sinceramente? Eu faria tudo de novo. — Naya se afastou de mim, soltou o cachorro da pilastra e se dirigiu com ele até a porta da cozinha. Ela parou e olhou para mim por cima do ombro. — Não conte isso a Jade, ela me mataria.

Fiquei plantada na sala, sozinha, me apoiando no pé que não estava machucado e encarando a parede. Antes, meu destino estava nas mãos de meus pais e de Zhao Yan. Naquele momento, estava nas mãos de Chae Kang.

De alguma forma, isso parecia menos desagradável.

■ ■ ■

Jade nos deu roupas pretas, que vestimos com a intenção de não voltar mais ali. Calças jeans justas, cintos com compartimentos para encaixar objetos — ela entregou uma pistola e um pouco de munição para Chae, assim como um objeto preto e pequeno que eu não soube identificar. Eu parecia uma criança saindo em excursão, no meu cinto havia pomadas e curativos para meus ferimentos. A camisa era colada também, com mangas compridas, e, por cima, um casaco grosso com capuz. As máscaras descartáveis cobriam parcialmente o rosto. Além disso, botas pesadas nos pés, que me abraçaram como meias de lã no inverno.

— Obrigada por terem me ajudado, eu não teria vindo se não fosse uma situação delicada — disse Chae.

Jade estava em pé na porta, de braços cruzados.

— Eu confio em você, Chae. Só evite ser pega dessa vez, eles vão ficar ainda mais na sua cola.

— Eu estou sempre um passo à frente deles, Jade. — Chae riu daquele jeito sarcástico.

Jade abriu um sorriso de lado, e Chae segurou no meu braço bom, me puxando para seguirmos o caminho. Senti o impulso de acenar para as antigas anfitriãs, grata pelas roupas e pelo silêncio, mas a porta já tinha se fechado assim que chegamos na rua. A noite já começava a cair e Chae disse que chegaríamos ao nosso destino antes que a lua chegasse ao ponto mais alto.

As ruas estavam tomadas por pessoas voltando para casa, crianças descalças brincando e algumas pessoas dormindo no chão. Torci o nariz por causa do mau cheiro.

Chae parecia acostumada, e eu sabia que realmente estava.

— Por que essas pessoas dormem aqui? — perguntei quando passei por mais uma. Chae já não segurava mais o meu braço. Andávamos lado a lado, em silêncio. Minha voz saiu um pouco abafada por causa da máscara.

— O que você acha, princesinha? Elas não têm casa.

Elas não têm casa? Existiam realmente pessoas sem casa? Como elas sobreviviam? Por que o rei não fazia nada? Por que... meu pai não fazia nada?

Eu me lembrei do que de vez em quando ouvia dentro do palácio. Aquelas pessoas haviam nascido nessa posição e mereciam esse destino. Mereciam não ter uma casa para morar. Cada pessoa nascia em uma situação, e a hierarquia das coisas precisava ser respeitada para que a sociedade funcionasse.

Não.

Eu não conseguia entender como alguém merecia morar na rua. Ninguém *merece* isso. Como se alimentavam? Não fazia sentido. Era uma realidade absurdamente diferente da minha e, ainda assim, era a realidade do *meu* reino. Por que eu nunca soube de nada disso? O que mais estavam escondendo de mim?

Minhas pernas já não aguentavam mais andar quando Chae parou na frente de um edifício alto e mal cuidado. Na lateral, era possível ver mais um grafite no qual, dessa vez, meu pai sentava em um trono feito de miniaturas de pessoas esqueléticas e moribundas. O W estava ali de novo.

— É aqui. Chegamos.

Chae apressou o passo enquanto eu encarava a arte por mais um segundo e sentia um arrepio subir pelas minhas costas. Era intenso e horrível, eu nunca tinha visto nada assim. Quando saí do transe, Chae já estava na entrada do prédio. Ela se aproximou do balcão, atrás do qual havia um homem de cabeça baixa, folheando uma revista.

— Boa noite — o homem disse, sem o menor ânimo, quando ela se aproximou e eu cheguei por trás, parando a alguns passos.

— Vou para o apartamento de Dana — Chae informou.

— De quem? — O homem levantou a cabeça e arqueou a sobrancelha.

— Dana — repetiu ela.

— Dana — disse devagar ao digitar em um computador velho, depois suspirou. — Não tem nenhuma Dana aqui. Na realidade, nunca teve. O nome não consta nos registros.

— O quê? Isso deve estar errado. Apartamento 314, cheque outra vez.

— A não ser que essa Dana seja um homem chamado Marco, você está errada.

Chae soltou um suspiro alto e se virou para sair, me deixando para trás enquanto o homem voltava para a sua revista. Fui atrás dela até a escada, onde tinha sentado com a cabeça entre as mãos.

— O que houve?

O rosto dela estava sem expressão, mas as suas palavras saíram tensas.

— Tem algo muito errado acontecendo. E, se for o que tô pensando, estamos completamente fodidas.

Capítulo 6
Um novo destino

Fiquei esperando Chae tomar a iniciativa de me colocar a par da situação, mas ela se manteve em silêncio, então não consegui me controlar. Normalmente, eu simplesmente aceitava ser a pessoa que não ficava sabendo de muito, mas nada ali era normal, né?

— Chae, me explique o que está havendo.

Ela se levantou de um pulo e me tomou pelo braço.

— Chae...?

— Quieta, princesinha.

Apelido maldito. Suspirei, preparada para uma longa caminhada, mas ela parou e olhou em volta, atenta a todas as direções. Algumas pessoas e poucos carros passavam por nós.

— Não podemos voltar para casa de Jade e Naya... E não podemos pegar o metrô, a segurança vai estar reforçada, além de ter muitas câmeras de vigilância. Só temos uma opção. — Ela fechou os olhos e franziu o cenho com força, como se estivesse tentando se lembrar de algo. — Transporte ilegal, definitivamente. — Chae disse para si mesma. — Vamos, princesinha. Já temos um novo destino, tenho certeza de que você vai gostar ainda mais.

Eu não sabia se ela estava me zoando ou não.

Chae já não segurava o meu braço, mas se eu resolvesse seguir sem ela, seria pega. Ao segui-la, tinha certeza de que estaria em segurança; ela não me entregaria, porque isso significaria se entregar também.

Chae não estava me forçando a ficar e eu não queria fugir.

E ela sabia disso.

Ela me guiou para o que parecia uma loja de ferramentas decadente. O movimento ali era bem menor do que do lado de fora, e o ambiente cheirava a ferrugem. No fundo da loja, um senhor negro, de cabelos grisalhos ralos e barba por fazer, estava sentado do outro lado do balcão. Ele levantou o olhar quando chegamos mais perto e pude ler "Celso" em seu crachá. Seus olhos cansados, que pareciam cheios de histórias, avaliaram nossas roupas e voltaram para o rosto de Chae, que tomava a dianteira.

— Como posso ajudá-las? — Sua voz era rouca e cansada.

— Alguma encomenda para sair por agora? — perguntou ela, encostando no balcão e falando baixo, fazendo um tímido brilho aparecer no rosto do homem.

— Qual é a de seu interesse? — ele questionou, puxando uma prancheta debaixo do balcão e passando os olhos por ela.

— O centro.

O centro do país? Foi a única coisa que fui capaz de deduzir.

— Para duas?

— Sim.

— Sorte a sua, sai em quinze minutos. Estamos levando uma menininha doente com a mãe para lá, aquela área tem um hospital importante e, sabe, alguns médicos atendem ilegalmente. Em uma dessas análises da Guarda real, a menininha se perdeu da mãe e foi pisoteada na multidão... — Ele parou quando notou estar falando além da conta e suspirou. — Perdão, não recebo muita gente aqui. André!

Senti meu coração bater mais forte com todas aquelas informações. Chae se afastou do balcão e se posicionou ao meu lado conforme passos fortes desciam escadas. Um rapaz mais jovem apareceu na porta de madeira atrás do balcão.

— Diga lá, painho.

— Leve essas duas para o caminhão e adiante a saída, levar mais de quatro pessoas de uma vez é arriscado.

André deixou a porta aberta indicando que deveríamos passar, mas Chae não obedeceu de imediato.

— E o pagamento?

— Ah, sim, eu já ia me esquecendo. — Ele se abaixou para pegar alguma coisa, mas parou, voltando de mãos vazias. — Quer saber, senhorita...

— Kang.
— Senhorita Kang. Você poderia ter seguido sem falar nada e me roubar, mas fez questão de lembrar do pagamento. O mundo precisa de mais pessoas como você. Não vou te cobrar o transporte.
— Painho...
— Quieto, André. Você trabalha para mim, obedeça. Aliás, Kang... Esse sobrenome não me é estranho. Se importaria de me dizer seu primeiro nome?
— Acredite em mim, o senhor não quer saber.
Então Chae segurou minha mão e me puxou pela porta.

■ ■ ■

O rapaz nos guiou em silêncio, mas Chae já parecia saber o caminho. Não devia ser a primeira vez que fazia isso. A caçamba de madeira do caminhão estava cheia de caixas de papelão dobradas e do que parecia ser lixo. André subiu e nos ajudou logo depois. Quando me puxou pelo braço, senti a dor latejar de novo. Mal podia esperar para usar a injeção anestésica que Jade tinha me dado.

No fundo da caçamba, perto da cabine do caminhão, André tirou caixas que escondiam um compartimento elevado, imperceptível quando coberto. A menina e a mãe, mencionadas pelo senhor Celso, já estavam ali. A garota chorava baixinho e a mãe sequer nos olhou.

Chae sentou ao lado da garota, mantendo uma pequena distância, e eu fiquei ao seu lado, encostada na parede.

Por um tempo, o único som era o choro da menina, até que, finalmente, ouvimos o ronco do motor. Quando estávamos em movimento, meu braço começou a doer mais a cada sacolejada. Então peguei a anestesia, que se espalharia pelo corpo todo e me deixaria meio grogue.

Quando estava prestes a levantar a manga da blusa, um soluço da menina me alcançou e, por mais que meu lado princesa fosse egoísta, a dor dela parecia infinitamente maior do que a minha. Me espremi por cima de Chae, que resmungou e não entendeu nada, mas não relutou em trocar de lugar comigo.

Virei para a mãe da criança, que, após perceber meu olhar, me encarou de volta.

— Você... Hmmm... A senhora me permitiria ajudar a sua filha?
— Não toque nela. — A mulher puxou a garota com mais força para si, fazendo-a gemer de dor.

Eu suspirei. Abaixei a máscara que cobria meu rosto e vi o olhar da mãe mudar lentamente. Ignorei a repreensão de Chae, desesperada.

— O-o quê?

— Por favor. Isso é um anestésico que eu uso para diminuir a dor no meu braço. — Mostrei a injeção e minha cicatriz. — Isso pode ajudá-la.

Assim que a pequena deixou escapar um soluço mais alto, a hesitação da mãe passou; ela mordeu o lábio inferior e esticou o braço da criança para mim.

— Por favor, Vossa Alteza, a ajude.

Ignorei a forma como fui tratada antes e apenas segui, mesmo não sendo uma profissional como Jade. A picada de agulha nem se comparava com a dor que ela sentia, então a garota nem protestou.

Não demorou para os soluços cessarem.

— Mamãe, a dor passou!

A mãe sorriu em alívio.

— Sim, querida. Por enquanto.

A menina fechou os olhos, se recostando na mãe, que virou-se para mim, sorrindo.

— Muito obrigada. Nunca esquecerei o que fez por nós, Vossa Alteza.

Eu não disse nada, apenas sorri de volta e passei por cima de Chae para o meu lugar. Aquilo me bastava para confiar que ela não falaria sobre mim para as autoridades.

Chae se manteve em silêncio, mas um tempo depois pegou minha mão e a apertou forte.

Será que era uma demonstração de orgulho? Ou será que ouvira meus suspiros de dor quando o caminhão sacolejava? Qualquer uma das opções parecia boa para mim.

■ ■ ■

Quando André nos ajudou a sair, depois do que pareceram horas, estávamos em uma garagem quase deserta e suja. Chae agradeceu e seguimos, sem nem vermos para onde a mãe e a criança iam.

Andamos até um estabelecimento com MINA'S NIGHTCLUB escrito em letras vermelhas garrafais na fachada. *O que meu nome fazia ali?* Chae seguiu pela lateral estreita do edifício até chegarmos nos fundos, onde havia uma porta com um interfone do lado.

Chae digitou alguns números e uma voz feminina soou do aparelho.

— Quem é?

— Chae Kang — respondeu sem hesitar, abaixando a máscara e sorrindo para a câmera.

Logo em seguida, uma mulher com o cabelo loiro com as pontas tingidas de rosa apareceu do outro lado de uma tela, com olhos castanhos arregalados.

— Chae... Chae? Devo acreditar no que estou vendo?

— Sou eu, em carne e osso.

— Então todos os boatos são reais? — Chae riu e esticou a mão em direção ao meu rosto, puxando a minha máscara.

— Princesinha, conheça Sina, a dona da melhor boate do mundo.

Capítulo 7
Temos muito o que conversar

A mulher me encarou por um longo tempo depois de abrir a porta, parecendo tentar se convencer do que estava diante de seus olhos. Seu olhar era profundo, e não ousei me mexer.
    Então um sorriso surgiu no seu rosto bonito, e ela desviou o olhar de mim. Ufa.
    — Sempre soube que uma hora ou outra você escaparia, Chae. Mas eu tô surpresa que tenha arrastado essa daí junto.
    Essa daí? Não gostei da forma pejorativa com que fui tratada, mas não me pronunciei. Aparentemente, a gente precisava dessa pessoa.
    — Sina. — A mulher de cabelos coloridos estendeu a mão para mim.
    — Mina. — Apertei a mão dela, e ela deu uma risadinha irônica.
    — Eu obviamente sei quem você é! Entrem, tá frio aqui fora!
Sina abriu a porta, permitindo nossa passagem.

■ ■ ■

Quando criança, perguntei à minha mãe o que era uma boate, após escutar a conversa de dois guardas, e ela me disse que era algo errado, um lugar para homens sujos. Então por que uma mulher era dona de uma?
    Enquanto andei pelos corredores daquele lugar, não vi nada de errado, apenas paredes escuras com várias caixas de papelão e uma música abafada que foi ficando cada vez mais alta conforme avançávamos.
    Era um salão grande, com um bar bem estocado, em que poucas pessoas andavam apressadas de um lado para outro, enquanto arruma-

vam algo em cima do palco principal. Os homens testavam as grandes luzes coloridas, e pequenos palcos circulares estendiam canos prateados em lugares de destaque no salão. Eu não fazia ideia da utilidade daquilo.

Sina nos guiou por uma das escadas na lateral do salão até um segundo andar. Logo de cara, vimos várias mesas com cadeiras vermelhas acolchoadas, mais alguns pequenos palcos circulares com canos e uma boa visão para o palco no piso inferior. Sina sacou uma chave do bolso e abriu uma porta que se camuflava com o restante da parede.

Após nos deixar passar, fomos parar em um corredor com várias outras portas. Sina trancou a porta de acesso e nos guiou até a última, ao final do corredor, revelando ainda mais cômodos. Já não dava para ouvir a música dali, mas a sensação era a mesma do salão principal.

— Temos muito o que conversar, Chae — disse Sina, e olhou para mim. — Ela fica aqui por enquanto. Vamos para a minha suíte.

— Tudo bem — retrucou Chae, indiferente.

Por que elas falavam de mim como se eu não pudesse tomar minhas próprias decisões? Cruzei os braços, irritada. Enquanto Sina destrancava a porta à nossa frente, Chae se virou para mim.

— Tire esse bico da cara, princesinha. Pra sua alegria e felicidade, volto daqui a pouco.

Nem sequer tive tempo de mudar minha feição e Sina bateu a porta na minha cara. Elas desapareceram, me deixando ali.

O quarto preto e vermelho era um pouco sufocante. A cama com travesseiros vermelhos tinha uma coberta grossa preta e, do outro lado do quarto, uma porta escura separava o dormitório do banheiro.

Depois do tanto que tinha andado e de ter ficado no fundo falso de um caminhão, eu me sentia suja. Aproveitei o banheiro para lavar o rosto e voltei para o quarto, tirando os sapatos e a jaqueta. Meu pé parecia melhor e meu braço também, dentro do possível. Talvez eu estivesse cansada demais para sentir dor. Jogada na cama, encarei o teto por um bom tempo até que a porta se abriu.

— Feliz em me ver?

Fiquei animada em vê-la de volta, mas apenas dei de ombros ao levantar depressa. No fundo, acho que era apenas alívio.

— Venha, princesinha. Tenho um lugar melhor para você.

Joguei a jaqueta por cima dos ombros e peguei os sapatos. Segui Chae escada acima, então fui levada a um mundo completamente diferente. Ainda mais, se é que isso era possível.

Ali, sim, era bonito.

O chão de madeira era firme, me provando que nem tudo fora do palácio rangia. As tábuas até brilhavam. As janelas de vidro eram enormes, iam do teto até o chão, iluminando o lugar com o luar. A cozinha era aberta, com bancos altos na frente do balcão. Perto do vidro, uma escadinha dava para uma cama de casal elevada com um armário embutido embaixo. Era bonitinho. Logo que entrei, notei uma porta trancada. Conforme avançava, vi uma banheira grande ainda naquele espaço aberto.

— Vocês vão ficar aqui — disse Sina com os braços abertos, claramente orgulhosa do espaço. — Este é meu quarto, e até tenho um quartinho para minhas visitas importantes — apontou para o cômodo que continuava trancado —, mas, prezando pela minha privacidade, prefiro que vocês fiquem aqui, e eu ocupo o outro.

— Sina... só tem uma cama de casal.

— Problema de vocês, vão ter que se virar. Dorme na banheira, se te incomoda tanto. — Sina riu como se aquilo não fosse um problema, mas, para mim, era. Eu nunca tinha dormido no mesmo cômodo com outra pessoa além de Momo. *Ninguém* dormia na minha cama.

— A gente acabou de passar por um monte de outros quartos... — argumentei, falando baixinho.

Ela se virou para mim e deu de ombros.

— Aqueles não são para vocês e logo mais estarão ocupados, com fila de espera. — Ela girou um molho de chaves entre os dedos. — Agora vou descer, um DJ conhecido vem tocar aqui hoje e já deve estar chegando, preciso ter tudo sob controle. Depois conversamos mais, Chae. Mina, gostaria de conversar com você também em algum momento. Por enquanto, *fiquem à vontade*.

O tom na última frase me fazia pensar que essas mulheres conhecidas de Chae se comunicavam apenas por ironia. O quarto era bom e muito bonito, mas que privacidade poderia proporcionar quando tinha que ser dividido?

Sina saiu, e o suspiro de Chae foi audível. Dei alguns passos para a frente, me aventurando a avaliar melhor o resto do cômodo. Naquele ponto, eu estava mais perto da banheira e sorri. Aquilo me fez lembrar de Lena, quando me ajudava a tomar banho e tratava dos meus cabelos. Era quase como me livrar dos meus problemas mergulhando na água quente.

Pensar em Lena me lembrou de Momo mais uma vez, e isso me deixou triste, eu me sentia uma egoísta.

— Mina, preciso falar com você. — A voz de Chae soou séria.

Girei nos calcanhares e encarei seus lábios carnudos, o nariz delicado e os olhos cheios de segredos que me deixavam curiosa. A pintinha embaixo dos lábios, a mandíbula tensionada. No fim, Chae não aparentava ser má e parecia ter um abraço caloroso. Será que ao abraçar Chae seria possível sentir seu coração bater? Debaixo de toda a pose havia um coração, com certeza. Percebi estar divagando em pensamentos quando ela arqueou a sobrancelha.

— Hm, pode falar — disse com a voz meio arrastada, e Chae suspirou de novo, contrariada.

— Vamos passar um tempo aqui. Sina pode nos oferecer mais segurança, mas ainda precisamos ter cuidado. Aqui é uma boate movimentada. Durante o dia, tente não ficar muito perto da janela, mesmo que o vidro seja escuro. Não queremos arriscar, certo?

Diante das informações, eu só tinha duas perguntas: o que diabos acontecia em uma boate? E por que essa tinha meu nome?

— Certo — respondi.

— Você estará em segurança se não sair deste quarto — disse ela e, mais uma vez, percebi que eu estava ali por vontade própria. — Se precisar de algo, me peça.

Ela arqueou ainda mais as sobrancelhas, como se fosse a dona da razão, e continuou a falar.

— Se alguém bater na porta, não abra. Sina e eu temos as chaves, então não teríamos motivos para isso. Alguma dúvida, princesinha?

— Sim...

— Diga.

— O que é... uma boate?

Chae riu.

— Eu devia ter imaginado que você, criada no palácio, não saberia sobre nada disso aqui. Em uma boate tem muita bebida alcoólica, música e, às vezes, algumas indecências.

Indecências?
— Vou perguntar para Sina como podemos conseguir outras roupas. Enquanto isso, não saia daqui. Pode encher a banheira, se quiser. O banheiro fica naquela porta.

Ela apontou uma portinha à minha esquerda e se virou para sair.

— Chae, espere.

Ela voltou a me encarar. Às vezes eu me perdia no olhar dela sem saber o porquê.

— Por que... a boate tem o meu nome?

Chae riu alto.

— Fiquei surpresa por essa não ter sido sua primeira pergunta. — Ela estava realmente achando tudo aquilo muito engraçado.

— Estou perguntando agora.

Ela manteve o sorriso no rosto, zombando de mim.

— Sina não gosta da sua família, tanto quanto os pais dela não gostavam, tanto quanto eu não gosto. A boate é da mãe de Sina, que a nomeou em sua homenagem. Tem algo melhor do que deixar a marca da princesa estampada em algo tão repudiado pela alta classe?

Balancei a cabeça, absorvendo as informações, e Chae saiu, me deixando sozinha. A história do nome da boate era convincente, mas eu não sabia o quanto me sentia confortável com isso. Eu era motivo de piada e nem fazia ideia.

Larguei minhas botas em um canto e a jaqueta em cima da mesa da cozinha. Pela primeira vez, reparei na televisão presa na parede perto da cama.

Olhei para a banheira e puxei minha calça até a altura dos joelhos. Sentei na beirada, abri a água morna e fiquei observando a água que, devagar, subia e provocava certa ardência no meu pé ferido. Mais uma vez, lembrei do palácio. Não dava para enganar minha mente por muito mais tempo. Momo estava sozinha, esperando para tomar posse de um título que ela não queria, por consequência de um casamento indesejado.

Todas as minhas memórias de Momo começaram a surgir, junto com a dor física daquele dia. Quando éramos crianças e nos escondíamos pelos corredores, correndo de mãos dadas, tentando escapar dos olhares dos guardas. Quando tínhamos doze anos, ficamos um pouco rebeldes com toda a pressão e tentamos fazer algumas coisas que sabíamos que nossos pais não aprovariam. E fomos muito castigadas. Só paramos de aprontar quando fomos impedidas de nos ver durante semanas. Aquele foi o limite, não aguentamos e voltamos aos bons modos.

Tudo era intenso com ela, e eu poderia jurar que tínhamos algo além da amizade; éramos irmãs de alma. Nós nos completávamos e amparávamos uma à outra. Para mim, era ela a pessoa que gostaria de levar comigo para o resto da vida. Mas eu falhei.

Eu era uma péssima irmã. Uma péssima amiga e, aparentemente, uma péssima princesa.

Saí do transe nostálgico ao ouvir a água parar. Depois, senti as lágrimas escorrerem pelo rosto. Quando percebi que Chae estava ao meu lado, me fitando com a mão na torneira, tentei desesperadamente secar as gotas que rolavam sem controle. Chae largou as roupas que carregava no chão, e se sentou ao meu lado, com a perna encostando de leve na minha. Eu paralisei. Ela secou minhas lágrimas e me puxou para perto, fazendo com que eu apoiasse o rosto em seu peito.

— Tá tudo bem, pode chorar. Aproveita a chance.

Eu me agarrei à camisa dela e deixei as lágrimas caírem. Enquanto soluçava, sentia Chae acariciando meus cabelos, um carinho relaxante, macio e delicado. Senti o coração dela batendo contra a minha bochecha, respondendo minha dúvida. Naquele momento, ela me mostrou muito mais do que seu coração batendo e o calor de seu corpo junto ao meu. Quando parei de chorar, continuamos naquela posição por algum tempo, talvez por pura vergonha da minha parte de precisar erguer o rosto e encarar a minha impotência. Eu não era ninguém ali, do outro lado do muro.

Chae era, para mim, o mais perto de um lar naquele momento, fazendo com que eu me sentisse segura e confortável, na medida do possível. Por motivos próprios, ela não tinha largado a minha mão, e eu sabia que só estava viva ali, fora do palácio, por estar com ela. Eu não entendia o motivo de Chae estar cedendo depois de construir tantas barreiras entre nós, mas estava grata também. Pensei em dizer isso a ela. Eu deveria falar alguma coisa, certo?

Não consegui completar o pensamento porque, de repente, a porta se abriu e, em um movimento desesperado para levantar. Chae escorregou e caiu na banheira, me levando junto, de roupa e tudo.

Capítulo 8
Você não quer fazer isso, princesinha

Pela primeira vez desde que nos conhecemos, Chae parecia desesperada. Em pânico mesmo. Ela jogava água para todos os lados ao tentar se levantar e, quando finalmente parou quieta, eu quis rir, mas consegui segurar.

— Que merda vocês estavam fazendo para tanto desespero, Chaezinha? — perguntou Sina, curiosa.

Apesar de estar segurando o riso e incomodada pelas roupas grudando no corpo, sentei na banheira da forma mais confortável que consegui e aproveitei a sensação da água morna, sentindo a dor no meu braço sujo e ferido.

— Nós não estávamos fazendo nada, nadinha — Chae retrucou e se levantou, espirrando ainda mais água.

— Bom... A boate acabou de abrir, imaginei que gostaria de aproveitar um pouco. Trouxe essa máscara limpa para você. Tenho certeza de que não vai ser reconhecida apenas pelos olhos.

Sina piscou para ela e saiu. Pensei um pouco sobre sua afirmação, sobre não ser possível reconhecer Chae pelo olhar. Para mim, aquela era sua característica mais marcante.

Eu me afundei na banheira até que só a cabeça ficasse fora d'água. Chae se esticou, agarrando uma toalha no meio das roupas que havia largado no chão antes de... me acolher.

Ela secou um pouco os cabelos antes de largar a toalha e fazer um movimento para tirar a camiseta, mas então me olhou de soslaio. Desesperadamente, desviei os olhos. *Não era como se eu quisesse olhar*. Chae suspirou e prosseguiu.

Não olhe, Mina. Tentei me controlar, mas quando Chae voltou a pegar a toalha e passar pelos cabelos, o borrão escuro nas suas costas chamou minha atenção. Eu prendi a respiração.

As tatuagens cobriam quase toda a extensão da pele.

No centro, uma bússola estilizada, do tamanho de uma palma. À direita, crescia a cabeça de um leão. No ombro esquerdo, uma águia grande, cujas penas caiam até virar pétalas de rosa, que seguiam até sumir dentro de sua calça. Dependendo da perspectiva, a rosa parecia virar a águia. Embaixo do leão, uma cobra parecia escapar um pouco para as costelas e voltava se enrolando e se escondendo um pouco sob a calça.

Nenhuma era colorida e todas habitavam o corpo dela em perfeita harmonia nas costas daquela mulher.

Será que ela tem mais alguma tatuagem? Quando ela se virou, quase flagrou meu olhar, então, em um ato de desespero, me afundei na banheira. Prendi a respiração ao máximo, mas quando subi de volta, Chae me olhava com certa reprovação.

— Eu vou descer. Se você precisar de alguma coisa, tem uma chave na bancada, mas saia de cabeça baixa. Se for até a boate, o segurança vai me avisar.

Assenti. Minhas bochechas queimavam de vergonha.

Chae se esticou sem sair da banheira, pegou outra toalha que estava jogada no chão e pendurou perto de mim.

— Use para se secar, vou deixar algumas roupas para você também.

Virei de costas, e Chae se secou, se vestiu e saiu em silêncio. O único som que preenchia o quarto era a batida abafada da boate. Tirei as roupas molhadas e fiquei apenas de roupas íntimas.

Meu braço ainda incomodava, o que me fez pensar na menina do caminhão, mas eu jamais saberia se havia ficado tudo bem. Só podia esperar que sim. Com a cabeça encostada na banheira e o resto do corpo imerso, minha mente se perdeu um pouco. Pensei em Igor, belo de um jeito que fazia meninas prenderem a respiração, não só pelo seu poder. Mesmo gêmeos, nós éramos muito diferentes. Enquanto minhas feições lembravam mais as de nossa mãe, ele era parecido com nosso pai. Seus olhos profundos, sempre com um ar de superioridade, o enfeavam. Ele␣sorria apenas ao fazer piadinhas estúpidas para me provocar ou quando Momo aparecia. Vaidoso, queria estar impecável, afinal, desde o nosso nascimento, ele era o herdeiro do trono e eu era sua sombra. Ele era o escolhido. Eu tinha, de maneira inconveniente, vindo junto. Foi isso que me fez ter a pequena fase de rebeldia, mas, ainda assim, nunca fiz nada *realmente* errado. Ou divertido. Nunca aproveitei a vida, como ouvia as pessoas à minha volta falando. Senti uma faísca de coragem nascer; se eu havia sido audaciosa o suficiente para estar ali, do outro lado do muro, o resto não era nada.

Eu me enxuguei, amarrando os cabelos úmidos em um coque alto, e peguei as roupas que Chae tinha separado para mim: uma calça jeans com alguns rasgos e uma camiseta regata que deixava as laterais do meu corpo aparecendo um bocado. Hesitei antes de pegar a chave no balcão e abrir a porta. Não tinha nenhuma outra máscara ali e, mesmo que fosse um problema, permiti não me importar.

Tranquei a porta e me guiei pelo som da música, que foi me atingindo gradativamente e me fazendo tremer um pouco. No andar inferior, corpos colados pulavam ao som das batidas, as luzes coloridas corriam por todos os lados e... Meu deus, o que aquelas mulheres nas estruturas com canos estavam fazendo?

O segurança ao lado da porta não me olhou, apenas esticou a mão para bloquear a passagem que eu estava mantendo aberta. Senti uma pegada forte no meu braço e pude confirmar que Sina estava errada, pois reconheci Chae pelos seus olhos na hora.

— Que merda você tá fazendo? — Sua voz soou baixa, sua mão segurando meu braço esquerdo.

Não tive como responder. Fui interrompida por Sina, que apareceu, risonha.

— Pelo amor de Deus, Chae.

As duas se entreolharam.

— Ela vai acabar sendo reconhecida e foder com tudo.

Sina parecia leve, alguém que vivia sem arrependimentos. Quis trocar de lugar com ela.

— Se esse é o problema... — Ela se aproximou do guarda na porta e sussurrou algo. Ele balançou a cabeça afirmativamente e entregou-lhe uma máscara preta de pano, como a de Chae. Sina voltou, ajeitou meus cabelos molhados no coque e prendeu as alças atrás das minhas orelhas, tampando parcialmente o rosto.

— Pronto, seja feliz. Chae tem um cartão para bebida liberada, porque eu sou muito legal. Fique com ela e encha a cara, Vossa Majestade!

Dei um sorriso atrás da máscara. Sina se afastou e Chae me fitou longamente, revirando os olhos quando notou meu sorriso.

— Por que aquelas mulheres estão dançando quase nuas? — Desviei nossos olhares e apontei para longe.

Eu observava enquanto alguns homens e mulheres esticavam as mãos, colocando notas de dinheiro nas roupas íntimas das dançarinas. Chae segurou meu pulso, apressada, quando notou meus passos em direção às dançarinas.

— Você não quer fazer isso, princesinha.

Sem entender o que tinha de mal ou o que a incomodava, me soltei e me aproximei. A mulher me notou e piscou para mim, e senti minhas bochechas corarem. Ela era linda. Chae me segurou novamente, me puxando para trás.

— Pronto, princesinha, você já se divertiu o suficiente.

Aquela era a primeira, e talvez única, oportunidade de aproveitar algo assim na vida, e Chae não tiraria isso de mim.

— Vamos beber? — perguntei.

— Não.

Analisei a roupa dela em busca do cartão. Me aproximei e enfiei a mão para o bolso de trás de sua calça jeans preta e senti o objeto em meus dedos. *Boa, Mina.*

— Sim. — Coloquei o cartão entre nossos rostos, encostando-o na pontinha de seu nariz por cima da máscara.

Fui abrindo o caminho até o bar, com Chae bufando atrás de mim, reclamando consigo mesma. Não estava acostumada com aquele barulho todo e com os corpos encostando em mim. Todas as vezes em que estive em contato com o povo, era escoltada pelos guardas ou me locomovia dentro de um carro. Escoltado por outros veículos. Nem dentro do palácio tinha tanta gente daquele jeito.

Parei na frente da bancada do bar com Chae ao meu lado e um barman apareceu. Mostrei o cartão.

— Diga o que deseja, senhorita. — Ele piscou para mim, sem o mesmo impacto da piscadela da dançarina.

Olhei para o meu entorno, não fazia ideia do que pedir, não sabia o que as pessoas costumavam beber.

— O que você acha? O que eu tomo? — perguntei para Chae falando um pouco alto por conta da música.
Antes que ela pudesse abrir a boca, o barman sugeriu:
— Eu acho que você iria gostar de um Kamikaze.
— É bom? É muito forte?
O homem deu de ombros com um sorriso e Chae não disse nada, ainda de braços cruzados. Ele tinha os olhos como os de Chae e os cabelos escuros terminavam antes da orelha com um aspecto molhado e bagunçado.
— Tudo bem, pode ser um desses.
— Se bem que eu acho que você iria gostar de...
— Dê a ela o que ela pediu e se concentre na merda do seu trabalho.
Chae bateu a mão na bancada. Ela estava claramente nervosa. O homem deu um sorriso irônico e foi preparar minha bebida, parecendo acostumado com aquela atitude. Por fim, ele colocou o copo bonito e colorido na minha frente.
— Nós poderíamos aproveitar, se você não tivesse uma namoradinha — disse para mim com outra piscadela.
Namoradinha?
Chae me puxou pelo braço, derramando um pouco do meu drinque na minha mão enquanto me puxava de forma grosseira.
— De agora em diante, se quiser alguma bebida, me avise que eu pego para você.
O barman tinha dado em cima de mim, e Chae claramente estava nervosa com isso. Devia ser o medo do cara me reconhecer, eu entendia. Mas eu não tinha me sentido mal, de forma nenhuma. Foi uma sensação diferente. As pessoas não costumavam piscar assim para a princesa no palácio! Imagina! Seriam demitidos, jogados no poço, levados para a prisão.
Não ali, naquele lugar. Levei a mão suja até a boca, encostando os lábios no copo após descer a máscara.
— Isso é bom!
Chae parou de me puxar quando chegamos perto de uma mesa no fundo e cruzou os braços, tirando a máscara conforme eu levava o copo até a boca e tomava alguns goles.
— Vai devagar aí, você precisa comer.
— Você está preocupada comigo, Chae?

— Não me chame assim. — Ela franziu o cenho.

— Se você pode me chamar de *princesinha,* eu posso te chamar de *Chae*. Oh, espera! *Chaezinha!* — falei, sentindo a bebida subir rapidamente.

— Eu falei para você ir devagar, cacete. Você não sabe beber. — Ela levou uma mão ao rosto e respirou fundo.

Eu só conhecia vinho e champanhe. O tal Kamikaze tinha alguma bebida que ardia a garganta, mas deixava um gostinho de limão na boca. E era bonito!

— Eu sei beber.

— Tô vendo. — Chae suspirou.

Em direção à escada que dava para o segundo andar, um homem passou com uma bandeja e Chae o parou. Aproveitei para beber mais. Quando ela voltou, segurava uma porção de batatinhas fritas.

— Mamãe chamava isso de comida de pobre, só vi na televisão.

— Sua mãe é uma estúpida — disse Chae enquanto pegava uma batata e levava até a minha boca.

Minha mente quase escapou para o palácio, mas não me deixei levar pela provocação e me permiti ser alimentada. E eu provavelmente gemi um pouco alto demais quando senti o sabor do sal na minha língua, porque vi um indício de sorriso nos olhos de Chae, que sumiu tão rápido quanto apareceu.

— É bom, né? Agora coma, princesinha. Não preciso de você passando mal.

— É só um drinque!

— Não importa se são um ou dez, de estômago vazio pode fazer mal. Se você quer beber, não vou te impedir, mas você terá que fazer isso conscientemente.

Comi mais uma batata e bebi o resto do drinque.

— Não acredito que você já acabou com o copo.

— Eu quero outro — pedi.

— Tá, vou pegar mais um e te encontro perto da porta do quarto. Ajeite sua máscara.

Dei um sorriso e saí segurando a porção de batata. Pela primeira vez na minha vida, estava genuinamente feliz. Sim, me sentia feliz até mesmo na companhia de Chae. *Chaezinha.*

— Você já tomou um desses? Você gosta? — perguntei quando ela voltou com outro Kamikaze.
— Já, mas não faz muito meu estilo, princesinha.
Dei de ombros e bebi. Nada ia me abalar naquele momento.

■ ■ ■

Eu não sabia quantos drinques Chae já tinha pegado para mim porque, por mais que relutasse, ela não deixava de fazer a minha vontade. O que era levemente engraçado. Apesar de estar sem uma bebida em mãos pela última meia hora, eu estava um bocado fora de mim.

Com a máscara de volta no rosto, dancei um pouco sob o olhar sombrio de Chae. Quando a puxei para dançar comigo, ela se afastou assim que nossos corpos se encontraram. As moças bonitas já não dançavam mais nas plataformas, então me aproximei. Se elas faziam, eu também podia.

— Princesinha...

Pulei, me agarrando ao cano e sentindo a música alta no meu ouvido.

— Desce daí.
— Não.
— Tô falando sério, porra.
— Eu também, *porra*! — Ri. A risada saía tão fácil.

Segurei o cano com uma das mãos e inclinei o corpo para trás, sentindo os cabelos se soltarem do coque e caírem pelas costas. Olhei para Chae, que estava de braços cruzados, e pisquei para ela. Eu ri de novo. Por que estava com tanta vontade de rir?

Voltei à minha postura inicial, tentando me lembrar da coreografia da dançarina, que mexia o quadril de um lado para o outro. Chae se aproximou mais, e só então reparei na presença de alguns homens ali.

— Desce, por favor — pediu, entredentes, tirando a máscara para que eu pudesse ver sua expressão.

Peguei uma nota de dinheiro que estava no chão e entreguei para Chae.

— Bota em mim!

Virei de lado, indicando a cintura da minha calça. Ela pegou o dinheiro, mas não me obedeceu.

— Desce.

— Eu desço se você botar — insisti.

Chae suspirou. Senti os dedos gelados encostando na minha pele quente e colocando rapidamente a nota na minha calça.

— Pronto, desce.

Eu ri e a puxei para cima do palco. Com o impulso, encostei no cano e o corpo dela grudou no meu, mas ela se afastou mais uma vez.

— Que merda...?

Chae fez menção de descer, mas eu a segurei.

— O barman... — falei e demorei um pouco para concluir — ... te chamou de minha *namoradinha*.

Chae estava visivelmente tensa conforme uma gargalhada saia pela minha garganta.

— Por que isso importa tanto?

Dei de ombros e ri de novo.

— É interessante.

— Por quê? — ela insistiu, curiosa.

— Porque você é bonita, mesmo me dando um *pouquinho* de medo.

— Ok, já chega. Você bebeu demais.

Ela segurou na minha cintura e me puxou para fora dali. Quando estava no chão, fiz um bico, mesmo sabendo que ela não conseguiria ver.

— Eu quero mais batatinhas.

— Não, você quer ir para cama.

— Você vai para cama comigo?

Chae parou de andar e arregalou os olhos, indignada.

— O-o quê? Que diabos?

— Só tem uma cama, não é?

Seus olhos diminuíram a tensão.

— Pelo amor de Deus, garota. Fique quieta, você é mais legal quando não fala.

— Você... não gosta da minha voz? — Meus olhos se encheram de lágrimas contra a minha vontade, e Chae suspirou muito alto.

— Caceta... Não foi isso que eu disse.

— Você disse que sou mais legal quando você não escuta minha voz.

— Mina...

— Meu nome! Você não me chamou de princesinha!

Gargalhei e ela ficou quieta, pegando na minha mão e seguindo para o quarto de Sina. Eu só conseguia ver alguns borrões, mas não contestei, sentindo a mão dela na minha.

■ ■ ■

Minha cabeça doía. Abri os olhos, mas fechei por causa da claridade. Esfreguei o rosto e me sentei, sentindo algo macio embaixo de mim. Quando abri os olhos novamente, vi Chae dormindo ao meu lado, uma coberta branca e grossa a envolvia da cintura para baixo, a mesma que estava sobre as minhas pernas. Seu cabelo cobria parte do rosto e, em um impulso, fiz menção de tocá-la, mas recuei. Com toda aquela dor de cabeça, eu só sabia que não me lembrava de quase nada da noite passada e, meu Deus, como Chae era extremamente linda.

Capítulo 9
Eu realmente não me importo

CHAE

A princesinha estava bêbada e, por mais que eu devesse deixá-la livre para aprender a lidar com as consequências de suas ações, ela estava fora de si. Fui arrastando-a para o quarto enquanto ela falava sem parar e me chamava de um apelido ridículo que não combinava comigo.

— Vamos. — Fiz com que ela se sentasse em um dos bancos da cozinha de Sina e lhe servi um copo d'água. — Beba tudo.

— Chaezinha, isso não é azul — ela disse, olhando o conteúdo do copo.

— É água.

Ela pareceu curiosa e bebeu um gole devagar, depois fez sua melhor cara de pensativa e disse:

— Quando desenhamos a água, por que a desenhamos azul?

— Eu realmente não me importo.

— Mas deveria. Você gosta de desenhos. — Ela levantou uma sobrancelha.

— Hm? O que quer dizer com isso?

Mina afastou o copo devagar e o deixou na bancada, dando um sorrisinho que era novo para mim. O rosto dela se iluminou de repente.

— Você é toda desenhada, Chaezinha. As suas costas são... tão lindas!

Então ela estava me olhando quando tirei a camiseta? Que safada.

— A que eu mais gostei foi a da bu... buzo... Como que fala mesmo? — Ela riu ao se enrolar nas próprias palavras. — Bússola! Qual é o significado?

— Só beba a sua água.

Mina voltou a segurar o copo e bebeu o resto da água, deixando-o na bancada depois. Me aproximei para ajudá-la a descer do banco. Mina segurou minha mão e se impulsionou para a frente, perdendo o equilíbrio. Segurei sua cintura para que ela não caísse e ela agarrou meus ombros.

— Ah, como você é rápida, Chaezinha.

Que diabos. Ela riu e encostou o nariz no meu, brincando, me fazendo engolir a seco. E, pela primeira vez desde que ingeriu todo o álcool, Mina pareceu ter a mínima consciência do que acontecia e do que fazia, pois seus olhos pararam, fixos nos meus, enquanto nossos lábios estavam próximos demais.

Meu corpo estava em estado de choque porque, *fala sério*, eu era humana e aquela garota era bonita demais.

— Quase te beijei, Chaezinha.

Pelo amor de Deus.

— Você tem que ir dormir. — Minha voz saiu meio rouca. Desgraça.

Ela sorriu de leve e fechou os olhos, sacudindo a cabeça em negação. Observei também quando sua feição mudou completamente e suas bochechas se inflaram.

Merda.

— Não, não, não. Aqui não, por favor. — Comecei a empurrá-la até a porta do banheiro.

E a mesma princesa que segundos antes quase me beijara, botou tudo para fora, e eu, Chae, foragida e inimiga de primeira classe do rei, segurava o cabelinho de sua filha enquanto isso. *A vida é realmente muito irônica.* Quando ela finalmente parou, ajudei a se limpar enquanto seus olhos pareciam ter perdido toda a vida e ela estava quieta.

Abri uma das gavetas de Sina, peguei uma escova de dente ainda na embalagem e entreguei para Mina, saindo do banheiro para lhe dar privacidade. Fui andando pelo quarto e cometi a ousadia de abrir o armário de Sina embaixo da cama atrás de algum pijama. A única peça de roupa para dormir era uma camisola de seda vermelha. Maldita Sina e suas roupas de rico.

Quando voltei ao banheiro, Mina já tinha escovado os dentes e se olhava no espelho com a cabeça um pouco inclinada, como se enxergasse outra pessoa ali, alguém que não ela. Eu conhecia aquele sentimento e era até engraçado ver alguém aparentemente passar por aquilo pela primeira vez na vida.

— Você consegue se trocar sozinha, né?

Estiquei a camisola para ela, que não disse nada enquanto se afastava da bancada para se despir, me fazendo virar contra a parede, me fazendo pensar em como fui me meter naquela situação. Era a merda da princesa. *A princesa*. Literalmente a representação de tudo que eu desprezava e contra o que lutei por toda a vida.

— Pronto — ela disse, com a voz fraquinha, tocando meu ombro e alisando o tecido da camisola.

Eu a ajudei a chegar até a cama, e Mina se sentou grudada à parede de vidro, entretida com o movimento da rua. Continuei a observá-la.

Após um tempo, Mina se virou para mim, sorrindo e... chorando? O que diabos estava acontecendo? Por Deus, ela era um misto de sentimentos e reações, e eu não sabia como lidar com isso.

Ela provavelmente não se lembraria de nada no dia seguinte, então, como apoio, me sentei atrás dela e a abracei, sentindo-a se aconchegar em meu peito.

— Queria que ela estivesse aqui comigo.

As palavras saíram sussurradas de seus lábios, em tom de desabafo. Não sabia se deveria incentivá-la a falar de seus sentimentos, mas achei que aliviaria suas angústias.

— Quem?

— Momo Albuquerque. Minha melhor... minha única amiga.

Eu não sabia quem era Momo, nem o que ela significava para Mina. Quando ela proferiu "única amiga", minha mente foi direto para Dana. A *minha* melhor amiga. Que, segundo Sina, tinha desaparecido do dia para a noite sem deixar rastros assim que fui capturada pelo rei. Talvez Momo fosse a Dana de Mina. A princesinha estava sem a sua única amiga, e eu também.

Então, naquele momento, e apenas naquele, eu a entendi perfeitamente. Mina era humana e, de uma forma ou de outra, se importava com Momo o suficiente para chorar por ela no meu colo. No colo de alguém de quem, como ela mesmo dissera, *sentia um pouquinho de medo*. Tantas coisas aconteciam no palácio e Mina sequer fazia ideia da tirania de seu pai. E, mesmo sem que ela soubesse, nunca mais voltaria a enxergá-la como antes.

■ ■ ■

Após um longo tempo de silêncio, senti sua respiração se acalmar e soube que ela dormia no meu colo. Ajeitei o corpo dela devagar na cama, pois não queria acordá-la, mas não funcionou. Mina abriu os olhos devagar e me olhou intensamente.

— Você vai deitar comigo, Chaezinha?

Prendi a respiração e neguei com a cabeça em um movimento leve.

— Não se preocupe com isso, você precisa descansar.

Mina não disse mais nada, seus olhos se fecharam e ela voltou a dormir. Saí do quarto e fui procurar Sina, que puxei para um canto quando a encontrei.

— Por favor, fique de olho e cuide da princesin... de Mina. Ela passou mal e eu tenho que sair.

— O quê? Aonde você vai? — Sina franziu o cenho.

Quando eu já estava um pouco mais longe, respondi, mais para mim do que para ela:

— Encontrar Dana.

Capítulo 10
Se quer respostas, pergunte para ela

— Não acho que você vá querer ver isso — disse Sina enquanto mordia uma maçã, sentada comigo na bancada da cozinha. Meus olhos estavam fixos na televisão.

Chae ainda dormia, então o aparelho estava com o volume baixo, e eu me esforçava para prestar atenção.

"Após a fuga de uma das maiores criminosas do país e, no mesmo dia, a transmissão do casamento real ter sido encerrada sem explicações, o país está à beira de uma crise iminente, que se reflete em nossa economia. Especula-se que a princesa também esteja passando por problemas, já que a interrupção se deu quando ela deveria estar caminhando até o altar." As imagens do fatídico dia me fizeram estremecer.

A televisão mostrava meus pais, Zhao, Igor — e Momo, como madrinha, dando o seu melhor sorriso para fingir que tudo estava bem, mas com a mão em punho, cravando as unhas na palma. Momo sabia que eu tinha fugido e a deixado para trás.

"A Guarda real tem causado desespero ao fechar as ruas em busca de Chae Kang. Se você, espectador, souber o paradeiro ou tiver pistas sobre a fugitiva, por favor, entre em contato com o nosso jornal. Ela é extremamente perigosa e pode estar armada."

A câmera trocou para a apresentadora do jornal.

"Chae Kang, a criminosa fugitiva, fora presa após..."

Sina desligou a televisão.

— Ei!

— Não, nem pensar — disse Sina. — Se Chae não te contou é melhor você descobrir por ela.

Eu suspirei e enterrei o rosto nas mãos.

— Ela sempre dorme tanto assim?

Sina mordeu a maçã calmamente e mastigou devagar enquanto eu esperava por uma resposta.

— Eu não sei o quanto ela dorme, mas só chegou quando o sol já tinha nascido.

— Como assim, chegou? Ela saiu?

— Mina, eu não estou aqui para te contar as coisas que Chae não conta. Se quer respostas, pergunte para ela. — Sina se levantou para jogar o miolo da maçã no lixo.

— Mas você já me disse que ela saiu.

Ela parou no meio do caminho e pensou um pouco. Depois, deu de ombros, como se não se importasse, olhando por cima da minha cabeça.

— Bom dia, criminosa superperigosa e mais procurada do país — disse a dona da boate de repente, me fazendo olhar para trás e notar que Chae finalmente tinha acordado.

— Dia. — Chae se aproximou da geladeira, sonolenta. — Já comeu, Mina?

— Já. Sina fez ovos para mim. Com bacon.

— Obrigada. — Chae se virou para Sina e resmungou, para só então começar a preparar seu próprio café.

— Mas e aí, Chae? Conseguiu alguma resposta?

— Não.

Eu me senti deslocada, não fazia ideia do que elas estavam falando.

— Não consigo... não consigo aceitar essa ideia. Não é possível. — Chae suspirou alto.

Queria perguntar *o que* não era possível, mas girei a cadeira para fingir que estava distraída e continuar escutando a conversa delas.

— Eu sei que parece impossível, mas é a verdade.

— Você não está escondendo de mim que ela foi dada como morta, não é? — disse Chae, hesitante.

— Claro que não, sua idiota. Eu sei que você gostaria de estar com ela agora, mas sinto muito, é a realidade.

Elas estavam falando de Dana? Aquela que procuramos no prédio antes? Por que essa Dana era tão importante para Chae?

— Quando fui até o prédio dela e recebi a negativa, tudo que pensei foi que ela tinha sido capturada e estava sob tortura.

Sina suspirou e negou com a cabeça.

— A verdade está fora da nossa compreensão.

Eu continuava rodando na cadeira quando senti alguém segurando meu braço delicadamente.

— Desse jeito você vai ficar tonta e vomitar de novo — disse Sina.

— Hm? Quando foi que eu vomitei?

— Chae me contou que você passou mal ontem.

— Eu não me lembro de nada. — Cocei a nuca, sem graça. — Desculpa por ontem, Chae.

— Você não fez nada. Quer dizer, você vomitou, mas não fez nada *além* disso. — Chae desligou o fogo e se virou de uma vez, com um sorriso nada natural no rosto.

— Hm, ok. Mas perdão, de qualquer jeito.

— Eu já disse que você não fez nada.

Sua voz saiu grossa e bruta, e eu me encolhi. Nessas horas, Chae me dava um pouco de medo. Eu não queria deixá-la brava.

— Ei, Chae, pare de ser estúpida, ela só pediu desculpas — Sina disse, fazendo carinho no meu braço. — Ela parecia uma criança te esperando acordar e você a trata assim.

Oh, não.

Eu me neguei a olhar para cima, pois Chae veria o quão corada eu estava.

— Eu sei que ela tenta agir como um tigre, mas é só um filhotinho, Mina — Sina completou, parecendo achar graça da situação que criava. Levantei o rosto e observei Chae revirando os olhos. — Vou tentar conseguir alguma coisa para você se distrair hoje. Gosta de videogame?

— Nunca joguei, meus pais acham isso *coisa de menino*.

— O quê?!

— As coisas dentro do palácio... não são como vocês imaginam — conclui. Ali, do outro lado do muro, o sentimento era de humilhação, como se eu fosse de novo uma criança precisando reaprender tudo.

— É, querida, eu percebi. — Sina deu uma risadinha. — Aqui só existem coisas de pessoas, vai se acostumando. Eu tenho algumas questões para resolver. Se precisarem, sabem onde me encontrar.

Sina saiu do quarto, e Chae se voltou para mim.

— Por favor, nem pense em beber hoje.
As palavras saíram de seus lábios como uma súplica.
— Ontem foi tão ruim assim? — me encolhi.
— Se você não se lembra, é problema seu.
Tentei resgatar memórias da noite anterior, mas só me lembrava de dançar sozinha após tentar levar Chae comigo e não dar certo. Lembrei da música alta e da bebida colorida. Do rosto de Chae, de braços cruzados. Acabei deixando um gemido irritado e insatisfeito escapar.
— O que foi isso, princesinha? No que estava pensando?
— Em você.
Chae largou o garfo que usava no prato e me assustei com o barulho. Sua cara estava em choque, vermelha.
— E-eu quero dizer, em quando vo-você se negou a dançar comigo o-ontem, não que eu estava pensando em você em relação a-a coisas inapropriadas e-e por isso... Digo, nunca pensei e-em você de forma inapropriada e...
— Princesinha! — Ela me cortou e eu me encolhi, esperando que ela não ficasse brava comigo novamente. — Pode parar, eu já entendi.
Chae voltou a comer sem olhar para mim, e saí andando em direção ao banheiro. Encarei o espelho, liguei a torneira e joguei água no rosto. Eu estava completamente vermelha.
Que saco. Que saco, que saco, que saco. Chae estava mexendo comigo, e eu não sabia se isso era algo bom.

Capítulo 11
Você não é todo mundo

Não saberia dizer em que momento o tédio de estar sozinha enquanto Sina e Chae saíram me fez apagar, mas acabei com Chae invadindo meus sonhos.

— Mina.

Ela era tão bela pronunciando meu nome.

— Caralho, Mina.

Bruta. Como sempre.

— Mina!

Por que a voz dela estava diferente?

— Puta que pariu, Mina, acorda agora.

Meus olhos se abriram rápido demais e, quando minha visão embaçada se focou, vi Sina em cima de mim.

— O-o quê...?

Sina me soltou e sentou no colchão.

— Meu Deus, você estava chamando o nome da-

— Não, não, não!

Por Deus. Já não bastava ter sonhado com a suposta maior criminosa do reino, a amiga dela tinha que escutar?

Sina começou a rir e eu senti o sangue se concentrando em minhas bochechas e abracei as pernas sentando ao seu lado.

— Você está gostando da Chae, princesa!

— Eu não...

— Tá, sim! Caramba. Não adianta negar. Chae já deve ter percebido e só tá fingindo que não. A garota é mais esperta do que você pensa, sabe?

Por que Sina parecia ser tão legal comigo? Se ela era amiga de Chae, e elas pensavam de forma parecida, ela não deveria me odiar?

Eu esperava que não fosse uma ilusão, que Sina estivesse sendo falsa comigo, porque naquele momento, ali do outro lado do muro, eu queria ser normal, queria que alguém gostasse de mim sem o peso dos títulos que eu carregava.

— Para com isso — resmunguei.

— Sabe que posso te ajudar a conquistar a tigresinha, né?

— Onde ela *tá*?

Foi a vez de Sina suspirar, largando seu corpo na cama.

— Ela gosta de adrenalina, então foi buscar uma pizza do outro lado da rua.

Eu não estava a par de todas as conversas que Chae e Sina tiveram desde que chegamos, mas tinha uma dúvida que talvez pudesse ser respondida.

— Qual a ligação de Chae com essa tal de Dana?

— Essa é uma pergunta complicada. Mas não se preocupe, elas nunca tiveram nada romântico, longe disso. Dana era a pessoa que Chae considerava mais importante do que ela mesma. Você não via uma sem a outra, nunca, mas quando Chae foi capturada, Dana sumiu...

Então Dana era para Chae o que Momo era para mim. Eu conseguia entender um pouco do que ela sentia.

Antes que eu pudesse falar, a porta se abriu, e Sina desviou a atenção de mim.

— Olha a pizza!

Ela se levantou enquanto Chae deixava duas caixas no balcão e tirava o capuz e a máscara.

— Sabores?

— Uma de calabresa e uma de... brigadeiro.

Eu sentia vergonha de estar perto de Chae tendo Sina no mesmo ambiente depois de ela ter sacado o que se passava na minha cabeça.

— Brigadeiro? — sussurrei, confusa. — Nunca ouvi falar.

— Como não? Garota? É o doce mais famoso da sua terra! Todo mundo... Esquece, você não é todo mundo. — Sina levantou, me oferecendo a mão em seguida.

Minha barriga roncou com o cheiro que se espalhava pelo ambiente.

Chae serviu um prato com a tal pizza de brigadeiro na minha frente enquanto Sina e eu nos sentávamos na bancada. Bom, claramente era uma pizza doce, o que já era estranho o suficiente, mas comer doce antes do salgado? Chae devia estar doida.

Sina se esticou e agarrou um pedaço da pizza de calabresa, levando direto à boca, com a mão mesmo. Como eu comeria pizza sem talheres?

— Não vai comer? — perguntou, com a boca cheia.

— Aposto que não quer comer com as mãos — disse Chae. Droga, ela conseguia me ler bem assim?

— Ah, Chae, acredite, ela quer! — Sina disse alto e parou para engolir. *O quê?*

— O quê? — Meu sangue ferveu. Sina provavelmente achava que eu estava tendo *outros* tipos de sonhos com Chae. Que vergonha, que vergonha.

Chae me fitou, depois virou-se para Sina. E olhou de novo para mim e de volta para Sina.

— O que está acontecendo com vocês?

— Nada! — gritei, nervosa.

— Princesinha... — Ela manteve aquele maldito olhar que acabava com a minha cabeça.

Ignorei tudo e enchi a boca de pizza. Com as mãos mesmo, que se dane todo o resto. Meus olhos se arregalaram e eu quase explodi com o sabor.

Chae continuou a me observar e revirou os olhos.

— Deus, que tensão do caralho. Se algo for acontecer, por favor, tranquem a porta — disse Sina, pulando do banco, enquanto eu ignorava seu comentário e Chae parecia fazer o mesmo. — Se precisarem de mim, estarei lá embaixo.

— O que você e Sina estão escondendo? Você sabe que, mesmo se não falar, vou descobrir. — Chae ainda não tinha desistido.

— Não estamos escondendo nada.

Chae suspirou alto, lambeu os dedos sujos de pizza e deu a volta na bancada até parar atrás de mim, me fazendo girar o banco para poder vê-la.

— Princesinha... — Uma de suas mãos se apoiou em minha coxa enquanto a outra ajeitava meu cabelo atrás da orelha. — Eu sei que está escondendo alguma coisa. — Chae ficou na ponta de seus pés, inclinando o corpo na direção do meu para sussurrar em meu ouvido e, enquanto falava, senti o calor de suas mãos próximas demais de mim.

Droga.

Da mesma forma como se aproximou, ela se afastou rapidamente, me fazendo sentir a repentina falta do seu calor. Ela já sabia o que se passava em minha mente e talvez já entendesse melhor do que eu mesma. E estava pronta para tirar proveito disso.

Chae não poderia querer o mesmo que eu. Ela era... inimiga do reino. Talvez... gostasse da sensação de poder ou da ironia da minha situação. Certo?

Qual era o sentido em me provocar? Ela queria que eu cedesse, queria ter a princesa aos seus pés. Me provocar faria com que ela soubesse meus segredos mais íntimos, mas me fazia acreditar que sua mente era um lugar inóspito, confuso e escuro. Ela voltou a comer a pizza como se nada tivesse acontecido. Meu corpo continuava tremendo e eu tinha certeza que tinha machucado o lábio de tanto que o mordi.

— Gostou da pizza? — perguntou.

A voz de Chae era áspera e doce ao mesmo tempo, e sua boca se contorcia em um sorriso irônico e divertido. Os cílios compridos piscavam em minha direção e a pontinha do nariz se mexia enquanto os lábios se moviam.

Eu estava encantada com tudo o que Chae era e todo o novo universo que ela representava, tão diferente do meu.

Era como se, de certa forma, meu mundo precisasse dela para continuar existindo dali para a frente. Não tinha mais volta. Eu não queria que tivesse. E tinha certeza de que, para ela, tudo aquilo era prazer, por ter a filha do inimigo nas mãos.

Aquele pensamento, de repente, me fez sorrir. Encarei os dedos sujos de brigadeiro.

— Sim, eu amei a pizza.

Capítulo 12

Talvez eu odeie meu pai tanto quanto você

Eu achava engraçado como, pela janela, podia assistir as pessoas vivendo normalmente. Enquanto isso, a minha vida estava de ponta-cabeça há pelo menos uma semana. Ali, eu era só a Mina, e estava sendo mais difícil descobrir o que isso significava do que eu jamais teria imaginado.

— Princesinha.

Eu me virei para trás e vi Chae entrar no quarto com uma sacola na mão.

— O que é isso? — Desci da cama enquanto ela deixava a bolsa na bancada da cozinha.

— Sina comprou roupas para você. Dê uma olhada e me diga se estão no tamanho certo.

Eram roupas confortáveis e *eu* as considerava bonitas, bem diferentes das peças que me forçavam a usar no palácio. Por exemplo, estava vestindo calças de moletom que nunca usaria antes. E amei. Ajeitei o cabelo atrás da orelha e me sentei na bancada para pegar a primeira peça, um sobretudo preto. As roupas pareciam casuais, algumas camisas simples, calças jeans, moletom, casacos... Estava empolgada por ter meu próprio guarda-roupa fora do palácio. Uma vida depois do muro. De repente, uma peça em especial me chamou a atenção. Uma camiseta branca de algodão com uma estampa específica.

— Cha... Ch... Chae.

Ela olhou para mim, silenciosa, e mostrei-lhe a camiseta.

— Isso são duas bocas de... batom... se... hmm... beijando?

Chae pareceu ficar sem palavras. Era engraçado vê-la naquela situação.

— Sina... deve ter comprado por engano. Vou devolver. — Chae esticou a mão para puxar a blusa, mas a impedi.

— Vou ficar com ela.

Vamos lá, Chae. Eu quero ficar com a camiseta de beijo. A mensagem não é tão complicada.

— Tá, tanto faz. — Ela deu de ombros e voltou para a sua pose de sempre. Como diabos eu a faria baixar a guarda? Suspirei.

Cheguei na última peça, protegida por uma embalagem de papel. Grunhi, e Chae desviou a atenção para mim quando finalmente consegui abrir o pacote.

Senti meu rosto queimar quando vi um sutiã de renda. O que diabos estava acontecendo?

Enfiei rapidamente a peça de volta na sacola sem sequer olhar o resto, e olhei para Chae, rezando para que ela não tivesse visto. Ou talvez para que tivesse. Será que *isso* a faria se desarmar?

— Princesinha... — Sua voz saiu levemente rouca. — O que...

Nossos olhares se desviaram e foram parar na tela barulhenta da televisão, que interrompeu suas palavras.

"Estamos ao vivo em frente ao palácio real, onde uma manifestação contra a monarquia está ocorrendo neste exato momento", dizia a repórter. *"Os rebeldes atiram pedras para dentro dos muros e pedem a derrubada do rei. É possível, também, ouvi-los chamar pelo nome de Chae Kang, criminosa fugitiva e..."*

Chae desligou a televisão, e me virei rapidamente ao perceber sua presença tão próxima.

— Você acha que está me provocando com essa história de lingerie, princesinha? — Ela tocou minha mandíbula levemente. Seus dedos fizeram com que eu me arrepiasse e quase fechasse os olhos. — Não está satisfeita com o beijo que tentou me dar quando estava bêbada?

O quê?! Eu tentei beijá-la?! E Chae estava convivendo comigo como se nada tivesse acontecido?!

— Se você não estiver satisfeita, posso te dar mais.

Sim, eu quero.

— Mas o que você ganha em se deixar levar por quem vai destronar o seu pai? Eu não pensaria duas vezes antes de dar à sua família o mesmo destino que eles deram para milhares de pessoas inocentes.

Então era sobre *isso*. Não sei se me sentia decepcionada ou irritada com a provocação. Ela apertou de leve minha coxa, e eu mal conseguia pensar.

— Eu não me importo em beijar a filha do inimigo. De alguém que odeio tanto.

Lá estava a risada debochada mais uma vez.

— Chae...

Suas palavras pareciam perfeitamente calculadas para me tirar do eixo. Pra me fazer perder a compostura, para me ver em suas mãos. Pra me distrair de qualquer coisa que estivesse acontecendo lá fora. *Eu não sou tão boba assim*, pensei.

Mas estava funcionando.

Sem pensar duas vezes, a puxei para perto e fitei seus olhos. Seu rosto não pareceu surpreso; ela não expressou uma emoção sequer.

— O que você não sabe... — minha voz saiu baixa, corajosa — ... é que talvez eu odeie meu pai tanto quanto você.

Ela sorriu. Naquele momento, Chae pareceu vitoriosa, mesmo que eu não soubesse quais eram seus planos ou suas ideias. Não pareciam importantes, de qualquer forma. Eu só pensava em suas mãos, que seguraram minha nuca, quase como se fossem me puxar para si.

Talvez Chae Kang tivesse a intenção de me beijar. Como seria beijá-la? Como seria ter seus lábios nos meus?

Sina entrou como um vulto, batendo a porta às suas costas, fazendo com que nós nos afastássemos com um audível resmungo mútuo. Eu quase caí da cadeira.

— Como vocês não viram isso?! Como?! — a mulher de cabelos coloridos esbravejou.

— O que foi, Sina? — Chae perguntou.

— "O que foi?" "O que foi?!" — ela gritou, apontando para as janelas de vidro. Minha visão embaçada estava voltando ao normal, assim como as batidas no meu coração. Encarei o ponto para o qual Chae estava olhando, e meu corpo inteiro estremeceu quando finalmente notei.

Do lado de fora, um enorme X vermelho, ainda recente, escorria feito sangue, pichado ao lado de uma coroa.

Alguém sabia da minha localização e estava se empenhando em sinalizar para os outros.

— O que... *Como?*

O vidro estava perfeitamente limpo antes de Chae aparecer com as roupas. *Como?* Olhei para onde as duas apontavam e percebi um detalhe: o W assinado.

Como?

Capítulo 13

Vocês não estão mais seguras

O tal W podia grafitar sem ser notado, mesmo durante o dia. Uau. Eu estava fodida.

— W sabe que estamos aqui. — Chae mexeu nos cabelos — Merda.

— Vocês não estão mais seguras — disse Sina, tateando algo em seu bolso.

Foi quando começamos a ouvir sirenes ao longe. Um helicóptero se aproximava; os Guardas Reais, pelo visto, também.

— Temos que ir para *lá*.

Sina deu uma pausa antes de responder.

— Essa deveria ter sido a sua primeira opção. Se você tivesse ido, talvez essa merda não estivesse acontecendo. — Elas se encararam e percebi que estava por fora da situação, como sempre. — Já acionei meu dispositivo de emergência. — Então era isso que ela tateava no bolso. — Um carro chegará aqui em minutos. Vamos para os fundos, agora. — Sina abriu seu armário e nos entregou duas máscaras, depois começou a enfiar todas as roupas à vista em uma mochila.

— Pra onde vamos? — perguntei quando Chae tomou minha mão.

Quando passamos pela porta do quarto, um segurança vinha em nossa direção.

— Eu quero esse quarto mais limpo do que um centro cirúrgico — Sina grunhiu para o homem.

— CTI — Chae respondeu.

Mas o que diabos era CTI?

Quando chegamos aos fundos da boate, um homem trouxe uma bolsa e um saquinho plástico.

— As coisas que a senhorita pediu de sua sala — disse para Sina, sério. Se curvou rapidamente e se retirou tão rápido quanto chegou.

— Nessa bolsa tem uma arma e outras coisas que espero que você não precise usar. — Sina estendeu para Chae, que colocou tudo na mochila em suas costas. — Os Guardas Reais devem chegar em dois minutos. A carona de vocês já está na esquina. — Ela olhou para o relógio de pulso. — É melhor vocês irem.

— Obrigada por tudo, Sina.

— Vai dar tudo certo, Chae. Vamos conseguir. — A dona da boate deu um sorriso triste e puxou Chae para um abraço.

Sina olhou para mim em seguida.

— *Oh, Vossa Alteza* — disse, irônica.

Não me senti confortável ao ser chamada daquela forma, mas aceitei o abraço quando ela me puxou para perto. Apesar das brincadeiras, ela era a única que parecia me ver fora do título que eu carregava. Sina me lembrava Momo.

— Não seja tão dura consigo mesma nem com Chae. E aproveite a vida, curta os pequenos momentos. Você vai se encontrar — ela sussurrou no meu ouvido.

Não queria me despedir dela, mas me afastei e fui até Chae, que estava parada na porta. Sina abriu o saquinho que o segurança tinha lhe entregado, pegou um comprimido preto e o engoliu a seco.

No momento em que chegamos à esquina, um carro parou ao nosso lado e Chae não pensou duas vezes antes de entrar.

O motorista não disse uma palavra sequer. Chae estava sentada em uma das janelas, o corpo inclinado para a frente, a cabeça entre as mãos, seus dedos se perdendo nos cabelos.

— Chae... O que quer dizer CTI?

Eu tinha muitas perguntas, mas escolhi aquela. Ela deu um suspiro longo, se encostando no banco.

— Centro de Tecnologia da Informação.

Um centro de computação? O que eles faziam? Cuidavam de transmissões? Segurança de informações? Todas as informações das redes do governo? Por que diabos iríamos para lá?

— Os mais íntimos chamam de Chou Tsuy Illegality.

■ ■ ■

O carro parou depois de uma corrida contra o tempo por um caminho que eu nem consegui assimilar. As janelas eram tão pretas que não dava para ver nada do lado de fora. Uma divisão subiu e nos separou do motorista.

Escorreguei um pouco para o meio do banco, apavorada ao ouvir um estrondo. Estiquei o braço para segurar a mão de Chae quando senti o carro descendo, embora estivesse parado no lugar.

Chae me olhou e eu me arrependi do contato. E daí que estávamos quase nos beijando menos de uma hora atrás? Aquilo ali era bem íntimo!

— É só um elevador de carros — disse em voz baixa.

Mesmo mais calma, eu não quis soltar a mão dela. Quando aquilo finalmente parou de descer, o carro acelerou de novo. E, quando parou, as portas foram abertas. Eu ainda sentia medo, mas quando Chae desceu sem temer, fiz o mesmo.

Um homem de máscara e luvas estava nos esperando do lado de fora, enquanto outro fechava as portas. Um deles guiou Chae até o meu lado.

— Tirem as máscaras — ordenou. Eu olhei para Chae, e ela não hesitou.

— Obedece — disse seca e dura. O olhar dos homens ficou por pouco tempo no meu rosto assim que tirei a máscara, mas eles pareciam querer não mostrar surpresa.

— Estiquem o braço direito.

Um deles estendeu uma maleta e a abriu, mostrando duas seringas de injeção com um conteúdo transparente. Meus olhos se arregalaram e abaixei o braço, dando um passo para trás. Uma arma se levantou na minha direção.

— Mina, eles estão pouco se fodendo para quem você é e vão apertar a porra do gatilho. Estende esse braço, só obedece — Chae disse, sem me olhar.

Engoli em seco e voltei para o lugar, esticando o braço como ela mandara. Eu tremia inteira, com o coração na boca.

Chae foi a primeira a receber a injeção do líquido. Depois de descartar a seringa, o homem veio até mim. Ele deu uma risada fraca antes de enfiar a agulha no meu braço, me fazendo resmungar um pouco de uma dor que foi claramente provocada de propósito.

Chae me olhou de relance.

Os dois homens armados nos seguraram pelo braço e começaram a andar em direção a uma porta. Estávamos no meio de um estacionamento mal iluminado.

Entramos num enorme corredor com várias portas e fomos guiadas até um elevador.

Eu não fazia ideia de quantos metros tínhamos descido, e essa noção me sufocava um bocado. Quando o elevador parou, saímos para mais um corredor, este mais claro, e entramos em uma sala quase vazia. Um computador ficava em cima da única mesa do ambiente, com duas cadeiras à frente e uma parede com uma enorme estante de livros atrás. Mas o que realmente chamou minha atenção foi o que estava do outro lado da mesa. Ou *quem*.

A mulher era muito magra e vestia botas pesadas e calças pretas justas. Havia algemas penduradas na lateral das coxas e, em um coldre perto da bota, uma arma. No cinto, mais armas, uma de cada lado. Ela estava de braços cruzados, com uma camisa preta de mangas compridas até os pulsos.

Os cabelos negros e longos caiam pelas costas. Seu olhar era tão afiado que parecia me cortar e, como se não bastasse, ela era muito alta.

Com um aceno da cabeça dela, os homens que entraram com a gente se retiraram.

A mulher se levantou devagar e deu a volta na mesa, parecendo ignorar minha presença. Seus olhos avaliaram Chae de cima a baixo assim que parou na nossa frente.

— Chae Kang. Quanto tempo.

— Chou Tsuy — Chae respondeu.

Ah, Chou Tsuy Illegality. Essa era Chou Tsuy.

— Recebi um chamado de Sina. Não que eu esperasse um seu, é claro.

Ao contrário de Naya, Jade e Sina, eu não conseguia ler o olhar de Chou. Sem dizer mais nada, ela se afastou de nós.

— Sentem-se — ordenou, e Chae obedeceu, se aproximando das cadeiras e puxando uma.

— Você também, *princesa* — ela falou com certo desdém. Mesmo hesitante, obedeci. Àquela altura, eu já sabia o protocolo.

A mulher parou de novo atrás da mesa, mas permaneceu em pé, descruzando os braços e apoiando as mãos no móvel de metal de forma ameaçadora.

— Vou começar por ela — disse para Chae, que assentiu. O olhar de Tsuy veio em minha direção. — Qual é o seu nome?

— Mina. — A resposta saiu rápida e clara da minha boca, sem que eu não pensasse duas vezes. Bizarro. — Eu era a princesa do reino.

— *Era?*

— Eu fugi do meu casamento, sabe? Acho que perdi meu cargo.

— E por isso não é mais? — A mulher me fitava.

— Eu não quero voltar a ser a princesa. Nunca mais.

Franzi o cenho após as palavras saírem da minha boca. A mulher olhou para Chae brevemente e voltou a me encarar.

— Você pretende retornar ao palácio?

— Sim. — Minha intenção era mentir, mas não consegui.

Eu percebi a cabeça de Chae se voltando para mim, e Tsuy continuou me olhando.

— Por quê?

— Minha melhor amiga está lá, e vou resgatá-la.

Chae abaixou a cabeça. As palavras fluíam sem que eu sequer pensasse.

— Quem é sua melhor amiga?

— Momo.

— A mulher que vai casar com o seu irmão?

— Eu odeio meu irmão. Eu odeio que ela vá passar por isso. Eu vou resgatá-la. — Senti as lágrimas descerem pelo meu rosto contra a minha vontade.

— Tsuy — Chae sussurrou.

— Quais são suas intenções com Chae Kang? — Tsuy suspirou. — Por que está com ela?

— Chae me salvou do casamento e continua me salvando ao me mostrar coisas que eu não via antes. Sem ela, eu não seria nada agora; teria sido capturada e viveria uma vida aprisionada. Chae me deu a minha chance de ser livre.

— E você se sente livre?

— Não totalmente. Mas mais do que era do outro lado do muro.

Olhei para o meu braço de relance e entendi o que estava acontecendo. Tinham nos injetado o soro da verdade, eu não podia mentir.

— Tudo bem, Mina. Última pergunta: você pretende fugir, machucar Chae Kang, machucar algum aliado de Chae Kang ou recolher informações para o seu pai?

— Não. Eu nunca machucaria a Chae.

Tsuy arqueou a sobrancelha e afirmou com a cabeça, se levantando e cruzando os braços de novo.

— É, Chae. Não sei que merda você fez com essa garota, mas, de alguma forma, acertou. Agora é sua vez.

Meu corpo relaxou na cadeira, embora as lágrimas continuassem caindo.

— Qual é o seu nome?

— Chae Kang.

— Você tomou o comprimido?

— Não.

— Como posso confiar em você? — Tsuy a olhou por alguns longos segundos.

— Qualquer um que trai sua confiança termina sem a cabeça, Tsuy.

O quê?

— Como você fugiu de sua prisão? — a mulher continuou, sem pestanejar. Estávamos falando sobre decapitação ali, meu Deus, como se fosse uma conversa casual.

— Vi a princesa correndo pelos jardins e achei que fosse uma miragem. Eu nunca imaginei aquilo, depois de tanto tempo, pensei que tinha surtado. Mas era real. Eu a convenci de que era sua única saída, e ela me libertou. Eu conhecia a saída lateral, escapamos por lá.

— Onde você estava antes de chegar aqui?

Chae desatou a contar sobre como passamos nossa última semana pela sua perspectiva. Mencionou Naya, Jade, o taiyaki do senhor Mário, o sumiço de Dana e, quando mencionou o nome de Sina, Tsuy resmungou, aparentemente enojada.

— Por que veio até aqui?

— W marcou a boate com um X e uma coroa. Precisávamos sair de lá antes que os guardas chegassem, e já tinha passado da hora de virmos encontrar com você.

— Por que queria me encontrar?

— Porque nada feito debaixo dos panos do reino funciona se não passar por você.

— E você tem algum plano em mente, Chae Kang? — Tsuy pareceu animada de repente.

— Sim.

— Interessante.

Chae pareceu relaxar os ombros, que estavam tensos até o momento. Continuei olhando para ela, mas Chae não se virou para mim. Em vez disso, estalou o pescoço e respirou fundo, fazendo uma careta.

— Mesmo depois de todo esse tempo, não confia em mim, Tsuy? Assim você me deixa triste.

— Protocolos, Chae. Ninguém de fora entra sem o soro, você sabe disso. E, se confiasse em mim, teria vindo até aqui antes de qualquer outro lugar. Não teria procurado... *Sina*.

— O problema não era esse... — Chae sussurrou, e olhou de rabo de olho para mim. Tsuy arqueou a sobrancelha, como se pedisse para que ela se explicasse. — Achei que *ela* não estaria pronta para lidar com você.

A mulher não esboçou reação alguma, mas eu me senti ofendida.

— Podemos ficar aqui? — perguntou Chae.

— Não — respondeu Tsuy, e nós duas olhamos para ela ao mesmo tempo. — Vocês vão ficar aqui hoje, mas amanhã voltam para aquele muquifo da Sina. Meus homens vão junto, para proteger o lugar. Nada vai acontecer enquanto eu puder evitar. Mas vocês não podem ficar. Não quero ela por muito tempo aqui — disse, me indicando com um gesto de cabeça. — Precisamos conversar, Chae. *Em particular*.

— Mas... e W?

— W não será mais um problema.

Chae ficou em silêncio por um tempo. Tsuy não esboçava uma reação sequer.

— Você conhece W, não conhece? — indagou Chae, quase em um sussurro.

Alguém bateu à porta, e Tsuy ignorou a pergunta.

— Um quarto juntas ou separadas? Acho que separadas, correto?

— Juntas — respondemos em coro. Senti as bochechas esquentarem e observei a sobrancelha de Tsuy subir, curiosa. O soro da verdade... *Merda*.

— Interessante.

Tsuy abriu a porta, e eu podia jurar ter visto um sorriso em seu rosto pálido.

— Acomode-as no meu andar, na última suíte. São minhas convidadas.

— Sim, senhora — disse uma voz de homem do lado de fora.

Fomos guiadas para um andar diferente, onde as luzes eram bem fortes. As paredes pareciam ser escavadas em uma rocha e estavam enfeitadas com quadros de paisagens bonitas.

O homem abriu a última porta do corredor para nós e entregou um dispositivo para Chae. Ela parecia familiarizada com o objeto, que botou no bolso, e fechou a porta.

A suíte tinha uma cama de casal com uma mesinha de cada lado e, atrás dela, em vez de janelas, um aquário embutido na parede. À direita da cama, um armário e, à esquerda, o banheiro.

— O efeito do soro deve passar em uma hora. A gente vai ficar calada até lá — disse Chae.

Caminhei até a cama e me sentei, passando a mão pela coberta macia. Não sabia explicar o que eu estava sentindo depois de tudo. Não parecia que quase nos beijamos e que fugimos e que qualquer coisa ali era real.

— Você tá bem? — A voz de Chae saiu um pouco baixa. Ela estava de frente para mim, de braços cruzados. Eu sentia os pés descalços no chão gelado e aquilo me trouxe uma sensação agradável.

— Não.

— O que houve?

Olhei para o local onde o soro tinha sido aplicado. Estava roxo e um pouco inchado. Chae segurou meu braço e passou o dedo de leve pela mancha escura.

— Aquele filho da puta fez de propósito, eu poderia matar ele.

Senti meu coração se aquecer um pouco. Por que ela estava agindo assim comigo de repente? Eu sabia que estava vendo a verdadeira Chae, já que ela não poderia mentir.

Quando quase nos beijamos, não sabia se estávamos inundadas de raiva, revolta ou se havia algo mais. Eu apenas sabia que, naquele momento, Chae observava meu braço com cuidado, e eu só queria que o tempo parasse.

Mas minha mente seguia tomada pela forma com que revelei para Tsuy e Chae algo que nem eu mesma sabia ter certeza e, mais uma vez, Momo dominava minha mente em meio ao turbilhão de pensamentos. E, quando isso acontecia, meus olhos se enchiam de lágrimas. Não conseguia evitar.

Chae suspirou e colocou as mãos atrás dos meus joelhos, me puxando para baixo e me encaixando perfeitamente em seu colo.

Suas pernas estavam entre as minhas e meus joelhos dobrados no chão. Nossos troncos se uniam e a cabeça de Chae estava na altura do meu pescoço. Ela me abraçou pela cintura, enterrando a cabeça no meu ombro, acariciando minhas costas.

Senti as lágrimas descerem sem conseguir segurar as emoções. Eu a abracei e afundei o nariz em seu cabelo. Naquele momento, estava encontrando conforto em Chae Kang, a perigosa fugitiva do reino. Em meio às lágrimas, esbocei um sorriso sincero.

— Princesinha, se você contar isso para alguém, eu... eu... Eu te mat... *ugh* — Ela queria dizer que iria me matar, mas quando não conseguiu mentir, grunhiu e desistiu.

Mesmo que nossa relação fosse resumida a abraços secretos e trancados a sete chaves, Chae era minha única fonte de conforto. E eu estava bem com isso por enquanto.

Capítulo 14
Tem muitas coisas sobre mim que você não imagina

Ficamos abraçadas até minha barriga fazer o favor de roncar alto. Que humilhação. Chae pegou o pequeno dispositivo que havia recebido e apertou um botão, sem dizer nada. Permanecemos sentadas na cama por um tempo, de frente uma para a outra, em um silêncio relativamente confortável, até alguém bater na porta.

— Entre — Chae pediu.

— A comida chegará logo. A srta. Chou pediu para te devolver isso. — O homem entrou, segurando uma mochila e uma bolsa. — Os itens que não são permitidos para visitantes foram retirados. À meia-noite, alguém virá te buscar.

— Obrigada — resmungou ela ao pegar a bolsa, fechando a porta enquanto o homem ia embora.

Chae voltou a se sentar na cama e começou a mexer na mochila e eu, curiosa, engatinhei para perto dela. A primeira coisa que vi foi uma arma com um post-it amarelo.

— *Descarreguei, Kang, sinto lhe informar* — Chae leu em voz alta. — A dureza dessa mulher me assusta. Eu a conheço há anos, já trabalhamos juntas, e ela ainda me trata assim — resmungou para si mesma.

Chou Tsuy era minha mais nova incógnita. O que ela realmente fazia? Que tipo de ilegalidades passavam por ela? *Todas?*

Após deixar a arma na cama, Chae puxou uma caixinha de plástico com vários potinhos com comprimidos dentro. Chae puxou o post-it que dizia: "Apagador de memória? Sério?"

— O que é isso? — resmunguei.

— O que você acha?

Por que eu fiz essa pergunta?

— Isso apaga a memória de quem toma, mas são diferentes. Está vendo o branco? Ele apaga apenas a última hora. O vermelho, um dia; o azul, uma semana. O amarelo some apenas com memórias impactantes e traumáticas, como se você tivesse visto um assassinato, por exemplo. O verde apaga a memória de um mês.

Como ela decorava tudo isso? Estiquei a mão, peguei um deles, e ela arqueou a sobrancelha para mim.

— E esse? — perguntei.

Chae deu uma risadinha fraca quando mostrei os comprimidos pretos.

— Esse apaga a memória inteira, princesinha. Se você tomar, só vai se lembrar de como falar, coisas básicas. Dizem que você esquece até o seu nome.

Como aquilo ali poderia ser tão forte assim? Nunca tinha visto algo igual.

— O CTI desenvolveu essa substância para defender o movimento. — Ela continuou — Tem pessoas que cresceram no meio dos rebeldes e, quando capturadas, poderiam acabar entregando tudo depois de muito tempo de interrogatório e tortura. As pessoas preferem apagar suas memórias em prol do movimento a entregar seus companheiros.

Aquilo tudo era novidade para mim. Eu poderia afirmar que mesmo com toda tecnologia que tínhamos, nem meu pai fazia ideia da existência de tantos comprimidos, o que me fez pensar em outra coisa. Encarei a garota na minha frente e mordi o lábio, criando coragem.

— Chae... você foi capturada.

— Você está ficando mais esperta. — O assunto era sério, mas ela tinha um sorriso ladino no rosto. Irritante. — Quando eles me pegaram, eu tinha dois comprimidos comigo. Esse que está na sua mão e outro que deve estar aqui em algum lugar. — Ela procurou e achou um frasco vazio, com um post-it escrito "não". — Enfim, lembra o que a Sina tomou? Para cortar o efeito do soro que ela provavelmente seria obrigada a usar na inspeção da polícia?

— Sim — afirmei, finalmente entendendo a utilidade daquela pílula.

— Ele é idêntico a esse, da mesma cor, mesmo formato — disse Chae, apontando para o que eu segurava. — Enquanto eles me levavam, os dois frascos que estavam no meu bolso traseiro se quebraram. Minha intenção era pegar os dois comprimidos e engoli-los, mas não deu certo.

Ela riu como se fosse uma piada.

— Quando coloquei a mão no bolso, meus dedos sangraram por causa vidro quebrado, e os guardas nem notaram o comprimido preto. Eu apenas engoli.

— Você... poderia ter perdido sua memória inteira. — Meu coração batia rápido enquanto ela contava sua história. Eu queria ouvir tudo, saber de tudo!

— Eu teria perdido minha memória inteira — ela concordou.

— Mas você não entregou o movimento, ele continua em pé. Não é?

— Porque seu pai é um estúpido que não sabe fazer as perguntas certas. Conseguiram chegar *apenas* em Naya e Jade. — Chae deu um sorriso triste. — Você as deveria conhecer melhor. Naya está sempre de um lado para o outro, alegre. Foi Tsuy quem a treinou e a transformou em uma das melhores hackers. Como pagamento, Naya trabalhou para Tsuy, aprendendo ainda mais.

Nem conseguia imaginar alguém alegre após ser torturada. Naya me alfinetou diversas vezes no pouco que convivemos, mas eu entendia que era a personificação de tudo o que elas lutavam contra.

Eu era a filha do rei e estava ao lado de seus inimigos. Realmente, ela não tinha nada que ser alegre perto de mim.

— Suas amigas... parecem ser pessoas incríveis, *todas* elas.

— Elas são, princesinha. Elas lutaram lado a lado com os rebeldes, são os rebeldes. Antes de Tsuy, o movimento não tinha nada além de pessoas gritando nas ruas. Antes de Naya e Jade, nós não tínhamos ninguém para nos atender quando preciso.

— E você?

Ela me olhou nos olhos, pegando de volta o frasco e o colocando dentro da maleta de plástico na bolsa.

— Eu não sou nada perto delas, Mina. Sou a mais afrontosa, só isso. Eu não sou nada perto delas.

— Chae... as pessoas na televisão gritavam seu nome. Sei que sou nova deste lado do muro, mas posso afirmar que você é importante. Com certeza.

Chae me fitou e eu não sabia se ela estava sem palavras ou se eu tinha dito algo estúpido. Porém, mais uma vez, eu estava me perdendo em seu olhar num momento fora de contexto. O assunto era sério ali, não era sobre beijos e nem sobre o que eu estava sentindo. Limpei a garganta, querendo voltar atrás no que eu tinha dito, quando bateram na porta anunciando o jantar.

Ela se levantou rapidamente para abrir a porta. Chae pegou a bandeja, começou a caminhar até a cama e dispensou o homem que veio nos servir. Assim que apoiou o jantar no meio da cama, ela tirou o cloche que cobria a comida e observei um negócio avermelhado, que eu não fazia ideia do que era.

— O nome disso é acarajé. Tem um pouco de pimenta, acho que Tsuy mandou fazer porque sabe que eu gosto.

— Eu nunca comi.

— É óbvio que não.

Chae serviu dois pratos pequenos e, sem esperar, levou um dos bolinhos à boca. Esperei ela comer para imitar. Era crocante, salgado e tinha um sabor que eu nunca imaginei. Era delicioso.

— Gostou? — Chae perguntou enquanto nos servia de água. Quando ela empurrou um copo na minha direção, peguei e engoli na mesma hora.

Chae riu e, dessa vez, não era forçado como ela fazia, fazendo a voz de Sina pedindo para eu aproveitar os pequenos momentos ecoar na minha mente. A risada de Chae era gostosa, e resolvi que queria ouvi-la mais vezes. Quando o sorriso dela se foi, ficando em seus olhos, abri um sorriso genuíno.

— É quente — resmunguei. — E apimentado.

— Eu amo coisas apimentadas.

Continuamos comendo em um silêncio confortável, até que a gente decidiu se lavar e arrumar as coisas para dormir um pouco. Não tínhamos nada mais além da presença uma da outra e não havia literalmente nada para fazer, estávamos em uma bolha só nossa.

— Por que está me olhando? — perguntou ela ao se deitar de barriga para cima enquanto eu estava virada para ela, com a cabeça apoiada na mão.

— Eu gosto da pinta que você tem perto da boca.

— Já era para o efeito do soro da verdade ter passado.

— Eu só quis falar. Também tenho pintas no rosto.

Chae me analisou de perto, depois voltou a olhar para qualquer outro lugar pelo quarto.

— Dana dizia que nossas pintas são os pontos em que nossas almas gêmeas gostavam de nos beijar nas vidas passadas.

Lembrava de já ter escutado isso em algum lugar, mas não lembrava quando nem onde.

— É mesmo? — perguntei. Eu só queria que ela continuasse falando.

Chae me olhou, esticou as mãos para o meu rosto e tocou devagar em cada uma de minhas pintas.

— Aparentemente, sua alma gêmea gostava muito de te beijar no rosto.

Minhas bochechas esquentaram com o toque suave, e senti falta quando ela afastou as mãos. O momento em que quase nos beijamos mais cedo parecia ter sido apagado, e Chae agia como se nada tivesse acontecido, sem se abalar. Olhei um pouco para seu rosto, seus lábios carnudos, os cílios compridos, o nariz empinado, os belos cabelos longos espalhados pelo travesseiro. Lembrei das tatuagens em suas costas e percebi que faziam o contraste perfeito com seu rosto delicado. Era uma bagunça, como ela parecia ser.

Era bonita demais.

— Fazer tatuagens... dói? — resolvi perguntar, afastando aquele pensamento. Minha voz saiu rouca, e Chae me olhou de novo, curiosa.

— Eu vi suas costas — sussurrei.

Chae travou a mandíbula e desviou o olhar rapidamente.

— Princesinha... você teve seu braço rasgado, a dor da tatuagem não chega nem perto.

Ficamos em silêncio por mais algum tempo, até ela abrir a boca de novo, olhando para o teto.

— O que você gostaria de tatuar, se princesas pudessem ser tatuadas?

— Talvez algo para Momo.

— Ela realmente significa muito para você — comentou, e eu apenas concordei mexendo a cabeça. — Sei como é. Quando disse sobre voltar ao palácio para resgatá-la... Eu entendo. Iria até o inferno para salvar Dana.

Nossas melhores amigas pareciam criar um laço entre Chae e eu. Talvez por isso esse tópico ficasse surgindo. Eu gostaria de conhecer

Dana, tentar entender por que ela é tão especial para Chae, mas isso soava impossível, porque parecia que a mulher tinha sumido do mapa.

— Quer trocar histórias? — perguntei, e Chae me fitou.

— Como assim?

— Conte uma história engraçada sua com Dana, e eu conto uma minha com a Momo.

— Tudo bem, posso fazer isso — ela disse, e eu vi um sorriso aparecer no canto de seu rosto. Chae sentou na cama e puxou sua calça um pouco para cima, mostrando uma cicatriz na panturrilha. — Tá vendo isso aqui?

Fiz que sim com a cabeça.

— Dana, no início, era péssima com armas, mas ela tinha que aprender. Por sobrevivência. Quando ela começou a treinar no CTI, eu, que nem uma idiota, a acompanhava. Ela não sabia travar as armas e sempre se esquecia de não apontá-las para as pessoas ao redor. Então, digamos que eu tive a ideia idiota de dar um susto nela.

— Que burrada.

— Sim. — Chae riu. — Terminei com uma bala para Jade tirar enquanto Dana se desesperava com todo o sangue, e Tsuy ameaçava proibir nossa presença aqui, o que era, obviamente, mentira.

Minhas histórias com Momo não eram tão emocionantes.

— Não sei o que contar depois disso — resmunguei.

Chae ajeitou sua calça e tornou a se deitar, me olhando.

— Me conte qualquer coisa. Não tem alguma história com pôneis e coroas de ouro? — perguntou, rindo, e resmunguei antes de deitar, olhando para o teto enquanto Chae me observava. Pensei um pouco até me lembrar de uma história boba. Sem pôneis ou coroas. Suspirei.

— Você deve ter uma noção de como é a vida no palácio e das atividades destinadas às meninas e aos meninos. É até ridículo falar isso em voz alta, mas Momo e eu nunca gostamos disso. Meu irmão tinha videogames e esportes, enquanto nós andávamos com livros na cabeça sem poder nem ler nada minimamente interessante. Sabe quantos talheres são necessários em uma refeição? Vários. Eu queria não saber, nem uso mais talheres!

Chae seguia atenta.

— Tivemos uma época de rebeldia, e agora eu estou rindo só de ter pensado que a gente era qualquer coisa perto de rebeldes de verdade, mas decidimos sacanear Igor, meu irmão, uma vez — continuei, sem pegar fôlego para falar. — No dia anterior a um pronunciamento real na televisão, arrumei um pouco de tinta rosa para tecidos, e Momo entrou no quarto dele para encher o condicionador de Vossa Alteza, o Futuro rei.

— Você foi a culpada pelo icônico cabelo rosa! — Chae riu, tampando a boca com as mãos, achando graça de verdade. — Eu lembro desse pronunciamento e da cara de bunda do seu irmão! Impagável! Foi coisa de mestre!

Eu sorri.

— Nunca imaginei que isso poderia ser arte sua — ela disse, se deitando de barriga para cima.

Tem muitas coisas sobre mim que você não imagina, pensei voltando a contar histórias, deitando ao seu lado.

Capítulo 15

A pequena flama da revolta

CHAE

Mina dormiu me encarando, e saí do quarto antes que batessem na porta, para que ela não acordasse. Eu estava definitivamente ficando mexida com aquela garota e não sabia o que fazer com esse sentimento. Era esquisito, uma sensação de fraqueza e poder ao mesmo tempo.

— Então você acha que consegue convencer a princesa a ser o rosto da revolução? — Tsuy perguntou assim que nos encontramos à meia-noite.

Estávamos na sala dela e, dessa vez, eu me sentia mais confortável pela falta do soro da verdade no meu organismo. Não que eu pretendesse mentir, mas coisas desnecessárias poderiam escapar sob influência da substância. Ainda mais quando o assunto era Mina. Uma das pessoas por quem eu mais sentia repulsa agora me atraía com artimanhas de que nem ela mesma parecia ter conhecimento. A inocência em seu olhar me dava vontade de entender o que se passava na sua mente. Ela provavelmente não acreditava que seu mundo era perfeito, mas achava que era muito melhor do que de fato é. Por isso, acreditei que ela poderia se revoltar e aceitar ser o rosto da revolução.

Mina não era como o pai ou o irmão. Ela era diferente e, por suas histórias, já tinha a pequena flama da revolta no coração. Só precisava de alguém para acender o fogo.

— Sim. Ela vai ser.

— Como pode ter certeza, Kang?

Suspirei, me ajeitando na cadeira. Eu não tinha certeza.

— Sina também acredita, não sou a única a enxergar essa possibilidade. Preciso de mais algum tempo. — Limpei a garganta. — Vou continuar mostrando o mundo a ela, então vou sugerir. E ela vai aceitar.

Tsuy assentiu, devagar. O poder que ela emanava chegava a me estressar um pouco. Poderia afirmar facilmente que era maior que o rei.

— E você espera que eu administre.

— Vamos seguir com os planejamentos estratégicos — continuei. — E precisaremos de armamento. Não vai ser uma guerra fácil, sangue será derramado, você sabe.

— Não posso contratar exércitos bem-treinados e comprar armas sem dinheiro. Os grandes foram pelo ralo quando você sumiu, agora só nos resta... — disse ela. — Sina, talvez. Precisamos de alguém podre de rico do nosso lado.

— Isso é problema para você? — perguntei, sabendo que ela sempre tinha uma carta na manga.

— A única coisa que te peço em troca é não perder Mina. Eu poderia prendê-la aqui, mas te entendo, e admiro o esforço de mudar a cabeça dela em liberdade.

— Você vai cuidar de todo o resto enquanto tomo conta de Mina? — resmunguei, e ela se inclinou para a frente, me encarando de perto. Entendi que ela estava falando muito sério.

— Mina é a peça-chave neste jogo — disse com a voz baixa, quase sombria.

Afundei na cadeira. Mina iria entender e concordar. Ela estava no caminho certo.

Tsuy se ajeitou do outro lado, dando a conversa como encerrada, esperando que eu me levantasse.

— Quer tratar de mais algum assunto? — questionou quando não me levantei.

Mordi o lábio inferior. Sina disse que Tsuy já tinha procurado, mas eu queria tentar.

— Dana. Ela sumiu, e você é a única pessoa que pode rastreá-la. Preciso de Dana ao meu lado para conseguir o que quero.

Tsuy olhou para baixo antes de voltar a me encarar. Ela com certeza sabia de algo.

— Não posso.

— Como não?

Tsuy levantou, desviando novamente do meu olhar. Caminhou até uma estante cheia de livros e começou a mexer neles.

— Eu já tentei.

— Tsuy... você é a maior hacker do reino. Se você não consegue, ninguém consegue.

— Você sabe que existem coisas sobre as quais não posso falar. Sabe o quanto vale a minha palavra. Se prometo algo, vou cumprir. — Não entendi o motivo de dizer isso, mas a deixei continuar para ver aonde chegava. — Só tem uma coisa que posso fazer para te ajudar.

— O que quer dizer com isso?

Ela não me respondeu, apenas continuou mexendo nos livros até pegar um em particular e retirar um papel das páginas.

— Essa é sua chave, Chae Kang.

Ela me estendeu o papel e percebi que era uma foto. Uma foto de Dana. Os cabelos negros, o sorriso largo com os olhos quase fechados. Eu havia tirado aquela foto em um dos treinamentos de tiros. Meu coração se apertou vendo o rosto da minha amiga.

— Como assim? Como assim, minha chave?

— Não posso te dizer mais nada. — Tsuy apertou um botão na mesa, e eu sabia que logo os guardas viriam para me levar de volta ao quarto. — Amanhã vocês voltam para a boate de Sina. Boa noite.

— W não vai aprontar de novo?

— Já estou trabalhando nisso.

Como se estivessem fazendo uma troca de mercadorias, dois guardas entraram segurando os braços de uma mulher de cabelos presos e roupas de qualidade sujas por respingos de tinta. Trocamos olhares ao nos cruzarmos, e franzi o cenho enquanto ela me dava um sorriso cínico. Não tive tempo de perguntar para Tsuy quem era, pois a porta se fechou atrás de mim.

Enquanto voltava para o quarto na companhia dos guardas, encarava a foto de Dana nas minhas mãos. Tentei olhá-la de frente e verso, de todos os ângulos, procurando uma resposta em cada detalhe. Como assim aquela foto era minha chave? Minha chave para quê? A que promessa Tsuy se referia?

Quando entrei no quarto, me enfiei embaixo das cobertas enquanto Mina dormia. Passei a noite pensando na nossa conversa e não me incomodei quando a garota se aconchegou em mim em busca de calor, resmungando coisas em seu sono. Na verdade, de forma quase mecânica e natural, ajeitei seus cabelos, tirando-os do rosto. Ela dormia em paz, como se não estivesse longe de casa e da própria realidade. Olhei para sua expressão e admirei suas pintinhas. Era compreensível sua alma gêmea da vida anterior gostar tanto de beijar seu rosto. Meus lábios se abriram e fecharam. Eu estava completamente ferrada.

Capítulo 16

Como uma mulher tão jovem se tornou tão grande?

— Então, Alteza — Chou Tsuy começou, mas eu a interrompi.
— Alteza, *não*, por favor.
Ela me olhou de volta, quase orgulhosa.
— W já não é mais um problema, e o reino não vai mais suspeitar do seu paradeiro. Entrei em contato com Sina e está tudo limpo, eles não tocaram em um fio de cabelo dela. *Felizmente*. Neste exato momento, marcas idênticas àquela estão aparecendo em vários edifícios pela região, para despistar.
— Por que W faria isso, se queria me entregar?
— Não, o jogo de W é outro. — Tsuy suspirou baixo. — Talvez seja complexo demais para você entender agora, mas, com as novas marcas, ela ficará feliz em fazer o reino gastar tempo e recursos indo aos novos lugares.
Então W era uma mulher.
— Os guardas não vão voltar à boate de Sina, então? — questionei.
— De forma alguma. E, se voltarem, meus homens estarão lá. Vocês estarão cercadas e protegidas.
Eu não entendia como Tsuy controlava tudo. Era quase como se ela fosse onisciente, onipresente e onipotente. Nem meu pai era, eu tinha completa certeza.
Como uma mulher tão jovem se tornou tão grande? Ela tinha, no máximo, vinte e cinco anos, julgando pela forma como falava. Seu rosto parecia jovem até demais.

— Vamos, Mina, Sina tá esperando a gente. — Chae chegou mais perto e Tsuy revirou os olhos de leve assim que o nome da dona da boate foi pronunciado.

Já estava sentindo falta da presença marcante de Sina e, para ser sincera, o quarto da boate era muito mais confortável do que a caverna subterrânea, aquele cômodo frio demais. Eu nem sabia como não tinha congelado durante a noite.

Quando entramos no carro dessa vez, os bancos da frente estavam ocupados por dois homens de terno. Chae sentou ao lado de uma janela e eu, do outro, a mochila de roupas entre nós. Olhando para fora enquanto o carro se movimentava, notei como aquela região não era nada decadente.

O CTI se camuflava perfeitamente com o comércio, disfarçando o império inimaginável por baixo.

A boate de Sina não era longe, pelo que me lembrava, e tentei falar com Chae algumas vezes, embora ela nem olhasse na minha direção. Segurava com firmeza um papel que, por conta do sol, eu não conseguia ver o que era.

Suspirei e voltei a olhar pela janela quando estávamos em uma rua mais vazia, prestando atenção em cada detalhe. Ainda me assustava não saber nada do meu próprio reino. Eu tinha sido enganada a minha vida inteira.

Do lado de fora, me tirando dos pensamentos, alguns grupos de pessoas com cara de poucos amigos observavam enquanto nosso carro passava. Não conseguiam enxergar dentro, mas seus olhares pareciam atravessar o vidro, o que era um bocado assustador. Muitos tinham tatuagens brutas e chamavam uns aos outros antes de apontar para a gente.

— Quem são essas pessoas? — perguntei em voz alta. Chae levantou o olhar para mim e guardou o papel no bolso da mochila antes de me responder.

— Rebeldes mais... brutos. Camaradas. Esta não é uma rua segura, já estamos no centro.

— Mas, se são rebeldes... eles são como você.

— E? — Chae me fitou e deu um pequeno sorriso.

Chae não tinha cara de má. Não com aqueles olhos, aquela boca carnuda e aquela pintinha atraente. Era quase cômico quando ela me olhava daquele jeito, tentando me convencer de que eu deveria temê-la.

— Eles têm armas de todos os tipos, e alguns têm acesso àqueles comprimidos que te mostrei. Assim como eu. — Chae olhou para a frente, sorrindo de forma irônica.

— Armas?

— Sim, princesinha. Armas de todos os tipos.

Não me incomodei com o apelido, que já soava quase agradável saindo da boca dela. Chata era a forma como o carro se sacudia passando de buraco em buraco, obrigando o motorista a ir devagar. As janelas eram escuras, então me perguntava o motivo de continuarem a apontar para o carro.

— Essa rua só piora — o homem no banco do carona disse em voz baixa.

— Óbvio, o rei não se importa em asfaltar as ruas mais pobres, essa parte da cidade foi completamente abandonada — o motorista respondeu.

Percebi o homem no banco do carona olhando de relance para mim e cutucando o motorista com o braço.

— A princesinha não se importa que falem mal do papai dela, idiotas. — A risada de Chae ecoou pelo carro.

— Por que está falando assim? — Eu estava conhecendo o mundo fora da minha bolha e passando a gostar ainda menos do meu pai, mas não entendia a necessidade da exposição. Ela queria me atingir?

— Mina... você acha mesmo que Tsuy vai deixar que um motorista e um capanga saibam a localização exata da princesa?

Chae não precisou dizer mais nada para que eu entendesse. Aquilo parecia tão normal para eles, apagar uma memória aqui e outra ali. Como podiam ter tantas pessoas que nem se importavam em ter suas memórias apagadas?

Nós somos as nossas memórias. O que sobra da gente sem a própria história?

— Você pode sentar aqui na frente comigo e, em poucas horas, eu nunca nem sonharia com isso, *princesinha* — o homem no carona falou. Eu me assustei e meu coração se bagunçou com a provocação.

Homens eram idiotas de qualquer lado do muro.

Observei Chae enfiando o joelho com força no banco, fazendo o cara se assustar com o barulho.

— Continue falando merda e logo você também não vai lembrar por que perdeu a língua.

Dessa vez, meu coração se aqueceu com a proteção repentina. Como acontecera na situação com o homem do bar e quando ela prometeu que poderia matar o capanga que machucara meu braço no dia anterior.

Era errado encarar brutalidade como uma demonstração de carinho, e eu sabia bem disso. Mas o meu sorriso apareceu, tentando imaginar a garota do meu lado me defendendo daquele jeito.

— Você perde a noção, cara — disse o motorista.

— Era só uma brincadeira — respondeu o carona.

— Do que você está rindo? — Chae perguntou para mim, tentando parecer brava, e eu balancei a cabeça em resposta. Eu nem sequer tinha percebido que estava sorrindo tanto. — Pare de ser idiota, diz de uma vez.

— Estou sorrindo por sua causa.

Chae parou, sua expressão relaxando enquanto os olhos ficavam levemente arregalados, os lábios entreabertos.

— O-o quê?

— Mesmo com a sua pose durona, de quem me odeia, você me defende, e eu gosto disso. Às vezes parece que você se importa comigo. Achei bonitinho.

Chae desmontou. Parecia não ter nenhuma resposta afiada na ponta da língua para tentar se defender do que nem era uma ofensa. Minhas palavras a atingiram com força, a silenciando pelo resto da viagem.

■ ■ ■

Sina estava encostada na parede dos fundos. Tinha um cigarro entre os dedos e acenou para o carro ao nos ver. Chae tirou duas máscaras do bolso e me jogou uma enquanto botava a outra no rosto, pegava a mochila e abria a porta. Assim que saí atrás dela, o carro se foi. Sem olhar para mim, Chae continuou andando e passou direto por Sina, que apagou o cigarro e o jogou no lixo. Quando cheguei perto, ela passou o braço por cima do meu ombro e me acompanhou para dentro da boate.

— O que houve com ela?

Eu suspirei.

— Acho que falei algo que a incomodou.

— Tipo?

— Sobre se importar... comigo.

— Sobre se importar com você. — Sina riu baixo enquanto um guarda fechava a porta atrás de nós.

— Sim... Falei que às vezes parecia que ela se importava, então ela se fechou.

— Ah, Chae... — Sina riu. — Senti sua falta, Alteza! Deve ter sido horrível ficar nas dependências cavernosas de Chou Tsuy. Aqui é bem melhor.

— Aqui é muito melhor — respondi, e ela sorriu.

— Já sabe o caminho, não é? Se encontrar Chae, diga que quero ter uma séria conversa sobre sua atitude estranha que deixou a Alteza cabisbaixa.

Sorri, e Sina saiu andando, acenando para mim. Segui pelos corredores que já conhecia até chegar ao antigo quarto. Estava distraída e, assim que abri a porta, levei um susto ao ver, ao lado de Chae, uma mulher de costas para mim, sentada em uma das cadeiras altas da bancada. Seus dedos digitavam rapidamente em um notebook.

— Faz algum tempo, não, Alteza?

Franzi a testa ao ouvir a voz grossa.

A mulher do notebook se virou e engoli seco, percebendo Jade em pé ao meu lado, como uma sombra.

— Uau, gosto mais de você com essas roupas — disse Naya, na bancada.

— Vocês... — Não consegui terminar a frase. Chae finalmente pareceu notar que eu estava ali.

— Sim, Sina foi idiota o suficiente ao trazer as duas para cá assim que as tropas do seu papai passaram por aqui.

— Ah, Chae! Sei que você sentiu saudades — Jade provocou.

— Mas, pelo que Sina disse, ela preferia ficar sozinha com Mina — Naya falou, voltando para o notebook. — Fiquem tranquilas, já estamos indo embora.

Chae ignorou o comentário, mas minhas bochechas ficaram vermelhas.

— Por que Sina chamou vocês duas? — ela perguntou.

— Não chamou nós duas, chamou Naya — respondeu Jade.
— Para quê? — Chae indagou de novo.
— É óbvio que ela queria invadir os sistemas do CTI e descobrir quem é W. Tsuy jura que tem essa informação — concluiu Jade, se afastando de mim e se aproximando da irmã.
— Ela tem, só não compartilha — Chae afirmou.
— Enfim, não consegui descobrir, e agora estou tentando apagar meus rastros. Mesmo assim, acho que Tsuy vai saber. Estou fodida.

Se os sistemas de Tsuy tinham sido feitos pela própria, ela nunca treinaria Naya para estar à altura. Era óbvio, mas só fiquei calada, ouvindo.

— E vocês vão embora hoje? — perguntou Chae.

A voz dela estava tensa e cansada; dava para ver que não queria estar naquela situação. Naya concordou.

— Assim que terminar isso.
— De qualquer forma, foi bom ver vocês. — Chae suspirou e deu para ver seus ombros relaxando.
— Sim, nunca sabemos quando será a última vez — Jade falou com um tom de humor, mas eu achava aquilo apenas triste.

Jade ainda não ia com a minha cara. Ela parecia aceitar e tentar entender, mas quando seus olhos paravam em mim, seu sentimento era claro. Eu não a culpava. Pelo menos, daquela vez ela não me apontou uma arma quando entrei. Era uma melhora na nossa relação, definitivamente.

— Não fala besteira — Chae retrucou, mas sabia que era verdade.
— Realmente espero nunca mais ver vocês, mas só porque assim posso me certificar de que não estão correndo perigo.

E lá estava o coração que ela fingia não ter.

Capítulo 17
Eu não deveria me importar com ela

Passei ao lado de Chae para pegar água, e ela se esquivou como se eu fosse um inseto nojento, moribundo. Que audácia. Jade cruzou os braços, arqueando a sobrancelha, e Naya estava muito concentrada no que fazia para reparar. Essa atitude de Chae me incomodava, mas preferi ignorar, porque eu conseguia imaginar a frustração dela naquela situação toda. Peguei minha água e caminhei até o outro lado da bancada no mesmo momento em que Chae se levantou e foi ligar a TV de cara fechada.

— *Vamos agora aos detalhes do casamento real!* — A repórter parecia entusiasmada quando sua voz ecoou pelo quarto, a tela mostrando o rosto do meu irmão do lado direito e o de Momo, à esquerda.

Apertei a bancada da cozinha e nem consegui prestar atenção no que veio em seguida. Minha cabeça começou a rodar, senti a visão escurecer e meu corpo se inclinou de leve para trás, até que senti alguém apoiar a mão com firmeza nas minhas costas.

— Você está tremendo, Mina. Respira fundo. O que aconteceu? — Jade segurou minhas mãos e me ajudou a descer do banco, me sentando no chão com cuidado. — Chae, pega sal, os lábios dela estão pálidos. A pressão deve ter baixado.

Chae entrou no meu campo de visão segurando um pote e o entregou a Jade, que apenas me mandou abrir a boca. Casamento real? Então eles só esqueceram que eu existia e resolveram fazer da vida de Momo um inferno em tão pouco tempo? A culpa era toda minha!

O gosto de sal invadiu minha língua, e senti a boca cheia de saliva.

— Isso vai ajudar agora, mas você precisa comer alguma coisa, garota — disse Jade, fechando o pote e devolvendo a Chae, que parecia nervosa, sem se mexer, me encarando.

Aos poucos, senti os dedos pararem de formigar.

— O que houve? — Jade insistiu.

— A maldita televisão — Chae respondeu em voz alta, como se só então tivesse entendido o que tinha acontecido. Ela se afastou e foi desligar o aparelho.

— Ah, o irmão dela? — Naya ficou curiosa.

— Não, a garota — Chae explicou, e vi Jade esticando a mão por cima da bancada para pegar uma banana.

Ela se abaixou ao meu lado, descascou a fruta e me ofereceu. Eu não estava com fome e também não era muito fã de banana, mas aceitei, pois Jade sabia o que estava fazendo. Além disso, eu me sentia patética, sentada no chão, passando mal. Eu só queria ter forças para levantar.

Estava sendo bem cuidada, o que só me fazia pensar em Momo e em como não tinha cuidado da minha melhor amiga. Era minha culpa ela estar casando com Igor. Outro pesadelo tinha se tornado realidade.

■ ■ ■

Minutos depois, Sina entrou no quarto, e Chae, num impulso de raiva, a puxou pelo braço e saiu arrastando-a até o corredor. Eu já estava sentada ao lado de Naya, me sentindo melhor, e reparei que a porta tinha ficado entreaberta. Foi quando me dei conta de que a gente ouvia tudo o que elas estavam falando. Chae parecia transtornada.

— Eu não deveria me importar com ela, Sina! Que droga! — A voz irritadiça e confusa de Chae estava aos berros.

Oh, não. Quis tapar os ouvidos para não invadir a privacidade de ninguém. Naya se virou para a porta do quarto e abriu um sorriso malicioso enquanto Jade me fitava. Elas pareciam se divertir ouvindo a conversa. Minhas bochechas pegavam fogo.

— Não comece com isso, Chae... Não vou ter paciência para baboseira.

— Eu estou falando sério, nada disso devia estar acontecendo... Eu estou perdendo a cabeça. Ela está mexendo comigo, e isso é errado, porra. Eu tenho uma missão!

— Errado por quê?

— Eu sou Chae Kang. E ela é... Mina. — Sua voz baixou, e consegui ver Jade se mexer na cadeira para ouvir melhor.

— Ainda não entendi o que tem de errado nessa equação. São duas garotas de vinte e poucos anos, desimpedidas e solteiras. Mina fugiu da merda do casamento! E você é a pessoa que mais insiste que ela está mudando. O que há de errado em se apaixonar por ela?

Meu coração deu um tranco naquele momento e achei que minha pressão iria cair mais uma vez. Não era para ouvir nada daquilo.

— Não diz isso! — a voz de Chae soou mais alta, mas logo abaixou. — Não estou apaixonada. Não vou me apaixonar.

Eu desci do banco e tampei os ouvidos, fitando Naya e Jade.

— Isso é errado. Parem de escutar.

Naya gesticulou na minha direção, me mandando calar a boca, porque queria continuar ouvindo. Forcei ainda mais as mãos nos ouvidos, sentindo um eco dentro da cabeça. Naya se virou, chocada, na minha direção e disse algo que não entendi.

— O quê? — Soltei as mãos e me arrependi logo depois.

— Vocês quase se beijaram?! — ela perguntou baixo e meus olhos se arregalaram.

Ela realmente estava falando disso?

— Chae, honestamente, não sei se te meto a porrada ou se puxo aquela princesa até aqui. Não sei o que deixaria você mais desesperada. — Sina falava rápido demais, parecendo nervosa. — Você ficou presa por anos e adivinha só: ela também! Do mesmo lado do muro! Deixa de ser orgulhosa, se permita ser feliz. Mina tá desesperada para que vocês se aproximem! Para de lutar contra! Se Dana estivesse aqui, já teria acabado com a sua raça no soco.

Meus olhos estavam arregalados enquanto ouvia tudo aquilo. Eu não tava desesperada, só... só queria que... Eu... eu me sentia uma intrusa, sabendo um segredo que não deveria saber. Embora, de certa forma, tivesse a ver comigo. Era como ouvir os pensamentos de outra pessoa sem que ela soubesse. E descobri que isso não era nada legal como as histórias faziam parecer.

■ ■ ■

Chae voltou para o quarto, seguida por Sina, depois de uma breve discussão sobre as irmãs estarem ali. As duas não tinham notado a porta semiaberta, então Naya fingiu estar digitando qualquer coisa no notebook enquanto Jade olhava para as unhas em uma tentativa horrorosa de fingir que não tinha prestado atenção na conversa. Eu tinha voltado ao meu lugar à bancada e mantinha a cabeça encostada na mesa gelada, tentando não surtar com todos aqueles sentimentos e informações.

— Estou feliz em abrigar parte do grupinho rebelde, iei! É uma festinha particular! — Sina disse, batendo palmas com alegria. Chae revirou os olhos e estendeu o dedo do meio para a amiga, se dirigindo ao banheiro sem falar nada.

Jade soltou uma risada.

— Você tem um humor esquisito.

— Ora, vamos lá, o que me dizem de acesso liberado às bebidas? A boate abre daqui a pouco e, não sei se vocês sabem, mas sou a dona disso tudo aqui. — Sina caminhou até onde eu estava, colocando a mão nos meus ombros. Levantei o rosto e forcei um sorriso para ela.

— Olha só você, bonita demais para aquela reclamona.

— O quê? — gaguejei, arregalando os olhos. Naya estalou a língua, fechando o computador à sua frente, tirando a atenção de Sina de mim para ela.

— Sem chances de festinha, meu trabalho aqui acabou. Vamos para casa.

— Deu certo? Conseguiu cobrir seus rastros? — perguntei, e ela balançou a cabeça em negativa.

— Não, e já recebi uma mensagem da Tsuy me mandando à merda. Estamos bem.

— Ou seja, não deu em nada. Aquela ingrata, filha da mãe... — Sina rangeu os dentes. Voltou a sorrir para as irmãs à sua frente, que começavam a juntar suas coisas. — Vocês não sabem se divertir.

— A gente tá em guerra, Sina. Vou me divertir quando o rei estiver morto — Jade falou com raiva, me encarando logo depois. — Você pode continuar viva, mas eu não vou torcer para o seu lado do muro.

Eu também não estava torcendo para o meu lado do muro. Não depois de saber o que sabia. De ver o que tinha visto.

Entendi que meu pai não merecia ser rei, mas a ideia de que elas queriam matá-lo ainda me deixava nervosa. Apesar disso, fiquei quieta.

Se havia um lado para o qual torcer, era no qual eu estava naquele momento.

— Alguns seguranças já estão rondando a área da floresta e vão ficar de olho na casa de vocês. Tem um carro esperando na saída dos fundos. Eu... agradeço a tentativa. — Sina respirou fundo, vendo as irmãs concordarem. Então se virou para mim e voltou a sorrir. — O bar está liberado para você hoje, princesa! Vamos soltar um pouco essa tensão, porque os próximos dias não vão ser muito fáceis.

— De jeito nenhum. — Chae interrompeu Sina, saindo do banheiro e batendo a porta atrás de si. A dona da boate pareceu não se importar com ela e me estendeu um cartão igual ao que tivemos acesso no primeiro dia que estivemos ali. — Não toca nisso, Mina.

Olhei em sua direção e peguei o cartão da mão de Sina.

— Assim que eu gosto. Nos vemos mais tarde.

Eu tinha gostado de ter Chae perto de mim naquele primeiro dia. Ver a expressão sarcástica e irritadiça que fez para mim me causou uma súbita descarga de adrenalina, e gostei disso também.

Eu estava ferrada.

Horas depois, saí do banheiro vestindo uma roupa toda preta, com um sorriso no rosto após me analisar no espelho. Chae, de máscara, batia o pé perto da porta, ansiosa com a minha demora. Já era tarde. Fui até ela e parei na sua frente vendo seus olhos revirarem de leve antes de me entregar uma máscara.

— Não acredito que vou fazer isso de novo. Sina vai me pagar.

Ela abriu a porta e deixou que eu passasse para o corredor primeiro. A gente não tinha trocado uma palavra desde cedo.

— Vou poder tomar aquela bebida azul, não vou? — perguntei. Chae me olhou de relance.

— Você já desce pensando em beber. Se acalme, princesinha. Tem coisas melhores.

— Como aquelas mulhe... — Parei quando percebi o que estava falando e senti minhas bochechas esquentarem, mas Chae fingiu não ouvir.

Na porta da boate, as luzes vermelhas atingiram meu rosto e o som era um estrondo ensurdecedor. Eu sorri. Evitei que meus olhos desviassem para as belas mulheres que dançavam naquelas estruturas circulares e olhei para o grupo de pessoas lá embaixo. Sina observava tudo com os olhos atentos e acenou de longe, caminhando na nossa direção.

— Separei uma mesa para vocês — disse ela, entrelaçando o braço ao meu. — A mais perto possível desses palcos — continuou enquanto nos guiava. — Comam o que quiserem, é por conta da casa. A bebida, já sabem, está liberada.

— Isso vai te dar prejuízo — retrucou Chae.

— Não seja estraga-prazeres.

Um garçom sorridente logo apareceu e me perguntei como ele conseguia se deslocar naquele lugar lotado.

— Atenda bem essas daqui. Até depois, meninas.

Ela se virou e foi embora.

— Já sabem o que vão pedir? — perguntou o rapaz.

— Nã...

— Batatinhas — interrompi.

— Batatinhas?

— Ela quer dizer batatas fritas. É só isso por enquanto.

O homem se curvou levemente e saiu.

— E lá vai você comer fritura.

— Passei uma vida inteira sem comer essas coisas, me deixa em paz. Minha vida era monótona antes de você.

— Quer dizer que foi monótono pintar o cabelo do futuro rei em uma pegadinha e depois ser obrigada casar com alguém que você não quer? Achei radical.

— Achei que você nem me via como uma pessoa antes.

— E não via mesmo, mas você está me mostrando que eu estava errada.

— Isso significa que você gosta de mim?

Não sei por quanto tempo ela ficou em silêncio, com os olhos fixos nos meus, enquanto eu não desistia de esperar por uma resposta. Não era possível que, mesmo após a conversa com Sina, Chae não se deixaria levar. Eu nem sabia exatamente o que queria, mas aquela adrenalina estava ali, de novo, na boca do estômago. Só de sentir os olhos dela nos meus.

— Isso significa que você está me fazendo gostar de você — respondeu ela por entre os dentes. Aquilo já era uma vitória para mim.

Sorri, quebrando o contato visual.

Enquanto esperava as batatinhas chegarem, olhei para a cicatriz em meu braço, que já quase não doía mais. O fato de não ter mais um dispositivo controlando minha localização era reconfortante, mesmo que antes eu não soubesse da presença dele. E ter uma cicatriz igual à de Chae me fazia sentir mais próxima a ela.

— Não fica emburrada, você vai comer também, Chaezinha — falei quando as batatinhas chegaram. Sentia uma coragem vir junto com aquela adrenalina, algo bem diferente do que sentia dias atrás. Eu só queria que Chae prestasse atenção em mim.

Eu queria a atenção dela.

Quando a porção de batata acabou, não consegui convencer Chae a pedir uma bebida para mim. Fazendo birra, passei a observar a moça que dançava no palco ao lado.

— Ela não é bonita? — perguntei para Chae, que olhou de relance para a mulher e ignorou a pergunta. — Queria saber dançar como ela.

— Não, você não queria.

— Queria, sim. — Bufei alto. — Para de ser chata.

Chae me olhou como se não acreditasse que eu estava falando assim com ela, mas não me importei. Eu só queria que ela aceitasse as coisas que dissera para Sina mais cedo.

— Eu estou cansada, por favor, não vamos demorar aqui.

Estranhei o uso repentino de "por favor".

— Então pede uma bebida azul para mim!

— Uma. — Ela me encarou.

Chae tinha medo de que eu quase a beijasse de novo?

— Tudo bem, uma.

Não queria beber como da última vez, queria ter consciência de tudo, talvez só com um pouco mais de coragem.

■ ■ ■

— Vamos voltar para o quarto — sugeriu Chae assim que terminei a bebida. Eu já estava dançando sentada, gostando da música e de ter tantas pessoas à minha volta.

— Não — falei, cansada de sua insistência.

— O que você quer agora?

— Ir lá para baixo. Dançar!

Fiquei de pé, sabendo que Chae me seguiria. E estava certa; ela segurou minha mão.

— Princesinha... por favor. É perigoso.

— Perigoso, Chae? Para quem? Seu coração?

Admito que a bebida já tinha batido um pouco.

Ela ficou paralisada, me olhando como se não soubesse de onde tirei aquilo. Virei de costas e a deixei lá enquanto descia as escadas para me juntar à multidão. Tentei seguir o ritmo e me mexer com as pessoas que se balançavam. Eu nunca tinha vivido essa experiência antes. Assim que uma música sobre calar a boca e dançar começou, senti a mão de Chae segurar meu pulso. Não pensei duas vezes antes de puxá-la para perto.

— Dance comigo.

Ela não relutou, mas não se mexeu. Pousei as mãos em sua cintura e mexi o corpo junto com o dela. Tive a impressão de ver seus olhos se estreitando levemente, como se tivesse aberto um pequeno sorriso, e começou a se mover comigo. Talvez fosse a música que tornava a atmosfera perfeita, como se somente nós existíssemos no meio de tanta gente se esbarrando e suando.

Mas não estávamos realmente sozinhas.

Dois garotos do nosso lado começaram a se beijar e me vi acompanhando o rosto deles lentamente.

Eu nunca tinha beijado antes. Ver aquilo tão de perto deixou minhas pernas bambas.

Eu tinha fugido do meu casamento. Fugido por uma floresta. Quase perdi o pé e enfrentei coisas que nunca tinha imaginado antes. Nada tinha feito minhas pernas cederem daquela forma.

Mordi o lábio e voltei a prestar atenção em Chae, que não tinha tirado os olhos de mim.

Ela continuou me segurando pela cintura enquanto minhas mãos estavam erguidas, seu corpo quente junto ao meu. Senti a adrenalina se misturar ao álcool e não conseguia parar de sorrir. Nunca tinha visto Chae solta daquela forma, mas era gostoso. Eu poderia congelar aquele momento e ficar ali, com suas mãos ligeiramente para dentro de minha camisa, tocando minha pele. Meu coração parecia pulsar junto com a música, e eu estava imersa.

Quando a música ficou lenta, nossos corpos ainda estavam colados. A conexão em nosso olhar pareceu nos levar para outro lugar. O único movimento capaz de me distrair foi um de seus dedos bonitos e compridos puxando a máscara dela para baixo e, em seguida, fazendo o mesmo com a minha, depois de pedir permissão. Assim que a música estourou de novo, colei meus lábios nos de Chae. A sensação foi tudo o que eu tinha imaginado. A explosão de emoções, sua língua encostando suavemente na minha, enquanto eu tocava o rosto dela, querendo tê-la o máximo que pudesse.

Meu coração estava em êxtase, e o frio na barriga me dava a sensação de que poderia voar. Eu tinha total consciência de cada toque, dos dedos dela apertando minha cintura, dos nossos corpos colados, dos seus dentes puxando de leve meu lábio inferior antes de voltar a me beijar. Do sabor da língua dela na minha.

Nosso beijo só parou com o fim da música.

Eu tinha acabado de beijar Chae Kang. E ela me beijara de volta.

— Ainda cansada? — sussurrei.

— Cansada? — Ela soltou uma risadinha pelo nariz — Não. Mas não me importo se formos para o quarto agora.

E não pude negar que não me importava também.

Capítulo 18
O quanto você está disposta a arriscar?

Talvez aquela tenha sido a melhor noite de sono da minha vida. Dormi com Chae em meus braços. Seu corpo entre minhas pernas, os braços em volta de minha cintura, me agarrando como se eu fosse um urso de pelúcia, sua cabeça apoiada na altura de meus seios. Uma das minhas mãos abraçava suas costas, e a outra estava afundada em seus cabelos.

Quando comecei a acordar com o sol entrando pela janela, me questionei sobre a noite anterior. Não divaguei muito, pois ouvi barulhos estranhos e, no meio da sala, Sina varria o chão. Resmunguei, mas me arrependi quando notei o sorriso dela, que parou de mexer a vassoura. Os cabelos estavam presos em um coque, e ela vestia calças puxadas para cima de forma desajeitada e uma regata, revelando algumas tatuagens nos braços.

— Bom dia, Mina. Parece que a noite de vocês foi boa!

Nós só... nos beijamos, pensei. Depois nos beijamos um pouco mais, com mais intensidade. E nos abraçamos e sorrimos. Depois pegamos no sono. Preferi não responder Sina e olhei para Chae, pensando em algum jeito de me esquivar sem acordá-la.

— O que é isso? — perguntei enquanto mexia nos cabelos macios de Chae. Eu sentia sua respiração e seu coração batendo na minha barriga, e essas pequenas sensações me deixavam nas nuvens.

— Uma vassoura. Nunca viu?

— Sim, mas achei que você tinha empregados.

— Fala sério, Alteza. Aqui não é o palácio, não. — Ela riu. — Você está perdendo as coisas debaixo do seu próprio nariz. Eu sei que não consegue ver os olhos dela, mas Chae acordou faz tempo. Pare de fazer a garota de travesseiro, Kang.

Senti Chae prender a respiração. Mordi o lábio inferior, segurando a vontade de sorrir. Ela estava gostando de ficar abraçada comigo, então, e nem sequer se importou com a presença de Sina. Pouco depois, Chae se moveu, saindo de cima de mim, se sentou na cama e ficou evitando me olhar. Eu já sentia falta de seu calor.

— Quando você menos esperar, estarei lá para te quebrar, Sina.

— Desde que vocês não quebrem a cama, está tudo bem. Sério, é a única coisa que me importa.

Chae revirou os olhos enquanto Sina voltava a se concentrar na sua tarefa. Deitei de lado para observá-la se espreguiçando perto de mim. Sua cara de sono e o pijama de moranguinhos não combinavam com a imagem que sempre tentava passar. Sorri, e ela franziu o cenho.

— O que foi? — sussurrou para que Sina não escutasse. Internamente, implorei para que a Chae da noite anterior não tivesse ido embora.

— Você é bonita, só isso.

Por alguns instantes, seus olhos se perderam nos meus, e ela me encarou como se pudesse ver minha alma. Eu não gostava dessa habilidade. Logo depois, Chae me deu a mão, repousando na coberta. Aquilo significava muito mais do que qualquer palavra, e meu peito se aqueceu enquanto eu sentia seus dedos nos meus.

— Por que não se levantam e tomam um café da manhã? Depois eu saio do quarto e devolvo a privacidade que vocês querem.

Chae me fitou. Apesar de estar com sua mão na minha, ainda existia receio em seu olhar.

— Você não pode ficar sem comer.

Sua voz estava fraca e rouca, e ela ergueu a mão até parar na minha cintura, que apertou levemente. Eu me levantei, sentindo um pouco de frio por não ter mais as cobertas em meu corpo. Busquei algo mais quente nas roupas que Sina havia comprado para mim, e a última coisa que eu vi antes de me fechar no banheiro foi Chae mexendo no bolso da mochila que foi com ela ao CTI.

■ ■ ■

Quando saí do banheiro, Chae e Sina estavam debruçadas sobre a bancada da cozinha, conversando em sussurros enquanto olhavam atentamente para um papel. Devia ser o mesmo que Chae tratou com cuidado dentro do carro. Curiosa, me aproximei devagar. Chae se virou na mesma hora em que cheguei, tampando a minha visão.

— Você tem que comer.

— Precisam que eu saia do quarto para isso? — Sina perguntou, sorridente.

Chae ignorou o comentário, mas minhas bochechas ainda assim ficaram vermelhas.

— Faça uma omelete para Mina enquanto eu troco de roupa — disse Chae, empurrando Sina com o ombro antes de se fechar no banheiro, levando o papel junto.

— Preciso te ensinar a passar maquiagem sozinha para cobrir essas marcas no seu pescoço. — O olhar fixo de Sina em mim me fez levar a mão ao local que ela observava.

Sina caminhou até o outro lado da bancada da cozinha e, enquanto ela lavava as mãos, me sentei no banco alto. Não sabia se eu deveria perguntar, mas concluí que nada de mau poderia sair disso. O "não" eu já tinha.

— Sina...

Minha voz saiu fina e manhosa, e ela se virou na mesma hora.

— Por que você tá falando assim? Não tente ser fofa para tirar algo de mim, não vai funcionar.

— Só quero te perguntar uma coisa.

Ela abriu a geladeira e pegou alguns ovos, então me olhou.

— Sou toda ouvidos.

— O que tem naquele papel que vocês estavam olhando? — Cocei a nuca, com receio de ter dito algo errado. Sina me encarou por mais algum tempo e seu olhar me passava segurança.

— Por que quer saber?

— Só estou curiosa. — Dei de ombros, e ela se virou de volta para preparar a omelete.

— É uma foto de alguém importante para Chae e para o movimento rebelde. Não quero falar mais do que isso sem a autorização dela. Espero que entenda, Mina.

— Tudo bem. — Continuei sem respostas, mas compreendi o lado dela.

Pouco depois, Chae saiu do banheiro. Seus cabelos compridos estavam molhados e escorriam pelo pescoço. Assim que ela se aproximou, eu só conseguia pensar no quanto aquela garota era bonita.

— Vamos comer antes que vocês entrem em combustão e eu me machuque no processo — Sina comentou, batendo a frigideira no fogão. Minhas bochechas coraram e desviei o olhar de Chae sem saber onde enfiar a cara.

■ ■ ■

— Hoje a boate não abre, mas tenho mais o que fazer para proteger as duas pombinhas aqui. Até mais tarde, então. — Sina colocou seu prato dentro da pia e saiu.

Assim que ficamos sozinhas, quase como quem exigia uma explicação, Chae me perguntou:

— Por quê?

— Por que o quê?

— Você me beijou ontem... E agora não sei como agir perto de você. Não sei se devo segurar sua mão ou se você acharia errado. Ou se, de fato, é errado. Diabos, eu me sinto presa de novo. Então, por quê?

— Tá tudo bem, Chae. — Eu ri fraco. — Não sei como fazer isso também. Talvez possamos ver onde dá. Sem pressão. Não precisa ficar longe de mim, você pode me beijar quando quiser. Pode me beijar agora.

Chae perdeu a pose por alguns instantes, abrindo e fechando a boca. Os olhos fugiram dos meus e depois os buscaram de novo. Peguei um copo de água enquanto esperava ela falar algo, mas Chae parecia travada. Depois da noite passada, eu não tinha nada a perder ao tomar uma atitude, então, me aproximei e segurei a mão dela, levando-a até meu pescoço.

— Não tente negar, Chaezinha. Tem as marcas dos seus beijos aqui. Sei que você quer mais.

— De onde vem toda essa autoconfiança? Aqui, deste lado do muro, você deveria ter medo até da própria sombra. Deveria ter medo de mim.

Dei de ombros, concordando.

— Talvez você tenha razão, mas fiz uma escolha. Estou aqui porque escolhi estar. E valho alguma coisa, porque você não me matou ainda, certo? — Sorri. — Eu preciso dessa autoconfiança.

Chae suspirou.

— Eu não vou te matar, sua idiota. Estou dizendo que a cada dia vejo você se soltar mais e mostrar sua verdadeira personalidade, que todo mundo sempre achou ser só de uma princesa, e isso só me faz gostar cada vez mais de você. Eu sinto atração por mulheres poderosas.

Dessa vez, foram as palavras dela que me desarmaram. Chae sabia bem que eu não era poderosa o tempo todo; ela mesma já tinha visto meus momentos de fraqueza.

E que também não era sobre poder de riqueza. Daquele lado do muro, eu valia mais morta do que viva.

— Eu não sou poderosa. Você não pode se sentir atraída por mim só cinquenta por cento do tempo, sabe disso.

— Aí é que você se engana — disse ela, quase colando nossos corpos. — Você foi uma mulher poderosa quando Jade cortou seu braço, e também quando chorou pela sua amiga. É preciso ser muito forte para abandonar completamente o seu mundo e ainda sofrer por outras pessoas. Talvez você pense que seu título te ajude a carregar seu poder, mas não te vejo assim por isso. Te vejo assim por tudo que você é desde que te conheci e por tudo que você tem potencial de ser. Sem uma herança real. Só você, Mina, por si só.

Nunca imaginei ouvir algo assim, muito menos vindo de Chae Kang. Sequer sabia que ela era tão boa com palavras. Se bem que, para ser a líder dos rebeldes, devia ser preciso ter alguma lábia... e foi por isso que, no momento seguinte, meus lábios estavam colados nos dela.

Um toque inocente e superficial. Ela fez um leve carinho na minha nuca. Logo depois inclinei a cabeça para o pescoço dela, apoiando a testa no seu ombro, abraçando-a pela cintura.

— Você não pode fazer isso — falei.

— O quê?

— Derreter meu coração e me deixar encantada para depois vestir uma armadura.

Chae riu levemente, e eu deslizei as mãos pela sua cintura, sob o cós da calça, enquanto a abraçava, apenas para apertar mais. Então senti minha mão batendo na ponta de algo no bolso de trás e vi de relance um papel caindo. Devia estar meio para fora e por isso caiu, pensei em avisá-la, mas não o fiz quando vi que era uma foto. A foto. Minha curiosidade falou mais alto.

— Desculpe. Eu estou tentando me acostumar. — Sua voz era macia e calma, mas eu não conseguia mais me concentrar nela.

Eu me soltei de seu abraço e me abaixei, pegando o papel. Ela tentou tirar das minhas mãos, mas não permiti. Olhando bem para a imagem e vendo aquele rosto, eu estava extremamente confusa. Lembrava bem o rosto pálido, os olhos delicados, o sorriso que mostrava os dentinhos no canto. A única diferença é que, na minha memória, seus cabelos eram loiros.

— Chae... O quê... Por que você tem uma foto dela? — Minha voz falhou de leve.

— O que você quer dizer?

Aquele rosto me acordava, me arrumava, me via nua e lavava meus cabelos todos os dias.

— Lena. Minha criada.

Um sorriso pontuou os lábios de Chae.

— Não. Você está maluca. Essa é Dana, minha melhor amiga.

Chae me olhava como se eu tivesse perdido a cabeça, mas não, não tinha como eu ter me confundido. Mesmo com o cabelo diferente. Era impossível.

— É Lena. Essa é Lena.

Chae estava com uma expressão confusa e frustrada ao se aproximar de mim, quando a porta foi aberta e Sina entrou.

— Está tudo bem lá embaixo... Que caras são essas? Interrompi alguma coisa? — Sina se aproximou depois de fechar a porta, vendo que nós duas não nos mexemos. — Resolveu mostrar a foto da Dana para ela?

— Essa não é Dana — falei depressa.

Chae revirou os olhos ao meu lado.

— Como assim, Mina? — perguntou Sina, pegando a foto da minha mão. — Essa é, sim, Dana.

— Não. Essa é Lena. Ela era minha criada, eu tenho certeza. Esse é o mesmo sorriso da mulher que contava histórias de almas gêmeas e fazia uma ótima massagem.

— Essa soa basicamente como uma descrição de Dana. Você tem certeza de que não a conheceu em alguma escapada? — ela brincou, com um tanto de malícia, mas eu olhava para Chae quando seus olhos se arregalaram e ela tomou a foto da mão de Sina.

— Quando Lena virou sua criada?

— Não sei bem, uns quatro anos atrás, talvez. Por quê?

Chae pareceu extasiada. Ela andava de um lado para outro, concentrada. Me senti culpada.

— Sina, isso explicaria o sumiço de Dana e ela não ser mais rastreável.

— O que você quer dizer, Chae? — perguntou Sina, confusa.

— Se Dana cogitou ir até o fim do mundo por mim, assim como eu penso em fazer por ela... Ela se infiltrou, Tsuy deve ter ajudado. Ela deixou de existir como Dana, abandonou suas raízes e se aproximou de Mina, a melhor opção. O que ela pretendia fazer e por que levou tanto tempo, não tenho como saber. Mas isso explica tudo.

Eu tive uma rebelde dentro do meu quarto o tempo todo. Me vendo no meu estado mais vulnerável, vivendo comigo, contando histórias de sua vida, que eu pedia para ouvir. E durante todo esse tempo, Chae Kang e eu estivemos conectadas de alguma forma. Lena era tão diferente de todas as outras criadas que tive que, de repente, aquilo tudo fazia sentido. Talvez Lena realmente fosse Dana.

— E você chegou à conclusão disso tudo em cinco minutos, enquanto nós não descobrimos nada em anos? — perguntou Sina.

— É só uma hipótese. Tsuy disse que essa foto era chave, deve ser porque, em algum momento, Mina a veria e reconheceria sua criada. Ela provavelmente não queria assustar Mina com a informação e deixou que a gente... conversasse?

— Eu queria que ela tivesse nos contado de uma vez — falei.

Chae negou com a cabeça.

— Não faz o estilo de Tsuy. Ela quer que a gente converse.

— O que pretende fazer se for isso mesmo? — Sina não parecia convencida. — O que vai fazer se agora é você quem está fora do palácio e Dana está lá dentro?

Chae bateu os braços nas laterais do corpo, um longo suspiro saindo de seus lábios.

— Dana foi até lá por mim. E eu irei até lá por ela.

■ ■ ■

O silêncio não era bem confortável. Minha mente estava perdida, pensando em Lena.

— Tudo bem, Naya me respondeu — Sina anunciou.

Ela entrou em contato com Naya por uma suposta rede não rastreável que usavam internamente para urgências e pediu para que buscasse pelo nome de Lena. Lembrar do sobrenome foi mérito meu; no fim, ela ainda usava o original.

— E aí? — perguntou Chae, apressada.

— É ela. Lena tem uma foto de Dana nos registros. Ao tentar rastrear mais a fundo os dados no sistema, Naya descobriu que eles não têm base. Tsuy foi boa em cobrir os traços dela e criar novos, o palácio nunca iria tão fundo nos dados de uma mera criada. Lena é, na verdade, Dana. Vocês estão certas.

Chae bateu na mesa com força e se afastou. Ao mesmo tempo que parecia estar profundamente aliviada, também estava nervosa.

— E tem mais — disse Sina, e Chae travou.

— O quê?

— Depois que Mina fugiu, Dana recebeu uma nova função… — Sina olhou para mim e depois para Chae. — Agora ela pertence à futura rainha… Momo.

Meu mundo congelou, assim como o de Chae. A menção ao nome de Momo sempre me deixava nervosa. Dana e Momo estavam juntas. Nossas melhores amigas. A pessoa que eu mais queria reencontrar e a que Chae mais queria reencontrar. A pessoa por quem eu faria tudo e a pessoa por quem Chae faria tudo.

E agora?

■ ■ ■

No final da noite, depois de Chae e eu termos tentando processar a novidade, eu a esperava na cama, de pijama. O que era ridículo de imaginar, já que nós não éramos um casal tradicional. Naquele dia, eu tinha conhecido o lado mais frágil de Chae, e ela se permitira chorar em meu colo, completamente desprotegida. Quando ela veio na minha direção e sentou ao meu lado, reparei na sua face inchada, cansada.

— Mina, eu preciso te fazer uma pergunta, e você precisa ser sincera.

Sua voz parecia carregar um fardo, e eu senti falta de quando ela me chamava de princesinha.

— Hm?

— O quanto você está disposta a arriscar? O quanto você quer Momo ao seu lado de novo?

Meu coração pareceu travar e depois acelerar com a ideia. Qualquer coisa. Eu faria qualquer coisa.

— Estou disposta a arriscar — respondi.

— Estou falando sério, Mina. Eu vou atrás de Dana, vou colocar tudo em segundo plano até estar com ela ao meu lado, mas não posso pedir para que outras pessoas se arrisquem e lutem entrando naquele lugar para fazer uma coisa que eu quero. A revolução não é sobre isso. Não é sobre mim.

Eu me virei para Chae e busquei suas mãos, segurando-as entre as minhas. Meu coração batia muito forte com a adrenalina. Ela me olhou.

— Me treine. Me ensine a usar uma arma e a lutar. Me leve junto com você. Eu faço o que for preciso para tirar Momo daquele lugar.

Chae abriu e fechou a boca, surpresa por ter me convencido tão facilmente. Ficou um tempo me encarando e então balançou a cabeça com um sorriso orgulhoso.

— É. Parece que alguém vai ter que aprender a atirar.

Sorri de volta. Aquilo significava que eu poderia ir atrás de Momo e de Dana. Que poderia fazer alguma coisa. Puxei Chae para perto e sentei no colo dela, deixando o silêncio e o luar dominarem o quarto.

Capítulo 19
Quero ouvir qualquer coisa que você queira me contar

Ainda era noite quando abri os olhos lentamente e o luar entrava pela janela. Esfreguei os olhos devagar, ouvindo um som baixo. Virei para o lado, e Chae, adormecida, resmungava algo que não fazia sentido. Fiquei confusa, imaginando que estivesse sonhando quando a vi apertar o punho com força, se agarrando aos lençóis. As pernas se mexeram e ela franziu a testa.

— Não. Não... não, por favor... Por favor...

Chae estava tendo um pesadelo? Seus membros se mexiam como se ela tentasse escapar de algo. Eu não sabia o que fazer.

— Não... mãe!

— Chae? — Encostei em seu ombro e a sacudi de leve.

Ela continuou mergulhada em angústia, e uma lágrima desceu por sua bochecha.

— Mãe...

Segurei seus pulsos para que ela parasse de apertá-los e, em seguida, joguei a perna por cima de sua cintura e sentei em seu colo para que ela parasse de se chutar.

— Chae!

Quando ela abriu os olhos, quase engasgou. Pela primeira vez, vi o medo em seus olhos. Fiz carinho em suas bochechas enquanto ela olhava em volta, nervosa, até parar e me encarar. Foi só então que ela voltou à realidade.

— Mina.

— Está tudo bem, já passou. Não é real, estou aqui. Você quer que... eu pegue um copo de água? Pode te ajudar a se acalmar e...

— Não — ela me cortou imediatamente, suas mãos segurando minha cintura para me manter no lugar. — Não sai daqui.

— Ok. Não vou sair.

A mãe dela estava viva? O que havia acontecido?

Eu não tinha motivos para sonhar com a minha mãe. Eu não sentia saudades de nada relacionado a ela. Prossegui acariciando os cabelos de Chae até que ela se afastou um pouco, tirando as mãos de minha cintura e apoiando-as no colchão, as costas inclinadas para trás.

— Desculpa. Por te assustar. — Ela respirou fundo, fechando os olhos antes de abri-los de novo e olhar bem nos meus.

— Não peça desculpas, você não tem culpa. Eu só me preocupei.

Escorreguei para o lado, saindo de seu colo e me sentando ao lado dela. Olhei para Chae e arrumei seus cabelos atrás da orelha. Ela continuou ali, parada, e reparei em seu peito subindo e descendo com a respiração ainda acelerada.

— É só que... é só que é difícil. Mesmo depois de tanto tempo. Não tinha um dia na prisão que eu não me lembrasse e...

— Você quer falar sobre isso? — perguntei.

— Você quer ouvir?

— Quero ouvir qualquer coisa que você queira me contar.

Ela não olhou para mim, apenas se deitou, encarou o teto e passou a mão nos cabelos.

— Quando penso que estou superando, os pesadelos voltam.

Não perguntei o que eram os pesadelos, apenas continuei em silêncio para que ela soubesse que eu estava ali, escutando.

— Sabe, eu não vejo meus pais há anos. Eles nunca entenderam a causa pela qual eu luto. Pelo menos, meu pai não. E na minha família, se o meu pai não entende, minha mãe também não. Mesmo sofrendo com a injustiça e o sofrimento, com a pobreza e a fome, ainda acreditam que o certo é obedecer ao rei.

Seu olhar não vacilou do teto por nenhum segundo. Ela não insinuou um olhar na minha direção. Só o fato de estar se abrindo parecia de outro mundo, e eu prestava atenção em cada palavra.

— Eles nunca precisaram pedir para eu sair de casa. Quando as coisas começaram a funcionar para os rebeldes e Tsuy estava usando sua inteligência, começando a construir algo que nunca imaginei que se tornaria o que é hoje, fui embora por minha própria conta. Eu sabia que eles estariam melhores sem mim, mesmo que a minha luta fosse por eles. Eu não devia ter nem dezesseis anos.

Chae fugiu de casa por uma causa nobre. Eu fugi de casa por egoísmo e negação. Isso mostrava uma tremenda diferença entre nós, e, mesmo que eu tentasse, nunca entenderia o que era ter a vida dela.

— Antes mesmo de ser crescida o suficiente para entender o que eram as injustiças do mundo, tive que enfrentá-las e ver meu pai engolindo suas revoltas e nos culpando, dizendo que não seguíamos o que a realeza impunha. Então eu... — Ela estava em uma batalha interna para conseguir expressar o que queria dizer — ... Eu tive que ver e ouvir minha mãe sendo maltratada pelos soldados brancos.

Esses soldados cuidavam das regiões mais pobres. Suas armaduras eram brancas para que se destacassem na multidão, e eles dispunham de todo tipo de tecnologia. Eram os mesmos que nos cercaram no dia que saímos para comer taiyaki.

— Aquela foi a primeira vez na minha vida que tive a sensação de completa inutilidade. Eu gritava e prometia que iria matar todos eles, mas eu era só uma criança. — Sua voz assumiu um tom de ironia, deixando claro que ela tentava esconder seus sentimentos mais uma vez por trás dessa atitude.

— Eu tô aqui — sussurrei, abraçando-a, para que ela entendesse que estava tudo bem mostrar seus sentimentos. E funcionou, porque, quando sua voz voltou, estava completamente embargada por um choro que parecia querer subir pela sua garganta.

— Tenho pesadelos sobre esse dia até hoje. Odeio imaginar que outras crianças e mulheres tiveram que passar por isso, que ainda passam. Eu deveria ser capaz de salvar todas elas. Sempre levantei a voz, dizendo que mudaria essa situação, mas até agora só consegui que rebeldes fossem abatidos ou silenciados pelo rei e a corja do outro lado do muro.

Meu coração doeu ao perceber Chae se culpando por algo que ela não tinha a menor culpa. A culpa disso tudo era do meu pai.

Do *meu* pai.

— Ajudaria ter a filha do rei ao seu lado?

— Mina, eu sei que você quer salvar Momo, só me dê...

— Não, não. Eu não estou pensando apenas em resgatar Momo e Le... Dana. Tô falando da sua luta. Não podemos negar que eu sou uma figura forte. Me use na sua causa, me deixe lutar, use meu rosto, meu nome. Participo até das batalhas, se for preciso — comecei a falar, rápido demais, colocando para fora o que queria expressar havia algum tempo. — Talvez esse seja o destino e o propósito disso tudo. Preciso de um propósito maior do que... eu. Realmente gostaria de levantar a minha voz contra a dele. Pelo menos uma vez na vida.

Chae me fitava, tentando entender se eu estava mesmo me oferecendo ou se ela estava delirando.

— Você entende, não é? Eu não quero tomar a luta ou a voz de vocês... Nunca vou saber o que vocês viveram. Eu só quero... usar dos meus... privilégios como filha do rei para dar mais voz ao movimento do meu próprio povo, das pessoas que...

— Mina.

— ... e ajudar da forma que eu puder, com tudo que eu puder...

— Princesinha!

Eu me calei ao ouvir o apelido. Chae sentou ao meu lado.

— Eu sempre quis que você fosse o rosto da revolução. Não precisa se explicar. Vou te apresentar mais desse mundo, e então conversamos melhor sobre isso, pode ser? Você tem a opção de desistir. — O jeito doce, banhado em orgulho, que as palavras tiveram quando saíram de seus lábios, me tocou o fundo do coração e fez com que eu fechasse os olhos.

— Eu não pretendo desistir.

De nada. Nem do meu povo, nem de você, pensei.

Ela ajeitou meus cabelos atrás da orelha, e seus lábios tocaram os meus. Quando nossas bocas se separaram e ela ficou ali, perto, seus olhos expressaram um sentimento ainda desconhecido por mim, paixão misturada com orgulho ou paz. Fui eu quem segurei sua nuca antes de beijá-la mais forte, sentindo a língua na minha boca pouco depois de ela deixar escapar um suspiro de satisfação. De certa forma, era surreal beijar Chae.

— Por que não dormimos? Acho que o dia amanhã vai ser interessante — ela sugeriu ao se afastar.

— Você está bem?

— O pesadelo não acontece duas vezes na mesma noite, princesinha.

Enquanto sentia ela acariciar meu cabelo, tomei coragem para perguntar.

— Você não vê seus pais faz quanto tempo? Não tem vontade de reencontrá-los?

— Já faz muitos anos. — Chae suspirou. — Não sei se eles gostariam de me ver, se têm notícias de mim, se me acompanham ou se vivem como se eu não existisse.

— Não acha que o único jeito de descobrir seria indo atrás deles?

O silêncio dominou o quarto por algum tempo.

— Não sei, talvez você esteja certa. Mas também não sei se quero descobrir. Tem coisa que é melhor não saber.

— O que a gente não sabe nos consome — falei, repetindo algo que Lena... Dana me dissera algum tempo antes, no meu último aniversário. — A nossa imaginação pode ser pior do que a realidade.

— Já ouvi isso antes. — Chae sorriu. — Vou me lembrar. Obrigada.

■ ■ ■

— Tsuy já sabe que estamos indo e a carona para o CTI chega em minutos — Sina avisou, ajeitando uma arma em sua bota. Chae estava equipada com pelo menos duas pistolas também.

— Você tem certeza de que é capaz de conviver com Tsuy sem que vocês se matem? — perguntou Chae enquanto Sina se levantava e prendia o cabelo em um rabo de cavalo. — Você é implicante demais.

— Não sou obrigada a gostar de quem anda por aí com o nariz empinado. E, além do mais, ela gosta da minha implicância.

— Não acho que goste.

— Melhor ainda. — Sina riu, dando de ombros.

Nós três colocamos máscaras e saímos pela porta dos fundos, entrando às pressas no carro. Comigo sentada no meio e o vidro que nos separava do motorista completamente fechado, Sina voltou a falar.

— Então, o que vamos fazer? Colocar Tsuy contra a parede e cobrar explicações? Interrogá-la com o soro da verdade? Começar uma rebelião por nos deixar procurando Dana por anos enquanto ela sabia de tudo?

— Não vamos usar violência, Sina.

— Então qual é o sentido? — perguntou Sina, emburrada.

— Vamos conversar e ela vai explicar tudo por livre e espontânea vontade. Se não quisesse nos ajudar, nunca teria me dado a foto e dito que era a chave. — Chae estava calma, e era engraçado ver o contraste dela com Sina. Sempre que uma estava ligeiramente fora de si, a outra estava centrada.

— Continuo não vendo sentido. Vamos entrar naquele lugar, eles vão enfiar aqueles soros na gente, e nós é que vamos virar as presas.

Sina arregalava os olhos e sua voz ficava abaixava conforme ela se irritava.

— Não há relação de presa e predador entre nós e Tsuy, mas se você se sente tão ameaçada pelo soro... — Chae jogou um frasco com comprimidos pretos para ela. — Fique à vontade.

Sina não hesitou. Abriu o frasco e engoliu o comprimido a seco, olhando para mim logo depois.

— Quer?

— Ela não vai tomar — respondeu Chae. — É importante que Tsuy veja que a Mina está falando a verdade.

— Mas ela já sabe que Dana era a criada de Mina. Além disso, ela não tem como saber se tomamos o comprimido ou não.

— Eu realmente não sei se você é idiota ou se só finge ser — disse Chae, apontando para o canto do teto onde uma luzinha vermelha piscava. — Mas, mesmo assim, não é só sobre isso que Mina vai falar.

Enquanto Sina aproximava o rosto do dispositivo que provavelmente era uma câmera ou microfone, eu lembrava que meu braço ainda estava roxo pelo soro da última vez. Como elas aguentavam tudo isso?

■ ■ ■

Assim que chegamos, os homens mandaram que elas se desarmassem. Chae obedeceu, entregando tudo que tinha, enquanto Sina resistiu um pouco. Apenas Chae recebeu o soro da verdade, e ficamos em silêncio enquanto fomos levadas até a sala de Tsuy. Ela estava em pé do outro lado da mesa e, dessa vez, três cadeiras nos esperavam.

Quando ficamos apenas nós quatro na sala, Chae e eu nos sentamos, enquanto Sina ficou em pé mais atrás, com os braços cruzados. Tsuy a fitou antes de respirar fundo e parar na sua frente. As duas se encararam, sem hesitar. Me sobressaltei na cadeira quando vi Tsuy levar a mão à cintura da outra, na altura do cinto. Ela continuava com os olhos fixos nos de Sina, que a observava de volta da mesma maneira. Achei até que elas fossem se beijar.

Tsuy puxou a mão de volta em uma velocidade assustadora, e percebi que ela tinha puxado uma adaga do cinto de Sina. A lâmina agora pressionava a pele do pescoço dela, mas Sina nem piscou. No lugar dela, eu já teria molhado as calças.

— Sua petulância me irrita — disse Tsuy, se afastando e dando as costas.

No pescoço de Sina, um filete fino de sangue apareceu. Tsuy jogou a adaga em uma gaveta da mesa.

— Seus guardas só usaram o soro em mim — Chae interrompeu o silêncio.

Tsuy não disse nada, mas abriu a maleta à sua frente. Mais uma seringa com soro.

— Sina tomou um comprimido, e, honestamente, não quero ouvir nada vindo dela. — Tsuy deu a volta na mesa e se sentou na cadeira ao meu lado. — Achei que seria melhor se eu mesma aplicasse o soro na princesa.

Era assustador como ela parecia saber de tudo.

Dessa vez, diferente da primeira, Tsuy fez tudo devagar, de maneira que foi quase indolor.

— Obrigada — resmungou Chae.

Tsuy não respondeu, mas, já do outro lado da mesa, olhou para Sina.

— Você vai se cansar se continuar em pé, mas não me importo. Pode levar essa cadeira para longe e se sentar de costas para mim se preferir. Talvez o ambiente fique mais agradável assim — alfinetou.

— Eu não me canso.

Dessa vez, Tsuy a ignorou, fitando Chae e eu.

— Sei que normalmente eu não faria esse procedimento com você tão cedo, Chae Kang, mas imagino que entenda as circunstâncias. O que traz vocês aqui mais uma vez?

A mulher do meu lado limpou a garganta e puxou do bolso a foto de Dana. Ela a colocou na mesa e percebi o olhar vacilante de Tsuy.

— O que tem? — Ela pegou a foto, olhou e a devolveu à mesa de novo.
— Já sabemos de tudo. Dana está no palácio. Ela era criada de Mina e agora trabalha para Momo. Queremos explicações.
— Não foi muito depois de você ser levada. — Ela nem sequer hesitou antes de começar a falar. — Dana me fez achar todos os seus dados, e descobri sobre a prisão especial. O palácio tem um sistema muito básico, mas a ideia das jaulas na floresta foi inteligente. São quase impossíveis de serem encontradas, e muitos prisioneiros passam o resto da vida perdidos, invisíveis, até apodrecer. Dana surtou quando descobriu e eu não a vi por dias.
— Como assim os prisioneiros passam a vida perdidos até apodrecer? — Dei um pulo na cadeira, sentindo o coração batendo mais forte, ansiosa. — Eles não são... alimentados?
— Se você chama aquela ração de comida. — Chae rosnou.
— A sentença da prisão especial é ser esquecido. Os prisioneiros passam o resto da vida sendo invisíveis, mantidos vivos até perderem a cabeça. — Tsuy disse, e eu senti a raiva em cada palavra saindo de sua boca.

Que horror, como eu nunca soube de nada disso? Havia prisioneiros morrendo em nosso quintal e isso era algo normal para o meu pai?

Respirei fundo e encarei Chae, tentando não pensar em nada disso. Era estranho ver o corpo dela arqueado para a frente em animação e nervosismo, enfiando as unhas nas palmas das mãos.

— Cerca de um mês depois, finalmente a vi. Dana estava tentando convencer Naya, Jade e... essa daí — apontou para Sina com um movimento da cabeça — de que estava bem, mas não era verdade, queria de qualquer maneira entrar no palácio e resgatar você. Sem mais nem menos. Tirar você daquele lugar seria um golpe pesado contra o rei, então cooperei e dei alguma base ao plano desesperado que ela havia feito. Dana queria entrar, se aproximar de Mina e usá-la de refém. A convenci de se passar por uma criada e ganhar a confiança da realeza. Então, em algum momento, durante um passeio pelo jardim, ela levaria Mina até sua cela e... Não seria muito difícil conseguir a digital, mesmo que ela tivesse que arrancar um dedo.

Enfiei as mãos debaixo das pernas, sem saber o que pensar.

— É de conhecimento geral que tenho pessoas infiltradas no palácio. — O olhar de Tsuy parou em mim. — Deixei Dana ir em frente. A pior coisa que poderia acontecer seria ela acabar tendo a memória apagada. Ou morrer.

Sina soltou uma risada amarga no fundo da sala e se aproximou da estante de livros sem falar mais nada.

— Não sei por que ela demorou tanto. Eu só a ajudei a apagar sua existência como Dana e criar Lena. O nome foi ideia dela. E os cabelos loiros também.

Chae olhou para mim.

— Ela nunca... Nunca? — Fez um movimento com o pescoço e entendi que queria saber se Dana tinha tentado algo contra mim alguma vez.

— Lena sempre foi doce comigo. A melhor criada que tive, por isso decidi continuar com ela, mesmo podendo trocar depois de algum tempo. A realeza troca de serviçais periodicamente por segurança, mas insisti muito. Eu não costumava andar pelo jardim, muito menos perto da floresta. Passava a maior parte do meu tempo com Momo, nunca sozinha.

— Talvez ela tenha se acovardado — concluiu Tsuy.

— Não, Dana não é assim — disse Chae.

— Ela queria me fazer de refém? E agora está com Momo? Ela... ela pode machucar Momo? Se ela machucar Momo, eu...

Chae segurou a minha mão e me encarou.

— Não. Eu conheço Dana. Ela com certeza já perdeu as esperanças e está sobrevivendo, achando que nunca vai sair. Nós sumimos juntas, então ela não teria motivos para machucar Momo.

Ela estava sob o efeito do soro da verdade, não estava mentindo. Quando olhei para Tsuy de novo, ela estava com os olhos fixos em nossas mãos entrelaçadas. Nossos dedos se soltaram automaticamente.

— Tem algo acontecendo de que eu não esteja ciente?

— Tem — Sina resmungou. — Você não sabe tudo, que milagre!

Fiquei grata pela interrupção, pois as palavras estavam prestes a subir pela minha garganta.

— A pergunta não foi para você.

— E eu por acaso falei que foi?

— Está sempre com esse seu nariz empinado, se achando no direito de se meter nos assuntos alheios.
— Eita, Chou Tsuy! Você quer falar de nariz empinado? Aposto que já fez uma plástica para deixar o seu automaticamente para cima.

Tsuy bateu a mão na mesa e se levantou, mas Chae a interrompeu antes que ela falasse.
— Sim, tem algo acontecendo.

Tsuy fitou Sina longamente antes de voltar a se sentar, respirando fundo.
— Diga.
— Fale, Mina.
— Chae e eu...
— Não, não isso! A outra coisa.

Chae revirou os olhos e continuei, corando de repente.
— Ah, sim. Eu quero lutar. Quero ajudar em tudo que puder. Vocês podem me usar da forma que acharem melhor. E, sim, nós queremos resgatar Momo e Dana. Mesmo que eu não sobreviva. Eu vou tirar as duas de lá.

■ ■ ■

— Isso é uma pistola Glock — disse Chae.

Nós quatro pegamos o elevador juntas e fomos para uma sala grande, com diversos tipos de alvos e outras coisas que eu não saberia definir.

Chae havia me dado luvas, mas não me entregou a pistola.
— Isso é a munição dela. Essa parte é a coronha, essa é o carregador. — Ela encostava o dedo, apontando para os lugares que explicava, e eu dava o meu melhor para compreender. — A munição se coloca assim, com esse lado virado para cá. Agora, preste atenção.

Observei os movimentos minuciosamente. Sina e Tsuy estavam paradas lado a lado mais atrás, sem trocarem uma palavra.
— Isso é a trava de segurança. Enquanto estiver para cima, você não consegue atirar, o que é importante. Agora, você puxa aqui, segura assim e... Ajeite isso direito nos seus ouvidos.

Ajustei o abafador.
— E dispare.

Chae apertou o gatilho, e eu dei um pulinho atrás, apertando os olhos para enxergar o tiro bem perto do centro.

— Isso não é munição de verdade, é para treinamento. Espero que tenha prestado atenção, porque não vou repetir. — Chae estendeu a arma para mim. — Vamos lá, sua vez.

Peguei a arma com receio, meio trêmula, pois a sensação de ter algo mortal em minhas mãos não era a melhor do mundo. Diante do nervosismo, a arma quase escorregou quando tentei ajeitá-la. Chae se assustou.

— A trava, Mina!

Assustada, empurrei a trava para cima. Eu não tinha jeito para segurar a armas e muito menos sabia mirar direito, especialmente com as mãos tremendo.

— Tudo bem, que tal se você... Que tal se você só me observar um pouco?

Eu me afastei, chegando mais perto de Sina e Tsuy, que falavam algo uma com a outra enquanto olhavam para Chae, que era rápida e parecia brincar ao acertar em vários alvos diferentes. Por fim, percebi que ela estava ocupada demais tentando se desestressar, e eu não iria reclamar. Chae precisava extravasar. Enquanto tentei prestar atenção nos tiros, encantada com a habilidade dela, a conversa de Sina e Tsuy começou a me chamar a atenção.

— Isso não é ético — disse Tsuy.

— É. Eu sei bem como você coloca a ética acima de tudo.

— Sina, por favor, não faça isso agora. O assunto é sério.

— O que você vai fazer? Impedir as duas? — Sina riu, amarga.

— Você sabe que emoções podem abalar tudo. E se o pior acontecer? E se alguém levar um tiro?

— Chae foi treinada para lidar com isso.

— Não quando se trata de Dana.

Eu percebi que estava prendendo a respiração.

— Ela vai conseguir. Isso é tudo que ela quer, Tsuy. Ao contrário do que pensamos, a presença de Mina pode facilitar as coisas. Se algo der errado com Dana ou Momo, elas podem se ajudar.

— E uma importa o suficiente para a outra a ponto de causar esse equilíbrio?

Sina riu de novo, parecendo triste dessa vez.

— Chae não afastou Mina quando elas começaram ter sentimentos uma pela outra, mesmo sendo o certo a se fazer. Às vezes, a ética não importa.

■ ■ ■

Chae bebia água enquanto eu estava sentada no chão de pernas cruzadas, treinando como carregar a arma várias vezes. Começar por coisas mais simples era o caminho. Chae estava cansada e suada, e Sina e Tsuy tinham saído. Observei quando Chae se sentou no chão na minha frente, largando a garrafa de água ao lado.

— Quer água?
— Não, obrigada.

Ela ficou em silêncio por mais algum tempo. Diferente de mim, não estava mais usando jaqueta, então os braços estavam à mostra.

— Sabe, princesinha... preciso agradecer.
— Hm? Pelo quê? — Não parei de mexer com a arma; o movimento estava começando a ficar mais fácil. Praticar piano a infância toda talvez tivesse deixado meus dedos mais velozes.
— Por essa noite. Eu não tinha quem me arrancasse de meus pesadelos desde que perdi Dana.
— Não precisa agradecer. — Minha voz estava baixa, provavelmente pela minha concentração. Se fosse aprender algo, teria de ser perfeita naquilo.
— Preciso, sim. E pelas palavras também.
— Palavras?
— Sim, nunca me questionei se os meus pais gostariam de me ver ou coisa do tipo, e você me fez pensar sobre isso.

Parei o que estava fazendo e olhei para ela. Chae tinha o olhar sereno, parecendo calma e leve pela primeira vez. Talvez as coisas estivessem finalmente se encaixando.

— Preciso me dar essa chance. Decidi ver meus pais e gostaria de te pedir um favor.

Inclinei de leve a cabeça para o lado, confusa.

— Um favor?
— Sim. — Chae empurrou os projéteis de treinamento e a arma para o lado, abrindo espaço no chão à minha frente e chegando

mais perto. Ela segurou as minhas mãos. — Eu acho que... vai ser mais fácil se você estiver comigo.

— E-eu?

— Sim. Quero que conheça meus pais.

Arregalei os olhos.

— Não se assuste. Não é um relacionamento sério, nem nada. Não pense que vou te apresentar aos meus pais depois de te beijar algumas vezes... — Ela me fuzilou com olhos, com uma expressão divertida, depois suspirou. — Se eles virem que até a filha do rei está ao meu lado agora, vão ter mais facilidade para me entender. Para me respeitar. Desculpa te usar dessa forma.

Sorri e segurei o queixo dela, selando rapidamente nossos lábios, observando um sorriso honesto surgir em seu rosto.

— Tudo bem, Chae Kang. Eu quero conhecer seus pais.

Ela riu. Era estranho como de repente tudo parecia mais leve. Chae estava leve, eu estava leve. O clima estava leve e, o que quer que fosse o nosso relacionamento, também estava leve. Tão leve quanto meu coração, que começava a aceitar que o nome daquilo não era encanto, mas, sim, paixão.

Capítulo 20
Ela está me mostrando o mundo

CHAE

Estávamos indo para a casa de meus pais e, mesmo tendo convencido Tsuy a me emprestar um de seus carros e me deixar dirigir, dois guardas nos escoltavam nos bancos traseiros por trás da divisória devidamente fechada. Essa viagem não era "levar minha namorada para conhecer meus pais". Mina não era minha namorada. O conceito de namorada nem importava para mim. Eu tinha coisas mais importantes em mente. O objetivo da visita era que meus pais vissem que até a princesa estava ao meu lado na luta. Eu tinha esperanças de que talvez eles me dessem outra chance.

— Nunca vi essas ruas — disse Mina, aproximando o rosto da janela fechada e encostando o nariz, mesmo sob a máscara, no vidro.

— E nunca mais vai ver se ficar expondo seu rosto desse jeito.

— Eles não estão vendo meu rosto, eu estou de máscara.

Mina ainda era muito ingênua e não conhecia nem um terço das maldades do reino. Nem de um lado do muro, nem do outro.

— Eu não sei dirigir — ela comentou, de repente. Seus olhos estavam em mim. Eu gostava de ouvir pequenas coisas sobre a sua vida.

— Não é difícil.

— Não acho que eu tenha capacidade. Muitas coisas para fazer ao mesmo tempo.

— Você tem. Não está aprendendo a atirar? É bem mais difícil.

Estávamos hospedadas no CTI havia uma semana, tudo para que Mina pudesse adquirir alguma habilidade com armas enquanto eu planejava o resgate de Dana e Momo com Tsuy. Tínhamos um quarto como o da última vez, e Sina aparecia para perturbar, se atualizar dos planos e, é claro, atiçar a vontade de Mina de voltar para a boate. As duas estavam se tornando boas amigas. Sina lhe dava dicas de tiro e dizia que ela estava se saindo muito bem.

Sina nunca gostou da família real, mas passou a grudar em Mina depois de conhecê-la melhor. A princesinha tinha esse poder.

— Acho que já estou ficando habilidosa. Ontem consegui acertar no centro do alvo várias vezes seguidas.

— Você vai ser uma boa atiradora.

— Não gosto da ideia de atirar em alguém. — Mina franziu o nariz.

— Se tudo der certo, você não vai ter que atirar em ninguém, princesinha. Mas é melhor estar preparada se precisar.

Antes que ela respondesse, virei numa rua à direita e diminui a velocidade, descendo a janela que nos separava dos guardas, emburrados no banco de trás.

— Temos que parar aqui. Daqui para a frente, qualquer carro como esse vai chamar muita atenção — falei enquanto estacionava entre outros dois automóveis. — Um de vocês vai ficar?

— Sim, senhora.

Com as máscaras no lugar, descemos do carro. Fui com Mina na frente, e um segurança veio atrás.

— Por que não tem asfalto aqui? — perguntou Mina. As casas eram baixas, em sua maioria semissubterrâneas. A minha era assim.

— Pergunte ao seu pai — resmunguei, sabendo que ela não se ofenderia.

Algumas pessoas nos observavam, mas conseguíamos andar sem chamar muita atenção. Muita gente parecia suspeita pelos cantos escuros, não éramos as únicas. Após algumas ruas, eu começava a ser invadida pela sensação de nostalgia, porque tinha crescido ali. Fiz minha primeira tatuagem ali, na lojinha ilegal do final da rua.

— Hm? Por que parou de andar? — perguntou Mina baixinho, seguindo meu olhar. — É ali?

— Você pode ficar aqui com ela enquanto dou uma olhada? — perguntei para o segurança, que concordou em silêncio. Numa onda súbita de coragem, me virei para a porta da casa, mas Mina segurou meu pulso.

— Vai ficar tudo bem, eu estou aqui fora.

Poderia parecer besteira, mas saber que aquela garota desajeitada, que mal conhecia o mundo, estaria ali se eu quisesse sair correndo e fugir me trazia conforto. Assenti e fui até a entrada da casa. Respirei fundo antes de bater na porta de madeira desgastada. Demorou um pouco, mas logo ouvi passos se aproximando. Por que eu estava tão nervosa com algo tão bobo?

Não reconheci o rosto do meu pai quando o vi. Ele devia estar com uns cinquenta e poucos anos, mas aparentava muito mais. Bastante calvo, os cabelos grisalhos, a testa marcada por duas linhas de expressão que ficaram mais aparentes na hora que seu olhar pousou em mim.

— Não. — A voz de meu pai soou rouca, e ele tentou fechar a porta. Apesar da dor da decepção, tentei impedi-lo. — Vá embora.

— Mãe — chamei em um tom estridente, mas esperançoso. No rosto do homem havia relutância e medo, e não podia culpá-lo.

— O que é isso, Chun? — A voz de minha mãe estava confusa quando ouvi seus passos.

— Fique aí.

— Mãe — repeti.

Quando nossos olhares se cruzaram, minha mãe arregalou os olhos, levou a mão ao coração e bateu com as costas na parede. Empurrei a porta, deixando meu pai para trás, e me aproximei dela, segurando sua mão.

— Mãe, sou eu. Chae.

Ela também parecia mais velha. Como meu pai, tinha linhas de expressão na testa, a pele castigada pelo sol, as mãos com calos pelo trabalho manual. Seus cabelos, antes pretos como carvão, estavam num tom cinza-escuro. Ela encostou na minha bochecha. Um sorriso surgiu no canto dos lábios e seus olhos marejaram.

— Minha filha. — Ela me abraçou, e meu coração deu um forte solavanco, fazendo lágrimas me subirem aos olhos. — Minha filhinha.

A porta fechou e ela se afastou para olhar meu rosto de novo, como se questionasse se eu era real.

— É ela mesma, Chun. Ela voltou.

Meu pai ficou em silêncio. No fundo, já sabia que ele não me receberia de braços abertos.

— Ela é uma foragida, Yong. Foragida. Não escutou as pessoas falarem? Ela fugiu! Vou acionar os guardas brancos.

Eu me afastei de minha mãe imediatamente e virei para ele.

— Antes de fazer isso, me escute. Me escute por quinze minutos e depois, se ainda quiser chamar os guardas, não vou resistir.

— Ele vai te ouvir. — Minha mãe tomou as rédeas. — Vamos para a sala, querida.

A casa era pequena e simples. O sofá não passava de almofadas desgastadas no chão, a janela ficava na altura da rua e eu podia facilmente ver os pés de Mina. Minha mãe estava sentada ao meu lado, com a mão em seu colo, e meu pai insistia em ficar em pé, de braços cruzados. Aquele momento parecia irreal para mim.

— Chae — o nome escapou dos lábios de meu pai, e eu ergui o olhar para seu rosto sério. — Você sabe que não sou a favor dessas coisas que você inventa.

— O senhor precisa me ouvir. Me deve isso.

Ele não disse mais nada, ficou em silêncio, e continuei sentindo minha mãe apertando e acariciando minha mão enquanto eu falava. Expliquei tudo que aconteceu naquele ínterim, sem dar localizações e nomes por precaução. Por mais que quisesse, não podia confiar no meu próprio pai.

No fim das contas, talvez eu e Mina tivéssemos algo, por menor que fosse, em comum.

— Então vocês são como uma legião? — perguntou minha mãe quando terminei de falar, ainda sem mencionar a princesa.

— Não, eu não diria uma legião. Somos um grupo, em sua maioria de pessoas de origens humildes, que busca justiça. Sabemos que as regras do reino são injustas e abusivas.

— E você esteve presa? Dentro do palácio?

— Não exatamente, mas a prisão era dentro dos muros reais.

Meu pai começou a andar de um lado para o outro.

— O rei sabe o que é melhor para a nação. A família real tem os valores corretos. Nós somos pessoas comuns, sem conhecimento algum sobre o mundo, não devemos impor nossas vontades.

Não sei o que me irritava mais, meu pai ser tão submisso ou tratar o rei como um deus. Eu poderia argumentar, mas sabia que não adiantaria. Era a hora de usar a minha carta na manga, então me levantei.

— Preciso apresentar vocês a alguém. Podem esperar aqui?
— Não traga para dentro de minha casa nenhum desses inconse...
— O senhor vai gostar de conhecer essa pessoa, pai.

Talvez aquilo nunca funcionasse, talvez fosse um erro, mas valia a pena arriscar. Quando abri a porta, Mina me olhou, esperançosa.

— Preciso de você.

Ela entrou e, assim que fechei a porta, tirei a máscara dela delicadamente. Meu primeiro impulso era de segurar sua mão para guiá-la, mas não podia demonstrar tudo que sentia, então caminhei em passos lentos enquanto seus olhos percorriam cada detalhe do lugar precário em que cresci, tomado por um leve cheiro de mofo por conta das enchentes ocasionais.

Quando entrei na sala, os olhares de meus pais se voltaram para mim, e eu me virei para trás, dando espaço para Mina. Minha mãe arregalou os olhos, e meu pai caiu de joelhos quando a reconheceu.

— Vossa Alteza — ele cumprimentou.

Minha mãe se levantou e fez uma leve mesura.

— Alteza, perdão pelos nossos modos, perdão pelo estado da casa. A senhorita aceitaria algo...

— Não se preocupe, senhora. — Mina sorriu e se curvou de volta para minha mãe. — Estou bem.

Quando meu pai se levantou, ainda curvando o corpo diversas vezes, Mina colocou a mão no ombro dele para impedi-lo de continuar, então se curvou para ele também.

— Por favor, não prestem reverências a mim. Não sou mais importante do que vocês.

— Como é capaz de dizer algo assim?! A senhorita é a princesa da nossa nação.

— Isso não deveria fazer diferença. — As mãos dela estavam juntas na frente do corpo, seu olhar sereno e o sorriso simpático. Mina sabia lidar com pessoas como ninguém.

— O que você... — O olhar de meu pai se voltou para mim imediatamente.

— Senhor, sua filha não fez nada além de me ajudar quando mais precisei. Ela me salvou.

— Perdoe a indelicadeza, Vossa Alteza, mas a senhorita não está desaparecida? As pessoas em sua casa...

Mina interrompeu minha mãe com delicadeza.

— O palácio não é mais minha casa. Muita coisa mudou.

— O... o quê? — meu pai balbuciou. Ele parecia dividido entre ouvir atentamente a pessoa que tanto respeitava e resistir à tentação de me botar contra a parede.

— Aprendi muito sobre o mundo quando cruzei o muro. Descobri que meu pai é injusto e sujo, indigno do poder que tem e exerce. — Seu discurso era natural, ela sabia usar a voz e as palavras. — E digo isso de coração, senhor. Nunca havia entendido a existência dos rebeldes até conhecê-los de perto. Meu pai não merece nada do que tem, e pessoas como vocês merecem mais. E é por isso que estou aqui. Vou lutar ao lado dos rebeldes e derramar meu próprio sangue, se for preciso.

Aquilo pareceu atingir meu pai como um soco. Tudo o que passei anos tentando dizer para ele, vindo de Mina, pareceu ser compreendido em um minuto.

— Eu libertei a sua filha e, em troca, ela está me mostrando o mundo. Chae é uma mulher incrível.

Talvez ela estivesse mentindo um pouco. Eu a chantageei para me libertar e ela não sabia nada do mundo real, mas se aquilo estava funcionando, eu não ia julgar.

— Chae... Você não está manipulando a princesa, está? Usando essas bruxarias, pílulas mágicas... drogas? — perguntou meu pai.

— Drogas?

— Ela não está. Posso lhe garantir isso, senhor...?

— Chun.

— Chun — Mina repetiu, sorrindo.

Não sei por quanto tempo ficamos conversando. Minha mãe apertava minha mão e insistia em servir algo para Mina, e, quando ela finalmente aceitou, tomou o chá fraco como fosse a melhor bebida do mundo. Mina também parecia querer ouvi-los, principalmente quando falavam sobre mim, tentando conseguir o máximo de informações possível, mas meus pais sempre davam um jeito de voltar o assunto para ela. Eu não dera orgulho a eles durante a infância, mas sentia orgulho de quem fui por servir de molde para quem me tornei.

Quando saímos, a lua já descia pelo céu. O segurança estava sentado no chão de terra do lado da porta, a cabeça caída para o lado enquanto roncava.

— Demoramos tanto assim? — perguntou Mina, curiosa, enquanto terminava de ajeitar a máscara no rosto. Eu queria responder, mas meu olhar estava preso no fim da rua, onde vi o luar fraco.

Mina se abaixou para acordar o segurança, mas segurei seu braço.

— Deixe o rapaz dormir mais um pouco, quero te mostrar um lugar.

— Para onde estamos indo? — perguntou enquanto me seguia.

Passamos em frente à lojinha de luz fraca e paredes rabiscadas. Bati enquanto Mina colocava as mãos no vidro da janela, se inclinando para tentar enxergar melhor.

— Tsuy não disse para voltarmos direto para o CTI?

— Tô cagando para o que Tsuy disse. Vai ficar tudo bem.

Os olhos do homem do outro lado da porta se apertaram ao me ver.

— Boa noite, está quase na hora de fechar.

— Não está me reconhecendo? — Cruzei os braços. — Você tatuou minhas costas e não é capaz de me reconhecer de máscara? E se eu te der um soco, que nem naquele dia? — brinquei.

— Chae Kang! Não acredito. — Os olhos dele se arregalaram e, com uma voz risonha, o homem me puxou para um abraço. — Pensei que nunca mais te veria, garota. Você anda causando por aí, mas sempre soube que ainda estava viva!

Após tantos anos sem nos vermos, eu não sabia se a loja de Milo havia sobrevivido.

— Você nunca vai se livrar de mim — falei. — O único lugar que me faz tatuagens de graça.

— Eu devo isso a você, lembra? — disse ele. — O que te traz aqui?

— Estava com saudades... De tatuar, não de você.

Ele riu e olhou para Mina, que nos observava, envergonhada, perto da porta.

— Quem é essa? Sua namorada?

— Pelo seu bem, é melhor não fazer perguntas sobre ela — resmunguei.

— Tudo bem. — Ele levantou as mãos, como se estivesse se rendendo. — Entre, querida.

Mina entrou de vez, olhando em volta, antes de fechar a porta.

— Posso preparar o material? Já sabe o que vai querer? — perguntou enquanto passava por outra porta, entrando numa sala bem mais clara e limpa, com materiais bem cuidados. Era difícil se manter numa região como aquela, mas Milo, mesmo sendo um tatuador ilegal, sempre fez o melhor. E pensar que fui eu quem o ajudei a começar e fui sua cobaia. O tempo passava muito rápido.

— Queria fazer uma casinha. Porque nunca quero esquecer disso aqui, de onde eu vim. Não importa o que aconteça. — Encarei Mina e mostrei meu dedo indicador a Milo. — Bem pequena, só traços, quase como um rabisco, diferente das que já tenho. Deve levar uns dez minutos. Você tem tempo?

— Para a nossa salvadora, eu tenho todo o tempo do mundo.

Capítulo 21
Seria um verdadeiro escândalo

Assim que chegamos de volta ao CTI, horas depois, Sina nos esperava andando de um lado para o outro, nervosa. Eu e Chae descemos do carro e fomos ao seu encontro, sem entender o que estava acontecendo.

— Não me diga que vocês foram até a casa dos seus pais — gritou ela, segurando uma Chae atônita e irritada pelos braços.

— Sina, pelo amor de Deus, que horas são? O que você está fazendo aqui?

— Vocês foram, não é? Eu vou acabar com a raça da Tsuy!

Ela não disse mais nada e saiu andando, empurrando os seguranças que bloqueavam a passagem. Eu e Chae nos entreolhamos e corremos atrás dela, ouvindo um alarme tocando em algum lugar distante.

— Merda, Sina, o que aconteceu? — Chae repetia, correndo no encalço da amiga.

Eu estava cansada depois de um dia cheio e não conseguia raciocinar muito bem. Só corri atrás das duas, pedindo desculpas aos seguranças.

Sabe-se lá por que, eles nos deixaram passar. Se Tsuy não nos quisesse naquele andar, a gente já teria sido contida muito antes, e Chae me olhou como se entendesse isso também. Alguma coisa estava errada.

Sina encontrou a porta da sala de Tsuy primeiro e bateu com força, sacudindo a maçaneta até abrir. O segurança ao lado apenas nos encarou e não tentou nos impedir. Mesmo se quisesse, talvez não tivesse chance. Sina estava alucinada. Eu nunca a tinha visto daquela forma. Abriu a porta com um solavanco e avançou rapidamente em direção à mesa de Tsuy, que se levantou da cadeira.

Talvez ela nos aguardasse, mas não daquele jeito feroz.

Chae bateu a porta atrás de si e arregalei os olhos ao ver Sina empurrar Tsuy contra a parede.

— Você viu a merda que você fez, sua filha da...

— O que diabos está acontecendo? — Chae cortou Sina, tentando evitar algo pior.

— Vai. Conta a merda que você fez. — A mulher de cabelos coloridos puxou Tsuy pela gola da camisa, a colocando de frente para Chae.

— Nem tudo se resolve com violência, Sina, olha a baixaria. — Tsuy riu baixo.

Uma das mãos de Sina foi parar direto na garganta dela, apertando-a, e as duas começaram uma briga como eu nunca tinha visto antes. Em poucos segundos, Tsuy segurava o braço da outra nas costas. Se quisesse, o quebraria. Eu fiquei petrificada.

— Chega de palhaçada. Eu queria conversar de forma civilizada, coisa que você parece não saber o que é — a dona do lugar rosnou.

— Larga ela, Tsuy — pediu Chae, mantendo a calma.

A mulher demorou, mas empurrou Sina em nossa direção, que, num impulso, fez menção em avançar de novo. Dei um passo à frente e segurei seu braço direito com força.

— Me larga, princesa.

— Você quer morrer, Sina? — perguntou Chae.

— Pergunte a Tsuy o que ela fez e você se arrependerá de não ter me deixado ir até o fim!

Chae encarou a amiga, e eu continuei segurando seu braço.

— Vamos conversar e vocês vão me escutar. Se, depois disso, você ainda achar que Sina tem o direito de me enfrentar desse jeito tolo e estúpido, eu permitirei — disse Tsuy, indicando as cadeiras na frente da mesa em um tom tranquilo.

Sina deu um berro, se soltando da minha mão e se afastando para parede oposta. Encarei Chae, e nós duas nos sentamos.

— Eu vou mostrar a vocês apenas se prometerem que vão me escutar depois.

Chae assentiu. Tsuy virou para nós o computador, que já estava aberto em sua mesa, e apertou o play em um vídeo que parecia ser gravado da TV.

— Notícia urgente, diretamente do palácio! Hoje à tarde, a fugitiva Chae Kang e a princesa Mina foram vistas juntas!

Prendi a respiração e ouvi Chae fazer o mesmo.

— Kang desapareceu da prisão no mesmo dia em que a princesa sumiu de seu casamento com Zhao Yan, há algumas semanas. As autoridades acreditavam que Chae, aliada ao movimento rebelde, tinha sequestrado a princesa e fugira, e isso estava sendo mantido em segredo até então. Mas a notícia que recebemos hoje muda totalmente a situação — completou a mulher na TV.

A história claramente havia sido deturpada para fazer Chae parecer culpada, o que era de se esperar. Mas as coisas pioraram quando vimos o pai dela aparecer sentado em uma sala branca com um microfone à sua frente. Com o susto, Chae pulou da cadeira.

— Eu, pai de Chae Kang, estou sob a influência do soro da verdade. Desejo cooperar com as buscas de Sua Majestade, a princesa Mina, e afirmo que a recebi em casa, acompanhada de minha filha. Instalei uma pequena câmera na sala assim que soube que minha filha estava sendo procurada, porque sabia que ela viria atrás de nós.

Senti a cor sumir do meu rosto assim que a matéria passou a mostrar a sala da casa dos Kang. Nós estávamos ali, nossos rostos eram bem visíveis.

— A princesa Mina, perfeitamente sã, deixou claro em sua visita que está ao lado dos rebeldes. Nem consegui acreditar, mas é a verdade. Peço perdão ao rei pela má influência de minha filha e vou aceitar a punição necessária. As duas estão lado a lado na luta.

Minhas costas bateram no encosto da cadeira, me fazendo perceber o quão inclinada para a frente eu estava antes. Meu coração batia tão forte que comecei a sentir as mãos formigando. Tsuy pausou o vídeo, e a voz de Sina irrompeu alta pela sala.

— Ela sabia da merda da câmera de seu pai, Chae. Tsuy tem o registro de todas as merdas dessas terras. Ela sabia!

— Tsuy, você... sabia? — Chae se levantou, batendo as mãos na mesa, e eu tremi.

— Chae, fique calma e sente-se, ou não vou falar nada.

Tsuy estava tranquila, mesmo diante de tudo.

Eu me sentia perdida em um redemoinho de mulheres poderosas e irritadas. E era a minha cara ali, na TV.

— É melhor você abrir a merda da boca ou ajudarei Sina a acabar com você.

— Eu sabia... da possibilidade. — Tsuy se levantou, parecendo um pouco cansada, ficando mais alta que Chae. — Eu tenho, sim, o registro das vendas de câmeras do bairro e, apesar de não acessar esses dados com frequência, fiz isso antes de autorizar a saída de vocês.

Chae parecia prestes a explodir, e eu não sabia como processar tudo aquilo.

— Uma câmera foi vendida naquela região. Sabia que havia a possibilidade de ter sido para o seu pai, mas não tinha certeza.

— Por que me deixou correr esse risco? — Chae gritava, sem se importar mais em controlar a voz.

— Cale a boca e raciocine — Tsuy disse. — Pela hora que o rei teve acesso à gravação, é impossível que os guardas tenham conseguido te rastrear. Agora, Momo e Dana têm consciência da situação atual. Isso não as colocou em risco, apenas cooperou para atingirmos nossos objetivos. Foi por isso que eu assumi esse "risco".

Chae caiu sentada na cadeira enquanto eu ainda tentava pensar.

— E a minha mãe? — O olhar dela ficou perdido, sua voz em um tom mais baixo.

Tsuy pareceu ter sido pega de surpresa e ficou em silêncio, com uma expressão séria.

A risada amarga de Sina irrompeu pela sala, e a cadeira de Chae fez um estrondo ao bater no chão. Ela se levantou para ir até a porta, e eu fui atrás, segurando seu braço.

Chae se virou para mim com os olhos vermelhos e o rosto repleto de raiva.

— A culpa de tudo isso é do seu pai. — Ela deu um passo em minha direção, com raiva. Sua voz baixa e, depois, muito alta, aos berros. — Da sua família! Da merda da sua família!

Engoli em seco, magoada, e larguei seu braço.

— Os meus sofrem por causa dos seus. A merda do sangue deles corre em você, e eu não sei se consigo continuar olhando na sua cara.

— Calma aí, Chae. Isso ainda não acabou. Mostra para elas, Tsuy.

— Sina ficou entre nós duas enquanto lágrimas caíam dos meus olhos sem que eu pudesse controlar. Chae mantinha a expressão de raiva e desprezo e a sustentou por alguns segundos, antes de se virar para Tsuy. Eu sentia o corpo inteiro tremer.

— O palácio se pronunciou. Vocês deveriam ver isso aqui antes de terminar essa briga pessoal.

Virei o rosto em um estalo para a tela do computador, onde vi Momo aparecer para um pronunciamento real. Um que somente o rei ou a rainha faziam.

"Estamos devastados com a informação de que a princesa Mina possa ter se envolvido pessoalmente com o movimento rebelde."

O rosto de Momo estava centralizado na tela, sem expressão, como se lesse um roteiro. Os cabelos arrumados, um vestido formal, uma posição recatada atrás de uma mesa de madeira com a foto de meu pai ao fundo. No Gabinete Real.

Agarrei a barra da camiseta, sem acreditar no que via e ouvia. As lágrimas não paravam de cair.

"Como futura rainha, meu dever é buscar o melhor para aqueles que são fiéis ao reino e a salvação para aqueles que se colocam contra. Convivi com a princesa Mina a vida toda e, mesmo que fosse visível o quanto ela era facilmente manipulável, é inaceitável vê-la se voltar contra a própria família. A princesa Mina não merece perdão e será julgada pelo pior dos pecados: o de traição ao reino."

Ela olhava de forma tão profunda para a câmera que mal piscava. Eu sabia que havia algo errado. Aquela não era minha melhor amiga, ela nunca falaria de mim daquela forma. Me aproximei da tela do computador, e Tsuy pausou o vídeo.

— Volta um pouco — pedi. Eu devia ter perdido alguma coisa. Tinha que ter alguma mensagem que ela queria me passar. Não era possível. — Volta, por favor.

— Mina, se acalme — Tsuy disse. Eu a encarei com lágrimas descendo pelo rosto.

Me acalmar? Ela sabia o que estava me pedindo?

— Quero assistir de novo. Eu devo ter perdido alguma mensagem. Essa não é a minha Momo.

— Mina, não parece haver nenhuma mensagem. Sinto muito — Tsuy disse em voz baixa, e eu sacudi a cabeça.

— Você tá errada. Momo nunca diria aquilo tudo.

— Só aceita, Mina. Ela é um deles agora — Sina respondeu com raiva, mas eu continuei em negação.

Aquela não era a minha melhor amiga, ela não pensava daquele jeito. Momo só falaria algo assim se estivesse sendo forçada.

— ELA NÃO É... — berrei, encarando Sina e Chae atrás de mim. As duas me olhavam com uma expressão que eu não sabia se era de pena ou desprezo. As duas pareciam estar com muita raiva. — Ela é um deles, eu sou um deles, mas Momo nunca pensaria isso de mim.

— Tudo bem, acredito em você. Vou mandar avaliarem as imagens com peritos corporais — Tsuy avisou. — Ela pode estar se protegendo e agindo como eles querem, o que seria inteligente. O importante é que Dana e Momo sabem sobre vocês duas. Não tinha outra forma de fazer essa informação chegar do outro lado dos muros do castelo.

Olhei para ela e assenti, sem conseguir falar mais nada. Ouvi um barulho de porta batendo e percebi que Chae tinha saído, enquanto Sina vinha em minha direção. Ela me abraçou e eu me deixei ser abraçada. Escondi o rosto em seu ombro até conseguir parar de chorar.

Chae tinha razão em ficar brava. Seu pai havia traído sua confiança. A mãe podia estar morta. E eu ainda era filha do rei. Não tinha como mudar isso. Por mais que me esforçasse, talvez nunca fosse o suficiente. Nunca poderia reparar todos os males que ele tinha cometido. Mais uma vez, meu sangue estava castigando a mãe dela. O povo dela.

O *meu* povo.

Quando consegui respirar fundo, ouvi um barulho de tosse vindo do canto da sala. Uma voz feminina fez um muxoxo com a boca, e levantei o rosto, concentrando meu olhar na garota sorridente no canto da sala. Tentando me acalmar, cutuquei Sina.

— Tem alguém ali.

Sina se virou assustada, encarando a mulher, que caminhava em nossa direção.

— Que pena que acabou, eu estava adorando o showzinho — ela disse com uma risada.

— Quem é essa? — Sina perguntou para Tsuy, ainda me abraçando, como forma de proteção.

— A pessoa com quem eu estava conversando antes de vocês entrarem de forma animalesca e atrapalharem tudo — Tsuy respondeu, sem paciência, com a mão na testa. — É melhor vocês torcerem para que ela ainda esteja disposta a fechar um acordo comigo.

— Não me importo com seus acordos, Tsuy.

— Ah, mas com esse você vai se importar. Sina, certo? Que tipo de nome é esse? — A jovem, de cabelos curtos e com um macacão marrom, estendeu a mão para nós. Achei seu rosto familiar, mas podia estar enganada. Meus sentimentos estavam aflorados demais nos últimos tempos. — Os rebeldes são todos assim? — perguntou, se virando para Tsuy.

— Sina é a única sem educação.

— Curioso. Muito prazer, sou Maximiliana Ramberti. Maxi.

O quê? Eu conhecia aquela mulher.

Maximiliana, da família Ramberti. A herdeira de uma das maiores empresas que se instalaram no país, a que mais movimentava dinheiro.

— Você está se associando a essa gente agora, Tsuy? — Sina perguntou, enojada.

— Você a conhece por outro nome — Tsuy ironizou. — Se apresente direito, Maxi. Para de gracinha, estamos todos do mesmo lado.

A mulher parecia se divertir com a cena.

— Talvez, Sina, você e seus amiguinhos me conheçam melhor como W.

Maximiliana era W? Mas ela não era de uma família rica?

Sina pareceu levar muito tempo para processar aquilo, e eu não a culpava. Eu também sentia o mundo girar.

— Maxi está disposta a financiar os custos do resgate de Momo e Dana.

— Em troca de quê? — Sina indagou, parecendo suspeitar da mulher.

— Em troca de ir conosco. Maxi só tem uma condição: grafitar dentro dos muros do palácio.

Um grafite de W contra o rei, na casa do rei.

Seria um verdadeiro escândalo.

Capítulo 22
Nós sabemos

Chae voltou para o CTI horas depois, no meio da noite, fazendo o maior barulho por onde passava. Aparentemente, Tsuy estava sendo conivente, como se esperasse que ela fosse agir daquela forma, e nenhum segurança a impediu de berrar e chutar carros e portas, disparando alarme atrás de alarme. Sina tinha voltado para a boate, e eu esperava por Chae sentada na cama do quarto em que estávamos hospedadas no CTI, tentando organizar meus pensamentos e sentimentos. Ela demorou para chegar, o que me preocupou.

Quando entrou no quarto, batendo a porta, sua testa sangrava. Eu me levantei da cama e fiquei observando sua figura irritada atravessar o quarto e se trancar no banheiro, como se eu não estivesse ali. Então a birra comigo ia continuar.

Me doeu ver aquele machucado, mas Chae seguia sem falar comigo ou sequer me olhar. Mesmo depois de sair do banheiro, de banho tomado, ela se manteve distante e deitou no sofá, como se não pudesse dividir a cama comigo. Não trocamos uma palavra naquela noite nem nos dias seguintes.

Eu tentava retribuir o tratamento de Chae na mesma moeda, tolerando a presença dela apenas nas reuniões com Tsuy, que era o único momento em que ela olhava na minha direção e não agia como se eu fosse invisível. Assim que a "reunião" acabava, o silêncio retornava.

Em todo esse tempo, nunca desejei tanto ter Momo ao meu lado. Quanto mais os dias se arrastavam, mais nos aproximávamos da data em que nos infiltraríamos no palácio. Chae provavelmente estava se sentindo da mesma forma sobre Dana, e eu me descobri tão orgulhosa quanto achava que ela era, porque também não queria dar o braço a torcer. Sabia que Chae tinha motivos para ficar nervosa, mas eu não tinha feito mal a ninguém. Nunca seria capaz de fazer mal aos pais dela se soubesse o que sabia agora. Se tivesse qualquer poder.

E a situação para o meu lado não estava incrível. Para o resto do reino, eu participava oficialmente parte do movimento para destronar o rei, e isso significava que nenhum dos dois lados gostava de mim. Que eu não pertencia a lugar nenhum, por mais que estivesse ali, tentando. Chae não me considerava uma parceira, e isso tinha ficado muito claro.

Depois de duas semanas, eu estava a um passo de surtar e não via a hora de abandonar o treinamento de tiro e poder fazer alguma coisa de verdade.

■ ■ ■

— Vamos entrar como pessoas civilizadas. Pelo menos finjam, vocês duas aí — disse Sina, em voz baixa, sentada entre nós duas no carro.

Depois de alguns dias na boate, voltamos ao CTI, mas não recebemos o soro da verdade. Sina, por algum milagre, se desfez de todas as suas armas de primeira. Descemos de elevador e seguimos para a sala de Tsuy.

— Temos três cadeiras, mas tenho certeza de que você vai preferir ficar em pé. — Tsuy encarou Sina, que preferiu não responder.

O normal seria uma troca de farpas entre Tsuy e Sina, mas ela só ficou com a cadeira do meio, mais uma vez entre mim e Chae.

— Aconteceu alguma coisa? — Tsuy nos encarou.

— Nada que seja do seu interesse — respondeu Sina. — Vamos ao plano.

— Você sabe que qualquer questão emocional pode afetar nossos planos. Vocês duas continuam sendo idiotas?

— Relaxa aí — Chae resmungou.

O olhar de Tsuy se fixou em Chae, como se tentasse ler sua mente. Em pensamento, desejei boa sorte; Chae não era fácil.

— Você fala como se não estivesse me ignorando feito uma criança malcriada — começou Tsuy. — Se parasse de agir como uma adolescente emburrada, eu poderia avisar que localizei sua mãe e que ela não foi levada pela realeza. Está protegida.

Sina parecia satisfeita com o sermão. O rosto de Chae foi de pânico para alívio e, então, raiva logo em seguida. Era engraçado ver Sina concordando com Tsuy em algo. E fiquei feliz de ver Chae demonstrar um pouco de emoção, depois de tanto tempo.

Quando terminou de falar, sem deixar ninguém se pronunciar, Tsuy virou seu computador para nós e abriu um arquivo.

Prendi a respiração ao ver fotos de Momo, todas no noticiário, mas em dias diferentes. Tsuy abriu a primeira.

— Minha equipe tem analisado minuciosamente as imagens de Momo no noticiário.

— Códigos? — perguntei.

— Mas não foi preciso aprofundar muito — Tsuy continuou, concordando. — Momo costuma gesticular durante os discursos, e, ao analisarmos os gestos, notamos serem códigos da língua de sinais. — Ela abriu uma imagem para exemplificar, dando zoom nas mãos de Momo. — Ao juntarmos todas as letras, encontramos uma frase. Você tinha razão, Mina. Momo queria passar uma mensagem.

Meu coração disparou e minha boca ficou seca. Sentei na ponta da cadeira, mordendo o lábio, nervosa com o que estava ouvindo. Momo conhecia muitas línguas, mas linguagem de sinais era uma novidade. O que só podia significar uma coisa.

— A frase diz "nós sabemos" — Tsuy pontuou. — E, com muito mais atenção, minha equipe notou que ela sinaliza rapidamente um "CTI" ao se despedir no noticiário. Ela tem falado muito ultimamente contra os rebeldes e contra Mina, então tenho certeza de que Dana já lhe contou tudo e a ensinou como se comunicar conosco. É uma certeza.

— Eu sabia... — falei baixinho, sentindo as lágrimas descerem de novo pelo rosto. Dessa vez, de alívio. Eu sabia.

Relaxei na cadeira. Momo sabia que eu não a abandonara. Sabia que eu voltaria para buscá-la.

E percebi, de canto de olho, que Chae me encarava, parecendo aliviada. Não retribuí o olhar.

Tsuy tornou a virar o computador para si.

— Agora, seguindo o plano... Muitos rebeldes se voluntariaram para o resgate. Temos uma rede enorme, mais de cem pessoas nesse exato momento. Algumas ficarão próximas à floresta em volta do palácio, e outras já estão lá dentro. Estamos nos movendo devagar para não levantar ainda mais suspeitas. Acionei os guardas infiltrados, mas poucos vão realmente participar, porque não quero arriscar. Isso é apenas uma operação de resgate, não a queda do rei.

Tsuy parecia ter tudo planejado, inclusive essa última parte.

— Vamos entrar pelo ponto oposto de onde Chae e Mina saíram, porque a vigilância por lá foi reforçada. A derrubada do muro vai ser rápida e silenciosa, para não acionarmos os alarmes.

— Assim que notarem que estamos entrando, vão acionar os guardas para a proteção do palácio contra os rebeldes — falei. — Momo será levada para o último andar, junto com toda a família real. Só conseguiremos resgatar Dana.

Tsuy me encarou com uma expressão satisfeita.

— Exatamente, Mina. Os criados ficam desprotegidos e isso vai nos ajudar a resgatar Dana, mas precisaremos usar os elevadores.

— Eles só funcionam com a digital de alguém da família real — informei.

— E é por isso que você vai estar lá. Sua digital segue ativa, me confirmaram. Quando você e Chae resgatarem Dana, Momo estará no último andar. Nossos guardas infiltrados vão anunciar que o ataque foi contido, e os membros da família real serão liberados.

— Eles nunca saem de imediato.

Meu pai e o pai de Momo sempre seguiam conversando mesmo após a liberação.

— Exatamente, mas Momo receberá o sinal para sair, alegando que o estresse a deixou nervosa e que precisa do auxílio de sua criada.

Assenti, entendendo aonde Tsuy queria chegar.

— Mas vocês estarão separadas e mascaradas, assim, as chances de serem pegas são menores, e as duas precisarão de digitais. Mina, você ficará com Dana. Chae estará esperando Momo no andar do quarto dela enquanto você vai com Dana até os fundos do palácio.

Não gostei da ideia de não resgatar Momo eu mesma, mas sabia que Chae faria um trabalho excepcional. Naquele ponto, eu confiava minha vida a ela e a de Momo também.

— Alguns dos nossos estarão arriscando suas vidas na frente do palácio, forçando a entrada por ali para despistar. Nos fundos, W estará grafitando, e é aí que nossos guardas vão auxiliar na saída, por um segundo ponto que será aberto no muro. Chae e Momo devem tomar o mesmo caminho que vocês, pouco depois.

"Uma vez que vocês quatro estiverem fora do palácio e W terminado o grafite, os rebeldes vão dar fim à farsa e se retirar. Eu garanti a eles que teremos armamentos para combater os guardas reais se tomarem medidas drásticas, e é isso que farão os quarenta rebeldes camuflados na floresta, sentados em galhos altos, prontos para abater quem precisar ser abatido."

Eu estremeci com a última frase. *Abater*. Todos estávamos em risco.

— Um dos guardas vai passar o plano para Dana, que explicará para Momo.

— Teremos ajuda de mais alguém? — perguntou Chae.

— Naya se prontificou a hackear os sistemas do palácio, cortar luzes, acessar câmeras, o que for preciso. Jade vem junto, para ajudar com os feridos.

Tsuy encarou Sina.

— E vou agradecer se Sina puder ser a voz no ouvido de vocês.

— Como? — a mulher perguntou, fazendo Tsuy revirar os olhos.

— O ponto, Sina. Você vai ficar comigo e passará informações para elas. Pelo visto, por algum motivo, elas escutam o que você diz.

— Ah, sim — Sina estufou o peito. — Eu topo.

Era coisa demais para memorizar.

— Se tudo der certo, colocaremos o plano em prática em uma semana. Vamos seguir estudando os mapas do castelo e das redondezas. Preciso que Mina fique aqui e continue a treinar, mesmo acreditando que não será preciso atirar. Não custa nada estar preparada.

Mantive os olhos firmes em Tsuy, concordando.

— Vamos repassar o plano todos os dias até que esteja fixo na mente de vocês. Acho importante que Sina faça parte disso.

— Vou precisar sair para ver como as coisas estão na boate com alguma frequência, mas não me importo em ficar aqui também. — Sina deu de ombros.

— Divida um quarto comigo — resmunguei para que somente Sina ouvisse. Ela concordou, e os olhares de ambas, Chae e Tsuy, queimaram em nós.

A ideia de ficar sozinha até o dia da invasão era horrível. Treinar me satisfazia, mas tantas horas livres não seriam nada saudáveis para a minha mente.

— Se puder disponibilizar um quarto para Mina e eu dividirmos, e outro para Chae, eu agradeço — disse Sina.

Mesmo sabendo sobre Chae e eu, Tsuy não fez nenhuma pergunta, apenas confirmou, totalmente profissional. Tsuy colocava o trabalho acima de qualquer coisa, e talvez esse fosse o segredo para ter feito algo tão grande como o CTI prosperar.

Com o término da reunião, fomos para o elevador, mas Sina lembrou que precisava tratar de algo com Tsuy e retornou. Eu tive medo de que elas se matassem, mas aí notei o olhar de Chae em mim.

— Um quarto com Sina, é?

Sua voz era dura, talvez até com uma pitada de ciúmes.

— Por que se importa?

— Não me importo — respondeu ela, seca, desviando os olhos assim que a encarei.

— Estou apenas fazendo o que você quer e mantendo distância.

Chae deu aquele sorriso estúpido que eu me lembrava de ter visto quando ela ainda me odiava, quando a gente tinha acabado de sair do palácio.

— Na real, ainda dá para você dar um passo para trás e se afastar mais.

Ela apontou para o espaço no elevador atrás de mim. Respirei fundo e, ao contrário do que ela indicou, dei um passo para a frente. Estava aprendendo a tomar minhas próprias decisões sem me importar com o que Chae achava, não precisava dela para ser poderosa. Ela não se abalou e deu um passo atrás, se encostando na parede do elevador, e eu continuei a dar passos perto até estar com o corpo contra o dela. Ela me olhou profundamente.

— O que você não entende, Chae Kang, é que, neste instante, posso estar ao seu lado — eu aproximei nossos lábios assim que a porta do elevador se abriu —, mas estou completamente fora do seu alcance.

E saí do elevador. Sentia o coração batendo na garganta, mas o orgulho era tudo o que eu tinha naquele momento. Andei atrás de um dos guardas até a porta do meu novo quarto e ouvi o elevador fechar, mas não me importei em olhar para trás para saber se Chae tinha descido ou não. Quando ela se cansasse daquele joguinho e quisesse falar comigo de novo, eu a escutaria. Até então, só me importaria com sua existência quando se tratasse de resgatar Momo.

Capítulo 23
Problemas no paraíso?

Fui acordada pelo som do despertador do quarto que dividia com Sina, indicando que era hora de me arrumar e encarar mais um dia no piloto automático. Em todos eles a rotina era acordar, treinar, estudar mapas, planos, treinar mais um pouco e tentar dormir. Os detalhes do plano precisavam estar impregnados em nossas mentes. Um erro poderia custar uma vida... ou várias.

E, se tinha alguém sem experiência ali, e que precisava provar alguma coisa para um reino inteiro, era eu.

Chae continuava fingindo que eu não existia. Quando íamos até a lanchonete do CTI, ela sempre se sentava na mesa mais distante, mas seu olhar seguia queimando em mim. Só queria que, de uma vez por todas, ela engolisse o ego e resolvesse conversar comigo como um ser humano racional, mas Chae continuava insistindo que estava certa e que seria eu quem teria que ceder.

Ela ia esperar. Eu tinha mais no que pensar do que em beijos e na língua quente dela na minha, do seu coração batendo, na sua pintinha perto da boca e... Droga.

Eu ia ceder.

Era difícil dormir com Sina quando Chae estava no quarto ao lado, talvez tendo pesadelos. Precisando de alguém sem querer admitir. Precisando de *mim*.

Estava começando a entender que a necessidade de estar perto dela, mesmo com raiva, era amor. Eu a amava. Amava tanto que pensei em assumir a culpa pelos seus erros. Mas queria que Chae aprendesse a lidar com seus sentimentos também, como eu. Eu gostava de acreditar que talvez ela me amasse também, mesmo com suas atitudes irracionais.

Quando entramos na sala de Tsuy, onde Maxi esperava em uma das quatro cadeiras, prontamente tomei o lugar ao lado de Chae.

Eu ia ceder, era fato.

Sina me olhou como se me repreendesse. Ela dizia todos os dias que eu não deveria baixar a cabeça para quem fosse idiota comigo, mesmo tendo feito isso a vida toda dentro do palácio.

— Bom dia, Chae.

Ela me olhou, mas não respondeu, e tornou a olhar para Tsuy.

— Problemas no paraíso? — indagou Maxi, risonha e debochada, e só revirei os olhos. Ela podia ser quem fosse, eu tinha direito de não gostar da sua persona. A ideia de W como artista transgressora era incrível, mas ainda me dava arrepios.

Tsuy nem deixou a gente começar a conversar e logo abriu mapas em telas pela sala, todo tipo de hologramas e imagens do castelo, exigindo a nossa atenção. Começou a detalhar o plano, fazendo perguntas esporádicas para que a gente mostrasse que estava ouvindo. Dava para ver que Sina ficava irritada por ser tratada como criança, mas eu nem piscava, absorvendo tudo que podia.

Em determinado momento, Chae precisou explicar sobre o final do plano, já que estava calada e emburrada, e ela parecia fazer isso de forma entediada, o que era uma novidade se tratando de um ataque ao palácio e à família real. Normalmente, ela ficava muito animada e empolgada falando disso.

— ... e então W vai terminar a arte, no tempo exato de nos retirarmos e antes que os guardas suspeitem do que acontece nos fundos. E essa é sua deixa para ativar a imprensa. Acabamos?

Tsuy pareceu irritada com a falta de atenção de Chae e, revirando os olhos, fechou as telas e mapas, sinalizando que a reunião tinha acabado. Observei Chae se levantar no mesmo segundo, saindo da sala. Logo em seguida, Maxi também se foi.

— Três dias. Está preparada? — perguntou Tsuy, pousando o olhar em mim. Sina cruzou os braços, me observando.

Apenas três dias. Meu coração acelerou com a ideia.

— Estou.

Era mentira; eu provavelmente nunca estaria preparada para atacar e invadir a minha própria casa. Ou o lugar que um dia tinha sido a minha casa.

Sina e Tsuy trocaram um olhar de cumplicidade.

— Quero acompanhar um treino seu — disse Tsuy. — Amanhã de manhã vamos te testar na sala de treinamento avançado.

Concordei, sem pensar muito. Minha mente continuava em Chae. O que aconteceria depois de resgatarmos Momo e Dana? Ela continuaria me ignorando? Tsuy ia querer seguir com outros planos e Chae continuaria sem falar comigo?

Eu estava cansada, irritada e com saudades.

■ ■ ■

A comida da lanchonete do CTI não era das melhores, mas talvez eu ainda não estivesse acostumada às refeições fora do palácio. O que era horrível, se eu pensasse que talvez sentisse falta de ser servida, da fartura e dos alimentos a que as pessoas do outro lado do muro sequer tinham acesso. Que talvez nunca tivessem experimentado na vida.

Esses momentos me faziam sentir muito mal. Eu havia feito parte de toda essa injustiça. Também era culpa minha.

Respirei fundo.

Assim que nos servimos, notei Chae sentada sozinha e afastada de todo mundo.

— Vamos sentar com ela hoje? — perguntei para Sina.

— Você está louca? — Sina me olhou como se eu fosse algum tipo de aberração e colocou sua bandeja em uma mesa vazia.

— Não estou louca, mas ela está muito sozinha — respondi, mas acabei me sentando em frente à Sina.

— Porque quer — retrucou ela, me fazendo suspirar.

Estava começando a ficar preocupada.

Só percebi que estava encarando Chae quando ela se virou para mim. Brincou com o garfo e sustentou meu olhar.

Continuamos nos encarando, mas o olhar dela parecia quase sem vida, como se me desafiasse a algo que eu não sabia o que era.

Mordi o lábio inferior. De repente, aquilo parecia muito mais do que uma simples troca de olhares.

— Parem de transar com os olhos — Sina resmungou. Eu pisquei algumas vezes, abrindo a boca, horrorizada. Senti as bochechas arderem.

— Desista.

Li os lábios de Chae, cujo olhar pareceu menos desanimado.

— Ah, merda, a comida aqui é horrível. Até eu faço melhor do que isso. — Alguém apareceu na minha frente e reconheci a voz, levantando o rosto e tirando minha atenção de Chae.

— O que você está fazendo aqui? — Sina perguntou com a voz esganiçada pela surpresa.

— Tsuy pediu minha ajuda, vou ficar até o dia do resgate — Naya respondeu com um sorriso e então me olhou. — Se superando a cada dia, hein?

— Oi, Naya.

Eu a observei encher a boca de omelete mesmo após ter falado mal da comida. Fiquei grata por não ser a única a pensar assim, mas estava mais decepcionada por ter perdido o contato visual com Chae.

— Onde está Jade? — Sina olhou em volta.

— Ali, com Chae. Por que não estão com ela? — Naya não se importava de falar com a boca cheia de comida.

— Longa história — resmungou Sina.

— Eu tenho tempo.

Essa foi a deixa para Sina desatar a falar. Jade se aproximou da nossa mesa depois de falar com Chae e colocou a bandeja ao lado de Sina, que lançou o braço sobre os ombros da amiga e a puxou para um abraço, apertando o topo da cabeça na bochecha de Jade.

— Desgruda — resmungou, contorcendo o rosto em uma careta.

— Estou com saudades de vocês — disse Sina, fazendo um bico.

— Nem começa! Já perdi a fome.

Era engraçado imaginar todas aquelas garotas como um grupo. Elas não eram nada parecidas entre si. Sina, Jade, Naya, Chae, Tsuy e Dana. Quanto mais eu pensava, mais intrigada ficava. E ainda mais intrigante era imaginar minha antiga criada no meio delas. A doce e comportada Lena era uma rebelde.

■ ■ ■

Já era noite quando resolvi voltar para o quarto e esperar por Sina, que ainda tinha coisas para resolver. Eu não fazia ideia do que ela fazia durante o dia, enquanto eu treinava, e também não iria questionar. Talvez eu não precisasse saber.

Meu corpo estava dolorido depois de uma semana cheia de treinamentos de rolamento, mira e exercícios muito mais pesados do que eu jamais fizera durante toda a minha vida de princesa. O máximo que eu fazia no palácio era caminhar com livros na cabeça. Qualquer outra atividade física era só para o meu irmão, o futuro rei, e para os garotos daquele lado do muro.

Como mulher, não tinha muita escolha.

Pelo menos não sabia que tinha.

Naquele fim de tarde, Tsuy me levou a uma sala de treinamento a que eu ainda não tinha tido acesso e testou o que eu havia aprendido nos últimos dias. Meu corpo pedia socorro depois de tanto esforço.

Eu me arrastei pelos corredores e esperei o elevador abrir no meu andar. Quando a porta se abriu, Chae estava ali, encostada na parede de braços cruzados, como se esperasse alguém.

Ela estava *me* esperando. Meu cansaço sumiu na mesma hora.

— E aí, quem ganhou a troca de olhares mais cedo, Chae? — perguntei, corajosa. Eu não tinha nada a perder.

Percebi o sorriso ladino em seu rosto. Ah, se ela soubesse o tanto que eu sentia sua falta.

— Quer descobrir?

Era agradável ouvir ela falar daquele jeito. Alguma coisa se remexia dentro de mim.

— Não sei se quero.

Chae deu de ombros. Sua jaqueta preta de couro fez barulho com o movimento.

— Se quiser, entre. Se não, pode ir para o seu quarto, e a gente finge que não se falou. Você sempre tem escolha.

Ela estava me chamando. De volta ao seu mundo.

Ela sentia a minha falta.

Com um suspiro pesado, tomei minha decisão e fui na direção dela, girando a maçaneta ao seu lado e passando sem pensar duas vezes. Ouvi a porta se fechar atrás de mim e soube que Chae havia entrado logo atrás. Mesmo assim, não me virei para ela.

— O que você quer falar comigo, Chae?

Ouvi sua risadinha amarga logo atrás de mim, fazendo minha nuca se arrepiar. Ela tocou meus cabelos com a ponta dos dedos, puxando os fios para o lado e liberando um pedaço de pele nua. Fechei os olhos com a sensação.

— Definitivamente não tem nada a ver com falar, princesinha.

Que merda. Ela queria me afetar e eu não conseguiria resistir. Eu queria Chae. Eu a queria por inteiro.

— O que você quer, então? — perguntei, com a voz rouca.

Os lábios de Chae encostaram no lóbulo da minha orelha, e eu me senti vibrar. Não, não entendi suas atitudes, mas não queria que ela parasse.

— Você.

Eu me senti besta e idiota, mas me entreguei a ela, mesmo que terminasse com o coração partido. Queria correr o risco. Estava cansada daquele joguinho.

Capítulo 24
O melhor que ela faz é não me perdoar

SINA

Passei a mão pelos cabelos devagar, suspirando enquanto abria a porta do quarto. Depois de mais uma longa discussão com Chou Tsuy e um dos seus executores, ou sei lá como ela chamava aqueles capangas, eu sempre ficava com fome. Tinha pensado em chamar Mina para fazer alguma coisa divertida, já que os dias estavam passando muito rápido. Se eu me sentia cansada, nem conseguia imaginar como estaria a princesinha.

Encontrei Mina sentada na cama e fechei a porta.

— Vamos jantar, por favor? — pedi, manhosa, enquanto atravessava o quarto, mas Mina não respondeu. Eu estava sendo fofa, como ela não tinha reparado?

Parei na porta do banheiro e a encarei.

Sentada na cama, com a calça jeans de zíper aberto, sutiã e a camisa na mão, ela estava com uma expressão sonhadora, encarando a parede como se nada importasse na vida.

No mesmo momento, entendi o que tinha acontecido.

— Você está com o cheiro da Chae — resmunguei, me aproximando dela. Mina me olhou, ainda parecendo emotiva, apaixonada. — Vamos, Mina, é melhor você tomar um banho.

Segurei a mão dela e puxei, a levantando. Ela veio andando atrás de mim automaticamente, como um robozinho. Eu a levei até o banheiro e liguei o chuveiro. Em silêncio, ela se despiu. No fim, era quase como cuidar de uma bêbada. Era melhor deixá-la tomar banho em paz.

Se Mina estava daquele jeito, me perguntei qual seria o estado de Chae no quarto ao lado, então decidi ir até lá.

Sem pedir licença, abri a porta do quarto de Chae e a encontrei jogada na cama, com o rosto enfiado no travesseiro. Essa era uma cena que eu não via com frequência.

— Chae Kang — chamei com uma voz autoritária, mas ela permaneceu imóvel.

Caminhei até a cama e virei Chae. O travesseiro estava encharcado de lágrimas, seu rosto, completamente inchado e vermelho, a expressão uma confusão de sentimentos. A diferença entre ela e Mina era que o olhar de Chae era carregado de dor. Eu não me lembrava de já tê-la visto chorando.

— O que você está fazendo, Chae?

Eu me sentei na cama e, como um gato, ela se enroscou em mim. Era estranho vê-la daquele jeito. Deixei que ela colocasse a cabeça no meu pescoço e a abracei.

— Eu gosto muito dela. Muito mesmo. Não sei o que fazer. — A voz de Chae soou ofegante e sofrida quando ela me encarou entre soluços. — Nós não podemos ficar juntas, Sina. Não podemos. Eu fui fraca, querendo ter um pouco de tudo e sei que ela vai ficar chateada comigo, mas... não podemos. Eu não posso.

Observei seu rosto se contorcer e ficar mais vermelho, então ela desatou a chorar e soluçar ainda mais. Apertei seu corpo, e Chae escondeu a cabeça no meu pescoço de novo.

— Então repense o que você está fazendo. Por que está afastando ela assim?

— Ela não merece alguém como eu. Ela é uma maldita princesa, Sina. — Ela soou muito triste, sem esperança — E percebeu que eu me arrependi de ter sido fraca, eu mandei ela embora, e agora Mina nunca mais vai me perdoar.

Ai, o clichê do romance. Que saco.

Mina nunca odiaria Chae.

— O melhor que ela faz é não me perdoar mesmo — continuou Chae, enquanto eu fazia carinho em seus cabelos. — Ela merece alguém melhor. Não posso me envolver com a filha do rei.

Mina e Chae eram uma dupla engraçada. Chae estava partindo o coração de Mina e o seu junto. Era inútil continuar com aquele joguinho.

Eu torcia para que as duas conseguissem se acertar logo, porque era cansativo ver aquele desgaste. Chae colocava tudo acima de seu coração, sem se importar com as consequências de seus atos, mas o destino tinha cruzado o caminho dos corações da princesa e da líder rebelde.

Às vezes, o destino era realmente estranho.

Capítulo 25
Eu ainda confiava a minha vida a ela

Enquanto sentia o sacolejar do carro e um frio na barriga, pensei em como não tinha visto Chae desde o dia em que deixei meu orgulho de lado e ficamos juntas naquela noite. Achei que ela voltaria atrás, que a gente poderia se dar bem como antes, mas estava enganada. Nem nas reuniões sobre o plano de resgate ela apareceu. Naquele momento, no carro, apenas um banco nos separava, como uma enorme geleira entre nós, e essa tensão me deixava ainda mais nervosa.

A sala de treinamento manteve minha mente bem ocupada. Era o lugar mais tecnológico que eu já tinha visto, mesmo para os padrões do castelo, capaz de simular cenários e inimigos em qualquer situação e, no final, dar uma nota para cada desempenho. Minha nota tinha sido 82 e parecia o suficiente para Tsuy aprovar a participação de uma iniciante.

Eu só carregava livros na cabeça, mas nunca fui realmente a princesa que todo mundo esperava que eu fosse.

O resgate aconteceria naquela noite. Senti meu coração pesar quando me despedi de Sina, com medo de nunca mais vê-la. Horas mais tarde, o carro nos deixou perto da casa de Naya e Jade. As ruas estavam mais movimentadas do que o normal, parte da ideia de Tsuy para não levantar suspeitas quando pessoas sumissem entrando na floresta. As máscaras que usávamos para não notarem nosso rosto não chamavam tanta atenção na época de seca. A partir dali, seguiríamos para onde tudo tinha começado. Se as coisas dessem certo, aquele seria o caminho para o recomeço de Momo, e de Dana também. E o meu.

Se eu conseguisse sobreviver à invasão da minha própria casa, nada mais me pararia.

Quando enfim começamos a caminhar, ainda estava escuro, e Chae ligou a lanterna, fazendo eu me aproximar dela. Foi quando a ouvi suspirar.

— Eu me lembro da primeira vez em que estivemos aqui.

Eu não quero falar com você, Chae.

— Faz o quê? Um mês? Parece muito menos — continuou ela.

Chae tinha razão. O tempo tinha passado rápido. Em um piscar de olhos, eu tinha passado a confiar e me apaixonado por ela. Talvez fosse idiotice, mas eu ainda confiava a minha vida a ela.

— Eu sei que te machuquei — continuou ela, olhando para mim.

— Não precisa falar comigo. Eu só... estou assustada. Essas coisas não costumam me assustar, mas, dessa vez, sim.

Eu também estava assustada. Assustada com a ideia de falhar com Momo ou Dana, assustada com a ideia de perder Chae. De perder o que eu tinha acabado de conquistar.

Respirei fundo e não respondi. Eu não ia começar aquela noite chorando.

Conforme fomos andando, ouvi um barulho diferente nas árvores. Eram os rebeldes a postos, indicando o caminho. A partir dali, o plano estava nas minhas mãos e nas de Chae.

— Mina, ligue seus óculos — a voz de Sina soou de repente no ponto em meu ouvido. Ajeitei o aparelho para não escorregar.

— Sina, desliga a merda do microfone — ordenou Tsuy ao fundo, o que me deu vontade de rir, mas estava nervosa demais. Saiu como uma tosse baixinha.

— Tudo bem, Sina está certa — respondeu Chae, ouvindo o mesmo que eu.

Levei a mão até a haste dos óculos, apertando o botãozinho que ligava a câmera e permitia que Tsuy, Naya, Sina e a equipe do CTI vissem o mesmo que eu. Chae ligou a câmera dela também.

— Maxi já está do outro lado — informou Sina.

Evitei olhar para minhas mãos trêmulas e ignorei o fato de que meu estômago parecia querer sair pela boca.

— Recapitulando... — ouvi a voz de Sina mais uma vez, sem a interrupção de Tsuy. — Os rebeldes abrirão um buraco no muro e vocês vão avançar pela lateral do palácio. Eles darão cobertura. Quando vocês entrarem, daremos sinal para o início do ataque frontal, para convocar os guardas reais para a direção deles, e o palácio entrará em *lockdown*. Entendido?

Pensar em ficar trancada no palácio de novo me deu um calafrio. Só poderia sair quando Tsuy invadisse os sistemas para nos liberar. A minha vida dependia dela e da ineficiência do palácio e, para falar a verdade, confiava em ambas.

— Ok — disse Chae para Sina.

Antes de sinalizar para que os rebeldes iniciassem a derrubada do muro, Chae olhou para mim, percebendo meu nervosismo. Parou na minha frente e tomou minhas mãos, apertando-as para que parassem de tremer. Devolvi o gesto e senti uma onda de calma. Funcionou. Eu suspirei e a encarei. Não queria perdê-la. Não podia.

— Você consegue, Mina. Você treinou e vai reencontrar Momo. Seja forte por ela, ok? Vai ficar tudo bem.

Eu vou ser forte por você também, Chae.

— Vamos ficar bem — ela sussurrou.

Escolhi me aferrar à sua confiança. Ela se afastou um pouco, mas não soltou minha mão.

— Vamos — afirmou para os rebeldes, que entraram em ação e abriram um buraco no muro com discos pretos explosivos praticamente silenciosos. Prendi a respiração.

— A invasão dos sistemas funcionou. Nenhum alarme foi acionado — informou Sina.

Chae me olhou, lançou uma piscadela, e então largou a minha mão. Chegou a hora. Não tinha como voltar atrás.

Dois rebeldes passaram pelo buraco no muro, com Chae logo depois. Eu a segui, retornando ao meu inferno pessoal. Fomos andando pela floresta atrás dos dois, em direção à entrada lateral do palácio. Qualquer barulho me assustava e fazia com que eu olhasse em volta.

Concentre-se, Mina.

Durante nossa caminhada, prendi a respiração diversas vezes, esperando Sina berrar no meu ouvido que havia algo errado, mas não. Logo chegamos aos limites da floresta, e lá estava o imponente palácio, o lugar onde eu tinha crescido. Meu pai estava lá dentro em algum lugar. Minha mãe. Igor. Momo.

— Ok. A linha do ataque frontal está aguardando o comando, a equipe de W já entrou. As câmeras foram hackeadas para exibir imagens estáticas e repetidas — Sina avisou pelo ponto.

Os rebeldes se esgueiraram para fora da floresta e informaram que o território estava limpo. Levei a mão até a arma, conferindo se estava tudo certo. Chae me olhou e apontou para a entrada.

— Preparada?

Assenti, apesar de ser mentira. Então ela iniciou a contagem, levantando três dedos para mim. Depois dois e, enfim, um. Saímos correndo, cruzando a floresta o mais rápido que podíamos até o palácio, com as armas em punho, com firmeza nas mãos, mirando para baixo, enquanto observávamos com atenção as laterais. As portas se abriram assim que chegamos, graças aos sensores de movimentos. De repente, estávamos dentro. Fácil assim.

— Linha de frente avançando — veio a voz de Sina. — Dez segundos para o *lockdown*.

Em dez segundos, estaria presa ali de novo. Eu nem conseguia processar a ideia de que guardas poderiam aparecer a qualquer instante naquele corredor. Olhei para trás em pânico e vi as portas grossas de metal se fechando sobre as que, segundos atrás, nos deram passagem. Foi como se o ar sumisse dos meus pulmões. Chae agarrou meu pulso, e me deixei ser guiada.

— Mina, em dez minutos, todos os membros da realeza, junto com o pessoal autorizado, estarão em segurança no último andar. Em dez minutos, você vai se encontrar com Dana, sozinha. Preciso que você esteja bem.

Seus olhos eram suplicantes, como se temesse pelo pior.

— Está tudo bem aí? — a voz de Sina soou calma no meu ouvido.

— Está.

Respirei fundo e Chae abriu um sorriso fraco com a minha resposta.

— Em cinco minutos, estejam em frente ao elevador. Naya vai bloquear a informação de que sua digital foi usada — disse Sina. — Mas a gente precisa manter o *timing* exato, não podemos dar brecha para que o sistema deles perceba as falhas.

Teríamos que subir e esperar. Eu encontraria Dana e desceríamos pelo elevador até os fundos. Tsuy desbloquearia a porta e nós sairíamos, enquanto W fazia sua parte. Chae ainda levaria mais algum tempo para resgatar Momo.

— Os guardas estão se aproximando — disse Sina, apressada. — Para o elevador, rápido.

Avançamos pelo corredor de azulejos brancos e escorregadios. Por todo o caminho até o elevador, Chae se encarregou de me proteger, mantendo a arma erguida.

— Naya está preparada, Mina.

Olhei para o leitor de digitais e coloquei o dedo, implorando para a máquina funcionar mais rápido. O leitor identificou minha digital, liberando nossa entrada.

— Eles já vão sair...

Não tínhamos como impedir os guardas, muito menos como acelerar o elevador. Já estava suando frio quando a porta finalmente abriu. Agarrei o braço de Chae e nos lancei para dentro.

— Fechar as portas, rápido — ordenei.

— Sim, Vossa Alteza.

Como eu odiava a voz daquele elevador.

— Caramba, essa porra fala! — Chae ficou chocada e ajeitou a postura, ativando a trava da própria arma.

Estiquei a mão e apertei o número do andar.

— Mina, sua mãe e Momo ainda estão lá, não podemos correr o risco de vocês se encontrarem — informou Sina.

Engoli em seco.

— Diminuir velocidade — pedi à caixa de metal.

O elevador obedeceu, e respirei aliviada. O silêncio tomou o ambiente e senti o olhar de Chae queimar em mim.

— Já sabe o que fazer quando descermos? — perguntou, em voz baixa.

Sim, eu sabia. Ela também. Não precisava me deixar mais nervosa ainda.

— Sei.

— Tudo certo, elas pegaram o outro elevador — anunciou Sina pelo ponto.

— Aumentar velocidade.

— Sim, Vossa Alteza.

O elevador acelerou e parou logo em seguida, me fazendo tropeçar e bater de costas na parede e Chae se abaixar.
— Por Deus — resmungou ela.
A porta se abriu e revelou o corredor longo, largo e cheio de portas. Saímos do elevador, e Chae soltou o ar com força quando vimos cabelos loiros no final do corredor. Metade do plano já estava praticamente concluído.
— Ah, meu Deus — disse a voz tão familiar de Lena... ou Dana.
Ela saiu do atual quarto de Momo, vestindo o uniforme de criada com as mangas puxadas para cima, e correu na direção de Chae. Observei as duas se encontrarem e Chae apertar a amiga com força quase sobre-humana. Fiquei feliz por elas. Quando se afastaram, as duas tinham olhos marejados. Chae ia dizer algo, mas a voz em nossos ouvidos nos impediu.
— Parem de enrolação, cacete.
— Sina está mandando a gente se apressar — disse Chae.
Dana tinha um sorriso de orelha a orelha quando fez uma mesura para mim.
— Alteza.
Imaginei que ela havia se esquecido que não deveria se curvar. Já não era mais minha criada.
— Eu não sou mais sua princesa. Não precisa disso.
— Você sempre vai ser a minha princesa. — Dana piscou, sorrindo para mim. Então segurou a arma, checando a trava, e olhou para Chae.
— O kit está no quarto, mas tome cuidado.
— Kit? — perguntei, e as duas me olharam.
— Não é nada — Chae falou antes que Dana tivesse a chance de responder. — Um kit extra de munição.
Dana pareceu desconfiada, mas não retrucou.
— Apenas... me deixem... — Dana começou a falar, mas parou, puxando algo atrás do ouvido e entregando para Chae. — Meu rastreador. Não se esqueça de destruir apenas na hora certa. Se parar de funcionar antes, vão estranhar a morte de uma criada durante um ataque rebelde. Vamos nos ver lá fora, certo? — ela perguntou, olhando para Chae.
— Vamos nos ver lá fora — repetiu Chae com a voz fraca.

Senti um nó entalado na garganta, mas me recusei a deixar sair. Em vez de falar besteira, apenas fiz coro com elas:

— Vamos nos ver lá fora.

Segurei a mão de Dana e tomei a dianteira pelo corredor até o outro lado do andar, me controlando com todas as minhas forças para não olhar para trás. Os corredores eram imensos, o palácio era imenso. Quanto mais avançávamos, mais parecia que tínhamos que andar. E não havia a menor chance de pegarmos nenhum atalho, por causa da vigilância.

— Mina, não. Recue! Recue agora! Igor... — A voz de Sina foi interrompida pelo susto que levei, fazendo minha cabeça doer. Foi como se o mundo começasse a desabar.

Que diabos ele estava fazendo ali?

Empurrei Dana para o lado no momento em que a porta do elevador se abriu e meu irmão surgiu.

— Ele deve estar se certificando de que Momo já foi. Por favor, Mina, se esconda.

Era tarde demais para mim. Ele deu três passos antes de perceber quem de fato estava à sua frente e parou de andar. Mesmo de óculos, máscara e roupa preta, ele sabia quem eu era. Levei a mão com a arma para as costas.

— Mina — Dana sussurrou, mas a ignorei.

Eu era a princesa Mina. Se fosse pega, eles não me matariam; haveria apenas um drama televisionado sobre a minha prisão. Dana, se fosse pega, corria o risco de morrer.

— Ora, ora, o que é isso que estou vendo aqui?

Igor sorriu, aquele mesmo sorriso maldoso que sempre usara para me encurralar. A vida toda. Cruzou os braços, estufando o peito no terno perfeitamente alinhado, os cabelos bem-arrumados no topete cheio de gel.

— Chae, não saia daí — Sina ordenou.

— O que foi, irmãozinho? — Eu me aproximei, e ele continuou me encarando, embora seus olhos vacilassem e demonstrassem medo. Sempre odiei a prepotência masculina e, naquele momento, foi divertido ver o temor na sua expressão. — Sentiu minha falta?

— Pelo visto, foi você que sentiu saudades — retrucou ele, esticando os braços para seu entorno. — Descobriu que a vida lá fora não vale a pena? Quer se juntar à elite de novo? Acho que não vai rolar.

— O que você vai fazer, então? — Forcei uma voz inocente, e ele deu uma risada amarga.

— Te encontrei, maninha. Acabou o jogo.

Lá estava a prepotência de novo.

— Tem certeza?

Devagar, levei a mão para a frente do corpo, revelando a pistola. Eu estava adorando a brincadeira.

— Os rebeldes te ensinaram a brincar? Duvido! — Igor riu de novo. — Se te conhecessem, teriam te matado na primeira chance. Você não sabe fazer nada, não é útil para ninguém. Sei que é tudo uma farsa, maninha. Só não entendi seu jogo ainda.

Encaixei a outra mão na arma e apontei para ele.

— Me deixe ir e eu não atiro — avisei, assumindo uma pose que não sabia se era real.

Eu seria capaz de atirar em uma pessoa? Em alguém da minha família? No meu próprio irmão?

— Vai atirar em mim? — Igor suspirou. — Você não teria coragem.

Ele agia como se pudesse me persuadir. Eu odiava os homens daquele lugar. Observei Igor levar a mão até o bolso para acionar a guarda real.

— Coloque a mão no bolso e eu atiro — avisei, com o dedo no gatilho.

Ele riu mais uma vez, mas parou de se mexer.

— Nós dois sabemos que você não tem coragem para isso. Se o reino dependesse de uma covarde como você, estaríamos todos ferrados. Papai e mamãe não vão te aceitar de volta, você está sozinha agora. Aproveite aquela janela ali atrás e se jogue. Posso dar um empurrãozinho, se quiser acabar logo com isso.

— Mina, não. Deixe Dana fazer isso — Sina falou no meu ouvido no meio da discussão, mas não teve tempo de me convencer.

Em um segundo, fechei os olhos e apertei o gatilho. O estrondo fez meus ouvidos zumbirem, e meu irmão caiu no chão, gritando de dor. Fiquei tonta por alguns segundos, mas sacudi a cabeça ao ouvir a voz dele ecoando. *Você está sozinha. Você não tem coragem.* Levantei o rosto e avancei na direção dele, tapando sua boca, vendo de perto seus olhos horrorizados. Aquilo me deu uma descarga de adrenalina; eu não voltaria atrás.

— Continue gritando e vou atirar de novo — avisei. Minhas mãos tremiam enquanto eu via o sangue escorrer na altura da sua coxa.

Dana se aproximou e pegou a arma. Em seguida, tirou o dispositivo de segurança no bolso do meu irmão e o jogou no chão com força, fazendo-o quebrar em pedacinhos. Depois rasgou duas tiras grandes do uniforme e enfiou uma delas na boca de Igor. Com a outra, deu uma volta em sua cabeça, amarrando-a por trás para prender a mordaça.

— Vamos, temos que nos apressar — disse Dana, segurando meu pulso.

Dessa vez, deixei que ela me guiasse, e entramos no elevador. Minhas mãos ainda tremiam e eu conseguia ouvir a voz de Igor. *Você está sozinha. Você não tem coragem.*

— Está tudo bem, Alteza, você fez o certo.

— Não sou sua Alteza — resmunguei, trêmula de cabeça aos pés.

— Sim, Chae, ela atirou no próprio irmão e sim, está tudo bem — ouvi Sina falar pelo ponto, me fazendo estremecer. — Vamos ter que adiantar o plano. Os guardas infiltrados já estão anunciando o fim do ataque. Se prepare para Momo. Agora, Chae. Para de escândalo, ela está bem. O irmão dela não falou... não fez nada. Se concentra aí, vou desligar seu áudio se não calar a boca. Mina, aguenta firme. Igor é um idiota — ela sussurrou para mim.

Igor era um idiota. Idiota. Homens idiotas!

A presença dele tinha colocado a vida de todos em risco.

Não consegui me concentrar no fato de que Chae estaria com Momo logo; eu só conseguia tremer.

— Mina, respire — pediu Dana.

Olhei para ela. Aquilo era tão estranho. Ela era tão familiar. Dana sabia como lidar comigo nos meus piores momentos, cuidando de mim como podia, até durante crises de ansiedade causadas pela vida no palácio. Mas ela era uma personagem. A verdadeira Dana era uma rebelde. Embora parecesse quase um reencontro, ao mesmo tempo, a sensação era de ser apresentada a uma nova pessoa.

— Está tudo bem. Estou orgulhosa da sua coragem, e Momo também vai ficar. Pode relaxar, ele não vai morrer por isso. Agora temos uma história para contar. Você nos salvou.

— Você tem convivido com Momo, certo? — Minha voz soou fraca.

— Sim. — Ela apertou meus dedos.

— E como ela está?

— Honestamente? Muito feliz desde que contei toda a verdade para ela. Sua amiga não estava aguentando a pressão sem você, e depois voltou a sorrir de verdade, entende? Momo se empenhou para o dia de hoje, usando sempre a desculpa de que não estava se sentindo bem só para repassarmos os planos. Ela está ansiosa para te reencontrar.

Respirei fundo. Os guardas infiltrados nos ajudariam a alcançar os fundos do palácio, Tsuy hackearia o sistema de *lockdown*, nós seguiríamos pela floresta e, enfim, estaríamos livres. Repassar o plano me ajudava a manter a sanidade; então, já mais firme, posicionei a mão na arma que Dana havia devolvido à minha cintura.

A porta se abriu, Dana tomou a dianteira pelo corredor vazio, e fui logo atrás dela. Tudo estava indo bem até o momento em que vi um guarda no fim do corredor. Por que Sina não nos informou sobre ele? Gelei, mas Dana seguiu. Eu tinha me esquecido dos rebeldes infiltrados que nos ajudariam. Como pude esquecer algo tão simples? Minha mente estava o tempo inteiro temendo pelo pior.

— Estou cobrindo vocês por aqui — disse ele, apontando para uma porta travada.

— Tsuy vai derrubar o sistema de defesa daí — Sina informou pelo ponto.

Parei e esperei, sentindo o sangue pulsar nos ouvidos. Tudo que eu queria era que as portas se abrissem naquele exato momento. Tamborilei os dedos na perna, contei até dez, esperando que funcionasse e... nada. Quando as portas finalmente se abriram, corri e senti os pulmões se enchendo de ar. Não prestei atenção nos poucos rebeldes que defendiam o campo para Maxi nem olhei para a parede.

— Vamos, temos que sair.

Senti a mão de Dana em meu ombro. Dei um passo para a frente, pronta para tomar o caminho de saída, mas foi quando ouvi Sina.

— Ela está sangrando, Chae. Use a cabeça e amarre isso direito, ou vai ficar mil vezes mais difícil vocês duas saírem daí.

Caí de joelhos na grama e minha visão embaçou.

Momo estava machucada?

— Corte a Mina da merda do meu áudio, Tsuy!

Então, silêncio. Dana me agarrou pela cintura quando tentei me arrastar de volta para o palácio.

— Mina, vamos.
— Momo. Momo está machucada. Está sangrando. Foi atingida. Temos que voltar, eu tenho que voltar, tenho que salvar Momo. Não vou deixá-la de novo. Não vou.

Dana segurou minha mão com toda a força e começou a me puxar rapidamente em direção à floresta enquanto eu tentava lutar contra ela.

— Temos que sair daqui ou vamos atrapalhar o plano. Vamos pegar o carro para o CTI, elas vão depois, eu prometo.

— Não. Momo está sangrando, Dana! Não vou abandoná-la de novo. Já fiz isso uma vez.

Dana respirou fundo e puxou algo de baixo de suas vestes.

— Estava guardando isso caso precisasse usar contra algum guarda. Me perdoe. Você não me deixa outra opção.

Senti uma pontada forte no braço e, de primeira, não entendi quando tudo começou a rodar e a escurecer. Eu me senti desabar, mas não senti a grama, não sabia se estava dormindo ou desmaiando. Acabei indo parar num lugar da minha mente em que recebia a notícia de que Momo e Chae não haviam sido capazes de sair do palácio com vida.

A mesma notícia se repetindo. De novo e de novo.

Capítulo 26
Os rebeldes e o reino são dois extremos iguais

Não sei o que estava acontecendo antes de eu acordar com uma dor de cabeça absurda. Só sei que sonhei com Chae dizendo que estava perdidamente apaixonada por mim. Abri os olhos, me sentindo uma idiota por sonhar com isso no meio de uma guerra. Quando pisquei várias vezes e não a vi, senti o coração murchar. Cobertas aqueciam meu corpo, e as cortinas da enfermaria estavam fechadas ao meu redor, mas o ambiente era barulhento. Máquinas, falatório, gritos. No meio daquilo tudo, eu estava deitada com um acesso intravenoso.

— Já falamos para você comer, Dana está esperando um comando para te buscar. Você não pode ficar aqui, Alteza.

A cortina se abriu e Jade apareceu com um copo de água. Meu coração pulou uma batida quando vi quem vinha logo atrás.

— Eu só quero saber quando ela vai acordar. E por que Dana tem que vir me buscar? Ela não é mais minha criada.

Momo! Momo está viva.

— Ela deve acordar em breve. E você não conhece as coisas por aqui, por isso Dana vem te buscar. Achei que fosse óbvio.

Observei, em silêncio, Jade se aproximando, visivelmente irritada, deixando o copo de água ao meu lado. Seus olhos se arregalaram de leve quando me viu acordada.

— Mina? Tudo certo? Está se sentindo bem? — Ela levou a mão até minha testa. Momo soltou um gritinho, que me deu vontade de sorrir.

— Está tudo bem, só um pouco de... — não conseguia nem raciocinar e, quando vi, Momo já estava em cima de mim — ... dor de cabeça.

— Garota! Meu Deus, você não tem jeito — repreendeu Jade enquanto Momo me puxava pelos ombros e me envolvia num abraço.

Meus olhos se encheram de lágrimas quando ouvi Momo dando solucinhos ao me apertar com força. Eu a abracei de volta, com certa dificuldade pelo acesso no braço direito.

— Mina — choramingou ela. Apertei minha amiga com ainda mais força. Meu coração batia como se tivesse voltado para casa.

— Cuidado com o braço machucado — avisou Jade, com as mãos na cintura.

Momo afastou o rosto, mas debruçada em cima de mim. Olhei para as lágrimas em seus olhos antes que ela puxasse a coberta para secá-las.

— Você conseguiu — ela sussurrou, com os olhos brilhando concentrados em mim.

— Você também — falei, mas depois franzi o cenho. — Você não está machucada? Ouvi que estava sangrando... Tentei voltar e... Não me lembro mais.

— Dana te apagou. E o sangue era por isso. — Ela mostrou o braço esquerdo, revelando um corte suturado. — Você sabia? Sabia que eles botam rastreadores em todo mundo?

Estiquei meu braço para ela, mostrando a cicatriz.

— Descobri da pior forma.

Momo contorceu o rosto em uma careta e traçou minha cicatriz com o dedo.

— Chae Kang tirou o meu rastreador bem na frente de Igor e, quando o idiota desmaiou, botou no buraco do tiro que você deu na coxa dele. Foi nojento e sensacional ao mesmo tempo. Eles são horríveis, Mina. Piores do que a gente pensou. As pessoas deveriam saber — murmurou. — Mas sabe Chae Kang?

Ah, Chae Kang. Como eu sabia, Momo. Sabia demais.

— O que tem ela?

— Ela disse que eu sou tipo uma rebelde também! Imagina? — Momo sorriu como uma criança. — Quero ser como vocês. Usar armas e tudo.

— Pega leve aí. Tsuy não vai gostar disso. — Dei uma risada, ainda fraca.

— Tsuy?

— Sim, a chefona daqui. Uma mulher alta e bonita com um olhar cortante. Não a viu ainda?

Momo franziu o cenho, parecendo pensar. Era tão bom e engraçado ver minha amiga fora da energia tóxica do palácio. Fora do casamento em que ela não queria estar.

— Acho que vi, mas ela não falou comigo. Foi ela quem teve a ideia, acho. Pelo que Chae Kang falou.

— Ideia?

— Sim, de tirar meu rastreador e enfiar na perna do seu irmão para eu não ser dada como morta — disse. De repente, ao se lembrar de alguma coisa, seu rosto se iluminou. — Mina, você atirou no Igor! Você é incrível! Como foi? Me conta tudo!

Meu coração pesou um pouco por ter atirado no meu próprio irmão, mas tinha sido necessário e, no fim das contas, eu estava orgulhosa de mim. Além do mais, ele merecia. Só que eu estava com medo. Não fazia ideia do que aconteceria dali para a frente.

— Ele... morreu? Não, né?

— Não sei. — Momo suspirou e deu de ombros. — Não querem me contar nada até que eu passe pelo procedimento do soro. Dana só me informa que está tudo indo bem quando vem me ver.

— Quando vem te ver? Quanto tempo se passou?

— Um mês.

Eu conhecia o olhar dela e sabia muito bem quando Momo estava mentindo ou não. E ela estava.

— Momo...

— Umas seis horas, Mina. Dana não tentou te matar.

— Beba sua água, por favor. Vou tirar você do soro — disse Jade, de repente, aparecendo no meu campo de visão. Obedeci. — Pode sair de cima dela, Momo?

Momo se afastou, levando um susto ao ouvir alguém usar seu nome, e ficou de pé ao lado da cama como uma criança ansiosa. Jade tirou o soro do meu braço e colocou um pequeno curativo em cima do acesso.

Antes que pudesse fazer mais perguntas sobre o resgate, fui interrompida pelas cortinas se abrindo.

— Por Deus — sussurrou Sina. — Bem que me avisaram que você era um abutre.

Observei minha melhor amiga dar um riso fraco, achando graça da situação. Sina passou a mão pelos cabelos após fechar a cortina de novo.

— Abutre? — perguntei.

— Ela não sai daqui.

Estiquei os braços na direção de Sina e ela sorriu, se aproximando como se eu fosse um bebê e me dando um abraço.

— Que bom que acordou, princesinha rebelde. — disse, afagando meus cabelos com cuidado, de forma maternal. — Sabe, Momo, só estão te tratando bem aqui porque Mina chegou primeiro. Normalmente, a realeza não é muito querida do lado de cá.

— Não posso negar. — Jade riu e se virou para Momo. — Da primeira vez que vi Mina, apontei uma arma para ela.

— Parece que alguém tem muita história para me contar. — Minha amiga arqueou uma sobrancelha.

— Ah, com certeza ela tem muito a te contar. A vida da Mina daria um filme de qualquer gênero... Drama, comédia, ação, eróti...

— Sina! — interrompi, e ela se afastou como se estivesse com medo de levar um tapa.

— É o quê?! — Momo se alterou e eu apenas suspirei.

— Depois eu te conto. — Então olhei para Jade. — Estou liberada?

— Sim, está tudo bem. Chae deixou algumas roupas para você. — Jade colocou algumas peças no meu colo. — Acho bom irem atrás de Tsuy para resolverem tudo de uma vez, mas só depois de comerem alguma coisa. O papo lá pode ser mais sério, melhor irem de barriga cheia. E se a dor de cabeça estiver muito forte, posso te dar um remédio.

— Não precisa, obrigada.

— Vou tirar sua amiga daqui para você se trocar — disse Sina. — Estaremos do outro lado da cortina.

— Vamos, Alteza, vou passar mais um pouco de pomada nesse corte. — Jade puxou Momo, que fez bico, cedendo.

Tirei a camisola hospitalar lentamente, sentindo o corpo dolorido, e vesti roupas quentes. Uma camisa de mangas compridas e uma calça de moletom. Parecia que Chae queria se certificar de que eu ficaria aquecida.

Sorri para mim mesma. Eu era mesmo muito iludida.

— E aí, vamos comer? — perguntei para Momo assim que saí de trás das cortinas.

Eu não sabia como Momo e Sina haviam sido apresentadas, mas reparei que Sina ficava desajeitada e espalhafatosa perto da minha amiga e que Momo achava graça, rindo de tudo que ela fazia. Jade terminou de passar a pomada na cicatriz de Momo e a liberou, estendendo a embalagem para mim.

— Lembre a Alteza de passar a cada seis horas e, se sentir qualquer desconforto ou começar a sangrar, venham aqui. Não a deixe se esforçar muito.

— Pode deixar, vou cuidar dela.

Jade parecia séria e tensa, certamente por conta da movimentação na ala médica do CTI.

Hesitante, me aproximei devagar e a abracei antes de sair.

— Obrigada, Jade. Você está fazendo um trabalho incrível.

Quando me afastei, reparei nas bochechas coradas e no olhar confuso.

— Obrigada, acho? Não é mais do que a minha obrigação.

Mas era, sim. Eu sabia disso. Duvidava muito de que Jade estivesse recebendo alguma coisa para estar ali, dando o seu máximo e ajudando de todas as formas que podia.

■ ■ ■

Entramos no elevador enquanto Sina apertava um botão e olhava para o relógio em seu pulso.

— A lanchonete não deve estar muito cheia agora, o restante das pessoas já deve estar no terceiro sono depois de toda a comoção de hoje. Tsuy está falando com cada um, pessoalmente. Esse é o tipo de líder que ela é — disse, se balançando para a frente e para trás e ajeitando a jaqueta de couro. — Ela provavelmente vai explicar tudo depois que falar com Momo, só estávamos esperando você acordar.

— Onde estão as outras meninas? — perguntei.

— Naya está com Tsuy agora, porque as duas ainda têm coisas para resolver. Dana e Chae estão grudadas em uma mesa da lanchonete, conversando. Provavelmente vamos encontrá-las lá.

Mesmo que a ideia encontrar Chae e Dana me animasse, eu também sentia medo. Não tinha visto Chae desde que nos despedimos no palácio e sonhei com ela dizendo que estava apaixonada por mim. Não sabia como ela iria reagir quando me visse depois de toda tensão. Meu primeiro instinto seria abraçá-la, mas eu não sabia se era o certo a fazer.

— E W? — perguntei.

— Teve problemas para explicar para Tsuy o que ela fez. — Sina deu uma risada debochada.

— E o que ela fez?

Sina revirou os olhos. Não sabia se W havia feito algo ruim ou se Sina estava só implicando com pessoas da elite.

— Enfiou o talento no rabo.

Momo, surpresa, deu uma risada alta, que ecoou pelo elevador.

— Como assim? — insisti.

— Digamos que a "intervenção" dela não chegou nem perto dos grafites incríveis que ela fazia. Quis pagar de poeta. Ficou horrível.

Descemos para a lanchonete, e os poucos rebeldes por lá fizeram o favor de começar a sussurrar e apontar assim que entramos. Momo acenou distraidamente ao perceber que apontavam para ela, e eles se calaram. No fundo, Dana e Chae estavam juntas. Dana sentada em um dos bancos, e Chae deitada em cima da mesa, com os pés pendurados para fora. Dana disse algo para ela, e Chae se sentou no mesmo segundo, quase caindo. Quando nos aproximamos, Dana me ofereceu um sorriso, e Sina bateu as mãos na mesa, fazendo Momo dar um pulo ao meu lado.

— Olá, Dana. Senti saudades.

Chae e eu nos olhamos, e ela sorriu de leve para mim. A pintinha perto da boca, adorável, se mexeu com o sorriso. Queria perguntar se ela estava bem, como havia se saído, se estava ferida, como estava se sentindo. Se ainda gostava de mim.

Na realidade, queria sentar e conversar com Chae sobre qualquer coisa.

— Quer sentar aqui, Mina? — Dana perguntou, e olhei para ela, segurando nas costas da cadeira em que ela estava antes, ao lado de Chae.

Será que ela tinha falado sobre nós?

— Vou sentar com Momo — falei, e observei minha amiga sorrir.

— Tudo bem. E, sobre mais cedo, me desculpa. Eu precisava tirar você de lá.

— Não tem problema. Você fez o que precisava.

— Chega de conversa, essas duas têm que se alimentar — disse Sina, tentando enxergar o balcão de comidas. — Mas são duas e meia da manhã, então tudo que vamos encontrar são sobras do jantar, sanduíches e café.

— Eu aceito qualquer coisa que não seja a comida do palácio — resmungou Momo. — O cozinheiro da rainha não gostou de ter que fazer a minha comida depois do casamento, então eu acho que estava tentando me envenenar com todo aquele sal. Era horrível.

— Uau, que péssimo ter alguém fazendo comida em abundância para você. — Chae sorriu de leve, fazendo Sina revirar os olhos. Momo pareceu envergonhada por alguns segundos, mas se recompôs.

Dana encarou a amiga, a repreendendo, e se ofereceu para pegar sanduíches e café para nós. Chae levantou e foi atrás.

— Não vão se desgrudar mais, aposto. De qualquer forma, sinto que isso vai ser bom para Chae. Esse humor dela tá me irritando. — Sina sentou onde Dana estava antes e seguiu as duas com o olhar.

— Chae é do tipo durona? — Momo perguntou para mim, mas preferi deixar que Sina respondesse.

— Não, só finge ser.

Momo riu baixinho. Eu tinha sentido tanta saudade daquela risada. Sentamos com Sina e aproveitei para encostar a cabeça no ombro da minha amiga, que segurou minha mão.

— Achei engraçado ouvir Chae falando de você enquanto estávamos na floresta. Vocês parecem bem próximas.

Momo estava blefando; ela queria mais informações. Limpei a garganta antes de continuar.

— Bom...

— Mina, não fale nada antes do processo do soro. — Sina me interrompeu. — Ainda não sabemos se ela está do nosso lado ou não.

— Momo está do nosso lado — falei por entre os dentes.

— Como pode ter certeza?

— Sina só está envergonhada por causa do teatrinho que fez ao me conhecer — Momo respondeu em meu lugar. Sina arregalou os olhos. — Ela sabe de qual lado eu estou.

— Olhe só, Alteza, é melhor ficar quieta. — Sina parecia nervosa, mas Momo não se intimidou. Pude ver a outra enrubescer com a troca de olhares e se ajeitar na cadeira. Eu quis rir. O que mais tinha acontecido enquanto eu dormia?

■ ■ ■

Quando se tratava de Tsuy, Sina sempre tomava a dianteira, falando sozinha. Eu, Momo, Dana e Chae seguimos em completo silêncio. Ela bateu na porta e entrou, abrindo espaço para nós. Observei Naya sorrir e acenar para mim, sentada à mesa de Tsuy com dois notebooks e alguns hologramas abertos. Tsuy parou em frente à mesa, onde apenas duas cadeiras estavam disponíveis, cruzando os braços.
— Seria legal um pouco de privacidade. Não sei o que todo mundo está fazendo aqui dentro.
— Eu não me importo. — Momo foi mais rápida. — Tem gente que duvida de mim, então quero que todo mundo veja a verdade.
Gente, não. *Sina.*
Tsuy se manteve séria enquanto Dana, Chae e eu nos ajeitamos em um canto da sala. Puxou para a frente um dos bancos às suas costas. Sina se esgueirou para se sentar na cadeira de Tsuy, ao lado de Naya.
— Sente aí e me dê o braço.
Momo obedeceu, estendendo o braço que não tinha sido cortado, e Tsuy segurou seu ombro, injetando o soro da verdade lenta e delicadamente, como fizera comigo. Ser interrogada cara a cara por Tsuy me deixaria nervosa mesmo que eu não tivesse nada a esconder. Momo parecia se sentir da mesma forma.
Atrás dela, Sina parecia se divertir na cadeira de Tsuy, e Naya segurava o riso.
Tsuy começou o interrogatório de forma quase padrão, perguntando o nome, de onde ela vinha e se sabia onde estava. Era engraçado ver Momo sobre o efeito do soro. Ela falava mais rápido do que o normal.
— Momo é bem espontânea. — Dana riu baixinho ao meu lado, e olhei para ela, concordando.
— Você queria mesmo sair do palácio? — Tsuy olhava nos olhos de Momo. Mesmo sem o soro, aquele olhar não deixaria uma mentira escapar.

— Sim. Mina não estava lá, e eu queria estar com ela.
— Mesmo ela tendo fugido sem você?
Estremeci e senti a mão de Dana, de repente, no meu ombro. Momo concordou, encarando Tsuy.
— Ela fez o certo. Eu gostaria de ter tido a mesma coragem.
A sala ficou em silêncio por alguns segundos.
— O que acha do movimento rebelde? — Tsuy continuava a encará-la com seriedade.
— Acho importante! Eu nem sabia que a gente podia se opor à realeza! E Chae disse que eu tenho um dom. Eu não quero voltar para o palácio. Por favor.
O olhar de Tsuy escapou para Chae rapidamente, fazendo-a dar de ombros.
— Você concorda em não passar informações do movimento para ninguém de fora?
— Sim. Nem tenho ninguém lá fora mesmo.
— Nem mesmo no palácio? — Tsuy ponderou. — Igor?
— Não, ninguém. — Observei Momo se remexer de leve. — Ele é a última pessoa com quem eu falaria. Espero que queime no inferno, para ser muito sincera.
— Então você confirma que está de acordo com o movimento rebelde, contra o reino e o rei, e que vai cooperar como puder?
— Confirmo. Quero ajudar. Me usem. Como... usam a Mina — disse ela, sem conseguir conter. Pareceu desconfortável, mas não desviou o olhar de Tsuy. — Eu sei que gostam dela. Se ela está do lado de vocês, estou também. Mina sabe o que quer. Sempre soube.
— Isso não é um interrogatório sobre a Mina — disse Sina.
— Eu não tenho mais perguntas. Isso já esclarece a situação. — Tsuy parecia satisfeita — Se alguém quiser saber alguma coisa, que fique à vontade.
A sala ficou em silêncio e respirei aliviada por ninguém mais duvidar de Momo. Eu confiava nela com a minha vida e queria que outras pessoas se sentissem assim também.
— Tenho uma pergunta! — falei, de repente. Todo mundo me encarou. — Mas é para você, Tsuy. O que aconteceu com W?
— Ela resolveu que não faria um grafite igual aos que faz pelos muros da cidade e só escreveu uma frase — respondeu Tsuy, com raiva.

— E o que dizia?

Naya simplesmente virou a tela do computador de Tsuy para nós. Havia uma foto nela, já à luz do dia, com a frase: "Ela abandonou a própria coroa para derrubar a monarquia e salvar o povo da tirania!" Não era exatamente verdade, pois abandonei a coroa para buscar minha liberdade. O objetivo de derrubar meu pai veio depois. De qualquer forma, sabia que a frase causaria algum efeito nas pessoas que não sabiam a realidade.

— Você gostaria de perguntar algo, Momo? — Tsuy mudou de assunto, dando o tópico como encerrado.

— Eu achei a ideia de colocar meu rastreador em Igor genial. Me disseram que foi você que pensou nisso.

— Não fui eu, não — disse Tsuy.

— De quem foi, então?

Tsuy a encarou por mais alguns segundos, muito séria, então deslizou para o lado para mostrar Sina, que acenou suavemente.

— Ah, foi ideia dela?

— Surpreendentemente, sim — respondeu Tsuy de forma seca.

— Por que "surpreendentemente", Chou? — reclamou Sina. De repente, me senti numa atmosfera muito familiar. — Sou mais inteligente do que você.

Tsuy nem olhou para trás.

— É com isso que você sonha todas as noites?

Sina esboçou um sorriso, apoiando os pés na mesa de Tsuy.

— Você não quer saber com o que eu sonho todas as noites.

— Tire os pés daí e saia da minha cadeira.

Tsuy se levantou de uma vez e virou para trás. Sina ficou de pé em um susto, então se recompôs.

Dana riu e Momo olhou para nós duas. Tsuy digitou alguma coisa no computador e, para nossa surpresa, logo depois alguém bateu à porta. Maxi entrou, acompanhada de um segurança.

— Posso saber o que te fez me chamar aqui? — Maxi perguntou para Tsuy, incomodada. — Vocês são um grupinho bem curioso, sabiam? — comentou enquanto observava Momo se juntando a nós nos fundos da sala.

— Esta é Momo e esta é Dana — falei, porque ela não parava de nos encarar. — E esta é Maxi. Ou W.

— Devo me curvar? — perguntou Maxi, cheia de sarcasmo, e não respondi.

Momo cerrou os olhos em sua direção, parecendo irritada, mas eu sabia que ela estava tentando se lembrar de onde conhecia aquele rosto, sem reconhecer a herdeira da Ramberti & Cia.

— Acho que as garotas estão curiosas sobre sua escolha artística no resgate — Tsuy finalmente se manifestou.

— Ah, não achei o palácio digno de um grafite caprichado e exclusivo. Alguns devem ter ficado até revoltados, mas são cérebros pequenos demais para entender. Só isso?

Ela era curta e grossa.

Momo me encarou e, ainda com o soro, não conseguiu conter a dúvida.

— Não... Na verdade... Você assina suas obras com um W, mas seu nome não tem W.

— Você é a primeira pessoa a me perguntar isso.

Momo me encarou, e concordei, porque também estava curiosa.

— Vai explicar ou é um segredinho? — perguntei com um tom de deboche. Maxi sempre usava esse tom, então achei que seria bom ouvir para variar.

— A explicação é bem boba, na realidade, Alteza — falou ela, devagar. — Assim como o rei governa de forma estúpida, imprudente e incompreensível, resolvi que faria sentido assinar minhas obras errado. A minha intenção é fazer com que as pessoas em posição de poder tenham outra perspectiva sobre o mundo.

Ela não explicou o que o W tinha a ver com isso, mas pela sua expressão, devia achar que era óbvio, tanto que continuou me encarando.

— E? — perguntei.

— Ah! — Dana soltou um pequeno gemido surpreso como se tivesse entendido, e meu olhar recaiu nela.

— Outra perspectiva, Alteza. — Maxi riu, fazendo um W com os dedos e então girando as mãos para baixo. — Agora, se me dão licença, tenho negócios importantes a tratar — concluiu, fazendo menção em sair, mas Chae a impediu.

— Espere aí!

Maxi se virou para ela com um olhar de impaciência.

— Você nunca pareceu preocupada com ninguém além de si mesma. Não fez nada além de uns desenhos. Se é isso que pensa sobre a população do reino, o que está fazendo do lado dos rebeldes?

O olhar irritado de Maxi só ficava pior ao encarar Chae, então ela soltou um suspiro debochado pelo nariz.

— Eu tenho meu próprio movimento, e ele é de uma pessoa só. Vocês criticam o reino, mas são tão ignorantes quanto. Vocês enxergam as mesmas diferenças que eles. Quando tomarem o palácio, qual vai ser o destino das pessoas da realeza? Mortas, provavelmente... Vão cometer o mesmo erro, seguindo a mesma ignorância e intolerância.

Chae a encarou como se não acreditasse que Maxi estava falando sério.

— Os rebeldes e o reino são dois extremos, polos opostos, que pensam da mesma forma. Vocês querem destruí-los sem enxergar seres humanos, e eles querem destruir vocês da mesma forma. Eu não gosto de nenhum dos extremos, mas, neste momento, simpatizo mais com o lado de vocês. Mas não sou uma rebelde e espero que isso tenha ficado muito claro. Eu não sou como vocês.

Ela deu um sorriso como se falasse com criancinhas, e observei Chae cerrar as mãos em punho ao lado do corpo. Tudo o que Maxi dizia parecia uma ofensa.

— Agora, tenho que ir. Até a próxima, Chae Kang.

E saiu com as botas estalando no chão. Chae relaxou e não disse nada, mas Sina grunhiu, insatisfeita.

— Que garota insuportável.

— Momo está liberada — avisou Tsuy, acordando todo mundo de um transe e me lembrando do que de fato nos levara ali. — Gostaria de conversar com Sina sobre Momo e Dana ficarem hospedadas na boate também. Não podemos correr riscos. As movimentações do palácio até o CTI podem ter levantado suspeitas, apesar dos meus esforços. Acho importante fechar o andar dos quartos por enquanto, mas podemos negociar, e eu vou cobrir o seu prejuízo.

Sina coçou a cabeça.

— Não se preocupe com dinheiro — disse ela, desconfortável. — Estamos do mesmo lado..

— Então vamos discutir as medidas de segurança.

— Tá, tudo bem. Não quero seus capangas por lá, já vou avisando. Eles são feios, minha clientela não gosta.
Tsuy encarou Sina e balançou a cabeça, depois se virou para mim.
— Vocês estão dispensadas. Descansem, se puderem. Ocupem quantos quartos quiserem, vou deixar tudo liberado para vocês. Naya, você também pode ir embora. Nos deixem a sós.

Capítulo 27
Desde quando você beija rebeldes?

Nossa ida para a boate de Sina estava marcada e todo o planejamento da mudança fez com que ela se ausentasse do CTI, passando a maior parte do tempo negociando com os seguranças extras que Tsuy mandou contra a sua vontade e ordenando o fechamento dos quartos do segundo andar. Eu e Momo, então, passamos esse tempo todo juntas, conversando, esperando o que quer que fosse acontecer em seguida.

Era tão bom ter a companhia de Momo o tempo inteiro, como antes. A presença dela me distraía e confortava, mas, apesar de tudo, eu continuava a encarar o teto à noite enquanto minha amiga dormia tranquila, esparramada na cama ao meu lado. Eu fechava os olhos e via o rosto de Chae, e aquilo tinha começado a me atormentar de verdade nas últimas noites.

Numa dessas, sufocada por todos os acontecimentos que precisava processar, decidi sair do quarto para respirar e andar pelo corredor. Assim que saí, ouvi barulhos vindo do quarto de Chae. Parei, prestando atenção, em alerta. Não passavam de resmungos abafados, mas eu sabia o que estava acontecendo e me senti uma idiota por querer ajudá-la. Sem pensar muito, abri a porta, e seus gemidos se tornaram palavras de súplica e desespero. Ela apertava os lençóis com força, as mãos em punhos.

Corri para Chae e tomei as mãos nas minhas antes de chamar seu nome em alto e bom som duas vezes. Seus olhos se abriram num susto, e sua respiração ficou profunda e rápida, aflita por ar. Os olhos castanhos e assustados encontraram os meus.

— Mina. — Sua voz saiu rouca e distante, como se estivesse sonhando.
Soltei as mãos dela, e Chae me encarou em silêncio. Esperei que tomasse fôlego. Era estranho e, ao mesmo tempo, reconfortante estar ali. Depois de alguns momentos, quando tive certeza de que ela estava bem, já parecendo sonolenta de novo, me levantei para sair. Ela não me chamou de volta, e cerrei os dentes quando me deparei com Dana na porta. Congelei quando ela me encarou com uma expressão pensativa no rosto, então passei por ela em silêncio, e a porta se fechou.

■ ■ ■

Momo fez perguntas sobre a boate o caminho inteiro, e Sina ficava repetindo que logo ela veria. Isso, é claro, só deixava minha amiga ainda mais ansiosa, se esticando para olhar pela janela do carro em busca qualquer indício de um prédio com o nome "Mina's Night Club".
Momo achava o nome era incrível e declarou que adoraria que fosse "Momo" e não "Mina". Revirei os olhos, já que meu nome estar num estabelecimento tão baixo e popular só podia ter o objetivo de me insultar.
Assim que chegamos, o carro com Dana e Chae estacionou logo atrás na rua deserta. Ajeitamos as máscaras nos rostos e corremos para a entrada dos fundos. Eu suspirei, satisfeita. Tinha sentido falta daquele lugar. Não acreditava que estava de volta e, melhor ainda, com Momo.
— Por Deus, faz anos que não piso aqui — disse Dana, animada, enquanto seguíamos para os quartos.
Momo olhou para ela, intrigada.
— Você nunca me disse que frequentava boates.
— Não é algo que eu pensava em comentar com a futura rainha que estava sob meus cuidados, Momo. — Dana riu fraquinho. — Ninguém se aproxima da rainha para falar esse tipo de coisa.
— Dana é uma mentirosa. — Sina deu de ombros. — Ela e Chae só vinham aqui para fofocar no meu quarto e aproveitar as bebidas grátis. E, bom... Talvez aproveitar outras coisas também.
Dana deu uma gargalhada vendo Chae se engasgar e ter um acesso de tosse, em pânico. Eu sorri junto, imaginando as duas ali, se diver-

tindo. Momo e eu olhamos em volta. O bar estava vazio, assim como a pista de dança. O lugar no qual tinha dado meu primeiro beijo em Chae.

— Vou poder vir aqui quando estiver funcionando? — indagou Momo.

Ao mesmo tempo, Sina disse que sim e Dana disse que não. As duas trocaram olhares irritados, mas não discutiram. Momo riu.

— Vamos subir — chamou Sina, e minha melhor amiga correu para o pé da escada.

Enquanto subiam, Sina e Dana, uma de cada lado de Momo, colocavam a mão nas costas da minha amiga, e nenhuma parecia notar que a outra fazia o mesmo. Interessante.

Quando fui subir, Chae acabou esbarrando em mim e, num impulso, recuei para que ela passasse na frente. Ela também deu um passo para trás.

— Pode ir — resmunguei, mas ela negou.

— Você primeiro — sussurrou ela de volta.

Continuamos nos encarando por mais algum tempo, até eu resolver que aquilo não daria em nada. Que saco. Segui em frente e ouvi os passos dela atrás de mim. Quando chegamos no quarto de Sina, encontrei Momo de joelhos na cama, com o rosto intrigado junto à janela. Quando se virou, tinha um enorme sorriso no rosto.

— Isso é incrível.

Achei engraçado quando ela desceu pulando os degraus que levavam à cama elevada, e tanto Dana quanto Sina fizeram uma careta como se temessem que ela fosse cair, preocupadas. Tivemos uma rápida conversa para chegar à conclusão de que eu dividiria a cama da janela com Momo, e Dana e Chae dividiriam o quarto de Sina, ao lado. É claro que isso foi decidido depois de minha amiga afirmar que não sairia do quarto.

— Sabe, pode parecer bobo — comentou Momo, após um tempo —, mas, mesmo presa nesse quarto, me sinto mais livre do que no palácio.

A sensação era exatamente essa, eu entendia bem. O andar de cima da boate nos fornecia muito mais liberdade do que o palácio inteiro.

■ ■ ■

Algumas horas e garrafas de cerveja depois, foi ficando muito claro que Chae não falaria comigo e que havia alguma coisa estranha rolando entre nós. Tão claro que, aos poucos, todo mundo foi dando uma desculpa diferente para sair do quarto e nos deixar sozinhas.

Momo foi a última, sem entender direito quando Sina e Dana a mandaram tomar banho. Ela já tinha bebido um pouco e estava risonha demais. Quando entrou no banheiro batendo a porta, finalmente deixou Chae e eu a sós.

Esperei. Chae estava apoiada no balcão, com uma garrafa de cerveja nas mãos, imóvel.

Sem esperanças, levantei para pegar meu pijama. Então ouvi sua voz.

— Mina.

Eu travei. Travei ali em pé e levei alguns segundos para me virar, vendo que ela estava ali, bem de frente para mim. Chae me encarou, seu olhar receoso no meu.

— Precisamos conversar — disse ela, baixinho, colocando a cerveja de lado. — Eu... eu tenho algumas coisas para te falar... Se você quiser ouvir.

Parecia quase irreal que ela finalmente estivesse tomando alguma atitude.

— Talvez eu queira — cruzei os braços.

Chae olhou em volta, analisando se Momo sairia do banheiro ou Dana apareceria no quarto, e então suspirou, passando a mão pelos cabelos.

Eu esperei. Sabia que ela não era boa com sentimentos. Seu olhar voltou para o meu e, de repente, tive a impressão de que ela estava com os olhos marejados.

— Desculpa. — A palavra saiu como um último lapso de força de quem desabaria logo em seguida. — Me perdoa, por favor.

Meu coração despencou. Toda a frieza que eu tinha visto em Chae naquelas últimas semanas se esvaiu quando ela disse "me perdoa" daquele jeito tão suplicante.

— Chae? — Cheguei mais perto e vi que ela estava mesmo prestes a chorar. Senti um aperto no peito.

Não queria ser dura, mas eu merecia mais do que um simples pedido de desculpas. Eu merecia uma explicação.

Ela balançou a cabeça devagar, com a expressão de lamento.

— Me desculpe. Por tudo. Por tudo, Mina. Eu agi de forma completamente estúpida, e você não merece isso. Não merece nada disso.

Eu suspirei. Queria aceitar aquele pedido e pronto, mas não conseguia. Senti vontade de chorar também. *Chega.*

— O que houve, Chae? Eu realmente quero acreditar que tinha um motivo para todos esses desencontros.

Chae tentou inutilmente secar as lágrimas que desciam pelos seus olhos.

— Eu achei que tinha um motivo, mas não sei mais. Não acho que tenha valido a pena ficar longe de você. Te afastar.

Tentei falar qualquer coisa, mas não sabia o que dizer. Chae se aproximou e segurou minhas mãos com força. Ela suspirou antes de continuar:

— Eu te culpei por tudo que sempre senti, mas estava errada e reconheço isso. Na realidade, queria te pedir desculpas antes, mas o resgate estava chegando, e Tsuy me contou sobre os planos... Existia um Plano B caso uma de nós duas morrêssemos naquele dia...

Um maldito Plano B?

— Minha mente acabou parando em um lugar ruim e... eu não soube lidar. Quero pedir desculpas por isso também. Eu achei que, com Momo em risco, você já estaria nervosa demais, e se eu... — Ela se interrompeu e respirou fundo. — Se alguma coisa acontecesse, achei que só te deixaria pior. Se eu fosse, de fato, atingida, você poderia se colocar em risco por mim. Eu não queria isso. Na minha cabeça, naquela hora, a melhor coisa a fazer era me afastar.

— O quê? — As palavras escorregaram enquanto eu processava as informações. — Você achou o quê?

— Eu...

— Você achou que me afastar faria com que eu chorasse menos a sua morte, Chae? — Minha voz soou alta e esganiçada, e eu empurrei seus ombros, fazendo com que ela batesse no balcão da cozinha. Chae ficou quieta, me olhando, e, vendo seus olhos cheios de lágrimas, meus olhos se encheram também. — Eu nunca deixaria de chorar a sua morte, porque, apesar de você agir como uma completa babaca, eu passei a te amar, Chae! — gritei enquanto estapeava seus braços e torso, com raiva, de forma infantil.

Sua boca tremeu e várias lágrimas rolaram de uma vez. Ela segurou meus pulsos para que eu parasse de agredi-la e vi a culpa nítida em seu olhar.

Mas ela não me soltou — pelo contrário. Ela me puxou mais para perto e me abraçou, me apertando com força.

— Juro que achei que estava fazendo isso pelo seu bem. Eu fui uma idiota, mesmo que o tempo inteiro só quisesse ficar do seu lado. É a primeira vez que eu me sinto assim, e pensei que estava te ajudando, mesmo que todo mundo me dissesse o contrário. Eu nunca quis proteger ninguém antes. Sempre fui muito egoísta, e nem percebi que continuava agindo dessa forma com quem menos merecia. Se pudesse voltar atrás...

Ela suspirou contra o meu ouvido, e eu a apertei mais, num impulso, sentindo suas costas sob os meus dedos.

— Eu entendo se você nunca me perdoar. Não tiro sua razão.

— Mas porque continuou agindo desse jeito depois que o resgate foi um sucesso?

Ela começou a afagar meus cabelos em um cafuné que me fez sentir um arrepio.

— Eu te vi com Momo, sorrindo, mesmo depois de tudo que eu fiz para você, e achei... achei que você estava melhor sem mim. Que não faria diferença.

Com raiva daquelas ideias idiotas dela, tentei lhe dar um soco de leve, mas Chae continuou me abraçando como se não quisesse me soltar nunca mais.

— Foi tão difícil, Mina. — Sua voz estava embargada. — Eu chorei todas as noites, mesmo sabendo que era tudo culpa minha. Tive medo de te perder para sempre e juro que entendo se você nunca me perdoar. Mas, se você puder... me dar só mais uma chance...

Afastei o rosto do pescoço dela para encará-la.

Aqueles malditos olhos que me engoliam completamente. Tentei secar suas lágrimas, mas só fiz espalhá-las mais pelas bochechas.

— Por que resolveu contar tudo isso agora? Depois de tantos dias? — perguntei em voz baixa.

Ela demorou um pouco para responder, sem tirar os olhos de mim.

— Porque a gente tem uma guerra pela frente. Eu posso morrer a qualquer momento, tem um país inteiro atrás da minha cabeça.

Mas o pior é que eu percebi que não estou pronta para te perder. Quero ir muito além do que tenho direito e te pedir uma chance. Só mais uma. Uma chance para te amar como você merece. Como uma verdadeira princesa.

Meu coração pareceu dar um solavanco e acho que ela sentiu, porque vi um sorriso ameaçar aparecer em meio às lágrimas.

— Uma chance para quê? Que breguice foi essa? — perguntei, puxando a barra da camisa para cima, esfregando suas bochechas enquanto ela passava os polegares em minhas lágrimas com um sorriso repentino.

— Você vai me fazer repetir isso tudo?

— Você precisa me prometer que nunca mais vai me afastar desse jeito. Estou falando muito sério. Quando tivermos problemas, vamos lidar com eles juntas. Você não pode se afastar de mim e achar que vou sofrer menos. Não pode. Não é justo.

— Eu prometo. Nunca mais.

— Eu estou falando sério — repeti. — Se não souber falar de sentimentos, só me abraça. Mas, se virar a cara para mim, eu já aviso que aprendi alguns golpes nas aulas.

— Acho que consigo fazer isso. Essa coisa toda de abraçar.

— Você pode repetir aquilo tudo mais uma vez? — pedi, segurando seu rosto.

— Puta que pariu, Mina. — Ela sorriu, ficando vermelha.

— Mina, não.

Chae riu fraco, uma risada feliz e apaixonada, como se eu fosse muito engraçada e divertida. Meu coração pulou dentro do peito.

— Princesinha — ela se corrigiu.

— Princesinha, isso — sussurrei de volta.

Com um sorriso bobo, Chae colou os lábios nos meus. Eu senti que estava voltando para onde a gente nunca deveria ter saído. Chae estava me beijando. Chae se desculpou pelas suas atitudes estúpidas e estava ali, pedindo uma chance para me amar. Era tudo que eu queria.

Eu a beijei de volta com tudo de mim, segurando seu queixo e movendo a língua junto à dela, sentindo os lábios macios e a boca quente de Chae, percebendo como tinha sentido mais sua falta do que imaginei ser possível.

Eu poderia apenas ficar ali com ela, sentindo seus dedos acariciando minha cintura devagar, nossos corpos grudados daquele jeito.

Quando me afastei, foi por achar importante pontuar:

— Eu deixo você me amar. Seja como for.

— Obrigada pela permissão.

Eu assenti e falei:

— Não garanto que saiba direito como é amar, mas eu também não sabia beijar antes de te conhecer. E, aparentemente, sou uma boa beijoqueira.

O sorriso que se abriu no rosto de Chae foi de orelha a orelha, tão bonito que quase prendi a respiração sem perceber.

— Me ame, por favor, princesinha. Do seu jeito, como quiser.

Tornei a beijá-la, mesmo no meio de um sorriso, sem perceber que não estávamos mais sozinhas.

— O banho frio não ajudou ou estou tão bêbada que estou vendo coisas? — Ouvi a voz curiosa de Momo.

Dei um pulo de susto e olhei para minha amiga, parada na porta envolta em uma toalha.

— Acho melhor eu... ir deitar e deixar vocês conversarem, não? — Chae sugeriu.

Eu não queria que ela saísse, não depois de enfim consegui-la de volta. Mas Momo realmente precisava de uma explicação. Eu não tinha sido totalmente sincera.

— Dorme bem.

— Boa noite, Momo. — Chae olhou para mim. — Boa noite, princesinha.

Sorri para ela, e Momo esperou que Chae fosse embora para me olhar indignada, quase deixando a toalha escorregar.

— Vai me contar ou não? Desde quando você beija rebeldes?

— Coloca o pijama, Momo, e eu te conto todos os detalhes.

— Eu não sei se quero saber! Eca! — Ela parecia chocada com meu sorriso. — Ah, a quem estou tentando enganar? Eu preciso de uma boa história de amor, sem nenhum casamento arranjado no meio!

Eu nunca, em nenhum ponto da minha vida, imaginei que passaria a noite acordada contando para a minha melhor amiga como a maior inimiga do reino havia roubado meu coração.

Capítulo 28
Sensação de ter um lar

Quando abri os olhos no dia seguinte, me senti atordoada com a claridade da janela e o cheiro de ovos fritos. Esfreguei os olhos e estiquei a mão para o outro lado da cama, sentindo a falta de Momo. Só depois vi que minha amiga e Sina estavam nas banquetas da cozinha, competindo para ver quem conseguia rodar por mais tempo. Não parecia uma brincadeira recomendável, mas observá-las me passou uma sensação gostosa. Eu poderia acordar todos os dias e ver as duas se divertindo assim. A sensação era de ter um lar, e meu lar era com elas.

Levantei devagar e nenhuma das duas reparou. Fui direto para o banheiro e depois segui para a cozinha. Ao me aproximar, Momo e Sina não estavam mais brincando. Discutiam algo com Dana, que estava de costas, mexendo no fogão.

Mas o primeiro olhar que caiu sobre mim foi o de Chae, que estava encostada na geladeira, de braços cruzados, com os cabelos presos em um rabo de cavalo e roupas confortáveis. Quando ela me deu um sorriso, o olhar de Momo se virou na hora.

— Bom dia — disse minha melhor amiga. — Dana está fazendo ovos.

Retribui o bom-dia, e Sina girou na cadeira para acenar para mim, rodando de volta assim que passei ao seu lado. Dana me ofereceu um sorriso e voltou a prestar atenção no que fazia, desligando o fogo e levando a frigideira até a bancada. Eu parei ao lado de Chae e fiquei sem saber como agir. Ela me olhava com curiosidade. Eu não sabia brincar de ser um casal. O que deveria fazer?

Como se lesse minha mente, Chae estendeu a mão para mim e, num impulso, me joguei em seus braços, enfiando o rosto em seu pescoço enquanto sentia ela me apertar.
— Bom dia, princesinha.
Sua voz soou baixinha no meu ouvido, e meu coração deu um pulo. Senti uma faísca percorrer todo o meu corpo, como se fosse a primeira vez que escutava a voz dela.

Ouvi Dana falando algo sobre os ovos, distraída, e me aproveitei do momento para roubar um selinho de Chae. Ela levou a mão ao meu rosto quando afastei nossos lábios e ficou me olhando, fazendo carinho na minha bochecha.

Eu me senti tão bem ali, com ela em meus braços, me encarando apaixonadamente. Seus olhos tão grandes e bonitos, brilhando, pareciam refletir como eu era especial para ela. Quando Chae me olhava daquele jeito, cheia de amor, eu me sentia num mundo só nosso. Como se nada existisse lá fora. Nenhuma guerra, nenhuma revolução, nada. Colei nossos lábios suavemente mais uma vez e Chae aprofundou o beijo devagarzinho, entrelaçando os dedos na minha nuca.

— Eca! — Sina exclamou, e demorei para entender que ela falava de nós.

Parei o beijo de repente, sentindo as bochechas ficarem quentes, e voltei a esconder o rosto no pescoço de Chae, enquanto ela afagava meus cabelos em um cafuné. Eu não queria sair dali.

— Você já viu a Mina safada assim antes? — Sina perguntou para Momo, como se eu não estivesse na mesma cozinha que elas.

— Não — respondeu ela. — Também nunca tinha visto Mina beijando ninguém até ontem.

Chae se remexeu sob meu abraço e tossiu baixinho diante da lembrança da noite anterior. Segurei a vontade de rir. Momo gargalhou e deu um tapa no ombro de Sina, que também morria de rir, claramente se divertindo às minhas custas. Chae não disse nada, apertou minha cintura mais forte para logo depois me soltar do abraço apertado.

Dei a volta na bancada e sentei ao lado de Sina. Um aparelho apitou no bolso dela, chamando a atenção de todo mundo.

— Então... — começou, enquanto Chae se aproximava do fogão para fazer sanduíches para nós duas. — Uma pizzaria que nunca vi na vida me mandou mensagem recomendando um canal de televisão.

Vou deduzir que isso é coisa de Tsuy e sua maneira peculiar de se comunicar.

Dana pegou o controle que estava do lado dela na bancada e o entregou para Sina, que ligou a TV da cozinha.

— O jornal começa daqui a pouco. Acho que ela quer que a gente assista — disse.

— Depois disso, o que vamos fazer? — perguntou Momo, enquanto esperávamos em silêncio. Ela parecia desconfortável assistindo às propagandas pró-monarquia na TV, e eu não podia julgá-la.

— Você, nada — disse Sina. — Eu tenho que cuidar da boate.

— Não posso ir? — Momo cerrou os olhos. — Mina ia quando eu não estava aqui!

— Não é exatamente um lugar apropriado e... — Dana cruzou os braços, e Sina a olhou de cima a baixo.

— Você frequentou a boate mais do que eu, que sou a dona. Corta essa, Dana. Ficou um tempo no palácio e voltou de nariz em pé?

— Você sabe muito bem o que eu quis dizer. Tem todo tipo de gente frequentando este lugar. Não podemos correr o risco. Mina e Momo são muito... chamativas — ela disse.

Chae deu uma risada anasalada, irônica.

— Fala isso para a princesa, que não parou com a máscara no rosto das últimas vezes — falou enquanto ainda cuidava dos sanduíches.

— Você não estava reclamando quando tirou a máscara para me beijar, né? — comentei, recebendo uma gargalhada de Sina em resposta. Chae encolheu os ombros, rindo junto.

— Do jeito que as coisas estão no reino, se Tsuy descobrir que vocês estão se arriscando... Não quero lidar com a raiva dela mais uma vez. Ninguém sai desse quarto.

— É tão ruim assim? Ela parece legal. — Momo encarou Sina, intrigada.

— Chou Tsuy tem dois tipos de raiva diferentes: a momentânea, quando você faz uma merda gigante bem na frente dela e consegue até ver uma veia saltando do pescoço...

Eu teria medo de imaginar Tsuy explodindo comigo desse jeito.

— E o segundo tipo? — perguntou Momo.

— É o pior. — Parecia que Sina estava contando alguma história de terror, pela sua expressão. — É quando você faz alguma coisa insensata e a atinge lá no fundo. Ela não vai explodir com você na hora. Provavelmente, vai inclinar um pouco a cabeça e te olhar com serenidade, esperando o momento certo para destruir a sua vida.

Momo pareceu ponderar.

— Então, basicamente, se você irritar Tsuy vai ter vontade de se enterrar viva?

Sina concordou enfaticamente.

— Juro que não entendo. Vocês eram tão amigas anos atrás — comentou Dana.

— Sim, éramos, não somos mais. Está tudo no passado, bem distante. Ela é uma idiota.

Eu mal conseguia imaginar elas se dando bem.

Pensei em perguntar mais sobre a relação das duas, mas Chae se virou, colocando um pratinho com um sanduíche cortado no meio na mesa à minha frente.

— Sanduíche de ovo e queijo com um molho laranja que achei na geladeira — disse. Pisquei algumas vezes, boquiaberta, sem saber o que dizer.

— É molho rosé — respondeu Dana. — E fui eu que te ensinei a fazer esse sanduíche.

— Parece bom. — Sina se inclinou na minha direção. — Me dá um pedaço?

No momento em que ela estendeu a mão, acabou levando um tapa forte nos dedos.

— Não é para você — Chae rosnou, cerrando os olhos para ela, então se afastou.

Sina olhou para ela ofendida.

Chae pegou uma jarra de suco e encheu um copo, botando ao lado do prato e, por algum motivo, senti meus olhos se encherem de água. Eu me sentia bem com ela cuidando de mim. Era só um copo de suco e um sanduíche, mas para mim significava muito mais.

— Fui eu que fiz o suco — Sina resmungou.

Chae a ignorou, mas ouvi Momo dar uma risada baixa.

— Vocês são engraçadas.

— O jornal vai começar — avisou Sina, agarrando o controle, como se fosse fazer alguma diferença.

Ouvimos a vinheta do jornal matinal tocando e, ao mesmo tempo, viramos para a televisão. De repente, dava para sentir a tensão no ar. O nome Maglia Jornal Matinal apareceu na tela, brilhando em amarelo. Esse era um dos jornais autorizados pelo rei e seu grupo de assessores, mas não era gravado nos terrenos do palácio. Um homem de terno surgiu, se curvando suavemente para a câmera enquanto dava bom dia.

— *No jornal de hoje, apresentamos um especial sobre os acontecimentos recentes no reino de Maglia. Com sua extrema bondade, o rei concordou em fornecer informações exclusivas para o Maglia Jornal Matinal.*

Bondade. Ele não era nada bondoso.

— *Nos últimos dias, imagens têm circulado mostrando um dos muros do palácio vandalizado. Os informantes do rei afirmam que a ação foi executada por drones.*

Uma imagem da pichação de W surgiu, com as palavras censuradas.

— Drones? — perguntou Momo, a voz esganiçada.

— Ele não vai deixar que o povo saiba a verdade, que a segurança do palácio é vulnerável a ataques — expliquei devagar.

Eu cresci achando que aquela limitação de informações era o melhor a se fazer. Que não deveríamos causar pânico, assustar sem motivos. Achava que ele fazia isso pensando no melhor para todo mundo. Eu tinha sido muito ingênua.

— Quero ver como ele vai explicar o resto — disse Sina. — Foi um drone que tirou Momo de lá também?

Dana riu baixo e Chae fez um "shiu", cortando Sina para que pudesse ouvir a televisão.

— *Além disso, algo ainda pior aconteceu, algo que deixou a população inteira revoltada* — anunciou o apresentador, e o rosto de Momo apareceu na tela, ao lado de Igor, em imagens do casamento que, até então, eu não tinha visto. Prendi a respiração. — *A princesa, e futura rainha, Momo foi sequestrada e está desaparecida.*

— Não fui, não — resmungou ela com um bico.

— *A princesa Momo passeava pelos terrenos do palácio com seu marido, o príncipe e futuro rei Igor. Eles entraram juntos na floresta, e Vossa Alteza foi encontrado horas depois, ferido, depois do que pareceu ser uma batalha heroica e solitária contra um bando de invasores. Investigações estão em andamento,*

pois estima-se que ele tenha ferido alguns antes da fuga. A segurança dos muros já foi reforçada, e em breve teremos mais notícias.
— Filho da puta, ele está de sacanagem? Heroica? Aquele banana?
— Sina rosnou ao meu lado, batendo a mão na bancada.
Meu rosto e o de Chae apareceram lado a lado na tela, próximos ao apresentador.
— *Acredita-se que Chae Kang, criminosa fugitiva e líder dos rebeldes, esteja por trás dos ataques.*
— É muito triste que eles mintam assim. — Dana parecia aflita ao lado de Momo. Chae balançou a cabeça.
— Pelo menos nessa última parte eles falaram a verdade.
— *Chae Kang é procurada por todo o reino e estima-se que esteja muito bem-escondida e protegida por uma rede de comparsas fortemente armados.*
O repórter continuou falando enquanto Sina dava uma gargalhada.
— *Seu histórico de crimes é extenso e não sabemos do que ela é capaz.*
— Devo desligar? — Dana segurou o controle, e eu neguei, sem pensar duas vezes. Encarei Chae, que mordeu o lábio, cruzando os braços, incomodada.
— Não — falei. — Chega, Chae. Eu não insisto em saber de nada do que falam sobre você, em descobrir o que é verdade ou mentira. Eu quero ouvir. Tenho esse direito.
Ela me encarou, concordando em silêncio, ainda mordendo o lábio. Aquela situação visivelmente a deixava desconfortável, mas eu estava cansada de ficar por fora.
Imagens de Chae surgiam na tela enquanto a voz continuava a narração.
— *Não é de hoje que a criminosa tenta chamar atenção do palácio. De acordo com nossos arquivos, quase seis anos atrás, com apenas dezesseis anos, Chae Kang fez sua primeira aparição em frente aos portões reais durante uma manifestação com cerca de cinquenta rebeldes motivados por uma repentina onda contra a monarquia. Por um ano, os movimentos seguiram corriqueiros, sem a intervenção do rei, que, por piedade, deixou os rebeldes gritarem e gravarem o ato, mesmo com equipamentos roubados.*
— Ele não fez nada nos três primeiros meses porque a manifestação era pacífica — retrucou Chae, com raiva. — Depois disso, confiscaram meu equipamento. Era de Tsuy, e eu usava para transmitir os atos para um canal de televisão hackeado por ela, que raramente caía.

Quando eles agiram, tomaram tudo, massacraram os rebeldes que estavam comigo e me deram um tiro de raspão. Não me mataram, mas colocaram a culpa das mortes em mim.

Senti meu café da manhã subir pela garganta. Se eu tivesse alguma ideia da verdade naquela época, não teria ficado calada por tanto tempo, mesmo sem poder fazer nada. Pelo que eu ouvia, os rebeldes sempre iniciavam as agressões, eram sempre os culpados. Como se não tivessem motivos, como se fossem ingratos.

O homem seguiu narrando outros eventos. Chae era acusada de explodir os próprios companheiros. De matar dezenas de soldados reais e encobrir grandes roubos por todo o reino.

— *Chae Kang foi capturada durante o ataque à rainha, que culminou na morte de uma de suas criadas, que anteriormente cuidava da princesa Mina. A sangue frio, ela atacou a corte do rei, que, após o atentado terrorista, não mediu esforços para prendê-la.*

Encarei Chae, que escondia o rosto nas mãos, com raiva. Eu nunca soube que minha criada, antes de Dana, tinha morrido. Tampouco sabia que fora pelas mãos de Chae.

Foi Dana quem se prontificou, falando como uma metralhadora:

— Eles encurralaram um movimento pacífico para a passagem da rainha! Nem estávamos armadas! — ela cuspia por entre os dentes. — Um dos rebeldes carregava um canivete e atacou um guarda, que foi para cima de Chae. A criada não morreu por nossa culpa. Ela foi morta na nossa frente!

— Eu não matei aquela garota — disse Chae, percebendo que todo mundo tinha ficado em silêncio. — E não explodi ninguém do meu lado. Mas não vou dizer que não roubei nada ou nunca matei nenhum guarda real. Eu não sou boazinha.

— Chae foi capturada tentando salvar a criada. Eu estava lá — Dana insistiu. — Eles nunca vão contar a verdade, precisavam de uma desculpa plausível para prendê-la e colocar o povo contra ela. Não funcionou. O povo não acreditou.

Eu já conhecia o resto da história. Ao ser presa, ela tentou apagar a própria memória usando os comprimidos que curiosamente tinham a mesma cor e formato dos que agiam contra o soro da verdade, mas tomou o errado. Foi assim que chegamos onde estávamos.

O olhar de Chae estava em mim, e não prestei atenção quando Momo respondeu Dana, tentando acalmá-la. Só Chae me interessava naquele momento, e eu podia sentir o peso em seus olhos. A dor que ela sentia. Eu nunca saberia como era ser acusada de tanta coisa. Parecia grande e pesado demais para uma garota tão nova.

— Você me odeia e quer distância de mim? — ela perguntou baixo, apenas para mim. — Precisa de algum tempo para pensar?

— Não. Nunca estive no seu lugar para te julgar. Muito pelo contrário. — Chae entortou um pouco a cabeça, na dúvida. — Você fez o que tinha que fazer. E, por favor, eu atirei no meu próprio irmão. Também não sou boazinha.

Terminei, com a voz meio risonha, e Chae continuou me encarando. Mais uma vez, eu me sentia em um mundo só nosso. No meu mundo, se dependesse de mim, ela nunca mais sentiria a dor de estar sozinha.

— Você não é tão má quanto pensa. — Ela levantou a sobrancelha, um pouco vermelha.

— E você me ama — falei baixinho.

Chae deu uma risadinha.

— Sim. Obrigada por acreditar em mim.

— Desculpa por não ter acreditado antes — falei.

Ela negou com a cabeça, segurando a minha mão.

— Tudo acontece quando tem que acontecer, Mina. Você também foi enganada esse tempo todo.

Capítulo 29
Gosto de como sua mente funciona

Eu conseguia sentir os dedos de Chae na minha pele. Sentia sua boca percorrendo pelo meu pescoço, o calor da língua traçando uma linha até o meu umbigo. As mãos em mim, os olhos nos meus, sob o brilho bonito do luar. Ela era linda e delicada, apesar de toda a brutalidade das cicatrizes e tatuagens. Seus dedos me tocavam com ardor, como se nunca tivessem me conhecido antes. Todo dia era diferente ao lado dela. Eu sonhava com seus beijos até quando estava acordada.

E não foi diferente naquela noite.

Acordei com a porta batendo e o barulho de conversas no quarto. Eu me sentei, como se tivesse sido pega no flagra. Estava suando e esfreguei os olhos, incomodada com a luz do sol.

Como sempre, o dia seria uma surpresa para todas nós. Nunca sabíamos quando ficaríamos na boate, quando iríamos ao CTI ou o que faríamos no dia seguinte. As ordens vinham de cima, e eu tinha aprendido a não questionar Tsuy àquela altura do campeonato.

Naquele dia, fomos até o CTI. Recebemos a ordem de levar bagagem para alguns dias, o que me desanimou, pois não sabia quanto tempo ficaríamos lá. Preferia ficar na boate. O CTI era muito úmido e frio.

Depois de algum tempo, Momo e eu não recebíamos mais olhares mal-humorados dos seguranças e das equipes que trabalhavam nas duas bases. No CTI, sem questionamentos, fomos guiadas direto para a sala de Tsuy. Eu ainda ficava muito ansiosa toda vez que percorríamos aquele caminho entre os corredores vazios e mal-iluminados, como se toda vez pudesse vir o aviso de que alguém se feriu ou que o palácio tinha descoberto nossa localização.

Na frente da mesa de Tsuy, como sempre, as cadeiras estavam na quantidade exata para o número de pessoas presentes. Dessa vez, eram cinco. Nós nos sentamos sem questionar.

— Achei melhor trazer todas de uma vez — explicou Tsuy, tomando seu lugar e encarando cada uma de nós por vez. — Eu vou assumir publicamente a responsabilidade pelo atentado. Vou assumir a existência do CTI.

— Você o quê? — Chae se mexeu desconfortável na cadeira.

Sina gargalhou.

— Você surtou.

— Me perdoe pela intromissão, Tsuy, mas isso não é arriscado? — questionei com a testa franzida, tentando entender. — Se o rei tomar conhecimento do CTI, vai ordenar uma invasão imediatamente.

Ela pareceu ponderar se a minha dúvida valia a resposta. Mas, quando voltou a me olhar, parecia ter decidido que sim.

— Eu vou dizer quem sou, mas não vou fornecer minha localização, então continuarei fora de alcance. Caso revistem o prédio de TI, não encontrarão nada. Estamos protegidos aqui embaixo. Para qualquer pessoa que não esteja autorizada a descer, a garagem continuará sendo uma simples garagem de funcionários, e o edifício, um simples prédio comercial — explicou tranquilamente.

Olhei para Chae, que tinha uma expressão horrorizada no rosto. Sina já não ria, só balançava a cabeça.

— Completamente surtada!

— Acha mesmo que eles não serão capazes de rastrear tudo isso? A gente? — Agitei as mãos, batendo na calça jeans, fazendo todo mundo me olhar. — Não estou defendendo o palácio, mas acho que subestimar a tecnologia deles pode ser um erro.

— Gosto de como sua mente funciona — Tsuy pontuou com um sorriso brilhante no rosto. — Eles ainda desconhecem a ameaça, porque fazem as perguntas erradas. Não sabem que isso tudo existe, e tenho plena certeza de que somos indetectáveis. Eu jamais arriscaria a minha vida, e a de vocês, se tivesse qualquer dúvida.

— Mas... por quê? — Dana perguntou. Chae deu um sorriso ladino, chamando atenção para ela.

— Para ser a oposição ao rei. Você é uma filha da mãe, Chou Tsuy.

— Vendo que a gente ficou em silêncio, Chae encarou nós quatro, ainda sorrindo. — Sem alguém à frente, a revolução enfraquece. As pessoas precisam de esperança. Precisam saber que a gente existe, que não atacamos o rei para sequestrar a realeza, como um capricho. Precisamos de união.

— Como pretende assumir o CTI publicamente? Como as pessoas vão saber? Isso ainda está confuso para mim — disse Momo, interrompendo Chae.

— A melhor maneira é pela televisão. Então vamos gravar um vídeo e transmiti-lo pela TV.

— Mas de que forma você pretende colocar isso no ar? Toda rede é controlada pelo palácio. Eu trabalhei perto dos comandantes, eles controlam de perto o que pode ser visto pela população — continuou Momo.

— Tenho os contatos para fazer o que for necessário.

Momo se aquietou. Tsuy olhou para nós, paciente.

— No momento, há inúmeras vantagens em assumir a existência do CTI, garotas. Se continuarmos nas sombras, o povo nunca terá conhecimento de outra força que seja uma ameaça ao reino, como Chae disse. Não podemos perder a esperança, precisamos que as pessoas venham voluntariamente para o nosso lado. É a única forma de termos apoio para o golpe final. Se continuarmos nas sombras, por segurança, quem vai apoiar um bando que surgiu do nada trazendo ainda mais caos? Porque, acreditem, vai haver caos.

Sabíamos que Tsuy estava certa. Todas as dúvidas e falhas que poderíamos ter ou criar já haviam sido analisadas por ela antes de expor sua ideia. Aquela não era uma mulher de cometer erros.

— E depois? — perguntou Dana. — O que vamos fazer depois?

— O rei vai tentar sujar nosso nome, mas vamos dar um jeito nisso. Vamos focar o nosso objetivo básico. Faremos trabalhos ainda maiores com a população. E quero grandes nomes nas linhas de frente. Isso é importante. Quando a palavra se espalhar, todos precisarão saber que Mina, Momo e Chae estão juntas. Isso, é claro, se vocês realmente estiverem na luta. Não vou contar uma mentira.

— Não precisa nem me perguntar, Tsuy — disse Chae. — Sabe que eu não estaria em outro lugar.

— De alguma forma, me sinto ofendida com a simples ideia de não lutar — resmungou Momo. Eu sabia que ela queria ajudar tanto quanto todo mundo na sala.

— Não se ofenda. Daqui para a frente, as coisas vão mudar um bocado, e não posso deixar de me precaver — Tsuy disse, digitando algo no computador. Ficamos em silêncio até Sina chegar sua cadeira um pouco para a frente e bater na mesa, chamando a atenção.

— Você pode dizer o que quiser, mas não entendo como se manterá segura depois de revelar sua identidade. Acredito que se tornará mais procurada que Chae, Mina e Momo. Você será a maior ameaça ao reino. Entende isso, Tsuy?

As duas se entreolharam.

— Sempre fui a maior ameaça, Sina.

— Não se faça de idiota. Sei que gosta de agir como se eu fosse burra, mas você sabe que desta vez estou certa.

Um sorrisinho cínico surgiu nos lábios de Tsuy, e eu sentia o calor da raiva de Sina.

— Você não é burra, Sina, só não está visualizando todo o cenário. Não estou subestimando o inimigo. A ideia é justamente dividir o foco. Deixe que eles foquem em mim. Não vão conseguir nada.

Sina travou a mandíbula, e um silêncio pesado recaiu sobre a sala. Nós quatro observamos a tensão das que compartilhavam tanta antipatia. Sina se levantou e, em seguida, espalmou as mãos na mesa e se inclinou para encarar Tsuy mais de perto em um desafio.

Com um olhar de desprezo, se afastou e sumiu pela porta, fazendo uma saída dramática.

— Cara... — A voz de Momo cortou o silêncio. — Vocês são estranhas.

— Devo chamar ela de volta? — perguntou Dana.

— Não, Sina está de cabeça quente, eu me resolvo com ela depois. Mais alguma dúvida?

— Quando pretende... gravar? — Chae parecia ter certa aversão à palavra.

— Estou finalizando o projeto com minha equipe e chamo vocês em dois dias. As duas sabem que precisam aparecer, certo? Momo não vai precisar falar por enquanto. — Tsuy mexeu em seu rádio, nos mostrando que tinha pessoas e chamadas procurando por ela. Chae assentiu. — Se não têm mais dúvidas, estão liberadas. Não saiam do CTI sem a minha permissão.

Capítulo 30
A revolução vai finalmente começar

Eu odiei gravar. Nunca tinha precisado ler algo antes em frente à câmera e sempre achei esquisito ouvir minha mãe reclamar das letras pequenas ou de como queria parecer mais refinada. Sempre achei que seria fácil, porque em todas as vezes nas quais tinha aparecido na televisão simplesmente ficava calada. Ou estava no fundo, posando como filha do rei, ou sendo obrigada a me sentar a uma mesa com a família, numa cena meticulosamente montada para quem estivesse assistindo. Na época, eu só pensava que era meu dever como princesa: obedecer e ficar quieta.

Não imaginei que falar para uma câmera me deixaria tão nervosa. Mas me dediquei ao máximo.

Depois de muitos dias, a única coisa que eu podia fazer ali era treinar e esperar.

Os dias seguintes no CTI foram esquisitos, mas incrivelmente agradáveis, porque eu estava com as pessoas certas. Momo continuava a se empenhar no treinamento de tiro e luta corporal comigo e com Dana, que passou a ser nossa professora depois que Chae começou a ser chamada com mais frequência à sala de Tsuy. Sina continuava emburrada, mas seguia cooperando com os planos, mesmo que ela e Tsuy mal se falassem. Naya e Jade também se juntaram a nós, além de outras pessoas que eu não conhecia. Os corredores ficavam cada vez mais tumultuados e mais rostos novos apareciam. Gente de todos os tipos, de diversos lugares e vivências, apressadas ou sorrindo pelos cantos... Era a revolução em erupção.

Como Tsuy tinha colocado toda aquela gente ali, sem atrair mais suspeitas, nós não fazíamos ideia.

Depois de uma longa tarde de treino, estávamos todas jogadas no chão, exaustas. Naya, quando não estava com Tsuy, se juntava ao grupo pela graça de ver eu e Momo apanhando de Dana. Ela dizia achar hilário ver a realeza sofrendo, mesmo que nos considerasse amigas.

Algumas coisas não mudavam tão rapidamente.

Eu me levantei para pegar um copo d'água quando Chae apareceu pelo corredor, colocando as mãos nos joelhos, cansada, como se tivesse corrido para nos encontrar. Virei para encará-la, e ela apontou para a televisão enorme que ficava em uma das paredes da sala.

— Nosso anúncio vai entrar no ar. Liguem a TV.

Na tela, uma contagem regressiva mudava totalmente o tom da programação local. Chae se apoiou ao meu lado, com o braço na minha cintura, enquanto nós olhávamos atentas e em silêncio os números na televisão. *Cinco, quatro, três, dois, um.*

Quando a contagem acabou, me assustei ao ver meu rosto na tela. A intenção era pegar o espectador desprevenido, e funcionou comigo. Quase não gostei de ouvir minha voz quando a câmera se afastou, enquadrando meus ombros.

— *Povo de Maglia! Meu nome é Mina Castelo e venho até vocês para contar a verdade, que vem sendo constantemente omitida pelos que estão no poder. Verdade esta que foi escondida até de mim. Meu sumiço não foi um sequestro. Eu fugi por não querer me casar com alguém que não amava. Nessa fuga, encontrei uma pessoa que luta por igualdade e justiça, cuja imagem foi distorcida pelo palácio. Eu libertei Chae Kang.*

Chae me puxou para perto e eu percebi que tinha prendido a respiração. Apoiei a cabeça no ombro dela.

— *E Chae Kang me libertou. Ao lado dela, me despi da ignorância e percebi a violência que não seremos mais obrigados a aceitar. Ao contrário do que parece, o reino e sua segurança são falhos. E ouso dizer que existe quem seja maior que o rei.*

A câmara passou a focalizar Chae também, que estava em pé ao meu lado. Ela parecia desconfortável e a raiva era visível em seu olhar. Quando começou a falar, foi como se uma chama acendesse em seu rosto. Uma verdadeira líder aflorava nessas horas, muito diferente da pessoa retraída que ela era no dia a dia.

— *Somos um movimento maior do que parecemos ser.* — A voz dela ecoou pela sala, e Chae se mexeu do meu lado. — *E convidamos para lutar ao nosso lado todos que desejam justiça e um país melhor. Estejam dispostos a abraçar a mudança, e chegaremos até vocês. Todas as pessoas merecem uma chance. Vamos nos unir e tornar Maglia um lugar democrático, justo, em que todos terão voz. A revolução começou.*

A Chae da tela levantou o rosto, em silêncio, e minha figura imitou seu movimento com o queixo erguido. Era claro, pela minha expressão na TV, o quanto eu admirava Chae e o que ela representava. Eu nunca tinha me visto assim. A transmissão mudou para um grande logotipo do CTI, tendo Chou Tsuy Illegality abaixo como legenda. E se apagou, voltando para uma contagem regressiva.

Ficamos em silêncio por alguns segundos.

— É isso. Tsuy assumiu o CTI. A revolução vai finalmente começar — disse Dana. Momo suspirou alto, quase como um soluço, e percebi que estava com as pernas um pouco trêmulas. Não tinha mais volta.

— Você fica bem na televisão — Chae sussurrou para mim. Aquilo me fez sorrir e lembrar de que estava em um lugar familiar. Respirei fundo e me apertei um pouco mais no abraço dela.

— Ainda lembro de quando Mina aparecia na televisão como princesa e de que Chae debochava dela. — Naya se virou na cadeira.

— Naya — grunhiu Jade. — Não estrague o relacionamento das pessoas.

Eu podia sentir Chae fuzilando a amiga com o olhar e dei uma risada para mostrar que estava tudo bem. Não era bem uma novidade e acho que eu não poderia culpá-la por não gostar de mim antes. Eu entendia. E me sentia feliz por nossa relação ter evoluído o suficiente ao ponto de ter Chae Kang me abraçando com amor.

Tsuy pigarreou para mostrar que tinha entrado na sala de treino, e Dana desligou a televisão, que já tinha voltado para a programação normal, como se nada tivesse acontecido. Sina e Tsuy se encararam como se existisse um universo inteiro as separando. Então Sina fez uma mesura exagerada e seguiu seu caminho, batendo a porta de vidro ao sair.

— O que acharam? — perguntou.

— Excelente — respondeu Naya.

— Como foi a recepção? — perguntou Dana, se levantando de onde estava sentada no chão.
— O refeitório aplaudiu. O resto a gente vai saber mais tarde — disse Tsuy, sorrindo de leve.
— Como conseguiu colocar isso no meio da programação normal? É o horário mais nobre da TV. O palácio deve estar furioso, em caos completo — Momo quis saber, ainda sentada.
Tsuy encarou minha amiga com paciência.
— Com dinheiro, não é difícil conseguir as coisas. Temos os melhores hackers no nosso time, o Palácio não pode evitar a nossa presença. Felizmente, Maxi sabia exatamente com quem falar. É o que vocês precisam saber.
Maxi ainda era uma incógnita. Sua verdadeira identidade seguia protegida, e ninguém suspeitava de nada na alta sociedade. Tanto que ela continuava a trabalhar na empresa da família como herdeira.
— Já começamos a distribuir suprimentos nas regiões mais afetadas pela fome nos últimos meses — disse Tsuy, checando um aparelho que tirou do bolso. — A população precisa ver tudo acontecendo rapidamente, precisamos provar que não mentimos. Mina, Chae e Momo, em dois dias preciso que estejam prontas para ir às ruas. Dana e... Sina podem ir também. Se alguma de vocês puder avisar a ela...
Ninguém ali parecia realmente animada para chegar perto da nova versão mal-humorada de Sina.
— Pode deixar comigo — disse Jade, oferecendo um olhar tranquilizador a Tsuy.
Nós sabíamos que o vídeo passaria na televisão, mas vê-lo no ar me causou uma sensação estranha. Desejei saber a reação da minha família. No dia do resgate de Momo e Dana, Igor me disse coisas horríveis, e eu pagaria qualquer coisa para ver a cara dele agora.
Não que eu tivesse dinheiro algum àquela altura do campeonato.
Mais tarde, Tsuy nos chamou em seu escritório para informar a reação do povo. Os relatos eram de que todos queriam saber mais sobre os rebeldes. Nossos nomes estavam na boca do povo. Éramos o assunto mais pesquisado em Maglia. O CTI também. Nós havíamos cumprido a missão de ficar em evidência, na mente das pessoas.

■ ■ ■

Como Tsuy havia planejado, no dia seguinte ao comercial, acordamos cedo para seguir o resto do plano. Os grupos rebeldes tinham se separado em diversas frentes, partindo para vários lugares no reino, como uma forma de não chamar muita atenção para o prédio que abrigava o CTI. Nenhum guarda real tinha aparecido por lá, o que eu achava particularmente esquisito. O palácio devia estar furioso com o vídeo. Aquela calmaria não fazia sentido.

Talvez Tsuy tivesse razão. Talvez eles não quisessem assumir que éramos perigosos e tivessem decidido lidar com o que estava acontecendo discretamente.

Dirigimos até entrar numa rua enlameada com poucos edifícios. Quando desci do carro com Momo, agradeci pelas galochas nos nossos pés. No veículo de trás, Dana e Chae pularam juntas, como sombras pelos cantos da rua. Olhando em volta, reparei em um grupo de rebeldes. Quando nós quatro nos reunimos, um homem fortemente armado se aproximou.

— Muito bem, senhoritas — disse ele. — Vamos até o abrigo no fim da rua. O CTI faz doações para lá. A carga já está nos esperando na esquina. Tudo que a chefe exigiu foi que as três fossem na frente e entrassem primeiro. — Ele apontou para mim, Momo e Chae. — Apenas rebeldes voluntários sabem de nossa vinda.

— Por que as pessoas moram em um abrigo? — perguntou Momo, enquanto caminhávamos lado a lado.

— Elas não têm casa — respondeu Dana, sua voz soando macia pela primeira vez em muito tempo. — A grande maioria vivia em moradias subterrâneas destruídas por enchentes ou comunidades precárias destruídas pela guarda real. Foi Tsuy quem construiu o abrigo, em um dos nossos primeiros projetos. Todas trabalhamos na época, e eu fiquei com cimento nas unhas por semanas. Valeu cada minuto.

Olhei de novo para a estrutura de concreto no fim da rua. Tinha apenas um andar, mas parecia grande, como uma quadra enorme. Um depósito. Parecia qualquer outro prédio abandonado da área.

Enquanto eu vivia uma vida de luxo, essas mulheres estavam sacrificando o que tinham pelos outros. A gente não tinha qualquer chance de saber de nada disso dentro do palácio.

Fui em frente, com os pés na lama e uma Momo curiosa e amedrontada ao meu lado. Chegamos perto do caminhão cheio de caixas, e o homem que estava lá dentro jogou uma para a rebelde que empilhava as doações no chão. Quando me aproximei, ela me entregou uma das caixas, sorrindo. Repetiram o processo com Momo, Chae e os rebeldes que faziam fila.

Quando tomei a dianteira, com cuidado para não tropeçar na lama, uma criança, que estava abraçada ao batente de onde seria a porta, gritou "comida!", e não demorou para que as pessoas começassem a surgir. Pela distância, ainda não haviam percebido quem eram as pessoas que carregavam as primeiras caixas, e me questionei se sequer tinham noção do que estava acontecendo.

Mas logo vi que tinham. Os olhares logo se voltaram para nós e muitos não eram amigáveis.

A criança na porta foi puxada para trás por um adulto quando cheguei perto o suficiente para que vissem quem eu era. Fiz uma mesura mais longa do que o normal para eles.

— Muito prazer, sou Mina.

— Sabemos quem você é — disse um homem com barba espessa, dando um passo à frente do grupo que se formou.

— Então imagino que também saibam que vim ajudar.

O homem olhou para as duas mulheres ao meu lado, e Chae avançou, se destacando.

— Você é Caio, certo? Lembra de mim, não lembra?

— Então é verdade? — O olhar do homem pareceu relaxar. — Você e a princesa estão com os rebeldes? A gente viu pela televisão, mas foi difícil acreditar. E o que a gente sabe, são aqueles idiotas que nos informam. — Ele apontou para um homem de roupas escuras sentado em um pedaço de papelão no chão, encostado na parede de concreto. Tinha cabelos vermelhos, tatuagens subindo pelo pescoço, e olhos ardilosos. Ele sorriu e acenou para nós. — E não tenho como saber se o que dizem é verdade ou se mentem para nos animar.

— Aparentemente, é tudo verdade. — Levantei um pouco a caixa de suprimentos no meu colo. Momo ficou ao meu lado, também se curvando em cumprimento.

— É a rainha? Rainha Momo? — sussurros corriam pelo grupo à nossa frente.

— Desculpem pela desconfiança — disse Caio, se curvando lentamente e se aproximando de mim devagar, levando então as mãos até a caixa que eu segurava. — Já tínhamos perdido as esperanças. Parece mentira que vocês estejam aqui.

— Entendo porque pensa assim, senhor, e sinto muito. De verdade. Mas estamos do seu lado.

Deixei que ele pegasse a caixa e torci para que ele percebesse minha sinceridade.

Quando ele voltou para dentro, ouvi sua voz anunciar que pessoas ilustres haviam trazido os suprimentos, fazendo crianças e adultos se agitarem e virem correndo até nós.

— Não precisa ter medo, princesinha. Eu estou aqui — disse Chae ao meu lado.

Ela colocou a caixa que segurava em meus braços, bagunçou meu cabelo e me ofereceu um sorriso acolhedor antes de se afastar para pegar mais suprimentos no caminhão.

Momo tentava acenar para todas as crianças curiosas e ao mesmo tempo se equilibrar no meio da lama.

— Saiam daí! Vamos entrando. — Dana colocou a mão nas minhas costas enquanto me guiava para dentro. Curiosos se aproximavam, ofereciam as mãos para nós e acenavam enquanto passávamos pelo corredor.

Quando chegamos a um grande salão aberto, notei a quantidade de beliches de metal, uma ao lado da outra, além de redes penduradas nas pilastras. Ao fundo, uma porta de metal enferrujada que dava acesso aos banheiros e a uma cozinha improvisada. No canto, os rebeldes organizavam caixas em uma estrutura de madeira alta.

Dana cumprimentou, animada, inúmeras pessoas ao passar, e um rebelde em cima da estrutura de madeira aceitou a caixa que lhe estendi. Quando me virei para voltar e pegar mais, me deparei com Chae atrás de mim, trazendo duas sacolas enormes nos braços.

Peguei uma delas, sorrindo com o olhar de aprovação que ela me dava.

— Onde está Momo? — perguntei.

— A antiga futura rainha foi brincar com as crianças — respondeu, rindo. A pintinha perto dos seus lábios se moveu, me arrancando suspiros.

Desejei que, um dia, pudéssemos ter uma vida normal, e que eu pudesse ver minha melhor amiga sendo quem queria ser e fazendo o que mais gostava. Cuidar das pessoas, brincar com crianças. Talvez se apaixonar, ser mãe e cuidar de bebês. Momo era adorada.

Será que eu conseguiria ter a minha própria família um dia?

Ouvi uma caixa caindo no chão ao meu lado, me acordando dos pensamentos. A gente tinha um enorme caminho pela frente. Antes de sequer desejar construir a minha vida, eu precisava devolver a dignidade que tinha sido roubada de povo.

■ ■ ■

Até nosso retorno ao CTI, não poderíamos sequer imaginar que havia algo de errado. Mas o mundo caíra em questão de horas. Entrei sorridente no escritório de Tsuy, de mãos dadas com Chae e seguida pelas outras, mas quando olhamos para ela, vimos seu maxilar travado. Naya digitava rapidamente no computador e usava um headset enquanto Tsuy olhava para ela o tempo todo, com outras pessoas à sua volta. Eu senti o clima pesado.

— Tsuy...? — Sina sussurrou, depois de nos encarar. Pelo visto, ela também havia chegado há pouco tempo. Percebi Tsuy engolir em seco e me senti vacilar. Chae apertou minha mão com mais força.

— Vocês foram bem — disse ela, seca. — Monitoramos tudo, e a entrega dos suprimentos não poderia ter corrido melhor.

— O que aconteceu? — Momo foi direta.

— Ainda não temos certeza, mas veículos do reino foram vistos na região do abrigo. Guardas brancos. As pessoas dos arredores já haviam começado a espalhar que viram vocês.

— Temos que voltar? Temos que voltar para ajudar, não temos? — questionei, e Chae me deu um leve puxão no braço, como se quisesse me acalmar.

— Ninguém vai sair daqui, Mina — disse Tsuy, séria. — Temos uma equipe por lá para checar a veracidade dos fatos, mas seria idiotice deixar vocês voltarem.

— Mas e se não forem só rumores, Tsuy? E se estiverem indo para massacrar aquelas pessoas? — perguntei.

Senti o coração bater na boca e nem a mão de Chae estava sendo capaz de me acalmar.

— Uma equipe está pronta caso seja necessário — repetiu Tsuy. — Ninguém sai daqui.

A minha vontade era correr de volta para o abrigo, bater de frente com os exércitos de meu pai. Era muito injusto não poder fazer nada. Será que eles haviam esperado a gente sair de lá para atacar de propósito? Será que estavam um passo à nossa frente?

— Eu vou — disse Sina. — Não vou ficar aqui esperando a merda bater no ventilador.

A mandíbula de Tsuy trincou de novo, e ela fechou os olhos como se estivesse sem paciência.

— Já falei, ninguém sai.

— Continue a mentir e elas vão perder a confiança em você! — Sina berrou, com um dedo na cara dela.

— Não estou mentindo.

Tsuy manteve a voz serena, mas Sina me surpreendeu ao apontar para Naya.

— Sim, está. Eu já vi isso antes. Naya só mexe desse jeito no microfone quando está nervosa, e a única coisa que a deixa assim é Jade. Ou seja, a equipe médica vai sair ou já está na rua, e você está mentindo quando diz que não sabe de nada.

Um grande silêncio tomou a sala, Naya e Tsuy congelaram.

— Não sou burra, Tsuy, mesmo que você tente fazer parecer que sim.

— A equipe médica está a postos — assumiu ela, após ponderar por um momento. Eu prendi a respiração. — Mas isso não significa que algo vá acontecer, só quer dizer que estou tomando todas as precauções. E se você é mesmo tão inteligente, sabe que estou falando a verdade.

— Ela só não quer deixar vocês nervosas — Naya cortou antes que a discussão continuasse. Todo mundo na sala olhou para ela. — Se soubermos que algo realmente está acontecendo, vocês serão avisadas. Não estamos brincando. Ainda não vemos o futuro, então não cobrem isso de Tsuy.

Um peso pareceu sumir dos ombros de Tsuy, que ajeitou a postura e balançou a cabeça, confirmando as palavras de Naya. Ainda assim, senti que eu deveria ser uma das rebeldes prontas para o combate. Eu tinha treinado até ali para isso.

Não para ficar, como sempre, protegida em uma sala secreta.

— Estou em contato com Jade. Vai ficar tudo bem — disse Naya, clicando em algo. Seu computador emitiu um barulho alto, buscando sinal. — Jade, as meninas chegaram. Tudo bem por aí?

— Sim, estamos esperando o comando para agir. — A voz de Jade soou pelo alto-falante.

Tsuy virou a tela para nós e vimos algumas pessoas no interior escuro de uma van. Jade acenou na frente da câmera de seus óculos e percebi Naya dar um sorriso.

— Não vai ser necessário, logo vocês estarão de volta ao CTI — disse ela.

Desejei que as palavras de Naya fossem verdade.

— Ei, Naya — disse Jade, rindo. — Não se preocupe, você sabe que sou invencível.

Enquanto Sina e Tsuy trocavam olhares quase mortais, percebi Chae estreitar os olhos, tensa. Alguma coisa não estava certa naquele cenário, e ela sabia bem. Observei Jade rever o conteúdo de uma maleta de primeiros socorros como se estivesse entediada, depois fechá-la com força.

Ouvimos uma interferência no som, e Tsuy acenou para algumas pessoas à sua volta, que saíram correndo.

— Mande-os voltar. Agora — ordenou para Naya, saindo do escritório com Sina em seu encalço e indo direto para a sala de tecnologia.

— Jade, eles atacaram. Precisamos que voltem — disse Naya, perdendo a emoção de sua voz. — Tsuy recebeu o aviso, estou acompanhando agora. Eles têm fuzis e granadas. Se atacarem para valer, não vai sobrar ninguém.

Jade não respondeu, mas ajeitou as travas na maleta, preparou a arma e colocou algo no bolso traseiro. Prendi a respiração observando o carro andar em alta velocidade até estacionar próximo ao abrigo. Dali, já era possível ouvir os disparos, captados pelos microfones de Jade.

A sala permanecia em silêncio enquanto olhávamos para a tela do computador de Tsuy, e Naya encarava seu notebook. Atentas, vimos Jade descer do carro e caminhar com pressa pela rua. Então ouvimos berros de dor e agonia, fumaça e guardas brancos em uma cena horrível, atacando o abrigo e atirando contra os rebeldes que chegavam pelas ruas. Algumas pessoas carregavam outras, desmaiadas ou pior, e tentavam alcançar Jade. Momo se engasgou ao meu lado enquanto tentava engolir o choro, e Dana a puxou para um abraço, virando-a de costas para as telas. A cena era brutal. Eu nunca tinha visto nada parecido, nem na ficção.

— Os médicos não podem avançar. — A voz de Naya soou trêmula e aflita. — Permaneçam aí. Se entrarem em combate, perderemos os únicos que podem salvar os outros...

Um tiro, tão alto que parecia ter alvejado a sala, cortou a fala de Naya do pior jeito possível, dando um susto em todo mundo. Momo gritou com o barulho, e os dedos de Naya apertaram a mesa quando Jade se estatelou no chão. Com o movimento da câmera, vimos suas mãos se firmando na terra. Mesmo ofegante, ela se apoiou na parede e levantou. Assisti-la foi um pesadelo. Eu estava em choque, sem conseguir me mexer.

Guardas brancos armados fechavam a rua, encurralando Jade, que olhava para todas as direções possíveis, buscando um último fio de esperança. Tudo que ela encontrou foi mais homens armados vindo em sua direção. Eles não matariam Jade. Fariam coisa pior.

— Naya! — A voz dela irrompeu, dolorida, pelo computador. — Me perdoe. Me perdoe por tudo, por favor. Viva a sua vida. Eu te amo.

E, tirando os óculos, ela engoliu um comprimido preto. O soldado avançou em sua direção, e a imagem foi cortada. Jade tomou a pílula que deletaria sua vida, sua identidade, suas memórias.

A pílula que deletaria sua própria irmã.

Capítulo 31
O mundo não precisa de mais nada

Passei o resto do dia chorando.

Depois da cena que vimos ao vivo, Naya entrou em um estado de pânico tão grande que Dana precisou levá-la para receber cuidados médicos. Ela começara a ficar agressiva, dizendo que só queria ser atendida por Jade, então foi sedada. Momo também passou mal, e fiquei com ela na enfermaria enquanto tomava soro, sem conseguir impedir as lágrimas e as cenas que passavam na minha mente sempre que eu fechava os olhos.

— Mina... — Momo sussurrou, e sequei algumas lágrimas, me aproximando do leito dela. Minha amiga também estava chorando.

— Eu nunca imaginei. Que eles... Que nossa família... Eu não fazia ideia.

— Eu também não, Momo. Fomos enganadas esse tempo todo.

— Eles diziam que era para proteger as pessoas. Que todo mundo vivia bem, que todo mundo tinha o que comer. Que tinham onde morar. A gente cresceu ouvindo isso. — Momo fungou alto. — É nossa culpa também.

— Estamos aqui agora, Momo. Não adianta nada se culpar. Tente não se torturar tanto — eu disse baixinho, apertando a mão dela.

— Você amadureceu tanto, estou orgulhosa. — Ela sorriu e eu senti as bochechas esquentarem.

Dana pigarreou para interromper nossa conversa e avisou que Tsuy estava nos chamando na sua sala. Momo levantou com cuidado, enquanto Naya e outros rebeldes continuavam em macas, cobertos por lençóis leves e separados em enormes salas estéreis de enfermaria de última geração.

Encontrei Chae sentada na sala de Tsuy e fui até ela, segurando seus ombros. Ninguém se cumprimentou, ficamos em um silêncio incômodo enquanto Tsuy mexia no computador. Eu não estava pronta para o que ela poderia nos mostrar. Na tela, a imagem de uma sala branca, parecida com aquela em que o pai de Chae estava quando apareceu na TV. A câmera girou pela parede de espelhos e, pelo pouco que sabia, tinha certeza de que meu pai, seus conselheiros e meu irmão estavam logo atrás do vidro.

"Qual é o seu nome?"

"Jade Ramos."

"Ocupação?"

Silêncio.

"Eu não... eu não sei."

"Qual comprimido você tomou antes de ser capturada?"

"Comprimido...? Capturada...?"

Ela parecia lutar para as palavras saírem e para entender o que perguntavam. Seu rosto estava visivelmente machucado.

"Estamos detectando um sinal desconhecido na sala", disse outra voz, e tudo ficou preto.

— Já desfiz o rastro e não tenho como voltar atrás — disse Tsuy, nos trazendo de volta para a realidade.

— Isso foi quanto tempo após ela ser capturada? — perguntou Sina, a voz parecendo ter perdido a vida.

— Menos de uma hora — respondeu Tsuy. — Os rebeldes foram para uma unidade aliada do reino e só seguiram para o palácio depois de serem revistados e interrogados.

Eu fechei os olhos. Não queria nem podia acreditar que aquilo estava acontecendo.

— Isso é horrível, ela claramente foi machucada — resmungou Momo.

— Sim — concordou Tsuy. — Por isso, não deixarei que seu sacrifício tenha sido em vão e me pronunciarei antes que joguem o massacre nas nossas costas. Nas costas *dela*.

Massacre.

Meu estômago revirou com força. Todos do abrigo que visitamos haviam morrido. Chae puxou minha mão e começou a massagear meus dedos, com um olhar suplicante. Tentei me acalmar, mas as lágrimas desciam pelo meu rosto sem que eu conseguisse controlar.

— Se pronunciar...? Você? — perguntou Sina.

Tsuy a encarou tentando manter a calma.

— Sim. Vamos hackear as redes de transmissão de novo.

— Antes seu nome... Agora o rosto... Você está se entregando inteira para eles, Tsuy. — Sina passou a mão pelos cabelos coloridos.

— Não, Sina. Achei que você, mais do que qualquer outro, saberia que "quem se defende mostra que sua força é inadequada; quem ataca, mostra que ela é abundante".

— Pare com essas frases de efeito idiotas. Você está dando tudo que eles querem — Sina reclamou, perdendo a paciência.

— Estou atacando.

— Ah, deixe-me adivinhar... "A suprema arte da guerra é derrotar o inimigo sem luta" — disse Sina, dando um passo à frente com uma expressão irritada.

— O que podemos fazer pela Jade? — interrompi as duas com a voz forte, sem paciência para lidar com birra naquele momento.

— Pela Jade de agora? Nada. — Tsuy me encarou. — Pela Jade que um dia existiu? Podemos arrumar seu quarto... Ela não gostaria que a tarefa ficasse para Naya.

Como Tsuy conseguia ser tão fria? Havíamos acabado de perder uma das pessoas de seu círculo mais próximo, como ela era capaz de tratar a situação com tanta indiferença?

— Aqui, para que não precisem usar a digital. — Tsuy colocou uma chave na mesa.

Peguei o chaveiro e saí do escritório sem me importar se Tsuy ainda tinha algo para dizer. Segui até o quarto de Naya e Jade como um furacão enquanto Chae vinha logo atrás.

— Mina, se acalme.

Fechei os olhos e parei no meio do corredor, respirando fundo. Senti ela me puxar e afagar meus cabelos.

— Eu não vou ficar calma, Chae. Não quero ficar de mãos atadas, esperando mais merda acontecer.

— Eu te entendo e concordo, mas...

— Ela parece não dar a mínima, Chae! Não se importa com Naya — falei. — Provavelmente só quer saber quando ela estará bem para usá-la como hacker de novo.

— Você sabe que vou proteger Naya com a minha vida. Tudo que não pude fazer por Jade — Chae disse entre dentes, ainda acariciando meu cabelo, enquanto respirava fundo, também tentando se acalmar. — Vamos fazer uma coisa... Vou te levar para o quarto, e você vai tomar um banho enquanto peço algo gostoso para comer. E você vai comer, nem que seja só um pouquinho, por mim, e depois vai dormir, porque precisa descansar.

Não, eu queria fazer coisas que realmente importavam. Queria arrumar os pertences de Jade para que Naya não sofresse quando voltasse para o quarto. Queria sair correndo dali, atravessar o muro e acabar com quem tivesse machucado Jade daquela forma. Balancei a cabeça, negando; estava muito nervosa.

— Vai, vai sim, princesinha — Chae insistiu. — E eu te espero acordar para arrumar o quarto dela, se é o que você quer.

Ao receber seu olhar cheio de amor, deixei que ela me convencesse e me levasse embora. Chae apertou minha cintura enquanto andávamos e abriu o quarto com a digital. Ela empurrou a porta com o pé e jogou a chave do outro quarto na cama, me soltando e apontando para o banheiro.

— Um banho quentinho. E comida.

Obediente, fui até o banheiro e, debaixo da água quente, tentei concentrar minha mente em qualquer outra coisa. Mas as lágrimas continuavam descendo, se misturando com a água do chuveiro, enquanto meu corpo finalmente sentia as dores depois de um dia inteiro carregando caixas e caminhando na lama. Mas como me esquecer de todas as pessoas do abrigo? Grunhi de frustração e, no momento seguinte, Chae estava dentro do banheiro, preocupada.

— Princesinha... — Ela se desfez de suas roupas e se enfiou no chuveiro comigo, me envolvendo em seus braços.

Coloquei o rosto molhado na curva do pescoço dela e senti seus dedos subindo e descendo pelas minhas costas nuas, onde a água ainda caía. Eu me perguntei o quanto Chae já estava acostumada a esse sentimento de frustração, pois, em vez de demonstrar o próprio sofrimento, estava me apoiando.

— Por que eles tiveram que morrer? — sussurrei, chorando, e me sentindo tão fraca que fiquei com medo de desmaiar em seus braços.
— É isso que vamos mudar, princesinha. Ninguém deveria ter que morrer dessa forma.
— Não... não quero mais mortes. Nenhuma. Não podemos...
— Shh... — Seus dedos subiram até minha nuca, e ela fungou, chorando também. — Isso nunca mais vai acontecer, eu prometo. Eu prometo.

Aquela parecia uma promessa vazia. Chae realmente evitaria o que pudesse, mas não podia controlar tudo. Mas ouvir isso era reconfortante, de alguma forma.

Ficamos alguns minutos em silêncio, sentindo a água quente bater na pele e relaxar os músculos doloridos. O corpo de Chae grudado no meu me dava a impressão de estar em casa, de estar protegida pelo conforto em meio ao caos.

— Estão batendo na porta — disse ela, levantando o rosto. — Você consegue terminar o banho sozinha?

Confirmei com a cabeça e senti seu beijo macio na bochecha. No instante em que Chae me deixou, tive a certeza de que ela era a única coisa me dando forças para ficar de pé naquele momento. Minha visão começou a escurecer e não demorou para que tudo ficasse completamente preto.

■ ■ ■

— Ela acordou!

Quando minha visão focou, eu estava na enfermaria do CTI.

— O que houve? — perguntei e olhei para meu braço engessado. Merda.

— Você desmaiou tomando banho, caiu de mau jeito e ferrou esse bracinho — resmungou Dana. — Não é uma fratura séria, mas o médico achou melhor imobilizar para sarar mais rápido.

— Como cheguei aqui?

Momo abriu um sorriso brincalhão, e Dana desviou o olhar. Pelo amor de Deus, meu corpo não era novidade para nenhuma delas, mas estar somente com a camisola hospitalar, sem nada por baixo, era constrangedor.

— Eu te cobri com uma toalha — ofegante, Chae parou aos pés da cama. — Aí te trouxe para cá. Você quer me matar do coração, Mina? Eu devia ter feito você comer antes do banho! Burra!

— Sim, burra — disse Naya, deitada na cama ao lado da minha. Levei um susto ao ouvir sua voz e virei a cabeça com uma pontada de dor. — Jade já tinha mandado vocês não deixarem que ela pulasse as refeições. A garota foi criada comendo em horários pontuais!

O semblante costumeiramente feliz de Naya havia sumido, parecia escondido nas profundezas do seu ser.

— Naya... eu sinto muito. — Minha voz saiu fraca, e ela olhou para mim, tentando forçar um leve sorriso.

— Não sinta. Mesmo que parecesse durona, Jade não gostaria que vocês ficassem tristes. Tudo que ela sempre fez foi tentar me proteger.

Ouvimos uma movimentação de pessoas se aproximando e olhamos para a porta da salinha da enfermaria.

— Obrigada por nos acompanhar, Chae. — Tsuy estava ali parada, ao lado de Maxi.

Eu me contorci, me sentindo completamente exposta, fora que não sentia a menor vontade de olhar para Tsuy naquele momento. E o que Maxi fazia ali?

— Quando ouviu que você estava acordada, Chae nos abandonou na hora — disse Maxi, falhando na tentativa de soar amigável. — Ela nem segurou o elevador para nós.

— Mesmo que não vá ficar com o braço imobilizado por muito tempo, imagino que saiba que isso indica o fim de suas participações nas missões por agora — Tsuy avisou.

— Eu atiro com a mão direita, não com a esquerda.

— Você tem que atirar com as duas mãos, ainda não tem habilidade o suficiente para usar uma só.

Olhei para Chae com a expectativa de que ela estivesse disposta a convencer Tsuy do contrário, mas seu rosto parecia aliviado. Quando percebeu meu olhar, ela pareceu se sentir culpada por ter sido pega em flagrante me poupando da luta. Lancei um olhar muito bravo, mas Chae deu de ombros, me fazendo revirar os olhos e voltar minha atenção para Tsuy.

— Por que veio até aqui?

— Para ver como você estava.

Queria acreditar, mas era difícil. Da forma como via agora, Tsuy se importava com as pessoas apenas pela utilidade delas na revolução. Não respondi e olhei para Maxi.

— E você?

— Quando ouvi que Vossa Alteza estava de cama, achei que seria decente vir estimar sua melhora.

"Alteza." Depois dos acontecimentos recentes, o uso provocador da palavra me irritou como nunca antes.

— Alteza, não. Cansei de ouvir isso. Se me consideram da realeza, atendam meu pedido de parar com essa merda.

Momo apertou minha mão boa e ouvi uma risada baixa ao meu lado. Naya estava rindo e foi como se toda a irritação da sala se esvaísse. Olhei para ela e a fuzilei com o olhar, irritada com seu deboche, mas logo fui cortada de novo.

— O que aconteceu com você? — Maxi deu dois passos para o lado, prestando atenção em Naya e fazendo-a encarar com ironia.

— Me doparam. Me sedaram. Me botaram para dormir. Como quiser chamar.

— Por quê? — Maxi franziu o cenho.

— Fiquei muito animadinha para o gosto delas.

— Animadinha... — Tsuy resmungou. — Ela estava gritando e ameaçando aplicar as seringas dos enfermeiros neles mesmos.

— Mas o motivo...? — perguntou Maxi.

Naya deu uma risada irônica.

— Minha irmã. Perdi minha irmã. Ela apagou a própria memória em prol do movimento, enquanto alguns andam por aí sabendo de tudo e seguem sem estar totalmente ao nosso lado. Feliz agora, W?

Maxi se calou, analisando Naya.

— Bom, só vim vê-las, mas agora que sei que estão bem, preciso ir, tenho muitas coisas a fazer — disse Tsuy. — Naya, quando se sentir bem e estiver disposta, será útil ao meu lado. Mina, você é importante para o movimento, então ainda quero sua presença nas reuniões.

Assenti, mesmo a contragosto. Tsuy olhou em volta.

— Cadê a Sina?

Nós nos entreolhamos. Ninguém ali parecia saber.

— Estão me dizendo que não falam com ela desde a reunião de ontem à noite? — perguntou Tsuy.

Quando todas negamos ao mesmo tempo, ela torceu a boca como se fosse reclamar, mas apenas virou as costas e saiu.

Maxi ficou mais alguns momentos observando Naya, que arqueou as sobrancelhas para ela como se não aguentasse mais. Em seguida, Maxi foi atrás de Tsuy.

Momo se afastou e voltou, sabe-se lá como, carregando um porta-canetas na mão. Então se ajeitou em cima da cama, rabiscando meu gesso, que já tinha alguns desenhos, provavelmente feitos por ela.

— Naya — chamou Dana, baixinho. — Estávamos pensando em cuidar das coisas da Jade para você, tem problema?

O clima da sala pesou por um momento, e um lapso de tristeza passou pelos olhos dela.

— Por favor... Eu não conseguiria.

Dana assentiu, e pensei em como pelo menos isso eu poderia fazer para ajudar.

— Quanto tempo faz que eu desmaiei? — perguntei.

— Acho que umas seis horas — Chae respondeu, parecendo cansada, como se tivesse passado a noite em claro. — Você desmaiou só por alguns minutos, mas como acordou meio grogue, pedi para te darem algo para relaxar, já que aparentemente você não faz isso por conta própria.

Seus dedos escorregaram de meus cabelos até minha bochecha. Fechei os olhos e senti seu carinho como se pudesse voltar a dormir.

— Tsuy já fez o pronunciamento? — perguntei com a voz fraca.

— Acredito que vai ser agora — disse Dana. — Provavelmente queria esperar até saber se você estava bem.

Queria mesmo? O movimento rebelde era importante, mas como ela conseguiu entregar para Jade as pílulas de apagar a memória? Como conseguiu fazer isso com Chae tanto tempo antes? Lembrar que Chae só continuava sabendo quem era por sorte me dava raiva da frieza de Tsuy. Não me parecia muito inteligente ter feito as pílulas de apagar a memória da mesma cor das que agiam contra o soro da verdade.

■ ■ ■

Depois de liberada da ala médica, fui com Chae e Dana para o quarto de Naya e começamos a mexer nas coisas espalhadas, tentando organizar tudo. Dana pegou uma mala vazia que havia no canto e abriu o armário enquanto eu me sentava na ponta da cama. Ela abriu a mala no chão e começou a desfazer a parte que claramente era de Jade. Chae dobrava e guardava as roupas que Dana lhe entregava.

— O que é isso? — perguntou Dana ao tirar algumas pastas pretas da última prateleira. Franziu o cenho e colocou a pilha na cama ao meu lado. — Pode checar se é de Jade ou Naya, Mina?

Ela voltou até o armário e me deixou com a única coisa que eu poderia fazer com o maldito braço imobilizado. Abri a pasta e, em um calhamaço, estava escrito, numa caligrafia torta e sublinhada: "O projeto". Não precisei ler muito para entender do que se tratava e me afundar num poço de tristeza. Todas as páginas estavam datadas, a primeira de anos atrás. Havia algumas impressões e palavras complicadas que eu nunca entenderia. Diversas radiografias, estudos de tecnologia e relatórios de exames falhos preenchiam as folhas.

— Gente... — sussurrei, atraindo a atenção de Dana e Chae, que se aproximaram, esbarrando uma na outra. — Jade... Jade passou os últimos anos estudando... como regenerar ferimentos graves. Ela estava doando tudo de si aos rebeldes. — A última data era do dia que, de certa forma, ela se foi.

Passei o dedo pela última linha: "Não desista, você vai conseguir."

Larguei a pasta na cama e Dana a pegou, folheando as páginas rapidamente.

Jade passara os últimos anos estudando e esquecera todo esse conhecimento? Não era justo.

— Eu odeio essa situação. Odeio! — Chae retrucou, com raiva.

— Jade está bem, não está? Sem memória, eles não vão fazer mal a ela, né? — perguntei, sentindo o choro voltar ao ver Chae nervosa daquele jeito. Ela tinha toda razão de estar assim, mas eu só conseguia sentir tristeza.

Chae se aproximou e me abraçou por trás, segurando meu ombro e me puxando para perto. Beijou o topo da minha cabeça enquanto segurava as lágrimas que achava não ter o direito de derramar. Era tudo culpa do meu pai. Senti um ódio dele que nunca imaginei que pudesse sentir. Se o rei estivesse na minha frente, eu não sei nem o que seria capaz de fazer.

Senti os dedos de Chae segurando meu rosto e secando as lágrimas que continuavam a escorrer pelas minhas bochechas.

— Dói, eu sei que dói, mas a culpa não é sua — disse ela num tom de confidência, como se quisesse que apenas eu ouvisse. — Vamos fazer o que pudermos para melhorar a situação, princesinha. E vamos conseguir. Nunca tive tanta certeza disso.

■ ■ ■

Encontramos Momo e Naya na lanchonete mais tarde, e Chae rabiscava meu gesso sem que eu me importasse muito em olhar o que ela fazia. Momo ofereceu mais canetas para que ela continuasse sua arte, e, enquanto estávamos na mesa, me permiti observar o rosto da minha melhor amiga. Lembrei de como duvidaram dela logo após o resgate e soube que era por conta de seu jeito. Momo era dedicada e batalharia o quanto precisasse em prol do que achasse correto, mas nunca deixaria as coisas ruins do mundo afetarem sua alma pura.

Fui tirada dos meus pensamentos quando as televisões da lanchonete se acenderam todas de uma vez, cessando o burburinho dos rebeldes que estavam por ali. Na tela, um aviso seguido de uma contagem regressiva nos dizia que em instantes Chou Tsuy entraria ao vivo para o reino inteiro. Chae parou o que fazia e todas olhamos com pesar para a televisão.

"Boa noite, povo de Maglia." A tela foi tomada pela imagem de Tsuy, vestida de preto, em seu escritório. "Meu nome é Chou Tsuy e venho fazer um pronunciamento de extrema importância. Sou a líder do Centro de Tecnologia da Informação, conhecido como CTI, instituto hoje conhecido por ser a sede da revolução."

Foi como se todos tivéssemos prendido a respiração ao mesmo tempo; não havia nenhum barulho na lanchonete além da voz de Tsuy. Se Sina estivesse conosco, ela viraria a mesa.

"Ontem, nossos rebeldes, incluindo a princesa Mina, Momo e Chae, bem conhecidas pelo povo, estavam realizando um trabalho voluntário em uma das regiões mais pobres e ignoradas pelo reino.

Tivemos enorme sucesso na entrega de suprimentos, mas o rei não viu nossa ação com bons olhos. É com dor no coração que digo que, no mesmo dia em que ajudamos aquelas pessoas, todas foram massacradas pelos guardas reais."

Tsuy fez uma pausa, dando tempo para a informação ser processada. Voltei a sentir as lágrimas descerem pelo rosto.

"Crianças, jovens, adultos e idosos. Ninguém foi poupado, todos foram executados a sangue frio. Os homens e mulheres que lutam pela nossa causa tentaram salvar as vidas inocentes, mas até mesmo a equipe médica foi tratada com injustiça, capturada e executada... ou ainda pior. Das pessoas que saíram para tentar dar a vida pelos outros, nenhuma voltou. A família real é culpada pela barbárie, assim como já foi outras vezes antes e tentou culpar os rebeldes. Não vamos permitir que a injustiça continue. Vamos revidar."

Nenhum rebelde ousava abrir a boca; o único barulho audível eram os soluços daqueles que tinham perdido seus conhecidos. Observei Dana colocar a mão no ombro de Naya. A voz de Tsuy foi ficando gradativamente mais alta. Agora, parecia nítido que ela tinha sido afetada pelo ataque. O primeiro abrigo que ela construiu com as próprias mãos terminou o dia com as paredes cobertas de sangue.

"E eu convido você a tomar o lado certo nessa batalha. Seja empático, exerça seu senso de justiça e lute ao nosso lado. Nós chegaremos até você. Boa noite." A imagem na televisão ficou preta, e a lanchonete continuou naquele silêncio.

Naya permanecia cabisbaixa. Daquela vez, Tsuy não apareceu na lanchonete em busca de nossa aprovação, e Sina também não estava ali. Por algum motivo, nenhuma de nós ousou comentar sobre o discurso. Seria como perturbar ainda mais Naya, e tínhamos plena consciência de que nada amenizaria a situação.

— Pronto — disse Chae com um sorriso sapeca, empurrando as canetas de volta para Momo quando o burburinho dos rebeldes voltou.

Sequei de leve o rosto e ergui o gesso para olhar o que Chae tinha rabiscado, mas estava embaixo e não consegui ver o desenho, não importava a posição.

— O que é? — perguntei e observei Momo entortar a cabeça para ver, um sorriso se abrindo em seus lábios, seguido de uma risadinha.

— Me mostre — pediu Naya, e virei o gesso para ela, que não demorou a abrir um pequeno sorriso e negar com a cabeça em desaprovação.

— Vocês são muito bregas, meu deus.

— Dá para falarem logo? — perguntei, ficando nervosa e tentando me contorcer para ver o que era.

— Vai quebrar o pescoço se continuar — disse Dana.

— Eu não acredito, Chae Kang. Não acredito — bufei, saltando da cadeira.

Ela riu e se esticou, segurando meu rosto e me deixando um beijo longo na bochecha. Segui emburrada.

— Vocês... arrumaram meu quarto? — perguntou Naya.

— Sim — Dana respondeu. — Mas acho melhor que fique comigo, pelo menos por enquanto.

— Não acha que já foi uma criada por muito tempo de sua vida, Dana? — Naya retrucou, ironicamente.

— Vai se ferrar.

— Não quero a sua ajuda, e estou pensando em continuar na ala médica por um tempo — resmungou Naya. — Assim não me sentirei um peso para ninguém.

— Para de falar bobagem — retrucou Dana.

— Já fui um peso na vida de Jade, não serei na de vocês também. — Naya levou a mão às rodas de sua cadeira e começou a se afastar, mas Chae a segurou, girando-a para que se encarassem.

— Você nunca foi um peso na vida da sua irmã, Naya — sussurrou, visivelmente nervosa.

— Como você poderia saber?

— Você é tudo que Jade sempre teve. Nunca vi amor mais profundo e mais sincero. Você sempre foi amada demais, sua idiota. Não fala desse jeito.

Naya encarou Chae por alguns segundos, deu um sorriso triste e tornou a girar a cadeira, indo até a saída da lanchonete.

— Será que é melhor eu ir atrás dela? — resmungou Chae. — Vou atrás dela.

— Naya precisa de um tempo. — Dana interrompeu — Dê um tempo para ela respirar. Às vezes, é necessário ficar sozinha. Por que você não vai para a sala de treinamento descarregar um pouco dessa raiva? — sugeriu.

— Eu quero ir. — Momo abriu a boca num gemido sôfrego antes que Chae pudesse responder.

— Comigo? — Chae encarou Momo com certo divertimento. Elas não eram tão próximas e nunca haviam feito isso antes.

— Também estou com raiva. — Momo ficou em pé prontamente. Pisquei os olhos algumas vezes na direção das duas.

— Kang — disse Dana. — Pegue leve com Momo.

— Como se você fizesse isso — Momo resmungou contrariada, tocando em uma parte do braço que tinha algumas manchas roxas. Dana deu uma gargalhada, Chae revirou os olhos e virou de costas, saindo da lanchonete. Momo fuzilou Dana com o olhar e saiu correndo atrás.

De certa forma, gostei muito daquela cena. Minha melhor amiga e o amor da minha vida.

— Esse sorriso vai rasgar seu rosto. — Ouvi a voz de Dana e voltei para ela, sentada do outro lado da mesa.

— Eu apenas... amo essas duas, então gosto de vê-las juntas.

Dana sorriu e concordou, mexendo de um jeito desconfortável nas roupas que provavelmente estava usando desde o dia anterior. Disse que queria ir trocá-las, então nos levantamos e saímos da lanchonete para o elevador. Quando entramos, ficamos em silêncio e percebi que a última vez em que estive em um elevador sozinha com Dana foi no resgate dela.

— Meu cabelo, quando desmaiei... Foi você quem arrumou? — perguntei, passando a mão livre pelos fios macios em uma trança.

— Sabia que ficariam embolados se secassem sem nem tirar o xampu direito — disse ela. — Sentei na sua cama, enxaguei, passei um creme e penteei. Ficou ruim?

— Ficou ótimo — falei, grata pelo cuidado. — Você fazia isso antes.

— Tempos estranhos. — Ela suspirou. — Não diria que foi o pior deles.

— Pode dizer, não tem problema. — Eu ri. — Sei que eu não era o que sou agora. Talvez não fosse tão ruim quanto os outros, mas era ruim.

Minha voz vacilou no final e eu me sentia muito mal sobre minha ignorância e péssimas atitudes. Eu era um oceano de arrependimento e decepção pela pessoa que fui.

— Eu não era boa... Com certeza te tratei mal mais vezes do que sou capaz de lembrar, mas você não deve ter esquecido. Sinto muito mesmo.

Virei meu rosto para o lado, evitando que ela visse minhas lágrimas. Nunca tinha percebido como doía em mim ter sido quem eu fui e quem esperava nunca mais ser. Fui inundada por um nojo crescente de mim mesma. Senti a mão de Dana repousar nas minhas costas. Ela me puxou para fora do elevador quando ele parou e, ali no corredor, me abraçou, e retribuí como pude.

— Não quero que se sinta assim — disse com a voz abafada contra meus cabelos. — Você tem que se orgulhar de quem se tornou, assim como eu me orgulho.

Algumas lágrimas escorregaram, e afundei meu nariz nos cabelos cheirosos de Dana.

— Ainda temos muito o que conversar, mas agora não é o momento — continuou.

Quando Dana finalmente se afastou, ela secou minhas bochechas com a barra de sua camisa, depois bagunçou meus cabelos de leve.

— Não fique assim, já tem muita tristeza no mundo — disse baixinho, depois abriu um sorriso. — "Eu poderia enfeitar seu gesso com a minha arte, mas você já é toda arte de que o mundo precisa."

— O quê? — Eu franzi o cenho.

— Foi o que Chae escreveu no seu gesso.

■ ■ ■

Na sala de treinamento, horas depois, eu observava Momo e Chae lutando com um bastão e me perguntava quando aquilo acabaria e eu poderia finalmente beijar minha namorada. Momo tinha levado alguns golpes, mas parecia determinada a aprender como derrubar alguém com um pedaço de madeira. Chae sorria, mas levava a sério o que estava ensinando.

— Eu vou ficar toda roxa, sua bruta! — Momo berrou enquanto Chae avançava em cima dela, sorrindo.

— Está segurando essa merda do jeito errado, já falei centenas de vezes! — ela gritou de volta. Momo se abaixou e Chae deu um empurrão nela de leve com a ponta do bastão, fazendo-a cair estatelada no chão. Eu e Dana desatamos a rir. Chae tentava mostrar como segurava a arma, mas foi interrompida por Tsuy e Naya, que entravam na sala de treinamento.

— Por que está me trazendo aqui, Tsuy? — Naya resmungava.

— Você vai gostar — disse a outra, em um tom suave. — Queria que todas vissem.

Momo e Chae interromperam o treino, e nós nos aproximamos.

— O que houve? — perguntou Chae, ofegante e suada.

— W — disse Tsuy. — Maxi.

— Nos traiu, não foi? Eu falei, não podíamos confiar nela. — Naya fechou a cara, assim como Chae.

Tsuy não disse nada, pegou o controle remoto e apontou para a televisão na parede. Ela abriu uma imagem.

— Vejam.

Não demorei para reconhecer o que era. Em um fundo preto, repleto de desgraça, um enorme rosto se destacava, com os olhos fechados e um sorriso aberto. Era uma imagem linda, de tirar o fôlego, e que contrastava bastante com os arredores destruídos pela guerra.

— O quê...? — sussurrou Naya.

Eu observei o rosto, com os dentes da frente maiores, que tornavam o sorriso inconfundível. W havia grafitado Naya?

— Ela... Por quê? — perguntou, confusa, vendo o próprio rosto na tela.

Lembrei de como Maxi encarou Naya antes. Provavelmente queria memorizar seu rosto, para que pudesse transformá-lo em arte. Naya ficou encarando o grafite por mais um tempo.

Eu me virei para Chae, que me olhou de relance, e sorri, sentindo o peito de repente cheio de amor, lembrando do que ela havia escrito no meu gesso. A arte é a melhor das revoluções e, para ela, eu era arte.

Naya era arte.

Nós éramos a revolução.

Capítulo 32
O mundo não tinha mais cores

Ter que usar aquele gesso era um inferno. Após três dias, eu estava cada vez mais emburrada com a ideia de que continuaria com ele por, pelo menos, mais duas semanas. Mas sabia que existiam problemas maiores do que meu braço, e, por isso, seguíamos nos encontrando na sala de Tsuy, nas reuniões chatas nas quais ela e a equipe repassavam táticas, números e outros detalhes sobre os quais eu não entendia nada.

Na minha cabeça, tudo naquela discussão era inútil. Jade estava em algum lugar no palácio, e pessoas ainda estavam sendo mortas todos os dias.

— Vamos continuar nossas atividades, mas, por via das dúvidas, vocês sairão fortemente armadas.

Chae, Momo, Sina e Dana levariam suprimentos para outros lugares, enquanto eu teria que ficar para trás por não ter como me proteger se fosse necessário. A minha vontade era bater de frente com Tsuy; queria sair e ser útil. Queria que Chae protestasse por mim também, mas, de repente, ela passou a achar que as coisas aconteciam por um motivo, que eu não podia ignorar o destino e deveria aceitar que eu havia me machucado porque era o melhor para mim. Ficava difícil não dar o braço a torcer quando ela enchia meu rosto de beijinhos depois de cada frase sobre como tudo estava escrito. Se fosse para acreditar em destino, preferia crer que ela era o meu. Chae coloriu meu mundo preto e branco e me mostrou as verdadeiras cores.

— E se não der certo? — indaguei, na ponta do banco no qual eu estava sentada. — E se os guardas brancos aparecerem?

A última coisa que eu queria era perder qualquer uma delas. Na verdade, todas seríamos incapazes de lidar com isso. Perder alguém também enfraqueceria o movimento.

— Elas estarão protegidas — disse Tsuy. — Não achamos que uma vida vale mais do que outra, mas há rebeldes treinados para o ataque e outros para a proteção. Temos consciência de que perder um nome influente pode ser nossa ruína.

Naya encarava o nada, sentada ao lado de Tsuy do outro lado da mesa. Criava forças para sair da cama e tentava manter sua estabilidade, dormia todos os dias com Sina, que não a deixava sozinha, mas seu olhar ainda parecia perdido. Com certeza estava desejando que a irmã dela também tivesse um nome influente para ter tido o mesmo tratamento. Aquilo me fez odiar ainda mais a forma como as coisas se desenhavam. Não havia diferença entre a minha vida e a de Jade.

Fitei Tsuy e segurei a vontade de gritar. Como ela era capaz de não demonstrar sentimento algum? Será que Tsuy já havia amado alguém?

Após Sina insistir em fazer parte da equipe de defesa e ouvir diversos argumentos de Tsuy explicando todos os motivos de não autorizar aquilo, fomos dispensadas e seguimos para a lanchonete. Como o plano entraria em execução ainda naquele dia, ninguém questionou quando me agarrei a Momo e a Chae. A televisão estava ligada e mostrava o caos que o ataque dos soldados brancos, seguido do discurso de Tsuy, havia causado. O reino parecia estar começando a acordar e as mentiras iludiam cada vez menos a população, graças aos nossos pronunciamentos. Meu pai e meu irmão ainda tinham coragem de irem ao ar com sorrisos falsos, contando mentiras descaradas enquanto fingiam estar tranquilos. Queria saber até onde a farsa iria.

— Odeio ter que olhar para a cara dele — resmungou Momo, desviando o rosto quando Igor surgiu na tela.

— Pelo menos, tenho a satisfação de saber que acertei uma bala nele — resmunguei numa tentativa falha de animá-la e observei Chae deixar o meu lado em silêncio.

Eu talvez nunca fosse capaz de imaginar tudo que meu irmão havia feito minha melhor amiga passar, mas, se soubesse, não pensaria duas vezes antes de mudar a mira da arma da próxima vez.

— Ao mesmo tempo que gostaria de acabar com ele, espero nunca mais ter que vê-lo pessoalmente — disse ela, séria, e era estranho ver Momo daquele jeito.

— Prometo acabar com ele de vez numa próxima oportunidade — resmunguei, e ela deu uma risadinha.

— Pronto. — Chae retornou. — Televisão desligada. Sem engomadinhos irritantes atrapalhando o almoço.

— Certeza? — indagou Sina, apontando para a entrada da lanchonete, e franzi o cenho ao ver Maxi passando toda arrumada pela porta.

Poderíamos facilmente ignorar sua existência, mas Naya levantou a mão e acenou para ela, que parou no meio do caminho e nos olhou antes de se aproximar.

— O que está fazendo aqui? — perguntou Naya, seca.

— Vim tratar questões financeiras com Tsuy. — Maxi exibiu um sorriso provocador e não encarou Naya, e questionei o que poderia estar se passando em sua mente.

— Tratar questões financeiras ou fazer caridade com mais algum rebelde de quem você sente peninha, para poder pagar de boa pessoa? — Naya sustentou o olhar e cruzou os braços.

— Acha que tenho pena de você? — perguntou Maxi, finalmente olhando para Naya.

— Por que faria aquilo se não tivesse?

Maxi abriu e fechou a boca, depois exibiu um sorriso. Naya quase riu com deboche.

— Vamos, Maxi. Diga.

— Eu te admiro, Naya. Mesmo depois de perder a pessoa que mais ama, você ainda conseguiu sorrir, por isso fiz o grafite — disse, então se inclinou para a frente como se fosse contar um segredo. — Não posso dizer o mesmo sobre mim.

Maxi seguiu em silêncio para uma das mesas vazias.

O quê? Maxi tinha perdido alguém que amava? Não me lembrava de nenhuma notícia sobre a herdeira da Ramberti & Cia estar em um relacionamento, o tipo de fofoca que era comum para distrair o povo. Ela não havia perdido uma irmã, como Naya, pois era a única herdeira.

— Achei que tinha gostado da arte — disse Sina, fitando Naya, que deu uma pequena risada.

— Eu gostei.

— Então por que a provocou assim? — questionou.
— Se eu dissesse que gostei, ela não se sentiria pressionada a abrir a boca. Talvez eu esteja convivendo demais com Tsuy.
— Pois pare agora mesmo — bradou Sina. — Não copie as atitudes de Tsuy. Isso não é um pedido, é uma ordem.
— Sina... — Naya riu alto, e eu me confortei no som. — Faz tempo que eu me controlo para não dizer, mas... isso entre vocês é uma tensão sexual absurda.

Eu me engasguei com minha bebida, e Chae me deu alguns tapinhas nas costas.

— Não se faça de sonsa, Mina — disse Naya. — Você também sabe que tudo deve ser amor...
— Vocês não têm ideia do que estão falando. — Sina cruzou os braços e se afundou na cadeira, resmungando emburrada.

Seguimos comendo em silêncio, com risadinhas esporádicas, quase esquecendo o que aconteceria naquele dia. Ao longe, Maxi permanecia sentada sozinha, olhando para algo em seu colo. Quando estávamos perto de sair, um dos rebeldes que sempre estava conosco na sala de treinamento entrou na lanchonete com uma grande sacola, vindo direto em nossa direção.

— Tsuy pediu para entregar — disse ele. — Ela quer acelerar a saída, então estejam preparadas.

Olhei para o seu rosto enquanto ele puxava potes pretos de dentro da sacola.

— Você vai?
— Defesa — ele confirmou.
— Me leve junto. — Sina se levantou.
— Tsuy me alertou de que você tentaria fazer isso. — O homem riu, distribuindo os potes para nós. — Não posso fazer nada. Mesmo.

Sina bufou de raiva.

— Preciso ir. — Ele apertou a sacola vazia nas mãos assim que entregou todas as embalagens e saiu.

Olhei para a pequena estrutura de plástico que se abriu com um toque de Momo e vi duas pílulas pretas perfeitamente encaixadas. Em cima de uma, havia um V de verdade gravado, na outra, M de memória. Instintivamente, tentei arrancar a caixa de Momo, mas ela segurou meu pulso.

— Ei — resmungou, me olhando com olhos levemente arregalados.
— O que pensa que está fazendo?
— Você não vai tomar isso — disparei. — Não vai sequer cogitar.

Sina deu uma risada baixa, mas não olhei para ela, pois minha intenção era tirar aquelas pílulas da minha amiga.

— Todos os outros se sujeitam a tomar, por que eu não?
— Porque não. — Tranquei a mandíbula, irritada. — Não te tirei daquele lugar para você jogar sua vida no lixo.

Momo largou meu pulso e deslizou a caixinha para longe de mim.

— Você me tirou do palácio e agora posso escolher o que fazer com a minha vida, Mina. Se quiser lutar pelo movimento, tenho que arcar com as consequências e não me importo. Até seria bom esquecer uma coisa ou outra, sabe?

A ideia de perder Momo me doeu tanto que meu coração pareceu dar um solavanco, e comecei a chorar. Tudo o que eu fazia naqueles últimos dias era chorar. Era cansativo.

— Momo...

Minha amiga me puxou para perto e, mesmo com o desconforto nas cadeiras e meu gesso, me deixei ser confortada pelo abraço de Momo, que acariciou minhas costas, me fazendo soltar ainda mais as lágrimas. Quando abri os olhos, percebi que sua caixinha estava ao alcance de minhas mãos, mas fui interceptada por Naya, que me fuzilou com o olhar. Quando Momo se afastou, ela bagunçou meus cabelos, então olhei para Chae, que sorria para mim exageradamente. Sua caixa não estava à vista.

Chae ajeitou os fios que Momo tinha tirado do lugar e deslizou o dedo pela minha bochecha, colando nossos lábios num toque superficial e curto, como se quisesse me distrair ou dizer que tudo ficaria bem. Olhei em seus olhos e mergulhei neles, porque não conseguia imaginá-los perdendo toda sua história. Isso não poderia acontecer. Não iria. Por favor.

Em seguida, Momo pediu para Dana ajudá-la com o resto dos equipamentos e me deu um longo beijo na testa antes de sair. Chae disse que logo teria que ir também e, antes de se retirar, Naya me convidou a fazer companhia para ela e Tsuy assim que a missão começasse. Quando ficamos apenas Sina, Chae e eu na mesa, reparei na caixa preta. Momo havia esquecido. Arregalei meus olhos e estendi a mão para alcançá-la, mas Sina foi mais rápida.

— Não, Mina, vou devolver para Momo.

Eu afundei na cadeira, desanimada. Se eu simplesmente pudesse tirar a pílula da memória da caixa...

Só Chou Tsuy poderia ser a líder de um movimento como esse, apenas ela pensaria primeiro em todas as pessoas que poderiam ser afetadas por cada decisão. Já eu, não conseguiria mudar, e sempre colocaria alguém em primeiro lugar, arriscando o movimento para não perder as pessoas que eram importantes para mim. Não era uma líder como ela.

— Se isso te acalma... — começou Sina, tirando a pílula da memória da caixa de Momo e a do soro da verdade da sua. No momento que me levantei para impedi-la, Sina enfiou a caixa alterada de Momo no bolso e balançou a outra na mão. — Devolverei para ela assim.

— Sina, não.

Ela segurou meu braço engessado quando me estiquei em sua direção.

— Fique tranquila, para mim, não faz diferença, não tenho medo.

— Ela me lançou um sorriso calmo. — Se você não contar, Momo nunca saberá.

Sina largou meu braço e abriu mais ainda seu sorriso, antes de traçar meu rosto carinhosamente com a ponta do dedo.

— Você confia em mim, não confia? — perguntou, e assenti. — Então é isso. Fique quietinha, faça companhia para as meninas e cuide desse seu bracinho.

Sina apertou a ponta do meu nariz entre os dedos e saiu andando. Bufei alto enquanto a observava sair. Odiava aquela situação. Senti alguém correr a mão pelo meu ombro e me puxar.

— Posso ter um momento com a minha princesinha? — perguntou Chae.

Assenti e deixei que ela me levasse pelos corredores, pelos elevadores, até o quarto em que estávamos. Chae sentou na cama e me puxou para seu colo. Eu fiquei quieta enquanto ela brincava com minhas pintas, apenas olhando em seus olhos e memorizando cada pedacinho de seu rosto.

— Não quero que vocês saiam — sussurrei, e Chae parou, repousando a mão na minha mandíbula e acariciando minha bochecha.

— Nós vamos voltar. *Eu* vou voltar. Prometo. Sempre vou voltar para você.

Fechei os olhos e colei os lábios nos dela. Chae retribuiu o beijo com calma e paixão, e desejei congelar o tempo.

— Chae... Posso ver mais uma vez? Suas tatuagens?

Ela afastou o rosto do meu sem dizer nada e mergulhei de novo em seu olhar. Ela me encarou por mais alguns momentos e então se afastou, tirando a camisa e abrindo o sutiã. Saí de seu colo, e Chae se virou na cama. Sentei atrás dela e prendi a respiração quando vi sua pele nua, pintada como uma obra de arte. A águia que tomava seu ombro esquerdo, os olhos apertados, em posição de voo, as penas caindo e se tornando as rosas que cobriam a lombar à esquerda. O leão que rugia no outro ombro, em cima de uma esguia cobra embolada em plantas com a cabeça apontando para o centro das costas. E lá, uma bússola marcava o lugar, seguindo a linha de sua coluna. Eu tracei cada detalhe com os dedos da mão direita, percebendo a pele se arrepiar com o meu toque.

— Qual é o significado? — perguntei, pois, mesmo distintos, os elementos eram harmônicos.

— Acho que só faz sentido na minha mente — respondeu, baixo. — Significa que quero ter tanta coragem quanto um leão, ser tão sábia quanto uma águia, tão cautelosa quanto uma serpente e carregar dentro de mim tanta beleza quanto uma rosa. É isso que almejo, e a bússola serve para me guiar no caminho para ser alguém melhor.

— Mas você já não é tudo isso?

— Talvez eu seja, princesinha, mas acho que finalmente encontrei minha bússola. — Chae riu, baixinho.

Ela se virou para mim e me puxou para mais perto. Eu me aninhei naquele abraço, sentindo seu coração batendo contra a minha bochecha. Sua pele bonita, despida na minha frente. Eu poderia ficar ali a observando por horas.

— Encontrou, foi?

— Sim, e a tenho nos meus braços agora. — Seus dedos afundaram nos meus cabelos em um carinho gostoso, mas logo fomos interrompidas pelo aparelho que apitava em seu bolso.

Chae selou nossos lábios em despedida e fez menção de levantar, mas a agarrei e a puxei para perto de novo.

— Chae... Não vá...

Não sabia o que ia acontecer, mas pelo recente trauma com Jade e as ações de Tsuy, só sentia medo. Chae se ajeitou no meu abraço enquanto eu sentava e segurou meu rosto, pressionando minhas bochechas.

— Princesinha... — Sua voz estava repleta de carinho. — Não se preocupe. Vamos ficar juntas, está bem?

Chae puxou minha mão livre e mostrou seu dedo mindinho. Não sabia o que ela falaria, mas ergui o meu prontamente.

— Eu te prometo, Mina, que ficaremos juntas até ficarmos velhinhas. — Ela torceu seu dedinho no meu e pressionou nossos dedões, antes de me beijar, selando a promessa e fazendo meu coração pular. Senti que tinha voltado a chorar.

Chae tentou se levantar de novo, e eu a puxei novamente, dessa vez, dando-lhe um beijo e tentando expressar tudo o que sentia. Quando nos separamos, ela estava com um sorriso no rosto. Vestiu-se de novo e foi até a porta, e pude ver Dana do outro lado, sorrindo e acenando para mim antes que elas seguissem juntas pelo corredor.

Eu me senti afogada em sentimentos e me levantei rapidamente, me agarrando ao batente da porta e chamando alto o nome de Chae quando ela e Dana chegaram perto do elevador. Chae se virou para mim com os olhos arregalados.

— Hm?

— Eu te amo. — Aquelas palavras nunca haviam escapado de meus lábios com tanta força e certeza.

Chae pareceu se desfazer, o sorriso cortou seu rosto de uma ponta à outra, revelando suas covinhas.

— Eu te amo, princesinha.

E então o elevador se fechou.

■ ■ ■

Após perambular pelos corredores, fui parar na lanchonete quase vazia. Era estranho não ter a presença das meninas ali. Eu me servi de um pouco de café e reparei que Maxi ainda não havia ido embora, e rabiscava algo em um caderno. Eu me aproximei sorrateira. Puxei a cadeira à sua frente, e ela imediatamente me encarou.

— Quem é a artista? — perguntou assim que mirou meu gesso.

— Momo.

Maxi sacudiu a cabeça e permaneceu em silêncio.

— O que está desenhando? — perguntei.

— Está sem suas coleguinhas? — Maxi fechou o caderno e me encarou.

— Sim — falei. — Mas contra a minha vontade.

— Prefere correr o risco de levar um tiro a ficar aqui comigo? — Maxi se inclinou para a frente da mesa e sua voz saiu sussurrada, me fazendo trancar a mandíbula. Não queria me lembrar dos riscos que elas corriam.

— Você insinuou já ter perdido alguém — falei, ignorando a provocação. — Quem?

Maxi se ajeitou na cadeira, cruzando os braços e relaxando.

— O que eu ganho contando a minha história, Alteza?

— Nada, mas acho que você sabe o suficiente sobre mim e sobre o movimento, então o mínimo seria contar alguma coisa sobre você também.

— Está tentando negociar comigo? — Ela arqueou uma sobrancelha.

— Cresci aprendendo a negociar, não foi?

— Mas eu nunca perdi meu posto para um homem — disse, sorrindo de forma provocadora.

— Não foi exatamente uma escolha — reclamei, querendo atravessar a mesa e enfiar o meu gesso no nariz fino dela.

— Atirou nele, não atirou, Alteza? Admito que me surpreendi.

— Faria isso de novo, se precisasse.

— É mesmo?

— O que diabos te fez abrir a cabeça para o movimento rebelde? Tenho certeza de que não é algo que herdou da sua família.

— O que fez *você* abrir a cabeça?

Eu entrei no jogo dela e dei uma risada irônica.

— Você nunca ouviu falar de como fugi de um casamento e libertei Chae Kang? Tenho a impressão de que, às vezes, você me despreza.

Maxi ficou quieta me olhando, como se ponderasse se eu valeria a pena ou não, e sustentei seu olhar.

— Quer saber mesmo?
— Sim — reforcei, tentando não parecer muito afoita, porque ela não precisava saber o meu nível de curiosidade.

Maxi olhou em volta, checando se estávamos mesmo sozinhas, antes de continuar a falar.

— Vou te contar, Alteza, porque tenho pena do seu tédio.

Continuei em silêncio, e Maxi relaxou mais na cadeira, fixando o olhar num ponto atrás de mim.

— Acredito que você conheça muito bem a convenção das grandes empresas no palácio. Apesar de estar à sombra de seu irmão, você sempre estava presente quando seu pai nos recebia, não? Lembro bem da vez em que nossa visita coincidiu com um ataque rebelde, provavelmente de propósito.

Eu me recordava daquele dia e de como havia sido um caos levar todos em segurança para um dos abrigos do palácio que usávamos nessas ocasiões.

— E me lembro perfeitamente bem de como eu estava no banheiro e, quando saí, me deparei com alguém passando informações pelo rádio. O curioso foi que essa pessoa claramente não falava com seguranças da família real, apesar de estar usando o uniforme do palácio. Acho que, em sua posição, nem sequer devia ter um rádio.

Franzi o cenho.

— Sei que, no momento em que me viu, esquecida ali, guardou o rádio e me encarou. Eu encarei de volta, pois ficou claro que se tratava de um rebelde. Ali entendi o tamanho do movimento. Antes mesmo de Chae ser pega, eles já estavam ali.

— Qual o nome? — perguntei, pensando se reconheceria, mas ela riu.

— Eu não informo nomes, Alteza — disse com um toque de amargura em sua voz. — Logo depois, notei que alguém se aproximava e fui puxada de volta para dentro do banheiro.

Maxi deu uma pequena risada.

— Nunca imaginei que ficaria presa no banheiro com um rebelde, mas não tive medo, porque ele parecia me proteger. Por que me protegeria? Não sei. Quando tudo se normalizou, descobri seu nome e o rastreei ao chegar em casa.

Eu tentava acompanhar, embora me sentisse confusa.

— Tentei de todas as formas encontrá-lo, e, mesmo sendo bastante imprudente, entrei em um mundo novo, corri um risco que eu nem conseguia mensurar, mas encontrei a casa de quem eu procurava. Eu mesma não sabia o que estava fazendo ali.

Eu me inclinei para a frente, na intenção de prestar mais atenção em suas palavras.

— Cobrei explicações que não me cabiam, mas fui tratada com paciência. Acontece que continuei a buscá-lo e, quando vi, passamos a nos encontrar às escondidas à noite, sempre em lugares calmos e desertos.

Maxi ensaiou um sorriso e voltei a me afundar na cadeira.

— Sabe, Mina, eu também me apaixonei por alguém do movimento rebelde e amei como nunca antes, mas não tive a oportunidade de expressar esse sentimento. Muitas vezes, apenas apreciávamos nossa companhia em silêncio, porque aquilo parecia bastar. Era um escape do mundo real.

Eu tive a impressão de saber para onde aquilo iria.

— Quando resolvi revelar meus sentimentos, acordei cedo com a notícia de um suposto massacre da rebelião. No noticiário, consegui reconhecer aquelas ruas.

A voz dela assumiu um tom sombrio de pesar, e me arrepiei.

— A pessoa que eu amava, que mesmo em silêncio mexeu com meu coração, estava morta. Eu sabia que aquilo não era obra dos rebeldes. Convivi com ele e sabia que não era assim que funcionava. Ali eu tive certeza.

Não percebi que prendia a respiração quando ouvi aquelas palavras e soltei tudo de uma vez em um suspiro alto. Meu coração mergulhou na tristeza, e a voz de Maxi se embargou quando ela abriu um sorriso carregado de dor.

— Não houve enterro. Nada. Tudo o que pude fazer para me despedir foi sentar no morro que costumávamos ir e olhar para a paisagem.

Eu me senti mal, dominada por um pesar.

— Eu nem sabia o que estava fazendo quando saí à noite com minhas roupas escuras e grafitei aquela paisagem nos muros do bairro destruído — disse ela. — Fiz aulas de arte quando criança e nunca parei de desenhar, então tinha alguma noção. Não assinei, comecei a assinar depois, e fico feliz por isso. Aquela arte não era de W, não era para um protesto. Aquela arte era... para alguém.

Então o silêncio caiu sobre nós e não conseguíamos sequer encarar uma à outra. Eu ainda nem tinha conseguido processar o que tinha ouvido quando ela continuou.

— E agora sou W. Sou isso que vocês conhecem. Admirei Naya e grafitei seu sorriso porque eu gostaria de conseguir fazer o mesmo depois de perder uma pessoa.

— Maxi... eu sinto muito.

— Não sinta — ela resmungou. — Não é você quem deve sentir.

Ela colocou o caderno embaixo do braço e saiu andando. Eu não conseguia acreditar, jamais imaginaria que Maxi carregasse aquela história. Como ela poderia não querer massacrar o reino depois de passar por aquilo?

Deixei meu café frio para trás e fui me encontrar com Naya e Tsuy, ainda perdida em pensamentos. A gente realmente nunca sabe pelo que a outra pessoa está passando. É tão fácil julgar pelas aparências.

Passei pela porta e vi uma equipe enorme de rebeldes concentrada em seus computadores, hologramas, telas e aparelhos variados. Dividida em patamares de degraus, mas muito mais larga, logo identifiquei Tsuy e Naya e fui até lá conforme cumprimentava os poucos rebeldes que notavam minha presença ao passar.

— Olha quem chegou — disse Naya, esticando seu braço para cutucar Tsuy, que se virou para mim e curvou levemente a cabeça.

— Faça o que prometeu para Sina.

Tsuy pareceu respirar fundo antes de pegar um headset que já estava em cima da mesa e esticar para mim.

— Coloque — pediu, e apenas obedeci, enquanto Naya apontava a cadeira mais ao fundo atrás delas. Eu me sentei com calma.

— Estão conectadas — disse Tsuy.

— Estamos? — Ouvi a voz no meu ouvido e contive a vontade de sorrir. — Olá, Mina. Achei que assim poderia se sentir parte da missão.

— Sina!

Naya virou a tela de um computador para mim, me dando a visão dos óculos de Sina, que olhava para a frente e parecia estar dentro de uma van.

— Ali está Momo. Dê oi para sua amiga — disse, e vi Momo olhar para ela e acenar, sorrindo.

— Momo, não largue sua arma no banco! Está ao menos com a trava...

— Dana não larga do pé dela desde que saímos — explicou Sina, e foi o suficiente para eu rir um pouco. — Mina, pedi para Tsuy não conectar a câmera de Chae.

Ela se virou para seu lado direito e encostou no ombro de Chae, que virou para ela com uma feição séria.

— Kang, estou conectada com a sua namorada. Se você me beijar, ela vai ter essa visão e essa sensação. Vamos, experimente.

Chae foi para trás e bateu com a nuca no vidro da janela, fazendo uma cara de dor, e deduzi que Sina tinha partido para cima dela com um bico. Eu ri.

— Ela é uma molenga, Mina — disse Sina.

— Vocês estão bem? Estão chegando?

— Sim — respondeu Sina. — Em dez minutos estaremos lá, prontas para o trabalho duro enquanto Momo brinca com as crianças.

Continuei falando com Sina por algum tempo até elas chegarem ao destino final. Observei enquanto Sina olhava pela janela e notei rebeldes de outras vans descendo e formando filas nas laterais da rua. Era a equipe de defesa. O caminhão de suprimentos também estacionou, e deixaram tudo pronto para a equipe que ajudaria a descarregar.

— Podem descer, mas levem as pistolas, munição na cintura e caixas no bolso — ordenou Tsuy.

Sina olhou para baixo enquanto ajeitava a pistola. Dana checava se Momo estava fazendo tudo direito, então Sina olhou para Chae, que passava a mão pelos cabelos respirando fundo até notar que estava sendo observada. Ela sorriu, pois sabia que eu estava do outro lado, e sorri de volta, mesmo sabendo que ela não poderia me ver.

— Diga a ela para voltar logo — falei.

— Chae — chamou Sina —, Mina disse para voltar logo.

Chae a encarou, e notei suas bochechas ganhando cor.

— Estou contando os segundos — sussurrou, como se quisesse que apenas eu ouvisse, mas Sina esticou a mão, resmungando alguma coisa e apertando sua bochecha, ganhando um tapa em retribuição.

Em seguida, elas desceram, se apresentaram para o abrigo e seguiram todo o protocolo de entrega de suprimentos. Após um tempo, Momo veio correndo na direção de Sina e Dana.

— Olhem bem — disse Momo, preparando seu charme para convencê-las. — As crianças estão lá fora, me deixem ir até lá! Por favor... — Momo juntou as mãos e arregalou levemente os olhos, fazendo um pequeno bico.

— Se acharem que não tem risco, deixem ela ir — Tsuy falou, mexendo em alguns documentos. Sina repetiu o que ela disse.

— Tem um enorme grupo de rebeldes armados lá fora! Vou ficar bem — Momo concluiu e saiu correndo sob o olhar de negação de Sina.

Ao longe, Chae estava de braço dado com uma senhora enquanto segurava uma caixa na outra mão e caminhava prestando atenção em tudo que ela falava. Me peguei sorrindo enquanto olhava para ela.

O tempo passou, e me senti grata pela ideia de Sina, pois realmente parecia estar mais perto, mesmo ainda sendo inútil. Assim que Chae terminou de ajudar a senhora, ela, Sina e Dana pegaram as últimas caixas e foram na direção do abrigo. Mais à frente, perto do fim da rua, era possível ver Momo cercada pelas crianças, e eu estava feliz porque a missão estava terminando e logo elas estariam de volta.

Assim que relaxei na cadeira, ouvi um estrondo alto que fez meu ouvido zunir, ao mesmo tempo em que a rua era engolida por fumaça. As caixas nas mãos das meninas caíram enquanto elas pegavam as pistolas. O áudio foi tomado por tiros, gritos e passos pesados.

Meu coração foi à boca enquanto Tsuy disparava comandos freneticamente. Me agarrei à cadeira, e meu braço bom começou a doer de tanta força que eu fazia.

Sina estava quieta, provavelmente para não revelar sua localização, mas o silêncio foi quebrado por um grito engasgado que eu conhecia bem demais. Guardas brancos tomavam o fim da rua, com as armas apontadas para corpos feridos no chão. As crianças, que estavam com Momo, foram caladas pelo terror. Sina esticou a pistola, ficando em posição como todos os outros rebeldes.

O grupo de defesa engoliu Chae, Sina e Dana, até que tudo que eu pude ver foi a multidão branca por uma fresta entre dois rebeldes. Os rebeldes e os guardas brancos estavam frente a frente. Meu coração se partiu quando vi um guarda segurando alguém em seus braços, sua arma pressionava a testa dela, que sangrava.

Ele estava com Momo.

— Um movimento e eu atiro — anunciou ele, em voz alta.

O guarda que segurava Momo olhou para trás e um outro se aproximou e retirou seu capacete branco. Pude ver um homem não tão jovem, de pele muito branca, exibindo um sorriso e uma tatuagem que subia pelo pescoço. Ele parecia querer se exibir, como se aquilo fosse afetar alguém. Sina olhou para o lado, e vi que Dana segurava o pulso de Chae.

— Posso devolver essa aqui para vocês e não tocaremos em mais ninguém, mas com uma condição — blefou o homem que segurava Momo.

Eu me apertei na cadeira sentindo a mão começar a formigar.

— Chae Kang em troca dela, mas sem engolir nada.

Não.

— Não! — Momo gritou esganiçada, antes de se engasgar por ter sua garganta ainda mais pressionada.

— Se Chae não se entregar, essa daqui morrerá e continuaremos o que viemos fazer — disse ele, altivo.

Minha mente se tornou um vácuo enquanto sentia meu rosto se encharcar mais e mais. Senti uma mão no meu braço, mas não olhei, e quando tentaram tirar meu microfone, bati em quem quer que fosse. Sina olhou para o lado, e Chae colocou sua arma no chão e segurou os ombros de Sina.

— Cuide dela por mim. — E então seus olhos focalizaram a câmera. — Mina... eu te amo como nunca amei ninguém. Obrigada por ter me tornado alguém melhor.

Estiquei a mão como se pudesse agarrá-la e a vi seguir seu caminho enquanto Momo esperneava. Chae se aproximou do guarda e de Momo com um comprimido em mãos.

— Solte Momo ou eu engulo.

Momo foi solta ao mesmo tempo em que Chae foi pega. Vi minha melhor amiga cair no chão e se engasgar com o ar que retornava aos pulmões. O homem que antes segurava Momo estava torcendo o braço de Chae, na tentativa de fazê-la largar o comprimido, e ele caiu no chão. Eu não percebi quando berrei o nome dela, não percebi quando meu corpo se levantou enquanto Dana puxava Momo, ou quando alguém segurou meus braços para trás do corpo quando os guardas brancos recuaram e os rebeldes os deixaram ir por ordens de Chou Tsuy.

— Me largue! — disparei contra Tsuy assim que recuperei a consciência.

Como uma idiota, subi meu gesso em direção ao seu queixo e ela não me largou nem mesmo quando vi a dor cruzando seus olhos. Nada mais importava. Chae tinha ido embora. Chae tinha sido levada de mim.

Meu mundo não tinha mais cores.

Capítulo 33
Bem-vinda ao inferno

Chou Tsuy andava de um lado para outro da enfermaria com o queixo roxo por causa do golpe do meu gesso. Eu encarava o nada e ouvi algumas vezes ela e Naya dizendo que eu estava em estado de choque. Os guardas prometeram não ferir ninguém assim que Chae se entregasse, mas tinham despedaçado o meu coração.

Eles levaram Chae.

Eles levaram Chae embora.

Só me levantei quando Momo chegou com o braço por cima do ombro de Dana. Vi o olhar da minha amiga cheio de receio, a testa já limpa do sangue, com apenas um corte de lembrança. Sem me importar com nada, me afundei em seus braços, forçando Dana a soltá-la. Momo cambaleou para trás antes de firmar as mãos nas minhas costas. Ela estava ali. Pelo menos uma parte de mim ainda estava ali.

— Mina — ela sussurrou, mas permaneci quieta, apertando-a em meus braços e ninguém tentou nos separar. — Mina... me perdoa.

Afastei o rosto de seu pescoço e percebi que, de alguma forma, eu não chorava, mas os olhos de Momo estavam encharcados e, quando finalmente encontraram os meus, suas lágrimas desceram de uma vez.

— Não é culpa sua. Não quero que pense isso.

Momo levou as mãos aos olhos e apertou com força, então eu puxei um de seus pulsos de volta com a mão que estava livre do gesso.

— Se eu não tivesse ido brincar com as crianças...

— Momo! — levantei a voz, e ela engoliu as palavras em um engasgo audível. — Se não fosse você, seria qualquer um. Eles sabiam que

Chae se entregaria, sabem que ela não é o monstro que eles mesmos criaram. Você não tem culpa de nada.

Dessa vez, então, foi ela que me puxou e se enterrou em meus braços. Mesmo sentindo minha amiga chorando contra mim e sabendo que Chae não estava do meu lado, alguma coisa não me permitia chorar. Ainda abraçada a Momo, vi Sina irromper pela porta da enfermaria e segurar Chou Tsuy pelo braço, pronta para explodir. Achei que ela gritaria com Tsuy, que exigiria explicações ou qualquer outra coisa, mas Sina só a empurrou na direção de uma das camas e disse algo que não entendi. Tsuy estava muito quieta. Depois, Sina chamou com raiva um dos enfermeiros para cuidar do ferimento que eu havia causado no queixo roxo e inchado dela. Eu sequer sentia culpa por ter feito aquilo.

Sina deixou Tsuy ali e veio até nós. Em silêncio, apenas me abraçou por trás, esticando seus braços até Momo, e enfiou o rosto no meu pescoço. Fechei os olhos, vendo Dana dar um passo hesitante e nos envolver com os braços também. Então me senti acolhida por essas três mulheres. Três mulheres incríveis que estariam ali para me amparar caso eu estivesse perto de cair. E já me sentia num precipício infinito. Horas antes, eu ainda tinha Chae em meus braços, mas, naquele momento, só havia um enorme vazio e aquelas três mulheres para amortecer minha queda. Resolvi parar de lutar e me deixei vacilar.

As lágrimas escaparam de meus olhos de uma vez só, como se estivessem apenas esperando permissão. Os soluços saíram da minha boca sem hesitação, e me senti amolecer. Não que eu fosse desmaiar, mas por estar despida de qualquer força emocional. E elas me deixaram chorar. Talvez a cena fosse ridícula vista de fora, mas precisei sentir tudo aquilo para reestabelecer minhas forças.

■ ■ ■

Foi preciso reunir toda minha vontade para sair da enfermaria e ir até a sala de Tsuy, porque olhar para ela sugava qualquer energia vital que ainda me restava.

— O que aconteceu não estava nos planos, mas nada mais fugirá do meu controle — disse ela, e tranquei a mandíbula.

Eu me apertei na cadeira, mas não consegui me conter.

— O que vai fazer, Tsuy? Esquecê-la como da primeira vez? Como pretendia fazer com Dana? Como está fazendo com Jade?

Chou Tsuy me olhava indiferente, mas eu sabia que ela não podia estar. Não era possível. Ela era humana. Os últimos acontecimentos também a tinham atingido.

— Dessa vez é diferente.

— Diferente? Diferente por quê? Vai trazer algum retorno para o seu movimento ou dessa vez você se importa?

— Não sabemos o que está acontecendo com Chae e, uma vez que for colocada sob a influência do soro da verdade, vai revelar tudo que sabe. Estaremos em risco e prontos para uma guerra sanguinária. Não é mais hora de agirmos ou sairmos em missões. Com a queda de Chae, tudo o que podemos fazer é aguardar.

— A queda de Chae — repeti, irônica, e então me levantei, sentindo Momo segurar firme em minha mão. — Ela caiu por sua culpa, Tsuy.

— Mina, não. — Ouvi a voz de Sina, mas preferi ignorá-la.

— Você resolveu que seria sensato orquestrar uma missão depois do que aconteceu com Jade, arriscou tudo para engrandecer seu nome, sabia exatamente o que estava fazendo e, mesmo assim, foi em frente. Então, se Chae caiu, saiba que você caiu junto. A culpa é toda sua.

Sina agarrou meu braço e me arrastou para fora da sala à força enquanto eu encarava Tsuy, que me olhava como se minhas palavras estivessem longe de tocá-la. No corredor, Sina me colocou contra a parede, segurou meus ombros me encarando.

— Mina, você está deixando a dor falar mais alto.

— Não estou — rosnei de volta para Sina. — Ela precisa ouvir isso. Tsuy trata os rebeldes como se fossem seus brinquedos, e eu cansei.

— Tsuy não faz isso — ela disse. — Você sabe que não costumo concordar com as atitudes dela, mas não é assim que as coisas funcionam. Não diga essas coisas, não assim... por favor. Não.

— O que ela está fazendo sobre o que aconteceu hoje então, Sina? — Minha voz saía tão alta e tão repleta de ira que eu sabia que dava para escutar da sala de Tsuy.

— Você quase quebrou a mandíbula dela. — Foi a vez de Sina subir sua voz, mas quase suplicando para eu parar, e enxerguei o desespero em seus olhos. — Ela ficou indo de um lado para outro, morrendo de dor, sem cuidar direito do ferimento que o seu gesso causou, porque estava cercando o lugar com tropas armadas e enviando equipes de médicos para cuidar dos feridos, tudo enquanto ficava indo e voltando da enfermaria para checar se você estava bem mesmo.

Sua voz falhou, e fechei os olhos tentando respirar fundo. Estava tremendo por todos os sentimentos à flor da pele.

— Tsuy não é um monstro — Sina sussurrou. — Entendo que possa enxergá-la assim, mas não é justo, porque quando você era o monstro para os rebeldes, ela te protegeu. Por favor, Mina, esfrie um pouco a cabeça... Por favor. Estamos do mesmo lado. Não podemos nos dividir.

Sina então parou de me segurar e me puxou para um abraço. Eu apertei suas costas e me deixei chorar mais uma vez, mesmo que minha cabeça doesse a cada lágrima. Não voltei para a sala de Tsuy.

■ ■ ■

Após decidirmos que Momo, Dana e eu dividiríamos um quarto, e, mesmo contra a minha vontade, caí no sono. Sonhei com Chae. Não com ela voltando do palácio, não com ela sendo torturada, mas com ela voltando normalmente da missão. Sonhei com ela me beijando com amor e sussurrando que me amava antes de irmos deitar. Quando acordei no quarto escuro, no meio da noite, e senti o calor do corpo de Momo contra o meu, não soube se o sonho era real ou se a realidade era um pesadelo, mas por um momento meu coração se encheu de esperança.

— Chae — chamei enquanto minha visão se acostumava com a escuridão e as coisas tomavam forma devagar.

O rosto de Momo surgiu ao meu lado, dormindo, e meu estômago se revirou com a realidade me atingindo mais uma vez. Todo o enjoo, a pressão, a tontura e a sensação horrível me fizeram cambalear até o banheiro com lágrimas cortando o rosto antes de eu ficar de joelhos em frente à privada e esvaziar o estômago.

A luz foi acesa e senti os dedos de Dana puxarem meus cabelos. Sua mão subia e descia pelas minhas costas, da mesma forma como já havia feito diversas vezes ao me ajudar quando eu passava mal por ansiedade do outro lado do muro. Dana sustentou meu corpo ao me ajudar a levantar, deu descarga e me fez lavar a boca e escovar os dentes. Consegui me sentir melhor.

Ela me pegou pela mão e me levou para fora do quarto, fechando a porta e deixando Momo dormindo para trás. Dana me levou até a máquina de bebidas e pegou uma garrafa d'água, abrindo e estendendo na minha direção. Eu me sentei no chão ao lado da máquina e bebi, enquanto ela sentava ao meu lado no corredor mal iluminado.

— Desculpa por te acordar — sussurrei, encostando a cabeça contra a parede.

— Fique tranquila, eu não estava dormindo.

Fechei os olhos e suspirei. Queria Chae. Queria distrair minha mente.

— Dana...

— Hm?

— Eu sei que... — tomei mais um gole da água gelada antes de prosseguir — ... você entrou no palácio para salvar Chae e que me usaria para isso... Tsuy mencionou até algo sobre cortar meu dedo. Por que nunca colocou o plano em prática?

— Era sobre isso que eu queria conversar com você. — Ouvi a risada baixa de Dana. — Quando me infiltrei no palácio, meu único objetivo era resgatar Chae. Mas, para isso, teria que me aproximar de você, ganhar sua confiança e demarcar meu território.

A ideia de ter passado mais tempo com aquela mulher que estava ao meu lado do que com Chae ainda era estranha para mim.

— Não podemos negar que você sempre foi um pouco prepotente. Embora isso tenha mudado agora.

Assenti para mostrar que entendia. Ela poderia não julgar a Mina de antes, mas eu julgava.

— Apesar disso, no meu primeiro dia como sua criada, você segurou meu ombro no fim do expediente, quando já estava cansada depois de um dia agitado, e disse que eu havia me saído bem. Não agradeceu, não deu boa-noite ou coisa do tipo, só me disse para ficar tranquila, pois tinha me saído bem, e me dispensou. Naquele momento, você se tornou uma incógnita para mim, diferente de tudo que eu esperava. Cresci criando a imagem de uma garota desumana e mimada, mas com apenas algumas palavras você começou a desconstruir isso.

Não me recordava direito, tinha apenas vislumbres de memória do primeiro dia de Dana como minha criada.

— No dia seguinte, fui te acordar e disse a mim mesma que estava louca e que você ainda era a mimadinha que eu sempre imaginei, mas quando abri as cortinas e me aproximei, vi seu travesseiro molhado. Você estava chorando. Mal devia ter conseguido dormir. No dia anterior, os acordos do seu país com o de Zhao Yan estavam em sua programação diária, e você havia voltado nervosa para o quarto, murmurando sobre o noivado. Ainda assim, quando te acordei e você percebeu que eu reparei no travesseiro molhado, não gritou comigo, apenas me pediu para acordá-la antes de abrir as cortinas no dia seguinte.

Eu me lembrava do dia em que descobri que meu destino estava pronto para cruzar com o de Zhao Yan e de como não dormi naquela noite. Lembrei também de como não gostava de acordar com a claridade, mas me adaptei a isso morando na boate de Sina.

— No começo, você mal trocava meia dúzia de palavras comigo, inclusive, até relutou um pouco antes de me deixar te ajudar com suas crises de ansiedade. Com o tempo, percebi que você não era o que eu imaginava. Quando passei a te ver em momentos de vulnerabilidade, passei a me preocupar com você e a me apegar, mas achava tudo uma grande idiotice, pois colocava meu plano em risco. Até que me tornei incapaz de executá-lo, pois não queria te fazer mal. A cada mês que passava, eu prometia que tomaria coragem no próximo, mas fui perdendo a pouca vontade que me restava de te ferir para alcançar meu objetivo.

Quando olhei para Dana, senti os olhos marejados mais uma vez. Além de Momo, Dana foi a primeira pessoa a enxergar algo bom em mim. Meu coração afundou em uma espécie de alívio. Eu não era o monstro que acreditava ser.

— Talvez digam que eu me acovardei ou que fui fraca, mas isso é culpa sua. Você destruiu a visão que eu tinha e me fez gostar, mesmo que um pouco, da minha princesa.

— Dana... — Minha voz saiu embargada, e ela jogou o braço por cima dos meus ombros, então encostei a cabeça na dela fechando os olhos, sorrindo. — Muito obrigada.

■ ■ ■

Eu sabia que precisava ficar forte por Chae e, mesmo depois de uma conversa com Dana durante a madrugada, o dia todo me distraindo e tentando treinar com as garotas, ainda era difícil não pensar onde ela estava e como estava sendo tratada. Estávamos jogadas pelo quarto conversando amenidades quando alguém bateu na porta. Dana se aproximou para abrir, e suspirei ao ver Chou Tsuy em pé do outro lado, as mãos para trás do corpo, com as roupas pretas de sempre. Ela era a última pessoa que eu gostaria de ver naquele momento.

— Boa noite, Tsuy — disse Dana. — Aconteceu alguma coisa?

Tsuy negou com a cabeça e então tirou as mãos de trás do corpo, revelando algumas máscaras pretas.

— Coloquem, por favor — disse.

Dana pegou as máscaras sem hesitar, as distribuiu entre nós e vestiu a sua imediatamente, assim como Sina, mas eu me demorei.

— Para quê?

— Não é nada arriscado — respondeu Tsuy.

Franzi o cenho, mas obedeci imaginando que Chae faria o mesmo, afinal, ela sempre confiou em Tsuy. Fomos direto até o primeiro andar, onde costumávamos chegar de carro. Confusa, observei quando ela nos guiou ao longo dos corredores e por uma escada que levava para o prédio de Tecnologia da Informação, em seguida subindo mais escadas dentro dele.

— Tsuy — Sina sussurrou.

— Está tudo bem — disse ela, e seguiu na frente das escadas de metal.

Após subirmos quatro andares de escada, paramos na frente de uma porta de metal vermelha. Tsuy forçou para abri-la, e eu quase perdi a respiração quando me vi em um terraço que dava para o céu noturno e a liberdade.

— Programei as câmeras para repetirem uma imagem estática enquanto estivermos aqui, e estou monitorando cada veículo que entra na rua. Se virmos um suspeito chegar, Naya me avisará — Tsuy falou.

No mesmo instante, dei passos largos para contemplar o céu sem nuvens. Momo fez o mesmo.

— Sei que todas estamos sob muita pressão ultimamente e achei que seria bom sairmos um pouco, mesmo que apenas para olhar as estrelas.

Por alguns momentos, até acreditei que Chou Tsuy estava tendo a sensibilidade de nos levar ali, de gastar seu tempo protegendo o local para que pudéssemos simplesmente olhar para o céu.

— Quando você olha para o céu, está olhando para o passado — falou Dana. — Acho interessante pensar que, se alguém estiver nos olhando de volta em algum planeta muito distante, está vendo o nosso passado. Talvez um em que ainda estamos todas juntas ou que nem sequer nos conhecemos ainda.

Eu me deixei levar pelas palavras de Dana. Me sentei no chão, olhando para a imensidão e me perguntando se alguma daquelas estrelas enxergava um passado onde Chae estava segurando minha mão. Todas as meninas se sentaram também, menos Tsuy, que olhava para a rua em vez de observar o céu. Contemplamos a noite e absorvemos sua energia, seu calor e sua beleza. Senti paz.

— Junte-se a nós, Tsuy — pediu Dana.

Tsuy hesitou, mas sentou um pouco distante de Sina. Observei quando ela se apoiou nas mãos e olhou para cima, e vi o brilho da lua refletindo em seus olhos tensos. Me senti mal por todos os meus pensamentos. Tsuy não era um monstro; Sina tinha razão.

No fim, era alguém que estava tentando manter o controle por todas nós, com tanta responsabilidade sobre os ombros.

— A lua está linda — disse ela, limpando a garganta.

— Você também — Sina retrucou.

Olhei para ela com o cenho franzido, e Sina arregalou os olhos.

— Digo, eu também acho... Que a lua está linda.

Foi naquele dia. Apenas naquele dia que enfim percebi: Chou Tsuy e Sina tinham algo mais. Tornei a olhar para o céu e me perguntei se, por algum milagre, minha Chae observava a mesma lua que eu.

CHAE

Minha cabeça latejou quando bateu na parede branca. Senti tudo rodar. Espalmei as mãos no chão frio para me erguer e meus joelhos tremeram quando me levantei, me apoiando no vidro gelado na lateral.

Observei a porta se fechar assim que uma digital foi detectada. Eu sabia o que isso significava.

Ergui o olhar para Igor e o homem ao seu lado, meu captor, o guarda com a caveira tatuada no pescoço. Meu interior ferveu de raiva.

Igor lançava um olhar frio, quase doentio, na minha direção. Mas o outro homem me encarava com ironia, desgosto.

— Lembro de você criança, garota — disse ele. Tentei dar um passo em direção à porta, mas meu joelho cedeu, e eu caí.

— Bem-vinda ao inferno, Chae Kang.

Igor riu amargamente.

Capítulo 34
Esperar que algo aconteça não vai te levar a lugar algum

Uma longa semana se arrastou desde o dia que levaram Chae de mim. Uma semana insuportável, pois a perda dela parecia pesar sobre cada rebelde, e todos nos olhavam com cara de enterro quando passávamos. O clima no CTI sem ela era outro, e eu não era a única afetada, mas, para mim, o simples ato de ficar sozinha em um cômodo se tornou sufocante.

Tsuy, por sua vez, estava cada vez mais introspectiva. Andava com Naya de um lado para outro, parecendo cada vez mais concentrada e distante. Naya já não sorria com a mesma frequência, nem tinha o mesmo ânimo, mas continuava a se empenhar em acompanhar Tsuy.

O clima no CTI era pesado e horrível, a única coisa boa era estar finalmente livre do gesso. Os médicos disseram que estava tudo bem, mas quase desisti de me livrar dele por causa da assinatura dela. Dana pediu para que o enfermeiro cortasse a parte do gesso na qual Chae tinha escrito e a entregou para mim quando saímos. Era estranho ter o braço livre de novo; ele parecia fraco demais, mas o sentimento mais estranho era o de não ter o braço de Chae entrelaçado no meu.

Quando me sentei com Momo e Dana, varri a lanchonete com o olhar na esperança de ver Sina em algum lugar, mas nada. Não a tinha visto em nenhum momento naquele dia.

— Ela deve estar fazendo alguma porcaria em algum lugar. — Dana sorriu.

— Você quase soou como Tsuy — disse Momo.

— Isso é ruim?
— Não necessariamente — Momo continuou, abaixando o tom como se Chou pudesse escutá-la. — Acho que, lá no fundo, Tsuy é legal, só meio traumatizada.
— Realmente, Tsuy não foi sempre assim — Dana completou. — Digo, acho que sempre foi a mais inteligente e a mais determinada, mas também sorria mais. E, por incrível que pareça...
— Por incrível que pareça o quê? — Momo se inclinou por cima da mesa para chegar mais perto de Dana.
— Ela e Sina eram melhores amigas.
— Você está brincando, não está? — Momo não parecia acreditar.
— Não. Elas eram como eu e Chae, você e Mina. Era uma amizade muito forte. Elas quase não se desgrudavam.
Eu franzi a testa e reparei que Momo fazia o mesmo.
— O que as separou, então?
— Nenhuma de nós sabe, na verdade — explicou Dana. — Elas nunca deram explicações claras, e Sina sempre parecia ficar cabisbaixa quando o assunto surgia, então só paramos de questionar. Com o tempo, a tristeza de Sina foi se transformando em ranço por Tsuy, que passou a retribuir a irritação. Então elas se tornaram a dupla dinâmica que vocês conhecem hoje. Analisando agora, a mudança foi cômica e drástica.
— Isso é triste — disse Momo. — Acho que seria importante para Tsuy ter alguém, não precisar lidar com tudo sozinha. Eu quase explodi no palácio antes de você surgir. — Ela acenou com a cabeça para Dana.
— Estamos iniciando uma sessão para sentir pena de Chou Tsuy? — perguntei.
— Ela foi legal quando nos levou para ver as estrelas. — Momo me olhou e arqueou a sobrancelha.
— Isso já faz uma semana, e desde então ela só se fechou mais — retruquei. — Nenhuma de nós precisaria ver as estrelas se as coisas não tivessem saído do controle.
— Mina — Momo falou em um tom de alerta, e eu não gostava disso. — Você está sendo dura demais com ela. Não podemos culpar Tsuy por perder o controle das coisas, não acho que alguém possa

exigir algo dela, que sempre está por trás de tudo. Se escapei do palácio, foi com a ajuda dela, então... Sei que é duro controlar todos os sentimentos e que você precisa descontar em alguém, mas não faça isso com ela... Ela não precisa lidar com isso também.

— A princesinha quer descontar algo em alguém?

Meu interior ferveu com a menção do apelido que não estava sendo usado por Chae.

— O que você quer? — perguntei com a voz seca, me virando.

Maximiliana estava na mesa atrás de nós, a cadeira virada para a gente, com o caderno de rascunhos aberto. Nem me importei em olhar para ele.

— Tirou o gesso, então? Agora vai finalmente poder voltar à ativa em vez de ficar se escondendo... — ela ironizou, e reparei que seus olhos estavam vermelhos demais, me deixando confusa, mas incendiada pela raiva.

— Que diabos pensa que está dizendo, Ramberti? — Dana tomou minhas dores, e Momo a segurou pelo pulso.

— Uma defensora nova, Alteza? Uma vai e outra vem? — perguntou olhando para mim e abrindo um sorriso provocador, então tornou a olhar para Dana. — Vai dizer que estou errada? Sua Alteza está sempre escondida atrás de alguém. A vida dela vale muito mais do que a sua, não vale?

— E o que você faz de diferente disso? — Dana trancou a mandíbula. — Não é como se não se escondesse atrás das pilhas de dinheiro do papai. Você se acha revolucionária por sair e rabiscar paredes, mas no fim do dia dorme em seu berço de ouro debaixo do teto do papaizinho. Você não passa de uma covarde que não se impõe nem assume suas lutas.

Maxi não se levantou, ainda sorrindo de forma irônica. Vi muito de Tsuy nela.

— Ainda tenho um nome mais importante do que o seu. Pela hierarquia do seu próprio movimento, sua vida seria facilmente usada para proteger a minha, não é mesmo? Igual a da sua coleguinha. Chae Kang era importante até ter Mina Castelo em jogo. Caso não tenha se tocado, o motivo de sua amiguinha não estar mais aqui está bem aí do seu lado.

Dana perdeu o controle e partiu para cima de Maxi, não sei se na intenção de me defender ou defender o nome de Chae. Momo pulou da cadeira, derrubando-a no chão para evitar que nossa amiga realmente atacasse Maxi. O lugar inteiro ficou em silêncio enquanto Momo segurava Dana pela cintura. Permaneci sentada com os olhos arregalados, e Maxi seguia com o sorriso estampado em seu rosto, imóvel.

Ela se levantou devagar, arrastando a cadeira no chão com um barulho irritante. Observei quando ela ajeitou a jaqueta e o caderno, colocando-o embaixo do braço, e chegou bem perto de Dana.

— O movimento rebelde não é tudo isso, loirinha — disse ela. — Vocês estão perdendo tempo.

Eu me levantei, ficando entre as duas. Encostei em Dana, mas me recusei a me aproximar um centímetro que fosse de Maxi.

— Sai daqui — falei baixo o suficiente para que apenas ela ouvisse. — Se pensa mesmo tudo isso, vá embora. Achei que você tinha aprendido com a vida, mas parece que não.

— Você, com certeza, aprendeu mais do que eu, Alteza — debochou ela mais uma vez e então saiu andando.

O silêncio pesou na lanchonete, e os rebeldes foram se dispersando conforme eu os encarava um por um. Momo puxou Dana para a cadeira ao seu lado.

— Achei que você ia bater nela.

— Eu ia.

— Olhe o seu tamanho e olhe o dela.

Dana encarou Momo como se não levasse aquilo a sério. Nunca tinha visto Dana fora de si, e aquilo foi o suficiente para mostrar como a ausência de Chae nos afetava.

— Não me importo, Momo. Ela não pode falar de vocês assim.

— Ela não está completamente errada, mas não está do nosso lado — concluí. — Está mais do que na hora de Tsuy dar um basta nisso e arrumar outro riquinho para financiar a rebelião.

— Tsuy deve ter um motivo para mantê-la por aqui — falou Dana. — Não faço ideia de qual seja e nem vou questionar, mas não concordo que Maxi fique perambulando pelos corredores. Garota insuportável, caçando briga.

Momo e Dana começaram a debater sobre o jeito certo de bater em alguém e aproveitei para observar como estavam os movimentos do meu braço. Não via a hora de voltar a treinar e pegar numa arma. Segurei o pedaço de gesso rabiscado por Chae e tracei sua letra com a ponta do dedo. Como eu poderia ser arte se me sentia sem cor?

Meu coração apertou pensando nela, e me controlei para não deixar as lágrimas rolarem. Ainda estava disposta a ir atrás dela se Tsuy não tomasse uma atitude. Todos os dias, no fim da noite, no quarto escuro, minha mente era tomada por pensamentos horrorosos do que ela poderia estar passando. Mesmo que eu tentasse simpatizar com Tsuy, continuava difícil.

— Acho que vou tomar um banho para tirar o cheiro do gesso — falei em tom baixo, fazendo Momo e Dana me olharem.

— Tudo bem, vamos voltar para os quartos — sugeriu Dana.

— Não. Comam com calma, vou ficar bem.

As duas trocaram olhares preocupados, e ofereci um sorriso forçado. Só queria me distrair um pouco, tirar um tempo para mim e realmente me livrar do cheiro. Levantei e peguei o pedaço do gesso, colocando-o no meu bolso. Dei um beijo no topo da cabeça de Momo ao passar e me dirigi para a saída da cafeteria. Para meu alívio, o elevador estava vazio. Desci até o andar de sempre e comecei minha caminhada até o quarto que passei a dividir com as meninas, pois era incapaz de ficar no que dividia com Chae antes de ela ser capturada. Desacelerei os passos ao ouvir vozes.

— Esperar algo acontecer não vai te levar a lugar algum. — Era Sina, com uma pitada de raiva e desespero na voz.

A última porta do corredor estava com uma fresta aberta, iluminando as paredes de pedra. Me aproximei tentando não fazer barulho.

— Não passa pela sua cabeça como é estranho, nem por um segundo? — Tsuy retrucou.

O que Sina estava fazendo no quarto de Tsuy?

— O mundo em que vivemos é estranho por si só.

— Larga disso, Sina. — Chou parecia irritada — Chae foi pega há dias, já deve ter passado pelo soro e até agora nada. Nem sequer uma ameaça.

Engoli a seco. Por que elas estavam falando sobre Chae?

— Talvez ainda não tenham feito as perguntas certas.

— Não — bradou Tsuy. — Chae não é a mente por trás de tudo, eles sabem sobre mim e o CTI. Sabem nomes de pessoas importantes do movimento. Perguntar para Chae onde Mina está é a coisa mais simples do mundo.

— Então o quê? Você acha que já mataram ela? Ou que ela tomou o comprimido? — Sina parecia sem paciência. — Falando nisso, quando pretende contar a verdade?

Silêncio. Me esgueirei cada vez mais para perto da porta, achando que talvez estivessem falando baixo e eu estivesse perdendo informações importantes, mas recebi mais silêncio. As vozes só retornaram após um longo suspiro.

— Eles não matariam Chae. Matá-la anularia todas as vantagens da prisão dela.

— O que você acha, então? Lavagem cerebral? Manipulação? Terapia de trauma?

— Você está achando que isso é um filme, Sina?

— Talvez, já que você não compartilha o que pensa, então tenho que usar minha imaginação. Mas não sou tão inteligente quanto você, não é mesmo, Tsuy? — Sina riu de novo.

— O que você quer de mim? — Tsuy pareceu ainda mais irritada. Ouvi passos pesados dentro do quarto.

— Quero que pare de achar que essa merda vai melhorar se você ficar guardando tudo para si. Podemos buscar a solução, todas juntas. Você não é o único cérebro pensante desse movimento.

— Eu já tenho um plano. — A voz de Tsuy soou baixinha depois de um longo silêncio.

Me aproximei mais da porta num ato desesperado para captar qualquer outra informação, com medo de falarem baixo e eu não ouvir, mas foi uma péssima escolha. Minha mão esbarrou na porta e ela se moveu o suficiente para os olhos atentos de Chou Tsuy repousarem em mim como os de uma águia. Arrepiei até a nuca ao vê-la encostada na parede com os braços cruzados e Sina à sua frente, a três passos de distância. O olhar de Tsuy me paralisou e Sina girou a cabeça na minha direção, arregalando os olhos.

— Mina, o que...

— Bom saber que você não seria útil como espiã, Mina. — Chou se afastou da parede, dando um sorriso irônico.

Ajeitei a postura e limpei a garganta, mas fui incapaz de falar qualquer coisa. Ela estava certa, eu seria uma péssima espiã. Tsuy lançou um último olhar de repreensão para Sina e veio na minha direção, passando sem fazer qualquer contato comigo e se dirigiu ao elevador.

— Reunião na minha sala em uma hora. Assim, você poderá saciar sua curiosidade, intrometida — avisou com a voz alta e seca antes de as portas do elevador se fecharem, levando junto o peso sobre meus ombros.

— O que estava fazendo? — Sina se aproximou.

— Indo tomar banho.

— No quarto de Tsuy?

Sina repousou a mão nas minhas costas e me guiou de forma suave para o corredor. Suspirei enquanto ela fechava a porta e usava sua digital para trancar.

— Ouvi vocês falando sobre Chae e não resisti. Desculpa, mas achei que eu tinha direito a saber de alguma coisa.

— Na realidade, você evitou que eu socasse a cara dela. — Ela deu um sorrisinho fraco. — Finalmente se livrou do gesso?

— Sim, me disseram que já está bom — levantei um dedão positivo entre nossos rostos e Sina o segurou, entrelaçando seus dedos aos meus.

— Agora só vai precisar treinar um pouquinho de tiro de novo, mas vai ser moleza. Por que não toma seu banho e nos encontra no escritório de Tsuy depois?

— Farei isso.

Sina segurou meu rosto e me deu um beijo na testa, depois desceu o corredor, me deixando confortável, aquecida. Aquele era um sentimento que tinha virado comum e que eu não sabia muito bem interpretar. Sina era um pouco mais velha do que eu, mas seu jeito sempre foi maternal, como uma mãe deveria ser. Como a mãe que eu queria ter tido.

Tentei pensar em um momento em que minha mãe tivesse me beijado na testa ou me abraçado como Sina fazia; era uma cena que eu nem conseguia imaginar. Era sempre fria comigo, distante, como se eu fosse uma peça preciosa de um jogo de xadrez, polida e mantida dentro da caixa. Uma peça que seria útil em algum jogo, para ser usada em algum momento. Eu sentia desgosto pensando nisso, pensando nela. Será que algum dia eu seria capaz de perdoar minha mãe?

■ ■ ■

Não era como se um banho fosse me livrar de todos os meus pensamentos, mas, pelo menos, ajudou com o cheiro do gesso. Naya veio me buscar para a reunião e entramos no elevador juntas. As outras meninas já estavam na sala de Tsuy quando chegamos. Dana e Momo estavam sentadas, e Sina, em pé, como de costume. Sentei, e Naya tomou seu lugar ao lado de Tsuy.

— Agora podemos começar — resmungou Tsuy, ainda sem me olhar.

— Qual é a finalidade disso? — Momo interrompeu antes que ela pudesse dizer qualquer coisa.

— A finalidade, Momo, é compartilhar meu plano com vocês. — Tsuy a olhou com calma.

Desde que o plano tivesse como objetivo trazer Chae de volta, por mim estava ótimo.

— Plano para quê? Destronar o rei? — questionou Momo.

— Não, ainda não. — Tsuy olhou para ela e balançou a cabeça, negando. — Na realidade, talvez meu plano possibilite algo nesse sentido, mas não serei eu quem planejará isso.

Franzi o cenho, mas me mantive em silêncio, esperando explicações.

— Chae Kang foi presa há sete dias, e sabemos que pessoas do movimento, quando capturadas, são sujeitas a interrogatórios sob a influência do soro da verdade. Chae sempre soube o suficiente para entregar tudo após uma única pergunta, mas até agora nenhuma tropa veio nos massacrar, e ela se entregou sem tomar a pílula. Como? Não sei. Não sabemos o que está acontecendo com Chae dentro do palácio. Não sabemos o que estão fazendo com ela, e muito menos para que a estão usando, e descobrir isso é de extrema importância.

— E os rebeldes infiltrados? — perguntou Dana. — Nenhuma informação?

— Nada, nem indício de onde ela possa estar. Só sei que foi levada para dentro dos limites do palácio.

— Não consegue hackear as câmeras? — sugeriu Momo.

— Não se enganem, a gente tem acesso a muitas câmeras internas. Mas em nenhuma delas tivemos um vislumbre de Chae ou encontramos alguma dica do que pode ter acontecido. Se quisermos tomar qualquer atitude para evitar que eles usem Chae como elemento surpresa contra nós, precisamos descobrir onde ela está e o que está acontecendo.

O silêncio pareceu ficar ainda mais intenso. Eu estava na beira da cadeira para não perder uma única palavra do que Tsuy pretendia dizer, e ela pareceu se deleitar com a atenção.

— A única forma de descobrir o que está acontecendo com Chae é alguém se infiltrar no palácio.

— Já não temos pessoas infiltradas? Dana acabou de mencionar.

— Minha mente deu um enorme nó.

— Não, precisa ser uma pessoa que vá ser capturada sendo ela mesma, alguém importante o suficiente para ser levado exatamente para o mesmo lugar em que Chae está.

Se fosse para salvar Chae, eu voltaria para o palácio.

— E como você pretende colocar a pessoa lá dentro? Como pretende fazer para que quem está fora saiba o que está acontecendo lá dentro com toda a segurança do palácio? — perguntou Sina.

Tsuy pareceu gostar da pergunta, pois se abaixou, abriu uma gaveta e colocou algo sobre a mesa. Eu olhei, curiosa.

— Com um pequeno dispositivo — respondeu ela, levantando uma caixinha de plástico contendo alguma coisa da grossura da cabeça de uma agulha e de não mais de um centímetro de comprimento.

— O que é isso?

— Um transmissor com câmera e microfone. Não consigo entrar no sistema do palácio todo, mas consigo captar a frequência de sinais. Este dispositivo vai pegar carona no sistema deles e passará despercebido, pois entrará na mesma frequência. Ele fica perfeitamente camuflado se aplicado sobre uma cicatriz, e quem estiver do lado de fora verá e ouvirá tudo. Só tem dois problemas...

— Que são? — perguntou Naya.

— A bateria dura apenas sete dias. Quem estiver de fora terá apenas sete dias para entender tudo que está acontecendo. Sete dias para captar todas as informações necessárias e bolar outro plano.

Não era tão ruim assim... era?

— E o outro problema? — Naya tornou a perguntar e Tsuy continuou.

— Detectores de metal.

O quê? Isso tornava tudo inútil.

— Como vai resolver isso? — Dana questionou.

— Para entrar no palácio, teremos que fazer uma cena, e os guardas precisam cair. Algo simples como apenas nos entregarmos seria suspeito demais. Precisamos criar um embate e fazer com que eles acreditem que estão capturando a pessoa contra a vontade dela. Por isso, desenvolvi este dispositivo.

Ela pegou outra caixinha sob a mesa e a abriu, revelando o que parecia ser um projétil de arma normal. Eu franzi o cenho.

— Quem for entrar terá que levar um tiro no confronto e terminar com esta bala alojada no ferimento. Instalei dentro dela um microfone com um sinal diferente e facilmente identificável, mas a bala fará o transmissor real passar despercebido pelo detector de metal. Quando retirarem essa bala da pessoa e perceberem o sinal do microfone, vão achar que descobriram todo o plano. Eles nos acharão burras, e deixaremos que acreditem nisso para que baixem a guarda.

Por Deus. Como Tsuy havia pensado nisso? Naquele momento, eu só pensava que gostaria de levar um tiro e ser capturada para encontrar Chae.

— Então: vamos inserir o dispositivo em quem for entrar, simular um embate e dar um tiro com a bala-microfone na pessoa que for ser capturada. Eles vão acreditar que descobriram nosso plano quando retirarem a bala. Então vamos torcer para que a pessoa seja levada para onde Chae está e tentar bolar um plano em sete dias? Em sete dias, descobrir como destronar o rei? — Naya indagou.

— Falta apenas uma coisa — disse Tsuy.

— O quê? — perguntou Momo.

— Decidirmos quem será nosso cavalo de Troia — respondeu ela, como se fosse óbvio. Pelo seu tom, ela já sabia quem seria.

— Eu vou — me ofereci prontamente.
— Não — disse Tsuy. — Você não.
— Por quê?
— Duvido que a prenderiam com Chae Kang. Contar com a sorte só colocaria o plano em risco. E isso anula Momo também.
— Eu posso ir — Sina se prontificou. — Fui vista no comercial e minha boate estourou. Tenho um nome famoso e seria levada para junto de Chae.
— Não — Tsuy vetou. — Você ficará encarregada de dar o tiro. Não pode ser você.
— Qualquer outra pessoa pode dar o tiro. — Sina encarou longamente Tsuy.
— Não. Eu vou entrar.
— O quê?! — Sina explodiu. — Você enlouqueceu?!
Tsuy não se abalou com a histeria. Enquanto isso, eu só conseguia pensar como diabos ela achava que seria uma boa ideia ser levada para o palácio e deixar o comando do CTI.
— Tenho certeza de que serei levada para junto de Chae. Sou a única que eles vão sentir prazer em capturar e levar para os domínios do palácio.
— Vão te drogar com o soro da verdade, então não vai funcionar — bradou Dana, levantando-se e espalmando as mãos na mesa.
— Com certeza já fizeram isso com Chae e ainda não vieram bater aqui. Precisamos saber o motivo. Como ela conseguiu aguentar. Tenho uma ideia, mas preciso comprovar pessoalmente.
— E como vamos planejar alguma coisa sem você por aqui? — Sina insistiu.
— Naya está a par de tudo, não há nada de que ela não saiba e de que não seja capaz. Naya está apta para assumir o meu lugar.
— Nossa, isso é... muita pressão — Naya sussurrou.
— Vai dar tudo certo se seguirmos o plano — afirmou Tsuy, e eu a encarei.
— Me deixe ir! Pedirei para que me deixem junto de Chae — falei, e Tsuy me olhou com uma expressão fria. Respirei fundo porque, logo que abri a boca, percebi a besteira que estava pensando.
— Achar que seu pai atenderia ao seu pedido é o cúmulo da inocência, Mina.

— Eu quero ver Chae — sussurrei.

Tsuy me olhou como se dissesse que sentimentos botam tudo em risco e que eu tinha acabado de provar isso em poucas palavras.

— Você vai conseguir ver Chae assim que eu estiver dentro do palácio.

Sina me olhou, hesitante, e depois olhou para Tsuy.

— Isso pode não ser bom.

— É bom para o movimento e para nosso objetivo final — disse Tsuy. — Não estou pedindo a aprovação de vocês, vou entrar no palácio e pronto. Depois que eu estiver lá, se vocês quiserem fazer birra e jogar tudo no lixo, não é problema meu.

— E quando você pretende fazer isso? — A voz de Naya saiu baixa, como quem estava perturbada demais com os próprios pensamentos.

— Vamos sair em missão em dois dias. Fingiremos que o propósito de nossa saída é o de sempre: entrega de mantimentos.

— Você está sendo imprudente. — Os nós dos dedos de Sina estavam brancos contra a mesa.

Sina e Tsuy já haviam sido melhores amigas e, independentemente do que tivesse acontecido, talvez o sentimento de preocupação ainda existisse em algum lugar, lá no fundo de cada uma. Isso explicaria o desespero de Sina e as desculpas esfarrapadas de Tsuy para nunca a colocar em risco, assim como eu faria com Momo.

— Não me importo com o que vocês pensam ou deixam de pensar. Eu vou, e o resto do plano vai depender da vontade de vocês. E se você se recusar a atirar em mim, Sina, farei isso eu mesma.

Sina a encarou, e senti que ela poderia voar por cima da mesa e cravar as unhas no pescoço de sua ex-melhor amiga a qualquer momento. Mas Sina apenas se virou com rapidez e saiu da sala.

— Sei que somos perfeitamente capazes de fazer esse plano funcionar, mas vocês precisam cooperar — Tsuy disse um tempo após a saída dramática de Sina. — Sina pode ser teimosa à vontade, mas não deixem que ela se coloque em risco ou escape para a boate. Quero todas vocês aqui no CTI até resolverem como vão agir.

— Você está colocando o CTI e a si mesma em risco para destronar meu pai e descobrir o que está acontecendo com Chae — falei.

— Se quiser enxergar assim, tudo bem. — Tsuy me olhou.
— Eu apenas não esperava isso de você.
— Acredito que você não deva esperar algo de alguém sobre quem não sabe nada — Tsuy rebateu tão forte quanto um tapa na cara.

Eu realmente não a conhecia, mas insistia em julgá-la. Julgá-la tanto que a própria Sina já havia me implorado para parar. Até Momo e Dana tentaram intervir. Abaixei o olhar.

— Saibam que, se precisarem de financiamento para qualquer coisa que os lucros do CTI não cubram, Maxi está à disposição.

Limpei a garganta.

— Ela estava estranha hoje cedo, falando baboseiras e procurando briga conosco.

— Acredito que não a conheça também — disse Tsuy e seu olhar pareceu ficar um bocado distante. — Hoje era o aniversário de alguém importante para ela. Tente entender.

Talvez julgar pessoas por não gostar de suas atitudes fosse errado. Talvez elas tivessem motivos que ninguém imaginava para agirem daquela forma. Talvez eu ainda tivesse muito a aprender.

— Acho que acabamos por hoje — concluiu Tsuy. — Tenham um bom dia.

Momo e Dana se levantaram no mesmo instante, e Momo me olhou como se me chamasse para ir com ela, mas neguei com a cabeça. Ela entendeu e se foi. Naya empurrou sua cadeira devagar demais, pensativa demais, mas também partiu. Então fiquei a sós com Chou Tsuy.

— Alguma dúvida, Mina? — perguntou.
— Eu queria pedir perdão.

Tsuy me encarou e eu quase desviei. Era impossível sustentar o olhar quando Tsuy tinha olhos tão pesados e distantes.

— Não há necessidade.
— Eu fui muito dura com você e reconheço que não deveria ter te julgado.
— Entendo.
— Aprendi que não tem problema errar quando se está tentando aprender, e não há por que se envergonhar em ter de pedir desculpas.

Ela continuou me encarando.

— Desculpas aceitas.

Analisei o rosto da mulher que se entregaria ao reino em prol do movimento e tentei enxergar algo além, mas fui incapaz. Me perguntei se abraçá-la seria demais e cheguei à conclusão de que sim. Fiz uma pequena reverência e fui para a porta.

Capítulo 35
Isso não é uma despedida

Tinha chegado o dia, e não poderíamos estar mais nervosas. O clima de apreensão no CTI era nítido. Todas só conseguíamos pensar no plano de Tsuy e não queríamos sequer cogitar a possibilidade de ele falhar.
A gente dificilmente teria uma segunda chance.
Estávamos na lanchonete quando Tsuy nos recrutou para sua sala.
— Gostaria apenas de revisar o plano — disse ela. — E instalar minha câmera.
Sina desabou em uma das cadeiras. Dessa vez, não fez charme em ficar de pé, apenas se sentou e cruzou os braços. Tsuy se desfez de sua jaqueta de couro vagarosamente, revelando a camisa preta justa de sempre. Em seguida, tirou a camisa de dentro da calça e a ergueu até os ombros, revelando o tronco coberto apenas por um top preto. Tsuy abriu a caixa com o dispositivo e apoiou o braço na mesa. Então, pela primeira vez, vi uma tatuagem na altura de seus bíceps, fazendo um contorno quase perfeito. Fiquei em dúvida se parecia mais uma coroa de espinhos ou o pedúnculo de uma flor, longo demais e se enrolando no braço, mas mantendo os espinhos aparentes.
Tsuy flexionou o braço, pegou o pequeno dispositivo e o enfiou em um dos espinhos em sua pele, de forma que a gravação registrasse o que estava à sua frente. Tsuy nem sequer expressou dor, mas puxou lenços de uma gaveta quando uma gota de sangue escorreu. Assim que secou o sangue, ela mexeu o braço de diversas formas, depois ligou seu computador, virando-o para nós.
— Está funcionando — anunciou o que todas nós podíamos ver.

— E, a partir de agora, temos sete dias — disse Naya. — Sete dias para colhermos as informações necessárias e formular um plano.

— Vocês não precisam formular o plano em sete dias — pontuou Tsuy. — Seria bom, é claro, mas não precisam. Farei tudo o que estiver ao meu alcance para obter o máximo de informações. E sobreviver ao soro, claro.

A sala ficou em silêncio por algum tempo, e Tsuy tomou a iniciativa.

— Estão preparadas? — Mesmo que não fosse o caso, todas falamos que sim. — Então, se tiverem dúvidas, falem agora. Se não, podemos preparar o equipamento.

Sina se remexeu na cadeira.

— Se não conseguirmos... se não conseguirmos bolar plano algum, podemos tentar simplesmente tirar vocês de lá.

— Só entrem no palácio se estiverem prontas para destronar o rei.

— Tsuy... — resmungou Sina.

— Vocês entraram para nos resgatar... — disse Momo. — Por que não podemos fazer o mesmo?

— Estamos em guerra, Momo.

Minha amiga suspirou longamente e se afundou na cadeira.

— Prontas? — perguntou Chou de novo.

Todas respondemos que sim mais uma vez, mesmo sem estarmos, e organizamos nosso equipamento, roupas e armas junto de outros rebeldes. Checamos o plano mais uma vez, e Tsuy entregou uma caixinha para Sina. Eu sabia que naquela caixa estava a bala. Quando Tsuy se virou para sair, Sina apoiou as costas na parede e suspirou alto.

Momo usava um colete à prova de balas, as armas estavam presas no cinto, seu cabelo preso em um rabo de cavalo e a franja caindo na testa, que ajeitei com os dedos.

— Veja pelo lado bom, Mina. — Momo enlaçou minha cintura com os braços, me olhando nos olhos. — Estamos cada vez mais perto de resolver isso. Vai acabar.

— Sei que sim, mas dói. Estou preocupada com Jade, com Chae, com Tsuy e agora com Sina.

— Essa história de Sina atirar em Tsuy é meio bruta, mas vai dar tudo certo. — Momo tentou ser otimista mais uma vez.

— Acho que Sina é a única em quem Tsuy confia para fazer isso. A gente não é muito boa ainda.

— Sou uma boa atiradora também, sabia?
Ri baixinho com a informação.
— Atirar em uma pessoa é diferente de atirar em um alvo, Momo. Você está querendo se oferecer para o lugar de Sina?
Momo então riu e seu sorriso acalmou meu coração.
— Não.
Acariciei seu rosto, antes de ela me puxar para perto em um abraço forte demais.
— Momo?
— Hm?
— Eu te amo. Você é minha irmã, minha alma gêmea. Minha família.
— Acha que eu não sei, Mina? — falou ela em meu ouvido. — Olhe bem tudo que você fez por mim... Se isso não é amor, não sei o que é. Eu faria o mesmo por você, porque também te amo!
— Sei que faria — sussurrei e a apertei mais.
Sempre achei que Momo nunca teria me deixado para trás como fiz e, de alguma forma, imaginar os dias que ela passou perdida naquele palácio, nas mãos do meu irmão, ainda doía em mim. E agora Chae estava lá. De novo. Será que não dava para as pessoas que eu amava deixarem aquele lugar para trás de uma vez por todas?
Seria preciso realmente acabar com o palácio em vez disso?
— Vamos? — perguntou Tsuy.
Seguimos juntas para uma van que nos levaria até o abrigo da vez. Segundo Tsuy, ele estava com reforços pesados e pronto para a nossa chegada, e faríamos o trabalho de sempre até Naya, no CTI, avisar que os carros reais estavam a caminho. Depois da última missão, resolveram que seria prudente monitorar todas as ruas que davam acesso ao abrigo. Assim que chegamos, Tsuy abriu a porta da van, pronta para descer, mas Dana estendeu a mão e segurou o braço dela.
— Uma palavra de despedida antes? — perguntou.
— Isso não é uma despedida — disse Tsuy, sua voz seca demais.
— Tem certeza de que Naya consegue assumir? — Dana ponderou.
— Você construiu isso do zero, Tsuy. É seu.
— Eu não estaria aqui se não tivesse plena certeza de que ela está à minha altura. — Tsuy foi firme. — E sei que é meu, por isso vou voltar. Nada que é verdadeiramente nosso se perde, não importa quanto tempo passe ou quantos obstáculos existam.

Tsuy nos olhou, em silêncio, então abriu a porta da van.

— Gostaria de ter te conhecido melhor — disse Momo, bem alto. — Então volte mesmo, e farei questão que você participe de uma noite de bebidas conosco.

Tsuy apenas a encarou por algum tempo e senti que ela buscava a maneira certa de usar palavras com Momo. Tsuy parecia tentar se adaptar à forma de cada uma, e só agora eu percebia isso.

— Não se preocupe. Isso não é mesmo uma despedida. Eu confio em vocês. — E pulou da van com uma risadinha.

Nós trocamos olhares uma última vez. Se Tsuy tinha saído, não havia motivos para continuar no carro, então Dana desceu e berrou com Momo quando minha amiga pulou da van com a arma destravada.

— Você está bem? — perguntei ao ficar a sós com Sina.

Ela colocou a caixinha com a bala no colo, abriu e rodou o projétil entre os dedos.

— Odeio esse negócio. — Sina puxou sua arma e a carregou com a única bala. — Sabe, Mina... Tsuy é maluca. Nunca seja igual a ela.

— Acho que uma maluca em nossas vidas já é o suficiente.

— Além de topar atirar, ela quer que eu atire de perto — Sina deu uma leve debochada.

— Vai conseguir, Sina?

— Se eu não conseguir, sei que ela vai pegar a arma e atirar em si mesma.

Estendi a mão para Sina, que a segurou, e então descemos juntas do carro. A rua de terra tinha muitos rebeldes, mais do que eu vira nas outras missões. O abrigo estava bem protegido e os caminhões de suprimentos serviam também como bloqueio à entrada. Muitos rebeldes já ajudavam a mover as caixas para dentro do abrigo e acabei me perdendo, encarando o fim da rua na espera de algum carro do reino aparecer, mas isso demorou a acontecer, fazendo com que nos questionássemos se eles cairiam ou não na armadilha.

Com o passar das horas, comecei a pensar sobre o que aconteceria se eu interrompesse o plano e me entregasse no lugar de Tsuy. Se eu teria a chance de ver Chae. Mas, no fundo, sabia que era uma ideia estúpida.

Os rebeldes começaram a se mover, fazendo muito estardalhaço, e Tsuy apareceu para avisar.

— Estão chegando. Em formação, por favor.

Momo, Dana, Sina, Tsuy e eu fomos para a rua, perto do carro que havia nos deixado ali. Os rebeldes criaram uma grande muralha de defesa, e eu prendi a respiração, segurando a arma, quando os carros apareceram e os guardas brancos desceram todos ao mesmo tempo.

Foi o caos. Uma grande encenação da nossa parte. A fumaça de uma bomba cobriu nossa visão, barulhos de tiro machucaram nossos ouvidos. Ajeitei a máscara no rosto conforme a fumaça ia embora muito devagar e outra bomba estourava mais ao longe. Cocei os olhos e senti Momo segurando meu braço.

Mais à frente, Tsuy segurava os ombros de Sina, tão próximas quanto Momo e eu estávamos mais cedo naquele dia. Sina segurava a arma contra a lateral da coxa de Tsuy, mas estava de olhos fechados. Ela não ia conseguir.

Tsuy disse algo a ela que nunca chegou aos meus ouvidos e repetiu várias vezes. Sina abriu os olhos, segurou a cintura de Tsuy com a mão esquerda, e eu soube exatamente qual havia sido o barulho de sua arma entre tantos outros quando o gatilho foi apertado, se misturando com um grunhido de dor longe demais de mim. Tsuy vacilou, e eu poderia jurar que ela desmaiaria, mas Sina a segurou. O sangue em sua coxa provava que ela era humana. Sina, em um ato desesperado, tentou tapar o buraco com a mão. No segundo em que tentei me aproximar, Dana e Momo me seguraram, me impedindo.

Tsuy entortou o corpo para trás, olhando para a própria coxa, e Sina a colocou no chão, precisando tirar as mãos encharcadas de sangue do ferimento. Tsuy disse mais alguma coisa, e Sina negou com a cabeça. Estava em desespero. Notei quando levou as mãos à base da própria camisa na intenção de fazer um torniquete, mas foi impedida pela própria Tsuy, que não ficava em silêncio por um minuto.

Precisei me desvencilhar das meninas e fui até elas, segurando um braço de Sina, e Dana, ao meu encalço, segurou o outro. Juntas, a puxamos para longe. Tsuy, engolindo toda a sua dor, acenou com a cabeça para nós, como se dissesse que estávamos fazendo o certo. E logo em seguida cedeu, caindo com tudo no chão, perdendo uma quantidade assustadora de sangue. Sina surtou em nossos braços, e a agarramos com mais força.

— Recuar — Dana berrou, e os rebeldes entenderem que havia chegado a hora e, com mais uma bomba de fumaça, se dissiparam, permitindo que os guardas brancos avançassem, e formaram uma barreira entre eles e nós. Tsuy estava fora do círculo de proteção.

Ela continuou no chão, desmaiada na poça do próprio sangue. E quando a fumaça se desfez, tinha sido capturada. Não tinha mais volta.

— Chou Tsuy foi atingida — anunciou um dos guardas brancos pelo rádio. Não falamos nada enquanto eles se apossavam dela. Nossos rebeldes apontaram, mas não atiraram, e Tsuy foi levada.

— Não reajam e vamos embora — berrou um guarda branco em nossa direção, atirando no chão.

E, conforme o plano, ninguém reagiu, e eles levaram mais uma de nós. Quando os carros dos guardas brancos se afastaram, Sina caiu no chão.

— Ela vai morrer — bradou em alto e bom som, com as mãos cheias de sangue espalmadas na terra. — Eu a matei.

— Ela não vai morrer, Sina — consolou Dana. — Vai receber um atendimento de primeira. Você não fez nada errado, só seguiu o plano.

— Eu atirei nela.

Sina se engasgou com o choro e socou a terra até eu não saber mais se o sangue era dela ou de Tsuy.

— Tsuy é O negativo. Eles precisam saber disso. — A voz de Sina estava embargada e ela olhava para sua mão antes de bater mais uma vez no chão.

— Eles vão descobrir mais rápido do que qualquer outra pessoa — falei, mas minhas palavras pareciam não ter qualquer significado para ela.

Sina encostou a testa no chão de terra e chorou descontroladamente, até os soluços virarem berros e Dana me olhar de rabo de olho, deixando uma seringa à mostra.

— Não é possível que carregue isso com você o tempo todo.

— Nunca se sabe quando vai ser necessária.

— Sedar pessoas é seu hobby, Dana?

— Não! — Sina bradou alto, caindo de costas na terra e seus olhos vermelhos se voltaram para o céu. — Não. Não me apague. Eu quero sentir. Eu preciso sentir.

Talvez fossem os anos de afastamento ou apenas o fato de que Sina havia acabado de atirar na pessoa que um dia havia sido sua melhor amiga. De repente, o choro cessou. Ela encarou o céu, estática, a ponto de eu me perguntar se estava viva. Me sentei no chão ao seu lado e puxei a mão dela para o meu colo, limpando-a como podia em minha camisa, examinando os ferimentos.

— Precisamos ir para o CTI cuidar disso.

Sina continuou a encarar o céu, então Momo se sentou e Dana fez o mesmo. Os rebeldes estranharam, mas se afastaram. Continuei a apertar a mão de Sina. Talvez ela precisasse socar alguém, assim como fiz com Tsuy, mas essa não era uma opção.

Meu coração pesou.

Tsuy, fique bem, por favor.

Capítulo 36

Ela nunca quebrou sua promessa

Quando retornamos ao CTI, Sina parecia mais calma, mas entrar ali sabendo que Tsuy não estava presente era uma experiência, no mínimo, indigesta. Acompanhei Sina até um dos quartos e foi minha vez de obrigá-la a tomar banho.

Ainda estava cuidando dela quando Dana nos interrompeu: Naya queria nos encontrar.

Em vez de nosso já conhecido ponto de encontro, a sala de Chou Tsuy, fomos para a sala de controle tecnológico.

— Vocês estão bem? — perguntou Naya, ao lado de Momo, assim que entramos, com preocupação. Me senti mal.

Naya conseguiria nos liderar. Estava na cara. Tsuy nunca iria embora e deixaria seu império nas mãos de alguém que não fosse perfeitamente capaz. Eu sabia disso. Todas sabíamos.

— Dentro do possível — respondeu Sina, baixo, e Naya lhe ofereceu um sorriso tristonho.

— Bem, trago novidades... — Naya começou, um pouco mais animada, mexendo no grande computador à sua frente — ... Tsuy foi levada para o palácio. Tentaram cuidar do ferimento no caminho, mas isso jogaria nosso plano no lixo, então ela lutou e conseguiu evitar ser atendida na van.

Nenhuma de nós pediu mais detalhes, provavelmente com receio de que a resposta, talvez, fosse brutal demais.

— Ela foi atendida no palácio e, como planejado, o detector de metais apitou quando ela passou, dando aos guardas a certeza de que era por causa da bala — Naya continuou, balançando a cabeça, incrédula.

— Eles são muito previsíveis. A bala foi retirada em cirurgia, e eles se vangloriaram ao descobrir o sinal, bem como ela previu.

Genial. Talvez essa fosse a palavra que melhor descrevesse Chou Tsuy.

— Ela foi levada para os fundos do palácio, o que conseguimos acompanhar perfeitamente por todo o caminho. Igor estava com ela. Tsuy foi carregada por alguns guardas para um local embaixo do palácio, um porão ou algo similar, que acredito que só funcione com a digital real. A gente ainda não sabe. Estamos esperando mais informações.

— Essas instalações subterrâneas sempre existiram, então é possível que tenham sido transformadas em uma prisão muito mais segura do que a que Chae ficava antes, porque é preciso entrar no palácio para acessá-la. Mas tem muito mais lendas sobre o lugar do que informações em si — falei e observei Momo confirmar minhas palavras com um aceno de cabeça.

— Chamávamos de Túmulo do Rei Decapitado — Dana disse. Todo mundo olhou para ela ao mesmo tempo. Eu já tinha ouvido esse nome antes, quando pequena. — Entre os criados do palácio. Não é o nome oficial, claro. Era uma prisão antiga, onde o avô do atual rei foi morto pelo irmão em uma disputa. Decapitado. — Ela deu de ombros, vendo a minha confusão e a de Momo. — Pelo menos é o que os criados comentam. Que a cabeça dele está lá até hoje. Virou uma lenda, e todo mundo tem medo de entrar lá.

Isso era absolutamente assustador. Eu cresci jurando que a lenda do Rei Decapitado era só isso, uma lenda.

— O que mais aconteceu? — perguntou Sina. — O plano deu certo? Chae estava lá?

— Não só Chae.

Naya virou uma tela para nós enquanto mexia em outra e, em seguida, clicou em algo que mostrava imagens da câmera de Tsuy. Ah.

Chae estava jogada no chão atrás de uma parede de vidro, de barriga para cima e com os olhos fechados, assim como Jade, no outro canto, encostada na parede em outra cela de vidro, olhando estaticamente para a frente. Meus olhos marejaram e Sina apertou minha mão.

— As duas estão lá — disse Naya, levemente rouca.

Estava vendo sua irmã. A irmã que não fazia ideia de quem Naya era. Meu coração deu um solavanco quando me coloquei em seu lugar.

— Isso quer dizer que qualquer uma de nós teria sido levada para lá — sussurrou Sina.

— Talvez não Mina, talvez não Momo, mas o restante de nós... — pontuou Naya. — Tsuy estava certa.

Sina bateu a mão na coxa e xingou. Encarei Chae pela tela, prestando atenção em sua respiração. Ela parecia cansada, desgastada e bastante machucada, mas viva. Chae estava viva. Ah, Chae...

— Chae tentou se comunicar com Tsuy, bateu no vidro para chamar atenção. Parece lúcida — Naya informou. — Tsuy olhou, mas elas não se comunicaram até agora.

— E Jade? — perguntou Dana, com a voz baixa.

— Ela não faz nada além de ficar sentada.

Percebi um tom estranho em sua voz. Como se aquela Jade não fosse a sua irmã. Talvez Naya estivesse tentando superar. Um silêncio pesado e desconfortável pairou sobre nós. Apenas encarei Chae, desejando que ela sentisse e soubesse que eu estava ali, olhando para ela. E, fazendo meu coração acelerar, ela se sentou e seu olhar pousou na tatuagem de Tsuy, como se me olhasse de volta. Engoli em seco. No mesmo instante, ouvi passos pesados. Segundos depois, lá estava ele, imponente e numa roupa elaborada demais para encontrar qualquer prisioneiro: meu pai. Cercado de guardas. O silêncio entre nós prosseguiu, mas a tensão aumentou. Eu odiei vê-lo, seu rosto já me causava arrepios.

— Chou Tsuy — disse ele, parando de frente para ela. Seu rosto barbado exibiu um sorriso sombrio e medonho, diferente de tudo que eu já tinha visto antes. Infelizmente, não conseguimos ver a reação dela. — Admito que não esperava sua visita, mas é uma honra tê-la sob meu teto.

Tsuy não respondeu e meu pai riu como se ela tivesse contado uma piada.

— Vai tentar o mesmo joguinho de sua amiga, então? — E, mais uma vez, tudo o que ele recebeu em troca foi o silêncio. Tsuy nem se mexia.

Contrariado, meu pai fez um sinal, e os guardas que entraram se aproximaram e abriram a cela de Chae, fazendo meu coração gelar.

— Acho que você está cansada demais, não é mesmo, Chou? — debochou ele.

A raiva que corria pelas minhas veias me fez ferver quando vi os guardas erguerem Chae pelos braços e a jogarem contra a parede da cela. Chae chutou o ar, inutilmente, e dava para ver que sua roupa estava rasgada, seu corpo coberto de feridas e sangue. A imagem não era a melhor, mas se aquilo era visível de longe, imaginei que de perto estivesse ainda pior. Prendi a respiração.

Chae deu um grito e riu amargamente, a cabeça caindo para o lado, fazendo com que o cabelo cobrisse os olhos.

— Vocês são uns merdas — ela disse, erguendo o queixo e jogando o cabelo para o lado. Lançou uma cusparada de sangue nos pés do guarda ao lado dela. — Vocês são meros peões do rei. Ele põe vocês em risco para se proteger. Tem medo de chegar perto, reizinho?

Meu pai pareceu ignorar sua provocação, e eu só queria que Chae calasse a boca para não piorar sua situação. Um dos guardas puxou o braço dela, que simplesmente o estendeu, como se soubesse que não valia a pena lutar. Ou talvez já tivesse lutado demais. Eles injetaram nela algo que, com certeza, era o soro da verdade, mas não era possível. Era? Se estavam usando, como não haviam chegado até nós? Era... impossível.

Chae riu mais uma vez e bateu com o punho, com muita força, na parede ao lado. Riu, de olhos fechados, fazendo uma careta de dor logo em seguida. Eles fecharam a porta da cela dela.

Ela estava maluca? Poderia quebrar os dedos!

— Qual é o seu nome? — meu pai perguntou de um jeito protocolar.

— Chae Kang. — Era nítida a facilidade com que aquelas palavras escapavam dos lábios dela.

— De onde você vem?

— Do CTI.

— E o CTI fica localizado em...?

Os braços de Chae endureceram, as mãos se fecharam em punho e a coluna arqueou. O sorriso provocador sumiu do rosto dela, e a veia em seu pescoço pulsou.

— Em...

Um breve balbuciar escapou de seus lábios, mas foi seguido por outro soco forte na parede, abrindo um corte na mão. Ela soltou um grito alto, de muita dor. Seu corpo caiu para o lado, as mãos espalmadas no chão. A respiração estava acelerada demais, fazendo com que eu me sentisse fraca junto com ela.

— Ela está... resistindo ao soro? — perguntou Dana, com a voz embargada, mas ninguém respondeu, porque já sabíamos a resposta. Tsuy deu uma leve risada pelo nariz, e eu podia jurar que tinha visto um sorrisinho se abrir no rosto de Dana de repente.

— Onde está Mina? — meu pai perguntou, e eu me levantei de uma vez.

O corpo de Chae deu um tranco de novo e o processo se repetiu. Ela gritava e se debatia, socando a parede com toda a força. Meu pai continuou a perguntar, e eu segui vendo a mesma coisa se repetir até não aguentar mais e tapar os ouvidos e virar de costas.

— O que está acontecendo? — Momo perguntou. Naya deu um sorriso discreto e não consegui entender o que as duas achavam engraçado naquele sofrimento todo. Chae estava levando o corpo ao extremo para resistir ao soro, algo que ninguém nunca havia feito! Tudo isso pelo CTI, pelo movimento! Por mim! Me engasguei com meu próprio choro.

O interrogatório finalmente parou, e eu respirei fundo para tentar me recuperar.

— Veja, Chou Tsuy, acredito que você esteja fraca demais para fazer o mesmo. Seja lá como ela esteja fazendo isso... — meu pai disse, incomodado, enquanto Chae gritava ao fundo. — Tenho certeza de que não resistiria se tentássemos, certo?

— Creio que não, Vossa Majestade — Tsuy enfim falou, nitidamente cansada, mas carregada de ironia.

— O que diabos ela está fazendo? — Sina rosnou.

— Não? — perguntou meu pai, confuso.

— Vocês estão levando Chae ao limite todos os dias, sem tempo para ela se recuperar, certo? O senhor sabe o que o soro causa no corpo de uma pessoa? Mesmo estando aqui, com um tiro na perna, resistirei. Se quiser, pode tentar.

Tsuy sabia como resistir ao soro da verdade ou estava apenas presumindo que conseguiria, ao ver como Chae fizera aqui?

— Acha mesmo que sabe mais do que eu, Chou Tsuy? — perguntou ele. — Você não vai sobreviver aqui por muito tempo.

Mesmo que tentasse, ele jamais colocaria medo em Tsuy.

— Chega... — disse Sina. — Chega, Naya, desligue isso agora!

Naya fez menção de mexer no computador, mas Tsuy, como se nos escutasse, mudou de posição e apontou a câmera para Jade que, por três segundos, olhou diretamente para a tatuagem de Tsuy. Diretamente para nós. Ela não sustentou o olhar e tornou a se virar para a frente, sem emoção, enquanto os gemidos sôfregos de Chae ecoavam. Por fim, Naya cortou a imagem e o áudio do computador.

— Chae... — sussurrei.

— Então Chae está resistindo ao soro — concluiu Naya. — A filha da mãe conseguiu.

— Eu devia ter me lembrado. — Dana balançou a cabeça, fazendo com que eu e Momo as encarássemos, confusas. Do que elas estavam falando? — Foi por isso que Tsuy nem me cogitou para missão. Eu nunca conseguiria.

— Elas não vão durar muito tempo. Todo mundo tem um limite para dor — Sina disse, baixo.

Cruzei os braços, sentindo as lágrimas descendo pelo rosto sem controle.

— De que merda vocês estão falando?

As três se entreolharam e Dana segurou o ombro de Momo, que parecia tão confusa quanto eu. Então me encarou, mordendo o lábio de leve.

— A resistência ao soro da verdade. A gente treinou por anos, no início da formação da rebelião. Até Jade descobrir um método que parecia eficaz, embora muito inconsistente.

— Que método? — perguntei com a voz embargada, com medo da resposta. Naya voltou o vídeo para o momento em que Chae batia na parede. Várias telas pela sala de tecnologia se abriram com imagens repetidas daquele vídeo, com ela fazendo o mesmo movimento.

— Dor. Quando sente dor, o cérebro muda a direção, e seu impulso natural é gritar. Isso confunde a vontade de responder. Confunde o soro — Naya explicou.

— Eu nunca consegui. Me machucar. — Dana balançou a cabeça. Meus olhos se arregalaram, olhando as imagens de Chae congeladas pela sala. — Mas já vi Tsuy, Jade, Chae e Sina conseguirem antes. Às vezes. Nada consistente. É isso que torna o desempenho de Chae impressionante.

— É absurdo — falei com a voz embargada.

Absurdo.

Não era justo que Chae se sujeitasse a passar por aquilo para proteger o movimento, para nos proteger. Que qualquer pessoa tivesse que fazer isso.

— Mina. — Sina, ainda sentada, me encarou e estendeu a mão na minha direção. Não me mexi, só continuei com os braços cruzados.

Eu nunca havia experimentado tamanha dor em toda minha vida, mesmo depois de cortar o pé na floresta, tirar o rastreador, machucar o braço, desmaiar e passar mal de ansiedade tantas vezes. Nada chegaria aos pés do que eu sentia naquele momento.

Eu nem conseguia imaginar como seria estar na posição de Chae. Sentir aquela dor.

Ficamos em silêncio, e suspirei alto demais. Meu coração doía e latejava, e eu apenas queria ver Chae de perto.

Sina respirou fundo e se levantou de repente. Todo mundo ali a encarou; seu rosto parecia exausto, e ela levou um tempo para conseguir falar.

— Preciso que vocês venham comigo. Para a sala da Tsuy.

Ninguém questionou. Naquele ponto, meu corpo estava em modo automático e eu só queria tirar os gritos de Chae da minha cabeça. Naya foi a última a ceder e nos seguir para o outro lado do corredor.

Acho que nenhuma de nós realmente queria entrar naquela sala. Era estranho estar ali e não ver Tsuy. A cadeira dela seguia lá, intocada. Na mesa, com o computador desligado, repousava apenas um livro velho e desgastado. Pela primeira vez, eu percebi como o lugar era minimalista e minuciosamente organizado.

Sina foi para o outro lado da mesa de Tsuy e abriu uma das gavetas, suspirando ao ver o que tinha dentro. Era visível que ainda ela tremia um pouco. Pegou uma caixa e a abriu. Dentro havia diversas pílulas perfeitamente encaixadas, uma do lado da outra. A questão era que, até mesmo quando Chae me mostrou todas as pílulas, eu não me lembrava de ver nenhuma daquela cor. Eram... laranja.

— O que diabos é isso? — Naya passou na nossa frente, questionando em voz alta.
— Será que servem para recuperar a memória? — sussurrou Momo em meu ouvido, e eu dei de ombros.
— Eu nem sequer sei por onde começar. — Sina riu baixo, e depois se jogou na cadeira de Tsuy. — E fiquei meio impressionada de Naya não ter sido informada. Por isso decidi falar. Essas pílulas... Tsuy não as distribui por aí. São de acesso extremamente restrito. Vocês só vão mesmo receber se Tsuy quiser.
— Para que servem? — insistiu Dana.
— Acredito que todas conhecem a história de Chae e sua captura. E sobre como ela tinha a pílula contra o soro da verdade no bolso, preta, e a pílula que deleta toda a memória, também preta. Ela conta ter sido um golpe de sorte ter tomado a que era contra o soro, certo?
— Sim — respondi automaticamente.
— Acontece que não foi sorte. Chae não tinha a menor chance de apagar sua memória naquele dia, e não fazia ideia disso, não tinha como saber — Sina sussurrou. — Tsuy não é a pessoa insensível que vocês acham que é... Tsuy não distribuiu por aí, ao alcance de qualquer um, pílulas que destroem a vida das pessoas. Não. E ainda acharem que ela seria idiota o suficiente para fazer duas pílulas com a mesma cor... É claro que isso é só um subterfúgio. Ela quer que as pessoas acreditem nisso, pelo movimento. Para situações como... situações como a de Jade.
O quê? Todas ficamos em silêncio apenas esperando ela continuar.
— Eu estava na dúvida antes, depois do massacre em que Jade foi levada. Demorei para entender o que tinha acontecido. — Sina parecia cansada e muito mais velha. — A pílula que apaga a memória existe, mas vocês não têm acesso a ela. Tsuy a criou para casos extremos e deixou que soubessem de sua existência e achassem que a conhecem, mas não.
— Sina... que merda você tá falando? — Naya balbuciou, pegando a caixa de pílulas laranja em mãos.
— Quando Tsuy as criou, me prometeu que, se possível, nunca as usaria. Existem lendas de rebeldes que apagaram suas memórias, mas são só isso: lendas. Quando perceberam que as pessoas acreditavam nessa possibilidade, apenas insistiram na mentira para se proteger.

Então Jade...?

— Quando Tsuy entrega duas pílulas pretas, está entregando duas pílulas contra o soro. A que apaga a memória está bem aqui, na frente de vocês. E, como podem ver... não falta nenhuma. Tsuy nunca quebrou sua promessa.

Naya piscou os olhos, e algumas lágrimas desceram pelo seu rosto.

— Você está dizendo... que Jade... Jade se lembra de tudo? Jade se lembra de mim?

Sina deu um sorriso fraco.

— Tsuy nunca deixaria Jade apagar a memória. Nunca.

Momo apertou minha mão. Jade... Jade se lembrava de tudo. E esse também era o motivo de Sina, quando saíram em missão, ter pegado a pílula de Momo para ela. Ela sabia que não faria diferença. Tsuy nunca havia arriscado a memória de alguém do movimento? Sequer cogitou acabar com alguém da forma mais desumana possível? Nunca? Nunca!

— Mas isso não é algo que coloca o movimento inteiro em risco? — sussurrou Dana.

— Talvez, Dana — disse Sina. — Chou Tsuy tem outros valores. Ela é um livro fechado, mas as pessoas tendem a julgá-la pela capa.

Naya parecia atordoada, mas, quando se virou para nós, tinha um sorriso no rosto.

— Jade se lembra de mim.

Capítulo 37
Está na hora de destronar o rei

A equipe de Naya passou os dias seguintes se revezando para assistir às filmagens ao vivo do dispositivo de Tsuy. Sina ficou quase o tempo todo acampada perto da sala de tecnologia, mas eu não conseguia ouvir nem mais um minuto dos gritos de Chae. Voltei a treinar, com Dana e Momo, para me distrair e continuar em movimento.

As reuniões diárias eram cheias de informações. Algumas tão ruins que eu precisava sair da sala e mal conseguia dormir à noite. Cheia de culpa. Por estar ali e não lá fora, correndo em busca de Chae.

Dormir, inclusive, estava ficando cada dia mais difícil.

Naya parecia mais energética depois de descobrir que Jade estava fingindo. Tinha conseguido, inclusive, captar momentos em que ela olhava para Tsuy, sem falar nada, provavelmente com medo de ser pega pelas câmeras do palácio, mas com certeza tentando se comunicar em silêncio.

— Tsuy tem falado algumas coisas enquanto faz sua encenação de dor — Naya explicou em um dos dias seguintes, durante uma das reuniões que tivemos, abrindo vídeos e áudios para todas nós. — Baixinho, só para gente ouvir. Ela confirma todos os dias que Chae e Jade estão... relativamente bem.

Com o passar do dia, descobrimos outras coisas.

Naya falava diariamente com rebeldes infiltrados na guarda real, que usavam rádios de frequências clandestinas para se comunicar. Mas nenhum deles fazia parte do seleto grupo interno de Igor, então muita coisa ainda se tratava de suposições a partir dos vídeos de Tsuy, que eram limitados, para dizer o mínimo.

A porta do calabouço também se abria com chave. Isso ficou claro depois de alguns dias em que nem meu pai, nem Igor apareciam. Guardas alimentavam Chae, Tsuy e Jade com frutas e água, mas nada mais. As celas continham apenas um vaso sanitário no espaço todo branco e muito iluminado, com paredes de vidro.

Era de enlouquecer qualquer um, provavelmente a mesma tecnologia e psicologia usada nas prisões secretas da floresta.

No dia seguinte à experiência de Chae, Naya nos contou que Tsuy também tinha resistido ao soro. Apesar de o vídeo ser pior por estar no braço dela, o rebelde que assistiu contou que Tsuy, na tentativa de se impedir de falar, havia puxado o próprio cabelo com muita força, arrancando tufos que ficaram espalhados ao redor. Até aquele momento, estavam resistindo. Por outro lado, Jade não era submetida aos procedimentos com o soro, pois foi dada como inútil logo de início.

A sala de Tsuy ainda nos dava uma sensação ruim, pois era como se a essência da líder do CTI estivesse impregnada em cada centímetro daquele lugar. Não a ter do outro lado da mesa era estranho demais. Mas Naya estava ali, em seu lugar, com um sorriso que acalmava meu coração. Era estranho que a sala continuasse sem cadeiras. Talvez apenas Tsuy soubesse o passe de mágica que as conjurasse ou as fizesse sumir.

— Aconteceu alguma coisa? — perguntei quando ela nos chamou durante um dos nossos treinos com armas de fogo. Eu ainda estava com os ouvidos zunindo pelos constantes estrondos de tiro.

— Sim, mas fique tranquila, elas estão bem. Na medida do possível, claro — anunciou Naya, mexendo no computador sem nos encarar. — Chamei vocês aqui porque, como já sabem, o sinal de Tsuy acaba amanhã. E cheguei a uma conclusão.

Sim, a gente mantinha a conta dos dias como um mantra, como uma nuvem escura visível se aproximando. Me arrepiei dos pés à cabeça ao cogitar que Naya havia conseguido bolar um plano, depois de tantas discussões.

— Que foi? — perguntei.

Naya virou a tela do computador para mim e pude ver Chae pela câmera de Tsuy. Ela estava deitada no chão, olhando para o teto, a barriga subindo e descendo com a respiração cansada. As roupas sujas e desgastadas estavam cobertas de sangue. Ela cantarolava algo bem baixinho que demorei para reconhecer. Era a música que tocava na boate de Sina no dia que nos beijamos. Senti o coração afundar no peito e, com um suspiro, senti a dor me levar lágrimas aos olhos. Ergui o olhar para que elas não escorregassem pelas bochechas.

— Ela foi interrogada mais algumas vezes. Perdeu a consciência por horas, mas, apesar de tudo, Chae segue resistindo. — Naya deu um suspiro. — Por alguma razão que ainda não identificamos, nos últimos dias, apenas o príncipe tem ido até as celas.

— O que isso pode significar? — perguntei com a voz trêmula.

— Que provavelmente o rei está tramando alguma coisa, dedicando todo o seu tempo a isso. Nossos rebeldes infiltrados não têm acesso à família real desde a retirada de Momo. Parece que andam reclusos, protegidos apenas pela guarda real, com soldados que o príncipe Igor escolheu a dedo. Por isso, precisamos botar nosso plano em ação o mais cedo possível.

— Plano?

Sina entrou na sala e fechou a porta. Estava usando a mesma roupa havia dias e seus cabelos coloridos estavam sujos, presos em um coque alto. Senti meu coração acelerar. Um plano? Naya já sabia como tiraríamos as meninas lá de dentro?

— Sim, *o* plano. — Naya abriu um enorme sorriso, claramente orgulhosa por proferir aquelas palavras. — Está na hora de destronar o rei.

O silêncio que se seguiu na sala foi culpa de nossas respirações presas em êxtase e incredulidade. Óbvio que eu sabia que esse momento chegaria uma hora ou outra, já que a gente vinha discutindo ideias fazia muito tempo, mas agora ele estava ali, e a sensação era quase palpável de tão tensa. Nunca imaginei destronar meu pai de verdade e as consequências daquilo, mas assim tão perto, era inevitável perceber o significado do momento. Ou imaginar em que cabeça a coroa terminaria pesando.

— Pode falar — Dana pediu, nervosa.

— Há alguns dias, começamos um longo movimento para posicionar, lentamente, rebeldes nas florestas que cercam o palácio, de forma que a aproximação consiga passar despercebida, inclusive pelos drones — Naya começou. Tentei me forçar a prestar mais atenção em suas palavras do que em minha respiração descompassada. — Teremos infiltrados como nunca antes. Pessoas vieram se voluntariar de todos os cantos, algumas até de outros países. Vamos usar todas as nossas forças. Os rebeldes vão esperar e acampar por lá, camuflados, até chegar o momento da invasão.

Usar todas as forças significava que era hora de todos aqueles dispostos a lutar por uma democracia se prontificarem para arriscar tudo.

— Daqui a alguns dias vamos causar uma distração, com um grupo protestando na frente dos portões, como várias manifestações que já fizemos. Quando for a hora, vamos derrubá-los, e vocês, junto com os rebeldes das florestas, vão invadir o palácio, pegando os guardas desprevenidos. Eles serão cercados. Vamos fazer isso no momento em que Igor estiver entrando nas celas, para tirar esse problema do caminho de vocês e acabar com ele de uma vez.

— O que vamos fazer quando entrarmos? — Momo perguntou, e reparei que ela tamborilava nos braços cruzados, provavelmente tão ansiosa quanto eu.

— Bom, você e Mina vão subir para o seu quarto, separadamente, caso uma seja pega. Lá, vocês vão esperar. O papel principal de vocês será depois, no esconderijo real. Sina e Dana vão descer para a prisão, escoltadas por um grupo de rebeldes, onde vão confrontar Igor e a guarda dele, mas estarão em maior número. O cenário ideal aqui seria derrotá-los e se livrar de Igor, então libertar Chae, Tsuy e Jade, e subir para o quarto de Momo em seguida.

Enquanto falava, Naya mostrava nas telas espalhadas pela sala mapas e imagens ilustradas do interior do palácio, com o passo a passo do plano, informando localização de câmeras, guardas e até obras de arte. Eu sempre ficava abismada com o número de informações que elas tinham sobre dentro dos muros, embora eu mesma tenha repassado e corrigido algumas delas enquanto estava ali.

— Não é só tirar a coroa da cabeça do rei e colocar na de Mina. Como vocês sabem, a ideia no longo prazo não é manter a monarquia, mas ela não pode acabar do dia para noite. Existem muitos aliados do palácio e famílias nobres com que teremos que lidar, e essa transição não pode ser feita sem política. Precisamos de tempo e estabilidade. Tsuy sabe o que fazer. — Naya respirou e mordeu o lábio. — E acho que ela talvez seja a única com coragem o suficiente para arrancar a cabeça do rei, se for necessário.

O quê? Arrancar a cabeça do rei?
Deixei um barulho escapar, sem saber o que dizer.
Olhei para Momo e vi que ela parecia aceitar a ideia melhor do que eu.

— Após resgatarem as prisioneiras, todas se encontrarão no quarto de Momo. Então seguirão juntas para a sala do rei, onde vão destroná-lo, custe o que custar. O palácio vai estar um caos, sendo tomado pelos rebeldes, e o herdeiro trancado em uma das celas que ele mesmo construiu. O rei não vai ter muita opção. A coroa é um símbolo, e o povo está do lado de Mina.

A coroa terminaria comigo. Depois de nascer e aprender a deixar de desejá-la porque nunca seria minha, depois de passar a odiá-la, ela terminaria repousando na minha cabeça. O símbolo de tudo que eu não quis. E eu não tinha opção a não ser aceitá-la.

Todos os olhares caíram em mim quando Naya terminou de falar, como se esperassem minha aprovação ou opinião. Mas eu não tinha o que dizer sobre aquilo. Desde o começo, sabia que aquele momento chegaria. Era maior do que eu. E, se tudo desse certo, meu pai e a família real se renderiam e seriam presos.

Naya tomou meu silêncio como o momento para encerrar seu discurso.

— Conversarei com os guardas infiltrados para acharmos um jeito de passar o plano para as prisioneiras. Então estamos de acordo; em no máximo uma semana o rei será destronado, e Mina será declarada rainha. Reunião encerrada.

Capítulo 38

Não é o momento para segredos

No dia seguinte, cedo, nos reunimos na sala de Tsuy novamente. Dessa vez, com a imagem da câmera do braço dela sendo projetada em uma tela na parede, Sina e Naya discutiam. O rádio de Naya apitou e um rebelde repassou um código.

— Preciso resolver um problema em um dos computadores na sala de tecnologia, mas se quiserem ficar por aqui vendo as imagens ao vivo... — disse Naya encarando a plateia silenciosa à sua frente. Eu estava sentada em uma cadeira abraçando os joelhos enquanto Momo ficava encostada na parede. Dana afiava uma faca, e Sina olhava vários mapas, sem tirar os olhos da tela. — Qualquer sinal da presença do príncipe, peçam ao guarda do corredor para me avisar. Nas nossas observações, notamos que ele tem ido sozinho ao calabouço, embora não tenhamos visto ele sem os guardas reais nas celas das três. Precisamos ficar de olho. Não sabemos o que ele está tramando nem para onde vai.

Em seguida, ela se virou e saiu, batendo a porta. Encarei a tela na parede. Tsuy ainda estava na mesma posição, sentada. Enquanto isso, Chae seguia deitada, e era possível ver uma parte do pé de Jade.

Depois de muito tempo sem nada acontecer no vídeo, meu estômago roncou alto.

— Fome? Se quiser ir até a... — Sina foi interrompida por um barulho na tela do computador, de repente. Era a voz de Igor. — Chamem Naya!

Momo abriu a porta de imediato, indo até os guardas no corredor.

— Sentiram minha falta? — Ouvi a voz dele, e me contorci de nervoso, apertando mais os joelhos contra o corpo. — Com qual de vocês eu vou conversar hoje? Vamos fazer duas de uma vez, sim? Acho que a amiguinha ali ainda não entendeu a gravidade da situação.

Igor se aproximou da cela de Chae, mancando. As portas se abriram, mas ela seguiu deitada no chão, com as mãos algemadas e machucadas repousadas no colo. Naya tinha avisado que alguns dias antes eles a algemaram, depois dos vários socos que ela dera na parede para resistir ao soro. Ele parou em pé ao lado dela, que o encarou.

— Vamos, Kang. Levante.

— Está ficando cada vez mais corajoso, vindo aqui sem seus guardinhas. O que vai fazer se eu não levantar? — Ela riu de forma amarga, mas soava cansada.

Igor colocou as mãos atrás do corpo e riu, olhando em volta inutilmente, como se esperasse palmas. Ergueu a perna boa, a que não tinha levado um tiro, e desferiu um chute nas costelas de Chae. Minhas mãos se apertaram em punhos quando ele deu outro chute. Chae se contorceu no chão.

— Filho da... — Dana rosnou, mas se calou logo em seguida.

Igor se abaixou e agarrou Chae pelos cabelos, puxando-a para cima e fazendo com que sentasse. Depois, segurou a mandíbula dela com força, me enchendo de ódio. Levantei da cadeira em um pulo.

— Volte para o seu papai — ordenou Igor, rindo. — E para Mina, não é? Aquela inútil. Escuto você chamando o nome de minha irmãzinha quando tem pesadelos.

Chae tentou rir, com a boca cheia de sangue, mas não passou de um suspiro.

— Você está achando que a conhece, mas não a conhece nem um pouco, Chae Kang. Mina não tem valor nenhum. Nunca teve. Até minha mãe desistiu dela quando ainda éramos crianças.

— Conheço o suficiente para saber que ela não é nada como você, seu babaca.

Igor pressionou ainda mais a mandíbula de Chae, que o encarou profundamente e então lançou uma cusparada na cara dele. Meu irmão deu uma gargalhada, a largou no chão e se levantou.

Naya apareceu na sala, sem Momo ao seu lado. Ela tinha razão em não querer ver nada daquilo. Eu estava tremendo e não sabia se era de raiva, tristeza, medo ou ansiedade. Talvez tudo junto. Sentia que podia vomitar, mesmo de estômago vazio.

— Espero que você tenha percebido, Chou Tsuy... — ele começou, erguendo a voz e desferindo outro chute em Chae. Tsuy se remexeu, desconfortável, ao ouvir o grito dela — ... que vocês foram abandonadas. Ninguém veio atrás de vocês. Mina deve ter desistido, ela nunca teve coragem. Vocês vão apodrecer aqui. Acabou — bradou Igor, e saiu mancando, deixando as três sozinhas.

Tsuy se levantou correndo, encostando na parede de vidro que as separava. Vimos Chae mais de perto. Seu rosto estava muito ferido, como se ela tivesse batido a cabeça no chão, toda ralada.

— Chae? Chae? — ela chamava, aos berros, o que não parecia comum vindo dela.

Sem nenhum aviso, o sinal da câmera de Tsuy foi interrompido, e fomos deixadas no escuro. O silêncio apavorante pesava sobre nós quatro, que encarávamos a tela vazia. Naya, visivelmente nervosa, foi a primeira a se mexer, conectando o computador com algum rádio barulhento.

— Alguém na escuta? Rogu? Mino? Alguém?

Percebi que eu estava mordendo o lábio de nervoso. Chae estava bem? O que a gente ia fazer? Naya tentava falar com algum dos rebeldes dentro do palácio, fazendo diversas conexões diferentes.

— A gente precisa se movimentar. Agora — Sina disse, parando ao lado de Naya. Depois de o que pareceu uma eternidade, ela havia conseguido falar com um dos guardas.

— Eu vou descobrir o que aconteceu. Maxi avisou que conseguiu subornar um dos guardas de Igor — Naya comentou. — Rogu, preciso que encontre alguém neste exato momento. Sabemos de alguém que pode chegar até as prisioneiras — ela disse no rádio.

Não adiantava de nada ficar ali, tremendo, assistindo à Naya mexer no computador. Decidi sair da sala como Momo.

Chae sabia que a gente não iria desistir. Ela sabia, eu tinha certeza disso. E, pelo que ouvi antes de sair da sala, em breve ela também saberia que iríamos nos reencontrar, e essa ideia me deu forças para passar o resto dos dias.

Capítulo 39
Acabe logo com isso

Quase uma semana inteira se passou enquanto as informações eram repassadas para as prisioneiras e Naya orquestrava o grande dia. O contato de Maxi, aparentemente, tinha conseguido fazer essa conexão com sucesso e sairia dali rico o suficiente para comprar as próprias terras. Todo mundo tinha um preço. De acordo com as informações de Naya, faltavam apenas duas horas para Igor voltar sozinho para as celas. Ele parecia repetir um padrão doentio. Minhas mãos tremiam demais, enquanto Momo estava com as dela firmes na arma na cintura. Para não perder o costume, Dana se aproximou para checar se ela havia deixado a trava presa.

— Repasse o plano para mim, Mina — pediu Naya, como forma de se certificar de que estava tudo fresco em nossa memória.

Depois de gaguejar e explicar o que eu tinha decorado enquanto caminhávamos juntas para o estacionamento do CTI, alguns rebeldes se aproximaram, nos entregando pílulas pretas.

— É só para resistir ao soro, vocês sabem. Caso alguma coisa dê errado — Sina disse. Concordei, engolindo a minha sem pensar duas vezes.

— Um dos guardas nos avisou que o paradeiro da família real, dos pais de Momo e do restante da realeza ainda era desconhecido. Estão guardando algum segredo, e vocês precisam tomar cuidado. Podem colocar o plano em risco — Naya avisou, nos acompanhando até os carros.

— Minha família deve ter fugido, depois de tudo. — Momo parecia anestesiada.

Naya negou.

— Se eles tivessem saído do castelo, nós saberíamos.

— É capaz de terem morrido de desgosto — ela disse, e todas nós encaramos minha melhor amiga.

— Momo! Não fale isso!

Franzi a testa, vendo Momo triste. Eu entendia o sentimento de revolta, mas continuava achando que ninguém precisava morrer.

Ninguém iria morrer. Não se eu pudesse evitar.

— Está pronta, Mina? — Sina se aproximou de mim segurando um dos novos coletes à prova de balas, recém-produzidos pelo CTI.

— Sim.

— Venha, então. Coloque isso.

Sina me ajudou a vestir o colete, que era mais pesado do que o normal, mas ainda permitia que eu me movimentasse de forma livre e veloz. Ela me entregou um dos capacetes também, depois me ajudou a entrar no carro. Ajustei no ouvido o ponto que me possibilitaria falar com o CTI.

— Vamos, não tem mais volta. Eu confio em vocês — disse Naya antes de um dos guardas fechar a porta da van.

Eu pensei como, a partir dali, as coisas teriam que ser terrivelmente cronometradas: o caos após Igor entrar nas celas e a fuga das meninas. Aquilo era assustador e me deixava arrepiada da cabeça aos pés. De repente, senti os dedos de Momo nos meus.

— Não gosto da ideia de nos separarmos lá dentro — resmungou ela, como se pedisse para ficarmos juntas.

Dana ouviu suas palavras e brigou:

— Nem comece. Você sabe que, se forem pegas juntas, podem estragar tudo.

— Ela está certa — interveio Sina, o que era engraçado, porque ela era sempre do contra. — Se pegarem vocês, se sobreviverem, podem usá-las contra os rebeldes. Se isso acontecesse, sabemos que Chae é uma bobona que se entregaria por Mina ou qualquer uma de nós.

Realmente, Chae era capaz de fazer isso, e a ideia não me agradava. Nunca poderia deixar algo assim acontecer e carregar a culpa de vê-la jogando fora toda a sua luta por minha causa. Depois de todo sofrimento pelo qual tinha passado nas últimas semanas.

Olhei para a janela, pensando que roubar uma das pílulas laranjas da gaveta de Tsuy sem que ninguém percebesse tinha sido a atitude certa. Se Chae tivesse que escolher entre a revolução e eu, teria que escolher a revolução, pois eu não seria mais uma opção.

■ ■ ■

Descemos perto da antiga casa de Jade e Naya, e era engraçado pensar que eu estava fazendo aquele caminho mais uma vez, depois de tanto tempo. As ruas pareciam as mesmas, embora ainda mais abandonadas e alagadas do que antes. Caminhamos até avistar o grupo de rebeldes que esperava floresta, evitando os drones que passavam por ali. Enlacei o braço de Momo e me adiantei até ficar logo atrás de Sina e Dana.

Continuamos a caminhar até a quantidade de rebeldes aumentar gradativamente a cada passo, todos furtivos entre árvores e sombras. Quanto mais eu avançava, mais ansiosa me sentia, então, me afastei um pouco do grupo, dando as costas e encostando em uma árvore grande, que tampava boa parte do mato. Bati o coturno no chão, pensando que nunca, em toda a minha vida, poderia ter imaginado que um dia estaria ali. Vestida para guerra, armada, parte de um exército. Eu, que cresci pelos cantos do outro lado do muro, com vestidões insuportáveis, cercada de livros e decorando a ordem dos talheres de mesa, porque era isso que damas faziam. Nada daquilo tinha me preparado para aquele momento.

E, mesmo assim, sabia que era a que menos estava perdendo em todo aquele movimento. Eu havia desistido da minha antiga vida, mas muitos ali, inclusive Chae, não puderam nem escolher. Muitos jamais tinham visto banquetes ou vestidos de baile e adornos de ouro; alguns sequer tinham conhecido os próprios pais.

Era ali, com aquelas pessoas incríveis, fortes e determinadas, que eu queria estar. A Mina do passado, que lia sobre rebeliões e guerras como coisas distantes, não existia mais.

Demorou um pouco até ouvir o farfalhar das folhas na minha frente e ver Dana se aproximando.

— Está tudo bem? — perguntou.

— Estou com medo — sussurrei, encarando-a.

— Seria uma idiota se não estivesse.
— Não quero estragar tudo por... simplesmente existir — desabafei.
— O que quer dizer com isso, Mina?
— Não quero que Chae tenha que escolher entre o movimento e eu.
— Alguma coisa me diz que não é só isso que está te incomodando.

Dana me encarava como se pudesse me entender perfeitamente.

— Sabe como vão destronar meu pai? — perguntei, e ela inclinou a cabeça para o lado.
— Está preocupada que ele seja morto? — Por mais surpreendente que fosse, sua voz não carregava julgamento algum.
— Não é isso — respondi com uma risadinha.
— O que é, então?

Eu não queria falar. Não queria falar que meu medo de verdade era receber a coroa. Não queria parecer uma covarde. Não queria *ser* uma covarde. Igor não poderia ter razão sobre mim.

— Deixa para lá.

Ela não insistiu; apenas se esgueirou para o meu lado, apoiada na árvore, enquanto Sina sumia e eu via Momo, curiosa, andando com os outros rebeldes para descobrir cada detalhe do que acontecia. Ela estava forte e determinada, como sempre, uma verdadeira lutadora. Os minutos se arrastaram até eu escutar, no ponto do meu ouvido, a notícia.

— Igor deve estar entrando na cela. A primeira tropa está se preparando. Em breve vai ser a vez de vocês.

Eu e Dana nos encaramos. Ela buscou a minha mão e a apertou para me confortar.

Ficamos em silêncio por mais algum tempo até escutar uma gritaria perto das margens da floresta onde nenhum dos rebeldes ousava se aproximar. Escutamos barulhos altos demais e o som exagerado do portão se abrindo. Uma correria se iniciou. Um dos rebeldes se aproximou de nós, pedindo para que nos juntássemos ao resto do grupo e, então, eles nos explicaram como iríamos avançar todos juntos. Lembrando que Dana, Sina, Momo e eu iríamos nos dividir. Eu entraria protegida por um grupo de pessoas, assim como Momo. Dana e Sina entrariam com doze rebeldes para combater a guarda de Igor.

Enquanto esperávamos para avançar, em silêncio, quatro rebeldes se aproximaram para me guiar. Meu coração estava saindo pela minha boca.

— Se concentrem e não se percam. — A voz de Naya soou em meu ouvido. — Usem as escadas de serviço e, se ouvirem alguma movimentação estranha, fujam. Não andem juntas. Vamos conseguir.

Suspirei longamente e fechei os olhos. Só pensava em Chae e no quanto queria vê-la ao menos mais uma vez. Em seguida, senti braços me envolvendo e, antes mesmo de abrir os olhos, já sabia que era Momo.

— Vai dar tudo certo — sussurrou ela.

— Não ouse se perder no caminho para seu próprio quarto, Momo.

— Espero chegar lá e te encontrar, mas sem se empolgar demais com Chae na minha cama, hein?

Fui incapaz de conter a risada que subiu pela minha garganta e dei um tapinha no braço de Momo, vendo-a sorrir abertamente com brilho nos olhos.

— Eu te amo, Momo — sussurrei.

— Eu te amo — ela respondeu, se despedindo e seguindo o grupo que estava com ela.

— Agora! — gritou um dos rebeldes. Aquela era nossa deixa, e eu não via mais nenhuma das meninas por perto.

Conforme nos aproximávamos da encosta da floresta, minha mão na arma começou a tremer. Barulhos de tiros, gritos e bombas de fumaça soavam o tempo todo. Os quatro rebeldes se colocaram ao meu redor com rapidez assim que vi o fim das árvores e o caminho para o palácio, já aberto no muro.

— Temos que avançar de uma vez só, então não parem — disse uma das rebeldes que entraria comigo.

Outros começaram a avançar, abrindo caminho para nós. A barulheira era absurda, e eu não queria nem imaginar se o material dos coletes criados por Naya seria capaz de poupar todas aquelas vidas. Meu corpo se aqueceu assim que a luz do sol me atingiu, fora da floresta.

Segui a rebelde pela subida pouco íngreme até avistar os portões do palácio escancarados, o que não durou muito tempo, pois uma bomba de fumaça explodiu em algum lugar por ali, fazendo com que o enorme grupo sumisse do meu campo de visão. Em pouco tempo, as tropas de guardas brancos chegariam e o caos seria ainda maior.

— A falha no lockdown foi eficiente — Naya informou. — O palácio está igualmente caótico por dentro. Vocês vão passar despercebidas, estarão em segurança.

Continuamos avançando e percebi que o palácio já estava muito perto.

— Escute, Alteza — disse a rebelde perto de mim, conforme nos aproximávamos do palácio. — Mina — ela se corrigiu. — Assim que entrarmos, você ficará por sua conta. Vamos atrair atenção e entrar na luta com o outro grupo, e você vai avançar até a escada de serviço mais distante que conseguir alcançar antes que alguém te veja. Confere?

— Confere.

— Boa sorte. Estamos com você — concluiu ela, com um leve sorriso.

No momento em que vi que o palácio finalmente me engoliria, mal reparei que prendi a respiração como se estivesse prestes a mergulhar, entrando no ambiente gélido. Cada pelo do meu corpo se arrepiou com os barulhos de luta e tiros que preenchiam aquele local sempre tão silencioso, mas minha mente pareceu vagar. Todos os sons ecoavam distantes.

Preciso encontrar Chae.

Eu sabia que tinha que avançar para o corredor, e foi o que fiz. Ergui a mão com a arma e me aproximei da parede, então corri como nunca antes, apontando o revólver para qualquer um que ousasse se aproximar, driblando os corpos em luta no meu caminho. Um dos guardas me avistou e ergueu a arma em minha direção, mas um dos rebeldes deu um mata-leão no homem, e o tiro se perdeu na direção do teto. Eu precisava alcançar a escada de serviços mais longe. Corri pelo longo corredor lateral e, antes que mais um dos seguranças me avistasse, me joguei para a porta escondida por uma tapeçaria.

Não parei para respirar e subi direito até ao quinto andar, vencendo o cansaço. Encostei na parede e puxei o ar com força, amaldiçoando o capacete que apenas me deixava com mais calor e fazia meu couro cabeludo suar. Segurei no corrimão e tornei a me puxar para cima, buscando forças para aumentar a velocidade das passadas. Quando estava perto do sétimo andar, meu coração parou.

Ouvi passos descendo as escadas acima de mim. Pensei nas instruções de Naya e corri para a porta de acesso ao andar. Mesmo com as luzes apagadas, reconheci o lugar em que hospedávamos convidados vindos de fora. Respirei fundo; não devia haver nenhuma visita no palácio.

Enquanto os passos se distanciavam, resolvi esperar mais um pouco para que não me ouvissem nas escadas. Tirei o capacete e passei a mão pelos cabelos suados, odiando a sensação. Apalpei mais uma vez a caixa com a pílula laranja apenas para confirmar que ela estava segura. Quando estava prestes a colocar o capacete novamente, me assustei com passos e, para fugir de quem quer que estivesse vindo pelo corredor escuro, tentei abrir a porta da escada.

Tarde demais.

Alguém me agarrou pelos cabelos e me puxou para trás, me fazendo cair sentada. Meu capacete rolou para longe. Agarrei o pulso forte que me segurava e cravei as unhas nele, mas, mesmo assim, fui arrastada sem dó pelo corredor, um grito de dor escapando da garganta. A pessoa me jogou dentro de um quarto iluminado. Bati a cabeça em cheio na parede, e minha visão ficou escura.

— Eu estava esperando por você.

Não foi difícil identificar a figura à minha frente, com o sotaque carregado e a risada amarga. O brilho da roupa dourada era inconfundível.

— Zhao Yan. — O nome escapou dos meus lábios em um sussurro de terror.

— Prometi que pegaria você, a qualquer custo — disse ele, exibindo um sorriso.

Desci a mão para o cinto, buscando a arma, mas ele foi mais ágil e a chutou para longe, depois esmagou meus dedos contra o chão. Eu gemia de dor, enquanto ele se inclinava e pegava a arma.

— Bem que o seu irmão me disse que você atirou nele... Convenhamos, Igor é um verdadeiro idiota. Assim que ele assumir a coroa, será muito mais fácil impor meu poder sobre suas terras.

— Não vai fazer isso — rebati, só pensando nas tantas mortes que isso causaria.

Ele riu alto.

— Claro que vou, Mina.

— Por que não foi para o abrigo com a sua família? — perguntei.

Eu sabia bem que homens como ele gostavam de falar sobre si mesmo. Se isso pudesse me dar qualquer possibilidade de escapar, então tentaria fazer com que continuasse falando.

— Minha família não veio. Cheguei hoje cedo por uma rota alternativa. Igor queria me dizer algo importante, e eu... tenho meus próprios planos. Ninguém sabe que eu estou aqui, nem a família real. Em Zhao, pensam que viajei a negócios. Bom... não deixa de ser.

Ele me encarou, e seus dedos agarraram de novo meus cabelos, me puxando para trás, me obrigando a trincar os dentes para não chorar de dor.

— Mas as notícias têm corrido por aqui, Mina, e, ao que parece, você e Chae Kang estão juntas não apenas nessa palhaçada de movimento rebelde... Estão juntas porque se apaixonaram? Não me parece possível.

Quando Yan viu que não protestei, seu sorriso se fechou. Aquilo me deu vontade de rir, mas antes que pudesse, os dedos dele puxaram os meus cabelos mais uma vez, e me contorci de dor. Apesar de tudo, uma risada tensa escapou pela garganta.

— Sim, Zhao Yan, eu te abandonei no altar e me apaixonei por uma rebelde. Fico feliz que saiba disso.

Uma sombra recobriu o olhar dele, e um sorriso surgiu no canto dos lábios.

— Então está me dizendo que ama essa tal de Chae Kang?

Yan ergueu o revólver na mão livre, gesticulando como um maníaco, e afrouxou o aperto nos meus cabelos. Eu não sabia qual seria meu destino, mas qualquer que fosse, aquelas pareciam ótimas últimas palavras:

— Eu amo Chae Kang.

— Obrigado por confirmar.

— Vai acabar comigo agora? — sussurrei.

— Não, não hoje. — Ele sorriu de uma forma que me deu arrepios. — Talvez arrancar uma língua? Ou queimar seus olhos? Você vai me obedecer. Vou acabar com seu pai e seu irmão, e então vou assumir a coroa. Você vai se casar comigo e me passar o comando de suas terras.

Idiota. Eu precisava pensar rápido.

— O que ganho com isso? — perguntei.

— Você e Chae Kang não vão morrer! — Ele riu, como se fosse óbvio. — Não juntas, claro. Ela continua viva, e presa, e você me dá um herdeiro. Todo mundo sai ganhando. Posso até deixar sua língua no lugar, se ficar do meu lado.

Quase engasguei. Ele era muito iludido.

Um riso me subiu cortando a garganta junto com a dor de saber que aquilo acabaria ali. Ele podia me matar, mas eu nunca concordaria com seus planos malignos. Zhao Yan assumiu uma expressão dura e odiosa.

— Não farei acordo algum com você, Zhao Yan. Você nunca vai me dominar. Ou dominar estas terras. Nada aqui é seu.

Ele se ergueu, ajeitou a postura, puxou meus cabelos e me forçou a levantar.

— Você não tem outra opção. É isso, ou... — E ergueu o revólver.

Senti a ponta gélida do cano contra a minha testa, machucando a minha pele.

— Você nunca vai entender o que é amor, Zhao Yan! — gritei. — E eu vou morrer feliz de saber disso.

Os olhos de Zhao Yan ficaram sombrios, as pupilas se dilatando.

Eu sabia o que era amor, e lembrar de Chae me fez sorrir. Fechei os olhos e me entreguei para o que quer que fosse acontecer. Não estava arrependida. Estava feliz. Mesmo que meu corpo caísse inerte no chão, Chae sempre me amaria, por quantas vidas mais tivéssemos para viver ou por qualquer eternidade que precisássemos enfrentar.

— Acabe logo com isso — pedi.

Um tiro preencheu o ambiente.

Capítulo 40
Agora eu tinha coragem

CHAE

O tempo se arrastou após receber a informação de que os rebeldes estavam se movimentando para destronar o rei. Eu não sei quanto tempo passamos ali, mas aquele pensamento me fez ter certeza de que eu aguentaria o quanto fosse preciso. Em breve eu reencontraria Mina. Eu sabia que ela não tinha me abandonado.
Que o movimento rebelde continuava vivo.
O pensamento de que o CTI se preparava para atacar renovou minhas forças para lidar com as torturas de Igor. Quando ele entrava mancando pela porta, sádico, pronto para me agredir e me forçando a enfrentar o soro da verdade infinitas vezes. Me obrigando a inventar novas formas de me ferir para impedir qualquer informação de escapar pelos meus lábios. Eu me sentia cada vez menos lúcida.
Meu corpo poderia até sobreviver àquilo; minha mente talvez não fosse mais a mesma.
Mas eu seguia resistindo.
Meu coração era de Mina. E da rebelião.
Não fiquei surpresa quando um guarda real, que sempre acompanhava Igor, me passou informações escritas na casca de uma maçã.
Da próxima vez que Igor entrar na cela. CTI.
Eu só precisava distrair o príncipe até alguém vir nos resgatar.
Encarei Jade, ainda dormindo em silêncio, depois daquele tempo todo. Eu podia jurar que tinha visto ela me olhar como se me reconhecesse, mas não era possível. Jade havia tomado a pílula da memória e

estava sendo ignorada por Igor por conta disso — felizmente. Eu não aguentaria vê-la sofrendo e se machucando.

Quando olhei para Tsuy, ela ergueu o polegar enquanto mordia a maçã. Percebi que sua postura sempre impecável parecia levemente derrotada pelo tempo presa ali, submetida à tortura e às dores para resistir ao soro.

Eu me sentei no fundo da cela, abraçando os joelhos, e deixei o tempo passar. Pensava no plano, pensava em escapar dali, pensava em Mina. Pelo menos tinham tirado as correntes dos meus pulsos, embora eu não sentisse mais os dedos como antes. Foi apenas quando ouvi as portas se abrindo e os passos irregulares avançando pelo corredor que levantei a cabeça.

Igor viria até mim, e eu sabia disso, porque o problema dele era comigo. Enquanto Tsuy era torturada apenas pelos capangas, o próprio príncipe se encarregava das minhas sessões com o soro da verdade. Ele tinha um problema comigo, e eu não sabia dizer, entre tantos motivos, qual era o que o incomodava mais. Por isso, quando ele parou na minha frente, ostentando a coroa do rei na cabeça e aquelas roupas pomposas ridículas, não foi uma surpresa.

Mas o sorriso que se abriu em meu rosto quando o encarei pareceu surpreendê-lo. Suas feições se distorceram de leve, os olhos se arregalando, como se aquele simples sorriso já fosse um ato de rebeldia.

E era. Meu nome era Chae Kang. *Você não vai me quebrar, seu imbecil.*

— Está... feliz? — Ele questionou, parado do outro lado do vidro da minha cela, me olhando como se eu fosse um animal no zoológico.

— Muito feliz, *Alteza*.

Então ele riu, aquele som gutural que me deixava desconfortável. Ele era um animal, não tinha nada de humano naquela carcaça.

— O que houve agora? Sonhou com a minha irmãzinha?

Talvez esse fosse outro problema de Igor comigo. Mina. Ele tinha raiva de Mina, por existir, por fugir, por ter atirado nele, por tantas coisas que alimentavam aquele ódio. Igor a odiava. Logo, me odiava também, porque eu amava Mina, e Mina me amava.

— Com Mina? Não. Sonhei com você. Com a sua cabeça rolando nesse chão branco.

Não era mentira. Eu tinha realmente sonhado com isso, mais de uma vez.

O sorriso sumiu do rosto dele por alguns segundos, como se aquela ideia fosse uma afronta, mas logo ressurgiu.

— Imagino que deva sonhar bastante comigo. Você tem inveja de mim.

Revirei os olhos.

Ele era um idiota, mas eu precisava continuar fazendo com que se entretivesse. Segundo os últimos recados, os rebeldes chegariam a qualquer momento.

— Porque invejaria você, Igor? Um moleque inconsequente, preso a um título, achando que carrega o mundo nas mãos, mas não consegue o respeito nem do próprio pai. Ou da mulher que você ama. Sua personalidade se resume a esse enfeite que carrega na cabeça.

Ele arregalou os olhos e fez um esgar com a menção a Momo.

— Engraçado você dizer isso, estando completamente sob o meu controle...

Então se aproximou e abriu a porta da minha cela. No momento em que pensei em correr para derrubá-lo com o resto de força que ainda tinha, um tiro ecoou perto de nós.

Igor franziu o cenho e olhou para trás, assustado. Outro tiro soou. Ele olhou para mim e se afastou às pressas, gritando pelos guardas. Atravessou o corredor até a entrada da prisão e, no momento em que abriu a porta, sua postura se retesou e ele tentou fechá-la de pronto. Mas já era tarde demais.

Alguém ergueu a mão, impedindo o bloqueio das portas. Sina. Vi Tsuy e Jade se levantarem em um pulo nas celas ao lado. Igor recuou até parar na frente da minha porta entreaberta, apalpando a cintura buscando uma arma. O caos de repente tomou conta do calabouço onde antes só se ouvia lamentos e gritos de dor.

O que eu estava ouvindo eram gritos de guerra.

Guardas reais e rebeldes armados lutavam ferozmente e tentavam desarmar uns aos outros. Em meio à confusão, identifiquei Dana avançando em nossa direção. Seu cabelo loiro aparecendo debaixo do capacete me fez sorrir.

Dana se adiantou para libertar Tsuy e Jade. Sina alcançou Igor e, antes que ele pudesse fazer qualquer movimento, o socou em cheio no rosto, fazendo o príncipe despencar no chão bem à minha frente.

Sina se virou para mim e escancarou a porta, me libertando da cela. Ela sorriu de leve e falou:

— Vamos logo, não temos tempo a perder, Chae. O palácio foi tomado.

Então me deu as costas, seguindo as outras em meio ao caos para fora da prisão. Vendo Tsuy mancar atrás delas, tentei segui-las, apesar de toda exaustão que me dominava, mas, antes que pudesse dar mais um passo, alguém prendeu minha perna, e desabei. Olhei para trás, vendo Igor me puxar para si, com o nariz sangrando. Acertei o queixo dele com um chute, mas o impacto não foi o suficiente para me libertar de suas mãos.

Sina, Dana, Tsuy e Jade seguiram em frente, e não tive tempo de chamá-las antes de Igor me agarrar e enfiar o punho na minha cara.

MINA

O corpo de Zhao Yan caiu na minha frente. Inerte. Morto. Meu coração pulou uma batida ao encontrar, atrás dele, os olhos arregalados de Momo. Sangue pingava do rosto dela, o punho erguido ainda segurava a arma para o ponto ocupado pela nuca dele segundos antes.

Tremendo, limpei o sangue que sujava meu rosto com a manga da camiseta e empurrei o corpo de Zhao caído aos meus pés com nojo, aflição e pressa. Não olhei para a bagunça, apenas recuperei minha arma, agarrei a mão de Momo e corri. Meu corpo tinha entrado no automático de novo e o que importava era sobreviver.

Voltei para as escadas e subi sem me importar com o cansaço que dominava meu corpo, sentindo a mão suada de Momo na minha. Parei apenas quando chegamos no quarto dela. O corredor parecia vazio, abandonado.

Sentei Momo na cama, e ela, estática, deixou a arma cair no chão, respirando pesado.

— Momo — chamei, encarando minha melhor amiga.

Ela estava em estado de choque. Tinha acabado de matar alguém. Tinha acabado de salvar a minha vida. Meu coração ainda batia forte, a adrenalina me impedindo de assimilar a informação.

— Está tudo bem. Está tudo bem. Eu estou com você. Você me salvou, Momo!

Devagar, seu olhar focou o meu. O cenho se franziu de leve, os olhos encheram de lágrimas.

— Mina — ela sussurrou, então me agarrou com força. Me perdi no abraço dela por alguns momentos. — Eu não devia ter te seguido. Cheguei aqui e você não estava. Precisei te procurar. Eu estava descendo as escadas quando ouvi vocês e eu... Eu matei...

— Você salvou minha vida. — Eu me afastei dela, olhando em seus olhos e puxando a manga da camisa para limpar as gotas de sangue em seu rosto. — Obrigada, Momo.

Ela deu um sorrisinho, mas suas mãos ainda tremiam quando me soltou. Fiquei sentada ao seu lado. Nos momentos que se seguiram, ficamos em silêncio. Minha mente processava o que tinha acabado de acontecer, sentindo cheiro de sangue.

Zhao Yan estava morto.

Tomamos um susto quando a porta se abriu com força, e Sina apareceu, com a arma erguida. Ela entrou no quarto junto com outros rebeldes. Seus cabelos estavam soltos e o rosto, todo sujo e machucado. Meu coração disparou, e me levantei da cama.

— Chae... Cadê Chae? — questionei. Sina olhou para trás e fez uma expressão confusa.

— Eu soltei ela e... Podia jurar que ela estava atrás de nós.

Meu estômago afundou, numa sensação desconfortável. O que teria acontecido com Chae? Sina percebeu, porque se aproximou de mim.

— Ela deve estar bem, Mina. Sabe como Chae é, pode ter resolvido ficar para trás para ajudar os rebeldes. Ela não está em perigo.

— Você está se contradizendo, Sina. Isso é estar em perigo.

— Não é hora para isso — Tsuy interveio, entrando no quarto enquanto vestia um colete. Seu lábio inferior estava cortado, um dos lados do rosto estava coberto de manchas roxas, e parecia fraca. Mas a voz estava clara, como sempre. — Não temos tempo para isso agora.

— Tsuy tem razão. É o melhor a se fazer. Ir atrás de Chae pode botar o plano inteiro em risco, e todo mundo está dando a vida pelo que vamos fazer agora — Sina concordou, se aproximou de mim e segurou meu queixo. — Não sei o que aconteceu aqui, mas você precisa manter a cabeça no lugar. Vamos acabar com eles e dar uma vida nova ao povo.

Sina tinha razão. Meu papel naquela revolução começava ali.

Balancei a cabeça, vendo Momo apoiada por um rebelde ao sair do quarto.

Levantei o rosto, andando a passos largos pelo corredor, com o grupo em meu encalço. Dana e Jade se aproximaram e as guiei até o elevador para subirmos à sala do rei. A sala de proteção. Onde toda a corte próxima deveria estar, se escondendo como sempre. Fugindo. Se protegendo, enquanto todo mundo se matava por eles.

Por nós.

Eu não deixaria nenhum rebelde morrer por mim. Ia acabar logo com aquilo.

Quando entramos no enorme elevador, liberado pela digital de Momo, estávamos exasperadas pela situação. Com os rebeldes ali, éramos dez pessoas. Em silêncio. Precisava haver mais de nós do que de guardas reais, ou estaríamos em sérios problemas.

Senti alguém segurar meu ombro e vi Dana me estendendo um aparelhinho. Arregalei os olhos, percebendo que o meu ponto tinha caído em algum momento da briga com Zhao. Encaixei o aparelho no ouvido e ouvi um ruído, seguido da voz de Naya, passando instruções para uma equipe médica local.

Dana se ajeitou do lado de Momo, como se soubesse que ela precisava, e Sina recarregou sua arma. Jade e Tsuy pareciam cansadas demais para mostrar qualquer tipo de reação, mas seguiam sendo ajudadas pelos outros rebeldes que estavam conosco.

Ouvimos um ruído alto, e todo mundo fez careta ao mesmo tempo.

— Tsuy! — A voz veio do microfone de Naya, mas claramente não era dela. Era Maxi, aos berros. — Cadê Tsuy?

— Não invada a sala dela assim — Naya reprovou, claramente ligando nosso ponto de propósito para que a gente ouvisse. — Ela está no Palácio.

— Por Deus — Maxi gemeu, contrariada. — Preciso falar com Tsuy. Agora.

— O que quer que deseje tratar com ela, tem que tratar comigo.

— Isso é sério, Naya.

— Desembuche, Ramberti.

Maxi ficou em silêncio por alguns segundos, e meus olhos pararam no contador de andares, diminuindo lentamente. Tsuy apertou o ponto no próprio ouvido, esperando o que quer que ela fosse dizer.

— Algo sério aconteceu. Faz cinco dias desde que fiz contato com a mãe de Mina pela última vez, e isso me parece suspeito. Achei que Tsuy deveria saber.

Minha mãe. Senti um frio de desconforto subir pela minha espinha.

— Cinco dias? Tem certeza?

— Sim. Isso nunca aconteceu antes.

Naya hesitou.

— Estamos no meio de uma revolução, Maxi. De uma guerra. Não sei se é o melhor momento para isso.

— Alguma coisa está esquisita. Eu não viria até aqui se não fosse sério.

Silêncio. Eu não sabia o que sentir. Levei a mão até a testa, pressionando a têmpora. Em seguida, senti a mão de Sina no meu braço, apertando-o de leve, tentando me confortar.

— Vou acessar as câmeras — Naya anunciou. — Vou procurar a última vez em que ela apareceu. Eu acredito em você.

O elevador continuou descendo e estava prestes a chegar no abrigo de proteção. De que adiantava procurar nas câmeras? Minha mãe estava lá, escondida, e a gente a encontraria em questão de segundos.

O silêncio voltou a me perturbar, sendo quebrado apenas pela digitação frenética de Naya.

— Cinco dias atrás — ela anunciou. — Vocês estão ouvindo? Coloquei no viva-voz.

— Maxi.

— Tsuy. — Maxi soou assustada do outro lado.

— Estou verificando o corredor do quarto da rainha. Mesmo acelerando, tudo parece normal. Movimentação de criados, café da manhã. Igor caminhou com a mãe de volta até o quarto dela e estão conversando sobre alguma coisa. — Naya narrava, confusa com o que estava vendo. — Calma. Eles entraram juntos no quarto... sozinhos. Vou avançar mais um pouco. Igor saiu minutos depois.

Naya ficou em silêncio, e comecei a morder meu lábio, ansiosa.

— Cacete.

A voz de Naya saiu estridente e eu quase arranquei o ponto em agonia. Dava para ver as engrenagens do cérebro de Tsuy funcionando, sua feição concentrada.

— O que você viu? — indagou Maxi.

— Hm, bom... — Naya limpou a garganta. — A rainha não deixou o quarto. Seguranças da guarda real entraram e saíram algum tempo depois. Carregando sacos plásticos.
Sua voz falhou.
Meu estômago embrulhou e eu podia sentir a bile na garganta. Sacos plásticos? Minha visão embaçou e eu não quis processar o que aquilo queria dizer. Estávamos quase no abrigo. Quase lá.
— O rei... Deixe-me procurar o rei nas câmeras.
Momo esticou a mão para a minha, e a apertou.
— Igor falando com ele... Eles entram no quarto. Meu Deus, Igor sai sozinho. Os guardas entram e saem com sacos plásticos. Puta que pariu. Que merda é essa?
Sua voz morreu, e Tsuy apertou desesperadamente o botão de parar o elevador, que não demorou a apitar, indicando nossa chegada. Esperei Naya dizer mais alguma coisa, mas Tsuy saiu às pressas, mancando em direção à sala real.
— Tsuy, sua arma... — falei, querendo questionar por que ela achava uma boa ideia escancarar a porta sem se armar antes.
Mas a sala estava vazia.
Estava tudo escuro, como se não fosse usada há algum tempo.
— Eu... eu acho que... — Naya começou a falar, mas a voz de Tsuy bradou primeiro.
— Igor matou sua família.
Naya começou a falar sem parar, tentando explicar o que estava acontecendo. Meu corpo se arrepiou, eu não conseguia escutar mais nada. Me senti enjoada, sem crer no que tinha ouvido. Tantos dias, tantas informações... Tentei processar tudo aquilo. Arranquei o ponto do ouvido, nervosa, querendo que Naya parasse de falar, e encarei Tsuy.
— Faz dias que só ele aparece nas celas — ela disse, alto. — Igor enlouqueceu. Ele matou sua família, matou a corte, matou o pai para... Igor agora é o rei. O único rei.
Ouvi o grito de Momo ao meu lado, e minha visão ficou turva.
Meu irmão. Ele tinha assassinado minha família e agora era o rei. Senti a cabeça rodar e me segurei na borda da mesa da sala de reuniões, sentindo que poderia desmaiar.
Tive a chance de matá-lo, estava com uma arma apontada para ele. E mirei na coxa, incapaz de atirar para matar. Mesmo depois de tudo,

mesmo sabendo quem ele realmente era. Mas ele... ele teve frieza de assassinar os próprios pais. *Nossos* pais.

Senti as lágrimas descendo pelo rosto e se misturando com o sangue ainda úmido. Momo gritava, amparada por Dana, e percebi Sina vindo até mim, mas ergui a mão, negando sua ajuda.

Igor era um monstro e precisava ser parado. Imediatamente.

E eu era a única pessoa que podia fazer isso.

Atravessei o corredor e ouvi os passos delas atrás de mim. Voltamos para o elevador e descemos com pressa. Naya e Tsuy ainda conversavam, mas eu não conseguia ouvir nada ao meu redor. Meu coração batia forte enquanto seguíamos para a prisão. A raiva tomava conta de tudo que eu sabia e sentia no momento.

Eu era a única que podia fazer alguma coisa.

Igor agora era o rei. Ele foi capaz de matar o próprio pai e a própria mãe.

Eu estava exausta quando descemos as escadas do calabouço, passando por um corredor secreto que eu nunca havia usado antes. Uma corrente horrível de energia me percorreu quando passamos por cima de mortos e feridos caídos pelo chão. O cheiro forte de sangue fez meu estômago revirar. Desci o último lance de escadas, claramente recém-reformadas, e encarei a porta da prisão, que estava escancarada. Se existia a possibilidade de Igor estar do outro lado, eu sabia que precisava tomar a dianteira. Puxei a arma.

Passei direto pela porta, e a cena que vi partiu meu coração em mil pedaços.

Cinco guardas reais estavam presentes, dois de um lado de Igor, três do outro. Estavam feridos, e eu sabia que eram os responsáveis por aquele massacre. Mas o que realmente me fez gelar foi ver, nos braços de Igor, Chae. Seu nariz estava sangrando e o rosto, machucado. Sangue escorria pelos braços, e as roupas rasgadas mostravam costelas cobertas de hematomas roxos. Mesmo assim, seus olhos conseguiram pousar nos meus e os lábios se contorceram em um sorriso.

O cano da arma de Igor pressionava sua têmpora com força.

Quando ele olhou para mim, a sala pareceu se esvaziar, e era como se existisse apenas nós dois. Eu e o monstro que era meu irmão. O monstro que havia maltratado minha melhor amiga, o monstro que havia matado meus pais, o monstro que agora ameaçava matar a mulher

que eu amava. Ele riu. De forma assustadora, horrorosa, bizarra. Ele gargalhou.
— Maninha.
— *Alteza*. — A palavra escorregou dos lábios como se eu cuspisse veneno. Já não me reconhecia mais. A fúria nunca tinha corrido pelo meu corpo como naquele momento, tomando minhas ações e palavras.
— Ou, devo dizer, *Majestade*.
Igor ergueu as sobrancelhas sugestivamente.
— Parece que alguém descobriu que só existe um rei!
Ele sorriu.
— Como você pôde...
Me senti uma idiota no momento em que sussurrei aquilo. Era óbvio. Ele sempre conseguiu tudo o que queria, sempre ouviu que teria o mundo. Que o mundo já era dele. Se queria a coroa, ele a conquistaria, não importava o que fosse necessário fazer.
— Está com raiva porque a coroa é minha e não sua? Nunca seria sua, Mina. Parece que nem depois de todo esse tempo você percebeu.
— Igor, o que...
— Quando você entrou no palácio com esses rebeldes da última vez... Não vou mentir. Fiquei impressionado. Você sempre foi uma mosca-morta, mas pelo menos sabia seu lugar. E, de repente, encontrou pessoas que te deram alguma ideia de poder. Tadinha. Eu fiquei com pena.
Ele franziu a testa. Abri a boca para discutir, mas não consegui me mexer. O cano da arma dele ainda seguia apertado para a cabeça de Chae.
— E você atirou em mim! Em *mim*! No futuro rei da nação! No homem mais poderoso de todas as terras! Eu sabia que você voltaria, Mina. Você sempre quis a coroa, não é? Sempre sentiu inveja de mim. Papai continuava falando em trazer você de volta, então não tive escolha. Se todos eles estão mortos, a culpa é sua!
— Covarde — sussurrei, sentindo minha arma ferver na palma da mão, impondo sua presença.
— O que disse?
— Você não passa de um covarde. Se gaba de todo o poder que diz ter, mas sequer consegue tomar responsabilidade pelas próprias

atitudes. Como vai fazer agora que não tem papai e mamãe mais para encobrir seus erros?

Ele riu amargo.

— Você querendo falar de erros, Mina? Olha só com quem você se meteu. Deveríamos começar consertando esse erro, não?

Ele pressionou com força o revólver na testa de Chae, fazendo-a gritar. Meu corpo inteiro ardeu, a boca secou e segurei o revólver com toda a força.

Com Igor não existiria negociação. Ele queria tudo e não se importaria de colocar o mundo em risco para obter mais poder. Foi com essa certeza que levantei minha arma.

Eu não cometeria o mesmo erro duas vezes.

Vi todas as armas se levantando em seguida, dos guardas e dos rebeldes, mas não processei nada além do rosto do meu irmão. Igor deu mais uma de suas risadas.

— Você não tem coragem, maninha, como não teve da primeira vez.

Senti as lágrimas descendo pelo rosto.

— Eu tive medo, Igor. — Minha voz soou seca enquanto caminhava lentamente em sua direção. Ninguém se mexeu, mas eu sabia que todas as armas estavam engatilhadas. — Tive medo antes de fugir. Tive medo de ter coragem. Mas, desde que senti isso pela primeira vez e usei esse sentimento para escapar desse lugar horrendo, aprendi a usar o medo para alimentar a coragem.

— Então admite que sente medo agora?

— Sim. Mas acho que você perdeu o ponto mais importante.

Agora eu também tinha coragem.

Meu dedo pressionou o gatilho, meu corpo foi impulsionado para trás, uma saraivada de balas tomou a sala. Um apito agudo e doloroso soou nos meus ouvidos. Vi o vulto de Chae caindo em câmera lenta na minha frente. Eu não enxergava nada. Uma dor se alastrou pela minha coxa, me fazendo cair ajoelhada no chão. Era como se o mundo de repente voltasse à velocidade normal. Algumas luzes piscavam e, enquanto recuperava a visão, ouvi a voz de Tsuy ecoar pelas celas:

— Igor está morto!

Os tiros cessaram. Não olhei para o lado para ver quem tinha sido atingido nem onde. Vi Igor no chão, com o rosto ensanguentado pelas minhas mãos. A coroa estava caída no meio da poça vermelha que se formava no piso branco brilhante.

Houve um momento de silêncio em que tudo que eu escutava era minha respiração e meu coração pulsando. Tsuy passou esbarrando em mim, e vi que um tiro parecia ter acertado seu braço de raspão. Perto de nós, Chae, inconsciente, tinha sido cercada por rebeldes sinalizados como enfermeiros.

— Levem Chae Kang até os médicos, agora — berrou Tsuy.

Ela olhou para mim enquanto as pessoas à nossa volta se movimentavam, buscando sobreviventes e dominando os guardas reais restantes. Em seguida, pisou na poça de sangue que escorria lentamente do meu irmão. Seus dedos alcançaram a coroa no chão e se sujaram ao pegá-la.

Tsuy caminhou até mim e parou à minha frente, estendendo o objeto dourado na minha direção. Sangue pingou no meu joelho.

— Isso não é definitivo — avisou Tsuy com a voz fraca. — Você não está sozinha, Mina. Estamos do seu lado. O povo está do seu lado. Isso é só um símbolo, não se esqueça disso.

Eu estava tonta.

Queria Chae. Precisava saber sobre ela. Queria saber, com detalhes, o que achava da atitude que eu estava prestes a ter que tomar. No fundo, sabia que ela me apoiaria, não importava o que eu escolhesse fazer. E percebi, pela primeira vez, uma fagulha dentro de mim que *queria* aceitar a coroa. Não pelo título, mas pelo movimento. Pelos rebeldes. Por todo mundo que tinha perdido a vida até ali.

Lembrei do pedaço de gesso guardado nas minhas coisas, no CTI. Eu era arte. Eu era parte da revolução. Chae confiava em mim.

O povo confiava em mim.

Estiquei as mãos e tomei a coroa ensanguentada, minha por direito. Com uma respiração profunda, a equilibrei na cabeça.

— Vida longa à rainha Mina! — Tsuy gritou, a voz ecoando por todo o salão, reverberando pelas paredes de vidro. — Espalhem essa notícia aos quatro ventos e ordenem que os guardas enviem as gravações das câmeras das celas para Naya no CTI. — Assustada, apertei a perna ferida, sentindo um latejar. — O movimento rebelde venceu!

Os rebeldes, espalhados por toda parte, gritaram junto e dispararam pelo corredor, prontos para levar aquela notícia ao reino por toda uma vida, como um fio de esperança. Fiquei em silêncio, sustentando o rosto erguido, sentindo o peso da coroa e as gotas do sangue que não era meu escorrerem pelo rosto.

De repente, Chou Tsuy caiu de joelhos. Bem na minha frente. No ponto em que estava em pé, quase sem se mover, ela apenas cedeu. Os punhos acertaram o chão, e o corpo se curvou para a frente. Ela começou a chorar com toda a força. Anos de sentimentos guardados em busca daquele objetivo, tudo escapou em forma de lágrimas. A imagem me atordoou, e me adiantei, estendendo os braços para ela.

— Bote para fora. — Segurei seus ombros, depois a envolvi em um abraço. — Pode chorar, Tsuy. Nós conseguimos. Você conseguiu.

■ ■ ■

Abri um sorriso para a câmera à minha frente. Era genuíno, embora não gostasse nada de aparecer em gravações. Nunca gostei. Respirei fundo, sentindo a mandíbula tremer, vendo a contagem regressiva e o aviso de que eu entraria ao vivo para todo o país.

— Povo de Maglia, venho aqui em luto por aqueles que perdemos e com esperança pelo que conquistaram. Em agradecimento à bravura de cada um nessas últimas horas. Vocês vão acompanhar, após meu pronunciamento, informações verdadeiras sobre tudo que aconteceu durante a tomada do palácio. Eu sou sua rainha, mas estaremos juntos daqui para a frente. Dedicarei a minha vida à mudança e à liberdade. Nada será como antes. Não será do dia para a noite, mas espero contar com a confiança de todos para tornar nosso futuro melhor. O povo terá voz, e a monarquia será uma lembrança de tempos difíceis de guerra. Estaremos juntos. Obrigada por todo o apoio.

Capítulo 41
Está feliz?

— Vocês são sortudas — disse Jade, horas depois, enquanto mexia na própria bandagem. — O tiro de Igor pegou de raspão no ombro de Chae e na sua coxa. Ele é um péssimo atirador. Pior do que você, Mina.

Sorri de leve. Meu coração pareceu voltar a bater enquanto a observava na ala hospitalar do palácio. Meu maior medo era a possibilidade de chegar até ali e perder Chae no final. Meu machucado na coxa estava limpo e medicado, e Chae se aproximou, mostrando o braço enfaixado e os curativos no rosto.

— Mina! Você estava incrível na televisão!

— Vou deixar vocês a sós — avisou Jade, saindo pelas portas de vidro automáticas.

Tremi, levantando da cama de hospital em que eu estava, e puxei Chae para perto. Senti a coxa repuxar, mas não me importei. Passei a mão em seu rosto já limpo e lhe dei um beijo na testa. Nós nos abraçamos em silêncio, sem precisar que palavra nenhuma desse sentido ao momento.

— Você está bem? — perguntou Chae, com o rosto escondido no meu pescoço.

— Estou. Você não está com dor?

Olhei de lado para ela, preocupada. Ela negou com a cabeça.

— Estou meio dopada de remédio, mas não consegui ficar deitada. Talvez não me lembre de muita coisa se a gente começar um papo-cabeça, mas meu coração está aqui.

— Eu sou a rainha agora. Você precisa me dar ouvidos! — falei, de repente. Ela segurou meus ombros e me olhou com um sorriso.

Chae correu a mão pelos meus cabelos sujos e acariciou minha nuca.

— Você pode ser o que quiser.

Baixei o olhar antes de ser capaz de encará-la.

— A verdade é que quero apenas ser sua. Não preciso de mais nada.

Chae riu e me puxou para um abraço em que eu gostaria de morar para sempre. Mesmo que o hospital do palácio não fosse o lugar mais romântico do mundo, tudo parecia bastar quando eu tinha Chae ao meu lado.

■ ■ ■

A noite estava linda da enorme varanda da suíte principal. Eu não conseguia acreditar que estava ali, contemplando o céu, segurando a mão de Chae, com todas as pessoas que importavam para mim no meu entorno. O reino inteiro comemorava, depois de longos dias de luto pelos que, infelizmente, não estavam mais ali, depois das diversas cerimônias funerárias que foram realizadas por todo o país, lembrando os heróis que viveram entre nós.

— Rainha Mina — disse Momo com uma voz risonha. — Isso é muito esquisito. Muito.

Eu ri baixinho, olhando para minha amiga revigorada. Ela salvara a minha vida e todo o movimento rebelde. E, mesmo tendo perdido a família inteira, continuava forte, ao meu lado.

Dana sorria tanto que seus olhos quase se fechavam. Sina, sentada ali por perto, olhava para o céu com uma expressão serena. Tsuy estava em silêncio, com o rosto erguido.

— Tsuy — chamei.

— Hm?

— Está feliz?

Ela me olhou longamente, refletindo. Um sorriso irrompeu no rosto dela, e foi quase estranho. Parecia não pertencer ali, como se os músculos mal conhecessem o movimento. Sina a encarou e riu, abaixando a cabeça, e aquela risada acabou por contagiar todas na varanda.

— Vocês são idiotas? Não façam chacota de mim — pediu Tsuy, mostrando a língua. — Estou aprendendo.
— Fique tranquila. Seu sorriso é lindo, Chou.
Sina esticou a mão para Tsuy, que a pegou e puxou, levantando-a do chão. Tsuy deu mais um sorriso para Sina. Então a porta da varanda se abriu quando Jade apareceu empurrando a cadeira de Naya.
— Majestade! — Naya zombou assim que me viu e, com um sorrisinho, ergui o dedo do meio para ela. — Esse palácio é enorme por dentro, Jade me confundiu toda com esses corredores esquisitos.
— Achei que você tinha decorado o mapa! — Dana disse.
— Tem mais tapetes e quadros de qualidade duvidosa do que jamais imaginei quando olhava pelas câmeras de segurança. Já mandei tirarem a maior parte — Naya reclamou, enquanto se aproximavam de nós.

Chae riu baixo, concordando, e apertou o rosto contra o meu pescoço, me dando um beijo suave antes de apoiar a cabeça no meu ombro.
— Isso é apenas uma calmaria antes de outra tempestade, não é? — perguntou Momo depois de alguns segundos de silêncio. Ouvimos o canto de cigarras, o coaxar de sapos e os sons dos outros animais da mata que envolvia o castelo. De longe, o barulho do muro sendo derrubado ia cessando conforme a tarde caía.
— Com certeza — Chae disse.
— Não — Tsuy respondeu ao mesmo tempo, fazendo todo mundo rir. — Vocês não ousem falar de problemas pelas próximas vinte e quatro horas! A gente venceu. A rebelião venceu. Vamos dar conta do que vier daqui para a frente.

As palavras de Tsuy pareceram capazes de acalmar nosso coração, apesar de a perspectiva desse novo futuro ser desconhecida até mesmo para ela. Ficaria tudo bem, nós só precisávamos descobrir como.
— Se eu sou sua namorada, significa que agora sou rei? — Chae perguntou de repente, fazendo todo mundo cair na gargalhada e gritar em reprovação. Senti o rosto ficar vermelho e escondi os olhos com as mãos. — Vamos mudar esses títulos. Você é rainha, você pode, né? Seremos só Chaezinha e princesinha.
— Se alguém de fora te escutar, nossa reputação está acabada. Você não tem vergonha de falar isso em voz alta? — perguntei.

Naya jogou uma almofada em Chae, que se aninhou nos meus braços, ainda sentada do meu lado, e me deu um beijo leve. Um beijo carinhoso, cheio de amor, enquanto a gente ouvia nossas amigas conversando e rindo juntas. Ela me encarou, e vi todo o céu espelhado em seus olhos.

— Não tem ninguém de fora, princesinha. O mundo é só nosso agora.

Agradecimentos

Antes de tudo, quero começar agradecendo aos meus leitores das fanfics que, desde o início, me convenceram de que esta história valia a pena e que me deram forças pra continuar escrevendo cada capítulo. Tenho certeza de que, se hoje existem pessoas segurando este livro, é por causa de vocês. Além disso, a toda comunidade do ficdom ONCE (e outras também!), escritores indiscutivelmente talentosos e dedicados — vocês me inspiram demais.

Também quero agradecer aos meus amigos Max, Cameron, Erica, Luiza, Bruna, Laís (Emo Mina), Lay e as duas Nandas! Obrigada por aguentarem todos os surtos e inseguranças e por me fazerem enxergar melhor o valor desta história e de tudo que eu escrevo!

Obrigada à minha mãe Paula, que me ensina como é ser uma mulher forte, à minha dinda Renata, que me ensina como é ser uma mulher foda e à minha prima Marcela, que me ensina como é ser uma mulher batalhadora. Ao meu irmão Vinícius e meu irmão Renato, por terem me mantido sã e iluminarem meus dias mais do que são capazes de imaginar. Ao meu dindo Marcelo, ao meu vô Bigode e ao meu pai Mário. Vocês me enchem de orgulho todo dia e espero devolver um pouquinho dessa sensação a vocês agora.

À vovó Daisy, você sempre disse que um dia eu ia publicar sua história de vida, e eu estou caminhando para estar à altura disso um dia, vovó.

À minha vó Bebeth, minha maior companheira de leituras, muito obrigada por todo o apoio, por todos os livros, por toda a troca de indicações, muito obrigada por me inspirar a ser uma mulher mais incrível a cada dia com toda a sua força, e por ter ajudado a me tornar alguém capaz de botar uma história inteirinha no papel. Eu te amo demais. E obrigada à Jeannie, por todo apoio emocional.

Um agradecimento especial para Giuliana Alonso e Ana Lima, da editora Rocco, por terem tanta paciência comigo e por me ajudarem a melhorar tanto esta história! É um prazer ter o meu primeiro livro sendo lançado por um time como vocês. Obrigada.

Também à Mareska, Fernanda Costa, Dryele e Isa, que leram meu texto logo no início e nos ajudaram a recriar o meu universo com tanto carinho. Vocês são incríveis!

Agradeço também ao TWICE, porque sem elas não existiria inspiração para esta história e para estas personagens existirem. Obrigada por estarem comigo nos momentos mais difíceis.

E muito obrigada, Babi, por ter acreditado em mim e transformado um sonho em realidade. Cada dia que passa, eu tenho certeza de que quero ser um pouco mais como você. Você é uma enorme inspiração. Nunca vou conseguir colocar em palavras o quanto sou grata.

Impressão e Acabamento:
BARTIRA GRÁFICA